红灯永远照亮中国

雨花忠魂 雨花英烈系列纪实文学

吴振鹏烈士传

曹峰峻 著

江苏凤凰文艺出版社

图书在版编目（CIP）数据

红灯永远照亮中国：吴振鹏烈士传 / 曹峰峻著. ——南京：江苏凤凰文艺出版社，2018.11（2025.10重印）
（雨花忠魂：雨花英烈系列纪实文学）
ISBN 978-7-5594-3087-8

Ⅰ.①红… Ⅱ.①曹… Ⅲ.①纪实文学－中国－当代 Ⅳ.①I25

中国版本图书馆 CIP 数据核字(2018)第 256601 号

书　　　名	红灯永远照亮中国：吴振鹏烈士传
著　　　者	曹峰峻
责 任 编 辑	黄孝阳　傅一岑　张　倩
出 版 发 行	江苏凤凰文艺出版社
出版社地址	南京市中央路 165 号，邮编：210009
出版社网址	http://www.jswenyi.com
印　　　刷	南京新洲印刷有限公司
开　　　本	880×1230 毫米 1/32
印　　　张	10
字　　　数	267 千字
版　　　次	2018 年 11 月第 1 版　2025 年 10 月第 7 次印刷
标 准 书 号	ISBN 978-7-5594-3087-8
定　　　价	38.00 元

（江苏凤凰文艺版图书凡印刷、装订错误可随时向承印厂调换）

"雨花忠魂·雨花英烈系列纪实文学"
丛书编委会名单

王燕文　徐　宁　邢光龙

万建清　范小青　韩松林

贾梦玮　张红军　邵峰科

万里长空且为忠魂舞

中共江苏省委书记　娄勤俭

天地英雄气，千秋尚凛然。雨花台，这片深深浸染着英烈鲜血的山岗，曾见证了几代仁人志士信仰至上、慨然担当的英雄壮举，也铭记着无数革命先烈舍身为民、矢志兴邦的不朽事迹。在这里，彪炳日月、名垂青史的革命烈士就有1519人；也是在这里，还有更多鲜为人知的英烈故事，无法铭刻于碑文，没有见诸史册，像一粒粒晶莹的雨花石，深埋在雨花台殷红的泥土里。理想之光不灭，信念之光不灭。英烈们的背影虽然早已远逝，但他们的集体"影像"已定格在永恒的瞬间，那就是义无反顾、慷慨赴死，前赴后继、为国捐躯，用热血和生命铸就了信仰丰碑，在血与火的洗礼中撑起了民族脊梁，谱写出一部又一部壮怀激烈、气吞山河的"英雄交响曲"。

英雄是旗帜，革命英雄是民族的共同记忆。习近平总书记指出："对中华民族的英雄，要心怀崇敬，浓墨重彩记录英雄、塑造英雄，让英雄在文艺作品中得到传扬，引导人民树立正确的历史观、民族观、国家观、文化观。"为缅怀英烈伟绩、弘扬崇高风范，培育和践行社会主义核心价值观，培养爱国主义、集体主义精神和社会主义道德风尚，江苏省委宣传部、江苏省作家协会组织创作了《雨花忠魂·雨花英烈系列纪实文学》丛书，以文字、文学、文化的形式，讲述英烈的感人故事，表现英烈的高尚情操，诠释英烈的不朽精神。邓演达、贺瑞麟、石璞、刘亚生、吴振鹏、许包野……这一个个闪亮耀眼的名字，如同一座座高耸入云的丰碑，始终矗立在一代代共产党人的灵魂深处。这套丛书，为更好地传承弘扬"雨花英烈精神"提供了生动教材，也为教育党员干部走进历史、追寻英烈，激励党员干部不忘初心、牢记使命，永葆革命本色提供了精神之"钙"。

英烈风骨犹存、感召后人；历史启迪心灵、照亮未来。牺牲在雨花台的我党早期领导人恽代英曾说："我们吃尽苦中苦，而我们的后一代则可以享到福中福。为了最崇高的理想——共产主义，我们是舍得付出一切代价的。"可以告慰雨花英烈的是，经过近七十年的不懈奋斗，近代以后久经磨难的中华民族，迎来了从站起来、富起来到强起来的伟大飞跃，一幅国家富强、人民幸福、民族复兴的壮美图景正在祖国大地上全面展开。

与伟大祖国历史进程同步伐，江苏发展站到了新的起点上。深入贯彻习近平新时代中国特色社会主义思想，努力把习近平总书记为我们描绘的"强富美高"新江苏蓝图化为美好现实，推动高质量发展走在前列，迫切需要我们传承红色基因，用好红色资源，学习雨花英烈的崇高理想信念、高尚道德情操和为民牺牲的大无畏精神，不忘初心，砥砺前行。我们缅怀革命先烈，就要从前辈先贤身上汲取养分和力量，让他们曾经的牺牲和付出，成为今天前进的动力源泉，砥砺我们以永不懈怠的精神状态推进改革再深入、实践再创新、工作再抓实；我们讴歌革命先烈，就要用"雨花英烈精神"，激励全省人民更加主动担当新使命，意气风发创造新未来，不断开辟新时代中国特色社会主义在江苏实践的新境界。这，正是我们对革命先烈最好的礼敬与告慰。

沧海横流，英雄显本色；落花如雨，正气贯长虹。"万里长空且为忠魂舞"，"雨花英烈精神"必将长留在时光的长河和人民的记忆中。

是为序。

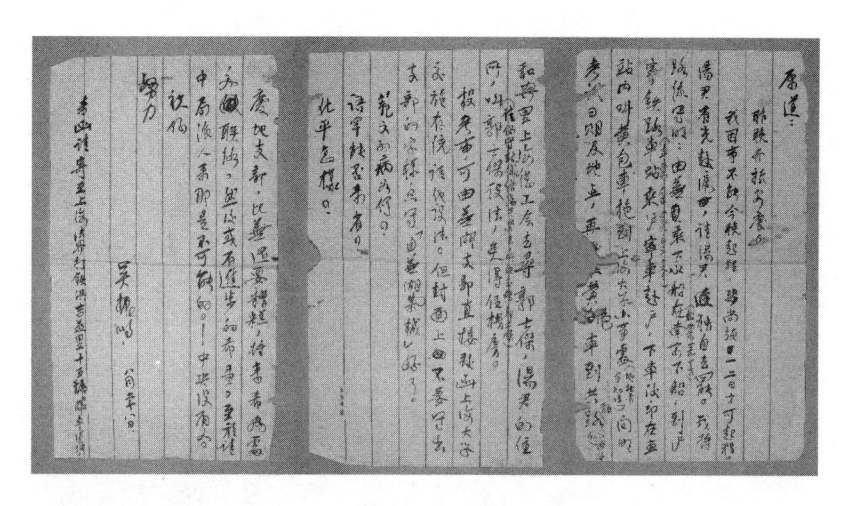

▲ 吴振鹏在上海大学学习期间与陈原道烈士的通信。信中提及郭士杰、施存统、薛卓汉等中共早期革命家。
▼

陈原道(1902—1933)，中共早期领导人，革命先驱。历任江苏省委宣传部秘书长、河南省委组织部长兼秘书长、河北临时省委组织部长、江苏省委常委兼上海革命工会党团书记。后因叛徒出卖被捕，在南京雨花台英勇就义。

薛卓汉(1898—1931)，安徽早期革命运动领导者。曾任中国工农红军第一军政治部副主任。因抵制张国焘错误，被以莫须有的罪名杀害。

施存统(1899—1970)，中共早期领导人，中华人民共和国成立后曾任劳动部副部长、民主建国会副主任委员、全国政协常委、全国人大常委等。

郭士杰(1906—1930)，曾任中共武汉市委代理书记。后不幸被捕，旋即遇难。

1928年9月2日,吴振鹏指挥的上海总同盟大罢工中的传单之一。

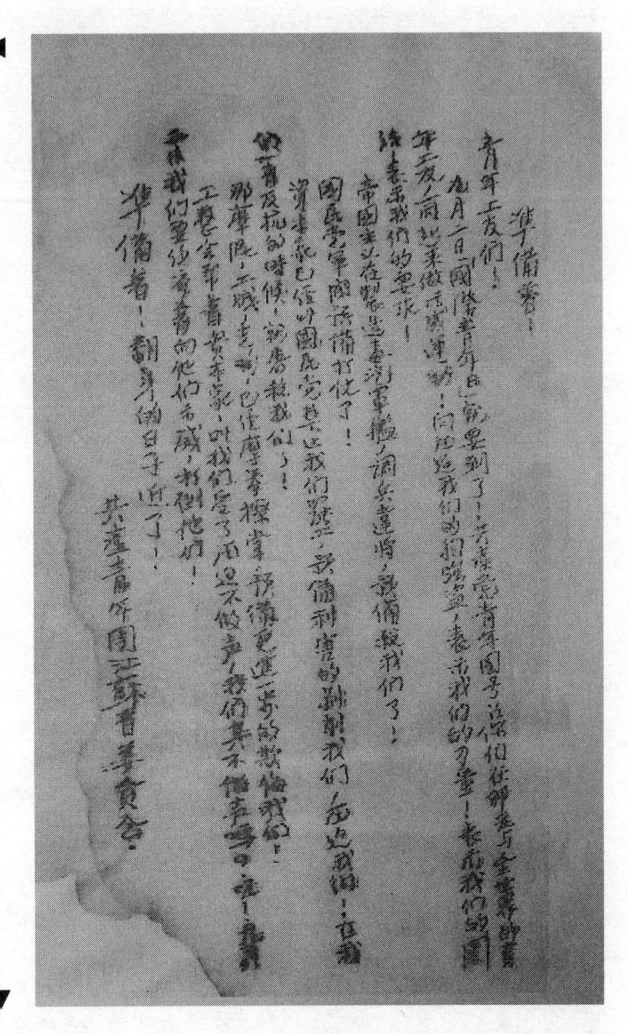

传单标题为《准备着》,内容是吴振鹏亲自用蜡纸在钢板上刻写并用红蜡油印刷而成。传单控诉了帝国主义、国民党军阀、资本家、工整会、"那摩温"(工头)等压迫工人的种种暴行,号召青年工人团结一致,游行示威,打倒他们:"准备着!翻身的日子近了!"

袁玉冰与吴振鹏先后主编的《红灯》杂志封面。《红灯》于1927年2月13日复刊,为共青团江西省委机关刊物,是指导江西青年进行革命的理论刊物。

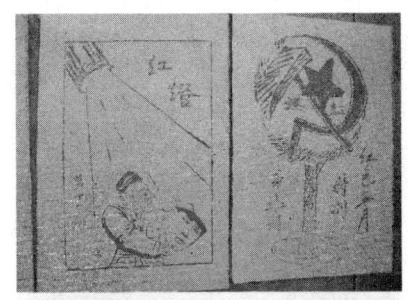

《红灯》复刊后一共出了十五期。第十一期吴振鹏为自己撰写的《红灯之下的蒋介石》一文专门设计绘制了封面:"一个恶魔在红灯照耀下手上拿出一副漂亮的假面具",寓意深长。

《红灯》第十五期,吴振鹏用"季冰"笔名撰写周刊社论《杨花水性的姑娘》,毫不留情地抨击时任江西省主席朱培德的政治态度是"墙头草、两面倒",封面也是他画的两个少女头像,象征着两个"杨花水性的姑娘"。

▶ 王行，吴振鹏烈士的遗腹女。

▶ 幼龄的王行站在门口等待父亲吴振鹏归来。她说，很小的时候，听大人们说爸爸到远方去了，所以她就经常搬一个小板凳，在家门口坐着等父亲回来。

◀ 三岁的王行被长辈带到南京雨花台父亲的墓前，告诉她说爸爸就躺在这里面，当时她就哭天喊地地叫爸爸，但是得到的当然是无声的回答。

目 录

- 001　引言
- 001　第一章　安庆，共产主义思想的摇篮
- 011　第二章　上海，踏上理想征程
- 051　第三章　青运"四大金刚"，威震上海
- 073　第四章　1926，上海，从工运到暴动
- 086　第五章　九江，风云变幻
- 117　第六章　红灯永远照亮中国
- 133　第七章　举旗，南昌起义
- 158　第八章　秋收暴动，建立江西"苏维埃"
- 177　第九章　莫斯科，共产国际心脏
- 195　第十章　归国，重返上海赴重任
- 216　第十一章　六大以后，中央"立三路线"
- 249　第十二章　六届三中、四中全会与"突发事件"
- 267　第十三章　英雄不死，永远的微笑绽放人间
- 288　后记
- 297　参考文献

引言

听吧
战斗的号角发出警报
穿好军装拿起武器
共青年团员们集合起来踏上征途
万众一心保卫国家
我们再见吧亲爱的妈妈
请你吻别你的儿子吧
再见吧妈妈别难过莫悲伤
祝福我们一路平安吧
再见了亲爱的故乡
胜利的星会照耀我们
再见吧妈妈别难过莫悲伤
祝福我们一路平安吧

……

每当耳边响起这首《共青团员之歌》时，我的思绪就会被带入艰苦卓绝的苏联卫国战争中，心情一次次被英勇的苏联共青团员们决不向敌人屈服，保卫家园、热爱和平的心声所感动、所融化。那激情的旋律、雄壮的节奏，让我无数次听到伟大的列宁主义青年团员们热爱家乡、热爱母亲，为了理想和正义敢于牺牲一切的内心。

青春找到了信仰的真谛，用生命捍卫信仰的忠贞。

在中国共产党成立九十五周年之际，中央电视台推出《伟大的旗帜——庆祝中国共产党成立九十五周年电视文艺特别节目》——情景对话《信仰·青春》，高度凝练了共产党人的青春群像。它以雨花台牺牲的团中央委员、宣传部长、青运先驱吴振鹏烈士的外孙黄品沅的视角，以"一个生者对死者的访问"的戏剧表现形式，告诉我们：是什么样的信仰，让有情有义的共产党人，甘愿付出青春和生命。三十六岁的恽代英，三十二岁的冷少农，二十八岁的罗登贤，二十七岁的吴振鹏和郭纲琳，十七岁的曹顺标和石璞，十六岁的袁咨桐……他们在敌人面前把信仰举过了头颅。虽然他们的青春没有来得及收获信仰的美丽，但他们用年轻的生命诠释了青春永驻的真实含义——坚守信仰，为人类的伟大理想而死，重于泰山。

这让我又一次对伟大的共产党九十七年筚路蓝缕、捍卫信仰，九十七年上下求索、苦难辉煌，九十七年革命建设、永远向前的伟大历程感慨万分！

先烈吴振鹏的历史资料是令人震撼的，1906年生于安徽安庆怀宁县，1921年4月，加入安庆早期社会主义青年组织，1923年成为青年团安庆地区骨干成员。1926年转为中共正式党员，先后任共青团上海引翔港、曹家渡部委书记，同年10月底调任江西九江团地委书记，先后领导后援北伐工作，组织指挥收回九江英租界。1927年5月，在团四大上被选为团中央委员后调任中共江西省委委员、青委书记、共青团江西省委书记，主编团省委机关刊物《红灯》，组织配合南昌起义后援工作，参与策划、领导江西秋收暴动并亲自指挥了解放万安战斗，建立了江西第一个苏维埃政权。1928年6月赴莫斯科列席党六大、参加团五大并再次当选团中央委员兼任团中央宣传部长、学运部长。同年8月，调任中共江苏省委委员、共青团江苏省委书记，亲自指挥了震惊中外的上海"九二"总同盟大罢工。1930年8月任中共中央总行动委员会委员兼总行委青年秘书处书记，同年10月被中央临时政治局指定为中共中央苏区中央局成员，与周恩来、项英、毛泽东、任弼时、朱德、余飞等六人组成中央苏区领导核心。1932年5月，中央撤往江西苏区，身染重病的吴振鹏主动受命于危难之际，在白色恐怖、随时都会被捕牺牲的险恶环境中，以中共中央巡视员的身份，"全权代表"中央负责对江苏（包括上海）、安徽、浙江等省做好"忠实的领导者"，贯彻中央路线精神，及时传达并执行中央指令，同时有效地联络和恢复被破坏的党的地下组织，真正履行了中央撤离上海后对中央须负的"绝对的责任"！

1933年5月因叛徒出卖在上海被捕，国民党当局以重大"政治要犯"将他从法租界引渡并押解到南京首都宪兵司令部军人监狱审讯。在狱中，他以对党的赤胆忠心以及坚定的共产主义信念，面对敌人的高官厚禄利诱及种种酷刑，坚贞不屈，大义凛然。6月14日，最终以"零口供"壮烈牺牲于狱中。

是什么样的信仰，让有血有肉的共产党人，坚强忍受常人难以忍耐的巨大痛苦，面对死神的逼近表现得那么坦然、那么从容？

每当我一次又一次翻阅吴振鹏的英雄事迹，一遍又一遍地朗读他党团岗位交叉极富传奇色彩的经历时，总能让我的创作内心激起生命瞬间的灿烂。

生命是一种承诺，更是一种呼应。

谨以《红灯永远照亮中国：吴振鹏烈士传》一书，告慰烈士英灵，期待后来者缅怀先烈、不忘初心、坚守党性，传承红色基因，颂扬革命精神，在共产主义理想大道上永葆青春，永远前行。

第一章
安庆，共产主义思想的摇篮

1. 孤苦童年　斗争中成长

这本传记就从青运先驱吴振鹏的出生地安庆市怀宁县开始叙述吧。

美丽的怀宁县，隶属于安徽省安庆市，位于安徽省西南部、长江下游北岸，皖河下游。东临安庆市，西与潜山县、太湖县相连，北隔大沙河与桐城市相望，南与望江县相连。

怀宁是戏曲之乡、教育之乡、文化之乡，是"京剧之父"徽剧的发源地，京剧的重要发源地之一，中国地方剧种之首——黄梅戏的发源地,中国"长诗之圣"、千古爱情绝唱《孔雀东南飞》的故事发生地。

怀宁历史上有"文武双雄",一个是才华出众的文状元刘若宰,一个是中国历史上第一位武状元王来聘;怀宁物华,这里诞生了中国共产党主要创始人之一的陈独秀,清代书法大师邓石如和他的六世孙、"两弹元勋"邓稼先,被公认为朦胧诗人的中国当代最杰出的诗人之一的海子。

本书的主人公,青运先驱吴振鹏就出生于这块人杰地灵的土地上。

吴振鹏字翔云,笔名季冰、振鹏,在上海参加党的地下斗争时以吴静生名掩护真实身份。1906年12月出生于安徽怀宁(今安徽省安庆市)一个贫苦雇农家庭,母亲常年多病丧失劳动力,父亲靠卖苦力为地主当长工维持家里的贫困生活,春播夏除,秋收冬耕,加上东家临时派上的扛脚累活、杂役苦差,一年到头见不着父亲几次回家。吴振鹏幼年在缺衣少粮、极其贫寒中与常年多病卧床的母亲相依为命。

母亲的病因无钱治疗,日积月累终于加重,吴振鹏四岁时那个临近春节的冬天,母子俩相拥着坐在风雪飘摇的门口等待带着工钱和粮食回来的父亲,吴振鹏看着几天不进茶水、脸色灰暗、两眼深凹的母亲哭得死去活来,母亲睁开眼睛时笑了一下,替他擦了擦眼泪示意他不哭,对他说:"小鹏,好孩子,不哭,我们一起在门口等你爸爸回来,他马上就回来了,回来就有好吃的,有好衣服穿了……"直到吴振鹏在母亲的怀抱里醒来,父亲也没有回来,可是母亲的身子已经冷了,紧紧抱着他的双手已经硬了……

从此,吴振鹏在父亲百般相求下暂跟着父亲在东家做童工,他又是一个懂事的孩子,为了报答父亲,让父亲在东家面前不为难,什么扫地、浇水、洗碗甚至到田野里放牛、放羊等力所能及的苦活、脏活他都抢着去干。

天有不测风云,吴振鹏六岁那年夏天,父亲已经中暑却仍要冒着炎热继续给东家在半山坡上犁地,终于身体敌不住,一头栽倒滚落山崖。

满脸血污的父亲被无情地抬回家中,昏迷七天七夜后的弥留时刻,父亲睁开眼没有说一句话,只是吃力地抬起手摸了摸泪流满面的吴振鹏,并将吴振鹏的小手放在一直守在他身边的好友王先生手中,好心的王先生知道他的意思,就对他说:"放心吧,我会将小鹏当着亲生儿子一样抚养的。"父亲听了这句话后安详地闭上了眼睛。

转眼间,吴振鹏到了入学年龄,但收养他的王先生也是家境贫困,勉强糊口尚能维持,供他上学的能力确实没有。王先生觉得吴振鹏不但好学懂事而且相当地聪明,平时在私塾学堂边上看过富家子弟写字,听过背诵,他回来就能在地上比画,就能模仿着摇头晃脑地背诵一番,有过目不忘之才、听音能复之功。因此,王先生怕不送他上学会误了他前程,也对不起好友相托。他听说省苦儿院收养孤儿并有识字开文学习教育,便于1917年4月将吴振鹏送至皖省苦儿院收养。

皖省苦儿院属于省慈善救济委直属单位,是省财政全额拨款单位,因此省苦儿院院长这个位置在北洋政府时代非军阀权贵看重的人莫属。果然,这个院长就是省民政厅长的内弟,他不但克扣孤儿的正常生活经费,还剥削孤儿的劳动力。在这个贪婪的院长主持下,苦儿院院规极其严格,近乎苛刻。孤儿们学习之余还要劳动,为院办的小工厂加工产品,稍不注意做得不到位就要被体罚,体罚的程序近乎野蛮,生了病不到严重得起不来是不给治疗的。这一切在吴振鹏幼小的心灵上留下了深深的伤痕,也萌发了他对旧社会的仇恨和反抗。

有一天,吴振鹏和同学们见院长、部分教师吃的是白米饭加五个菜,而孤儿们天天吃的却是霉米烂菜,这引起了他的注意。通过观察,吴振鹏证实院长与部分教师的饮食标准不是偶然一次不同,而是长期以来都存在不同,这让吴振鹏甚为愤慨,同时对这个社会的阶级性有了初步朦胧的认识。

有了这样的思想,就产生了通过斗争消灭不平等的冲动。果然,在他的策划提议下，孤儿们书写了"反对炊白米者"的大字条并在院长、教师就餐的小食堂门前示威！效果当然是有的，但效果却又是有限的。院长暂时收敛了几天，孤儿们的伙食标准也相对稍微提高持续了半个月左右。之后，又恢复了往常，只不过院长与几位主任级教师吃饭的地方移到了一小楼上，每次由食堂专人送上去。这让吴振鹏幼小的心灵又一次遭到打击，让他开始怀疑自己斗争方式的简单化，同时明白社会阶级性的复杂和顽固性。这种思想一直提示他必须找到一种行之有效的斗争方式彻底遏制住这种现象。

终于有一天，院里分小组通知了一则消息：省慈善委员会要来考察业绩，还要派记者来报道。

吴振鹏想了一夜时间，到了早晨思维突然豁然开朗。

检查组来的前一天晚上，吴振鹏悄悄组织了十几个"铁杆苦儿"，悄悄写了大幅字条，每人分工藏一条在衣服里。第二天早晨，当省慈善委员会的大员来到集中好的苦儿们面前，当院长开始兴高采烈地准备致欢迎词时，吴振鹏与站在前排的十多名苦儿突然同时从衣服里掏出一大幅字条并用双手举过头顶，刹那间前排一下子变成了"标语墙"："反对院长独吃白米饭""反对院长虐待苦儿""反对苦儿院反动等级制"等，顿时院长惊慌失措，省巡查大员愤怒，记者兴奋拍照。

第二天，报纸一版将"反对院长独吃白米饭"照片刊登出来了，照片上举着大字条目光威严犀利的吴振鹏一下子在皖省成了万人瞩目的童星斗士！

此事影响极坏并惊动了都督，这名道德败坏、贪婪成性的院长终于被撤职查办。

这启迪了小小吴振鹏的"大思维"：只有敢于斗争，才会争得应得的权利；而斗争只有采取有效方式，才会取得最后胜利。

也是从那以后，安庆当地举行的相关"斗争活动"都来邀请小英雄吴振鹏参加，甚至邀请他参与策划。

1919年"五四"运动爆发后，安庆广大青年学生在黄家操场举行集会，宣布成立安徽省学生联合会，吴振鹏被邀请参加并被选为最年幼的委员。

1921年4月，他参加了在安庆菱湖公园召开的安庆社会主义青年团支部成立大会，并成为早期社会主义青年团团员之一。

1921年6月2日，他参加了安庆进步知识分子和青年学生发动的大规模的反对封建军阀的安庆"六二"学生运动和驱逐伪安徽省长李兆珍运动。

1922年夏，吴振鹏在苦儿院小学毕业后以优异的成绩考入安徽省立第一师范学校。

2. 投身革命　组织反帝爱国运动

省立一师是安徽青年学生革命运动的中心之一，它不但是吴振鹏共产主义理想真正萌芽和成熟的摇篮，也是吴振鹏开始共产主义革命航程的起点。

而党中央委派柯庆施来安庆恢复和健全党团组织，开展马列主义思想的传播和共产主义青年运动，无疑是为吴振鹏真正点燃了他心中那股已经渴望很久的烈火，也照亮了他前方的路。

柯庆施是安徽歙县人，1902年出生。童年时，他在其父创办的私立竹溪继述国民小学读书。1915年初，柯庆施到离家七十五公里外位于休宁万安的安徽省立第二师范学校求学。1919年，"五四"运动爆发后的5月29日，他参加了徽州救国十人团，积极投身全国性的反帝反封建的爱国运动。1920年10月，在陈独秀创办的《劳动界》第十二册上，发表了署名"怪君"的文章《南京人力车夫底生活状况》。同时，他于当年10月8日应陈独秀来信之邀赴上海，在杨明斋、俞秀松的介绍下加入了中国社会主义青年团，并接受任务，回南京发展团组织。当年年底，柯庆施应召到上海外国语学社学习。外国语学社位于上海法租界霞飞路渔阳里6号，是由中国社会主义青年团和上海共产党早期组织创办的，目的是培养一批懂俄文的干部，学习苏俄的革命理论和经验。1921年7月，受组织委派柯庆施从上海动身赴苏俄参观学习，同行的有马哲民、许之桢、高君宇等十几个人。1922年1月，柯庆施作为中国代表之一，参加了共产国际在莫斯科召开的远东各国共产党及民族革命团体第一次代表大会。列宁虽未出席大会，但仍在百忙中接见了中国代表团的他和张国焘等人，柯庆施便成了中国最早见到过列宁的人之一。同年夏天，柯庆施从苏俄返回当时的党中央所在地上海，党组织分配他到团中央去工作，同时由张秋人介绍加入了中国共产党。1924年在中共中央秘书处工作；1928年任中共上海闸北区委书记；1929年后任红五军第五纵队政治部主任、中共中央秘书长、中共河北省委军委书记；中华人民共和国成立后任南京市市长、江苏省委书记、上海市委第一书记兼南京军区政治委员、华东局第一书记、国务院副总理；1965年4月9日在成都逝世。

　　1923年初，柯庆施受党中央的委派，到安庆恢复团组织工作，并为建立党组织打基础。当时安庆是安徽省的省会，受"五四"运动的影响，很多知识青年的思想和爱国热情都十分高涨。时任安徽教育厅厅长的江彤侯与柯庆施是歙县老乡，和陈独秀又比较熟，于是陈独秀写了一封信给江彤侯，请他为柯庆施找一个职业做掩护。其时陶行知推行的平民教育运动广为开展，安徽省教育厅里也设立了平民教育会，江彤侯就给柯庆施挂了个平民教育委员，住在教育会里。同时柏文蔚在安庆创办了《新建设日报》，经蔡晓舟介绍，柯庆施参加了该报的编辑工作，负责编辑副刊和国内新闻，这些对柯庆施开展革命工作都十分有利。柯庆施抓住时机夜以继日地工作，经常在报上转载《新青年》和党的机关报《向导》上的文章，宣传革命道理。《新建设日报》副刊办得尖锐泼辣，为广大读者所喜爱。柯庆施还利用教育会这个平台，团结了安庆、芜湖、蚌埠等地的一批进步青年，特别是安徽一师、一中、一女师等进步学校广大青年学生，组织民主研究会，向他们推荐和传播《新青年》《向导》和他编辑的《新建设日报》，宣传周刊和小报，开展游行演讲等活动。

这无疑为当时青年学生革命运动中心的省立一师打了一剂强心针，促使校内《新青年》《共产主义 ABC》《唯物史观浅说》《共产党宣言》等进步书刊广泛流传，学生思想活跃。吴振鹏在这样的读书环境中开阔了视野，除刻苦学习，还与另一位青年革命者杨兆成及其他进步同学经常探讨革命理论，参加反帝反军阀的爱国斗争，参加省学联领导的反对"姜案"元凶马联甲督办安徽军务和"废督裁兵"运动。1921年6月2日，安徽法专学生会同一师、一中等校学生集合前往省议会请愿，要求当局增加教育拨款，发展教育事业。安庆卫戍司令马联甲调来军队，殴打学生代表，冲击请愿队伍，致使三十九名学生重伤、两百零五名学生轻伤，其中两名重伤学生姜高琦、周肇基先后不治身亡，酿成震惊安徽全省的"六二"惨案，史称"姜案"。血案发生后，安徽省乃至全国掀起巨大的反抗浪潮。安徽教育界成立"姜案后援会"，吴振鹏和杨兆成积极组织一师参加了安庆所有学校的总罢课，上海《申报》《时事报》都在第一时间以显著版面详细刊载了事件经过和通电。"此时安徽学界的生命已放在军阀的炮口，全国的学界竟始终袖手旁观吗？"陈独秀也在《响导》上大声疾呼。

与此同时，吴振鹏、杨兆成等进步青年被柯庆施视为他来安庆发展的"火种"，是他重点发展和联络的革命组织中的新鲜血液。

1923年春，经柯庆施介绍，吴振鹏、杨兆成成了安庆地区党领导下的社会主义青年团组织的骨干成员。在组织的带领和柯庆施的指导下，吴振鹏先后参加了安庆"二七"惨案后援会以及省学生外交后援会的各项进步活动：示威游行、组织募捐、吁请声援、抵制日货等。

1923年秋，安徽省学联开展了反对当时"国会"贿选直系军阀曹锟做总统的运动。安庆的张伯衍、何雯等人在北洋军阀倪嗣冲督皖时，充当倪的忠实爪牙，依仗倪的势力当上了国会议员，后来又接受曹锟的重金贿赂，为曹锟贿选总统卖力效劳，引起公愤。在柯庆施策划和吴振鹏、杨兆成等骨干团员的组织下，通过安庆各校学生庆祝"双十节"结队游行的机会，发动声讨斗争。

双十节那天，安庆各界在黄家操场举行庆祝会。会后，在吴振鹏、杨兆成的参与指挥下，安庆法专、一中、一师、皖江师专、一女师、女职等各校师生六千多人整队游行，取道吕八街，直趋状元街"猪仔议员"张伯衍的住宅。张家人见势不妙，立即将大门紧闭。吴振鹏指挥并亲自带领冲在最前面的学生队伍破门而入，捣毁门窗家具和花园陈设，将箱笼柜橱、衣物首饰、仓内积谷等物分发给平民大众，还将张家后堂供奉的祖先牌位等物抛入厕所。浩浩荡荡的学生队伍接着赶至西门城边另一"猪仔议员"何雯家里，采取同样的方式捣毁何家物品。这场正义斗争的胜利使安徽各界人心大快，进一步激发了爱国群众的革命热情，同时也给张、何等"猪仔议员"及当地军阀官僚以沉重的打击。

事后，校方一直企图开除吴振鹏，但也一直遭全校师生的强烈反对，在通过柯庆施组织的声援下，一师师生举行了罢课示威活动，校方被迫收回成命。

对于安庆人民反对曹锟贿选的活动，陈独秀给予鼓励支持并于1923年11月16日在中共中央机关刊《向导》第十六期上发表了《安徽学界之奋斗》一文，赞扬了学界的斗争精神，指出"猪仔议员"全国都有，独有安徽学界奋起惩戒"猪仔议员"，并对安徽知识界的斗争精神给予了高度评价，称"安徽学界又算是全国之领袖"。

由于安庆社会主义青年团在国民运动中的中坚作用，被陈独秀所熟知的家乡的吴振鹏、杨兆成等一批广大青年团员经受了运动的考验，马列主义思想、阶级觉悟和革命精神有了很大的提高，团的组织也发展到近百人，所以陈独秀不失时机地写信给柯庆施，指示他"可以在安庆建党"。

1924年春，安徽军阀省长马联甲移驻安庆，政治形势恶化，学生运动暂处低潮，党团组织也遭到破坏，许多参加团组织的青年被迫出走他乡。而吴振鹏与杨兆成等中坚骨干不畏反动当局的压制，5月9日，他们发动省垣各校学生举行国耻纪念活动，并分赴码头、商店检查，抵制日货。由于吴振鹏在一系列反帝反军阀斗争中，热情勇敢，又擅文章、善演说，深为进步学生信服。是年冬，王步文等人回安庆恢复省学联时，吴振鹏被推为负责人之一。不久，安徽国共合作开始，他又以个人身份加入国民党，并为党员最多的国民党安徽省立一师区分部的负责人。从1924年冬至1925年秋，他为安徽第一次国共合作积极工作并做出了较大贡献。

1924年3月，陈独秀派薛卓汉等来安庆对遭到反动军阀疯狂破坏的安庆党团组织进行第二次恢复工作，临来时陈独秀特地指示他要重视发挥吴振鹏、杨兆成等思想坚定、态度积极的中坚团员骨干的带头作用。

恢复起来的安庆团组织（时安庆团组织受团中央和当地党组织的双重领导），吴振鹏为最初负责人。他与杨兆成等领导团员和进步青年开展革命活动，利用一师音乐教室旁的一个小院，设立社会科学图书室，陈列《共产党宣言》《新俄国游记》《社会进化史》《向导》《中国青年》《赤都心史》等革命书籍，供同学借阅。吴振鹏还在同学中组织文艺团体"曦社"，并亲自主编《曦社》，扩大革命宣传，批判以尤开泰为首的西山会议派、以黎衍庆为代表的国家主义派学生，与此同时，吴振鹏和杨兆成等人还组织社会科学研究会（即马克思学说研究会），在同学中推销《向导》《中国青年》，并在校内办校设夜校，对校工一边进行教育，一边进行革命宣传。

1925年6月初，安庆获悉五卅惨案消息后，在安庆党团组织的领导下，成立五卅惨案安徽后援会。时为省学联宣传部主任委员的吴振鹏积极地参与并领导后援会的宣传和各项工作。他四处奔波，组织演讲团上街演讲，发动安庆女校师生演出话剧《弱泪》，演唱《新五更叹》等。这些宣传工作在发动群众、教育群众参加安徽五卅后援会起到了很大的作用，使募捐钱物支援沪案工人、抵制日货、英货等"后援工作"得以顺利开展。

是年夏，吴振鹏转为中共党员，同时，以优良成绩毕业于省立一师前期师范班。

  1925年暑假,吴振鹏从一师毕业后,中共安庆党团组织根据中央指示意见,结合他的表现和革命工作的需要,将他保送入上海大学学习。

第二章
上海，踏上理想征程

1. 初次出征　故土难离

1925年对于吴振鹏是人生道路上的历史转折点，也是他人生自觉地、真正地走向伟大光明之路的全新的起点。

与其说是安庆党团组织的推荐，不如说是党中央的需要和推荐。这也是党组织结合吴振鹏经得起考验的革命意志以及优异表现而做出的决定。

记得7月初的一个夜晚，安庆特支书记李竹声和组织委员郭士杰召开了党团支委以上的干部会议，会后李竹声让吴振鹏留下并向他宣布了上级组织的决定。

当时，他的革命兄弟，一师的团支部书记杨兆成也在场。

李竹声坐在灯下，久久地看着吴振鹏，觉得他脸上每一细小表情都充满革命斗争的活力，有着无限不可估量的生命力。吴振鹏是个使命感很强的青年，上级领导表情的细微变化都会让他觉得有不同寻常的问题在等着他们，他看了看杨兆成，杨兆成也与他对视了一下，然后一起以坚定的目光迎接上级领导的指示。

坐在李竹声身边的郭士杰，此时两眼视线已经越过面前的灯光，投向窗外的一片黑暗。这样的超越存在深刻意义，它将预示着他们要将这小屋的一点光亮向着黑暗透射出去，然后，沿着坚定的方向延伸、奔走……

过了一会儿李竹声站了起来，他让郭士杰将两份文件交给他，然后打开文件，面对他们俩宣布："今天将你们留下，有重要的决定宣布。"

尽管，吴振鹏已经预感到今天有重要的议程在等待他们，但突然气氛这么严肃，还是让他稍微有点紧张，更有些激动。没等李竹声宣布正式内容，他和杨兆成就自动站立起来。

吴振鹏是1906年出生，命相属马，马有着强健不息、意气高远的气数，心胸开阔、勇于拼搏，并不畏前方艰难，即使前方有艰难也要勇于向前！

他生性聪明、活泼好动、热情奔放，从他懂事到初识马列主义与共产主义思想萌芽阶段，处处显出他个性刚强、永不服输，遇事虽热情接受却又能冷静处置，从而能在大家齐心协力下努力达到他期望的目标。

"根据上级组织考察和推荐，经特支研究决定，吴振鹏同志被选派到上海大学接受学习培训任务，组织关系由上级指定上海党团组织归属；杨兆成同志即日起代理共青团安庆特支书记，待按组织程序召开推选大会正式选举任命。"

气氛好像一下凝固了，无论吴振鹏性格怎么开朗，也被这突如其来的重磅消息一下子"震"懵了；无论他处事能有多么冷静，但突然说要送他去一直向往的党中央所在地上海深造，这幸福来得这么快、这么急，如从天而降的瀑布一样，让他无以抵挡，让他才十九岁的内心的确有点招架不住！

由于当时党团活动处于地下状态，一切决定以及行动计划只有支委以上领导知道。吴振鹏临离开安庆时的各项交接以及必要的准备都是在保密状态下进行。

他是孤儿，没有亲人，但他是父亲的朋友王先生给养育八年后才进苦儿院的。

王先生夫妇是他再生父母，但王先生夫妇俩在他被保送安徽第一师的第二年因地区局部闹病疫，躲避到其他地方去了，从此断了音讯，两间茅草屋周围长满了半人高的蒿草，年复一年，最终屋顶被风化扬尘了，只剩下四边土石墙垠，记录着这人间沧桑变幻。

他临离开这片土地，决定先去拜见与王爸爸和王妈妈一起生活过八年的"废旧老屋"，然后再去父母墓地烧炷香，也算他第一次离别故土的告别仪式。

吴振鹏是步行回乡的，这条道路每年他都要来回几次，一是看望养父母，报告学业成绩；每年清明和年关，他也都要到父母墓地去祭拜一番，与长眠地下的父母交心、聊天。

他依稀记得，入师范第一年春节前夕，他用勤工俭学的钱买了一点年货和礼品回来时，个头瘦小的王妈妈竟将他搂在怀里哭泣了半个时辰不让他分开。

他看到家后青山，屋前清溪，屋西路边腊梅花正在傲放。

他铺开裁好的红纸轻轻写下了上联"冬去山青绿水秀"，下联"春来鸟语梅花香"，横批"新春大吉"。落笔时，竟也让老实不爱说话的王爸爸激动得热泪盈眶，一个劲说："好，好……"

可是好景不长，1923年夏天，怀宁局部地区闹病疫，那片区死了不少人，传染得也很快，当局封锁了那片区，并将与安庆城的要道都隔离了，等到秋天疫情消除，他再回家时，家里已经人去屋空。那把熟悉的铁锁锁住了一个秘密，锁住了一段相依为命的岁月，也锁断了吴振鹏生命中唯一在世上的亲缘、恩缘。

挺过这场病疫的邻居说，他王妈妈有了症状，赶上那片区天天死人，医生根本来不及治疗，王爸爸决定背王妈妈私下出去治疗，并在一个大雨如注的黑夜悄悄从后山出走。邻居说他王爸爸一是无法与他联系，也是不想连累他。

后来，他也通过许多途径努力寻找他们，但都没有结果，加上他在学校学习所限制，更主要的是他几乎将所有的时间都用在了马列主义思想传播和革命组织活动中了，所以只有让他们的音容随着他工作与学习不断浮现，每天晚上临睡前为他们祈祷平安、期盼重逢。

从此，他每年还是定期回来，期待奇迹降临，一家人重逢，但每次他只能面对空无一人的老屋低头思念，无声饮泣。

今天，他身穿一身藏青色的学生装，做离开故土的告别，以后就不可能每年都能够回来几次了，也可能就很难回来了……

他没法找到养育他的父母的音容，也不能像孩子出征一样为父母拭去分别的泪水，但他相信不管他们现在在哪，是不是还活在这个世界上，他来到那养育过他、他生活过的房子面前，他们就应该闻到他归来的气息，能听得清这是他们孩子归来的足音。

他来到已经破败不堪的老屋前，青山无声，只有屋前小溪汩汩诉说，"青山明月梦中看，无端一夜空阶雨"。他在老屋门前长跪不起，无尽的思念在屋后山间萦绕。

当他直下山坡准备拐弯时，他回转身子再望一下养育他的故土老屋，老屋已经陷入夕阳西下的"绝境"，吴振鹏不禁又一次潸然泪下，"人言落日是天涯，望极天涯不见家"的诗句又一次更深地刺痛着他的心。

在落日的余晖中，吴振鹏来到他亲生父母的墓地，在他已经懂事的日子里，他曾经无数次在王爸爸的带领下以及私下有意无意就会来到这里，他明白父母的一生悲苦、过早离世，给他一个举目无亲的孤苦幼年岁月，都是万恶的旧社会造成的。 在他看来，除了善良的养父母用慈善培育他童年纯真的心灵，时常坐在父母墓前与他们说话，他甚至觉得是在一种情境中的"聊天"，这样聆听父母的教诲，每次都是对自己灵魂的洗礼。 这种洗礼会让他听到由法国欧仁·鲍狄埃创作的、经时任《新青年》杂志主编瞿秋白翻译刊登并于1924年在上海大学任社会学系主任时为纪念5月5日马克思诞辰日带领一群爱国青年与任弼时等师生一起高唱的《国际歌》的声音：

起来，饥寒交迫的奴隶
起来，全世界受苦的人！
满腔的热血已经沸腾
要为真理而斗争！
旧世界打个落花流水
奴隶们起来，起来！
不要说我们一无所有
我们要做天下的主人！
这是最后的斗争
团结起来，到明天
英特那雄纳尔就一定要实现
……

而且，歌声一次比一次雄壮，旋律一次比一次铿锵。

父母的墓在一个明清的小河边，由于有义薄云天的王爸爸，墓地有连排的青竹衬托，四季节气有茂盛的芦苇陪护，年年安逸。

面对河水倒映青色招展相衬的墓碑，吴振鹏思维开始安静，虽然此去踏上革命征程是党的召唤，是无上的光荣，但毕竟这是走上革命征程后第一次离别故乡,毕竟无法料到是否还能再回故土看望父母……他跪在落霞笼罩的父母面前静止泪水,在香火闪烁中告诉父母,此去是为了民族的大义,是为了人类的解放,希望得到父母的赞同与保佑。 如果真的还有灵魂,他希望父母将压抑了一冬的泪水留给多情的春天! 他在内心安慰父母,召唤自己,当冬天过去,春天来临的时候,他仿佛看到,熬了一冬的树木已长成一圈年轮。

2. 上海大学 红色基因

五天后,吴振鹏从安庆码头乘上一艘从重庆开往上海的鸿利号商船前往上海报到。

临别时,党组织为了保密只同意杨兆成一人专门为他送行至码头。 杨兆成将母亲为他做的一双新布鞋送给吴振鹏,吴振鹏起初不肯接受,但经不起杨兆成的送他的决心:"振鹏,你不接受我的布鞋,就是不承认我这个大哥,难道你不愿意将我妈妈当成你的妈妈? 此去上海,是你的光荣,也是我们安庆党团组织的光荣、安庆青年人的骄傲! 所以,你能穿上我妈妈做的鞋,我就能分享你在革命征途上的胜利喜悦,你也能感知到我妈妈的祝福!"平时少言寡语的杨兆成与兄弟临别时竟一下子打开了话匣子,但一说到分手时就又哽咽起来。

站在波光粼粼的码头,两个大小伙子,两个怀着共产主义远大理想的革命青年,他们为奔赴不同的革命战场,为迎接新的斗争征程,在彼此鼓励、关爱中,坚定、从容的两双手拉紧、握住,体现男人力量的双臂紧紧抱住! 他们彼此用拥抱的双手拍拍彼此的背脊、肩膀,仿佛相互许下了时刻为革命献出生命的誓言……

没有想到,这革命深情的一抱,最终成为两位英雄的诀别一抱。

船开了,挥手中,一人已在江心,一人还在岸上。 望着渐渐变小却始终不停挥手的杨兆成的身影,吴振鹏不禁又泪如泉涌、感慨万分。 此景此情令他先想起了辛弃疾《鹧鸪天·送人》"唱彻《阳关》泪未干,功名馀事且加餐。 浮天水送无穷树,带雨云埋一半山",以及白居易《南浦别》"南浦凄凄别，西风袅袅秋"。但他觉得虽有此情境，却过分黯然与惆怅，与革命征程中同志暂时分手的气氛不合；他又想起了大诗人李白的《劳劳亭》"天下伤心处，劳劳送客亭。春风知别苦，不遣柳条青"，虽不写送别情，写送别的亭子，但让春风不忍心见到折柳送别的场面而不让柳条发青的诗意，仍然脱离不了常人的分手之情，无疑少了革命气节！只有王昌龄《芙蓉楼送辛渐》的词句间有了那份革命者的情怀与信仰："寒雨连江夜入吴，平明送客楚山孤。洛阳亲友如相问，一片冰心在玉壶。"让他体察到自己内心的光明磊落，以及表里如一的人品，同时也让他由衷地赞美共产主义战士的志趣高洁。

商船是煤烧蒸汽机动力，气阀的哨声，黑暗中的鸣笛，不时将吴振鹏惊醒，让他无法入眠。两岸与江面都是黑沉沉的，只有船体在波浪中顽强向前，他能感觉到中国此时的命运就像这艘船一样，面对黑暗、大浪与暗礁摸索前行，它急需勇敢而明确光明方向的舵手，需要无数英勇无畏、敢于献身的水手。

当商船行进到李白笔下《望天门山》的天门山时已经早晨，"天门中断楚江开，碧水东流至此回。两岸青山相对出，孤帆一片日边来"的意境又让吴振鹏凭空增添了无限信心。

身高一米七六，身着藏青色学生服的英俊的吴振鹏昂首于商船的右前舷，他面对东方冉冉升起的太阳，迎着被朝霞"烧红"的江水，心中一遍遍默诵着："从来就没有什么救世主/也不靠神仙皇帝/要创造人类的幸福/全靠我们自己/我们要夺回劳动果实/让思想冲破牢笼/快把那炉火烧得通红/趁热打铁才能成功！/这是最后的斗争/团结起来，到明天/英特那雄纳尔就一定要实现……"

他开始领悟到，岸边诡异变幻的礁石，江中无穷变化的漩涡，构成了惊涛骇浪与险滩激流的社会风云、险恶形势；而楚江两岸的苍翠与粉红，农家院落的鸡鸣狗吠，江堤上放牧的孩童与牛羊，以及偶尔露出脑袋和身子在江心打挺的江豚，江面觅食起舞鸣叫的白鸥，仿佛再现着革命者理想中的大同世界，这让他更加坚定了与旧世界奋起斗争的决心，以及对实现共产主义的必胜信念。

第二天晚上，商船到达并停靠在中国最大的港口城市也是最大的国际都市上海码头。

当晚，吴振鹏按指定地址找到靠近码头的中央少共国际和团中央青年联络处下属的一个接待站。接待站从外表看就是一个旅馆，上下三层小楼，最下层是大厅营业间和餐厅，二楼是住宿的房间，三楼是办公的地方和雅座及活动用房。接待站分好几个，有靠近码头和靠近火车站的，也有在其他地方的，主要为了中转、接送来上海开会、参加活动的相关人员，除短期路过人员，一般接待站接到的人员是会按照相关指令分送到指定地址和单位。

吴振鹏到了接待站，按规定指令，送交相关通知报到文书，交由接待站审核，办理相关预备手续。

在等待验证手续时，吴振鹏站在三楼一间接待室窗前，看到初识的大上海已经是华灯绽放，尽管国内斗争形势因五卅惨案风起云涌，上海的工运、学运持续高涨，但仍然阻止不了中华第一繁华的外表，血色腥味仍然抵抗不了上海灯红酒绿的顽固！

"振鹏同志，辛苦了，请跟我来。"

大约半小时，一位自称姓丁的通讯员同志，来到吴振鹏面前，握了握他的手，称手续已经办好，然后提起他的行李让他跟着自己去安排的地方。

下楼，穿过大厅，吴振鹏看到来来往往的住店旅客，他后来才知道，这里面有部分和他一样的革命同志，而更多的是真正住店的客人。这都是组织上用"外衣"掩护的手段和方法，在上海，像这样的大大小小的旅店、茶社、酒店、书店、药店甚至是医院，散布在车哗人嘈杂的大街与小巷，掩藏在灯红酒绿的弄堂角落，它们为了组织上的各种需要而肩负着神奇的使命。

他们分乘两辆带篷的黄包车，一是为了伪装的需要，二是为了在出现紧急情况时的应变和互动,原则上两人不同乘一辆车,同时为了万无一失,担任"专线"接送任务的黄包车都是由自己的同志担任车夫。

车子一路小跑从细长的小街、弄堂经过租界的地界,因为丁同志规定乘车路程中不允许探头观看,20 世纪 20 年代的上海晚间景象只能在吴振鹏眼角一闪而过,灯景、影院、洋行、布庄、药铺、相馆、烟号、拍卖行等灯下的牌匾伴随着声、光、嘈杂以及五彩的动感、速度中梦幻般的一一出现,又一一消逝。

到了指定地点,已经是夜里十二点多,这是吴振鹏初识上海的印象,尽管这只是一角,但来到这里,眼睛里满是物品,耳朵里满是声音,心里满是探求的欲望,脑子飞快地转动,仿佛自己的双腿也在急急向前,近乎于小跑。

中央少共国际和团中央青年联络处安置在上海法租界内,上海法租界大致位于今上海市卢湾和徐汇两区内,东部狭长地带(今金陵东路及中山东二路一带)伸入今黄浦区。它是近代中国四个在华法租界中开辟最早、面积最大也是最繁荣的一个。上海法租界的管理是由法国驻上海总领事和公董局董事会共同负责,内设六个巡捕房。

中央少共国际和团中央青年联络处安设在法租界也是为相对安全考虑,它的前身是"外国语学校","外国语学校"创办的目的就是教育和训练青年,为了给党和青年团培养干部。

青年团最初的名称叫中国社会主义青年团,它的创建史介绍如下:1920 年 5 月以后,陈独秀、李汉俊、陈望道等人在第三国际远东局代表维金斯基的帮助下,在上海《新青年》杂志社,经过多次酝酿,成立了中国第一个共产党组织,作为筹建中国共产党的发起组,当时的名称就叫"共产党"。它除了出版《新青年》《共产党》杂志、宣传马克思主义、指导各地建党、开展工人运动,一项重要的工作就是领导青年运动,组织社会主义青年团。因为"五四"运动以后,许多青年由于反对腐败的军阀统治和封建礼教的束缚,离开了学校和家庭,来到当时新文化运动的中心——《新青年》杂志社，寻找出路。陈独秀等发起组的同志们热忱地接待他们，安置他们，并委派发起组中最年轻的成员俞秀松和张太雷，于1920年8月，在这些青年中建立了社会主义青年团，当时简称"SY"（英文"社会主义青年团"的缩写）。俞秀松任书记，主持团务。最初只有八名团员，后来在"工读互助团"中积极发展，不到一个月，就达到三十多名。刘少奇、罗亦农（罗觉）、任弼时、肖劲光、柯庆施、贺昌、许之桢、傅大庆、梁百达、王一飞等人都是最早的团员。此外，上海党的发起组成员也都加入了青年团，他们除了个别人（如陈独秀），绝大多数也是二十来岁的青年。

党一开始就把青年团看成自己的助手和后备军。为了教育和训练青年，为了给党和青年团培养干部，上海发起组以青年团的名义在法租界渔阳里6号，租了一幢两楼两底的房子，创办了"外国语学校"，由维金斯基的夫人和翻译杨明斋（俄籍华侨、苏共党员，随维金斯基来华）教授俄文。青年们在这儿学习后就到苏联留学。刘少奇、罗亦农、任弼时、肖劲光等同志就是在这个学校里学习、入团，然后赴苏、入党的。"外国语学校"还是上海社会主义青年团团部所在地，和上海共产党发起组的工作部（对外联络和活动的场所）的所在地。当时党的发起组是秘密的，青年团是半公开的。党的许多活动通过团来进行，所以党的发起组和团的活动是不分的。在这儿，曾以青年团的名义举行过"马克思诞辰纪念会""李卜克西、卢森堡纪念会"，以及庆祝"三八"妇女节和"五一"国际劳动节等活动。1921年，在上海成立团的临时中央局，在全国代表大会召开并选举正式中央机关之前，代行中央职权。

随着国内革命形势的发展需要，全国党团组织需要培养大量的青年干部，充实领导力量，这样就出现了1922年10月23日中共参与创办的第一所高等学校——上海大学，从而取代了党先期培养青年干部的"外国语学校"之培养任务，"外校"保留相关临时辅导和出国短训班外，基本就成了后来的中央少共国际和团中央青年联络处。

上海大学成了吴振鹏命运中的重大转折点、里程碑。

1922年春，牧师王理堂以提倡新文化为号召，在上海闸北青岛路青云坊（市级革命纪念地，今青云路298号附近）创办私立东南高等专科师范学校，自任校长。创办后，王理堂将收取的学费和膳食费全部卷走去了日本，从而引发了学潮。学生们组成的学生自治会要求改组校务并请新文化运动的领导人陈独秀或国民党元老于右任担任校长。当时中央为加速培养更多青年干部，正好决定创办一所干部高等院校，总书记陈独秀也曾与李大钊等人多次酝酿筹划。在国共合作背景下，中共认为请国民党出面办学较为有利，学生自治会接受了中共的意见。经师生代表两次恳请和好友邵力子、杨杏佛等人劝说，于右任为师生代表的殷切恳求所感动，同意接受邀请，建议把校名改为"上海大学"，并亲自题写了校牌。

1922年10月23日，上海大学正式成立，校舍为老式石库门二层楼房十余间，于右任出任校长，邵力子为副校长（当时是中共党员，1924年4月起任代理校长）。1923年，共产党人邓中夏任总务长（后改称校务长），瞿秋白任教务长兼社会学系主任，校务工作主要由加入国民党的共产党人主持。孙中山任名誉校董，蔡元培、汪精卫、章太炎、李石曾、张继、张静江等二十余人担任校董。改组之初，只有文学、美术两科。经过改制，上海大学设有社会科学院（含社会学系）、文艺院（含中国文学系、英国文学系）和美术科，另外还附设中学部和俄文班。学校开设的必修外语有四种：英、德、俄、日，要求每个学生掌握两门，又附设世界语选修课。学校的目标是有系统地研究社会科学和发展形成新文艺系统，培养社会科学和新文艺方面的干部，以达到改造社会的目的。报考上大的学生百分之六十要入读社会学系，该系以学习马克思主义的基本理论为主，瞿秋白为社会学系制定的教学计划提出着重劳动问题、农民问题、妇女问题的研究，设置了近四十门必修课和选修课。上大还设立了特别讲座和各种讲学会，邀请社会名流和专家学者或该校教师作专题讲演。

上海大学是中国共产党参与创办的第一所高等学校，集中众多共产党员，是第一次国共合作的一个标志，也是中共早期在上海的一个重要活动据点，有"红色学府"之称。

于右任校长放手起用共产党人和进步人士，又先后聘请蔡和森、恽代英、沈雁冰、任弼时、萧楚女、田汉、张太雷、郑振铎、朱光潜、朱自清、丰子恺、胡适、郭沫若、叶圣陶等到校任职任教。

成立之时，正值孙中山广州蒙难脱险之时，他来到上海，在筹划改组国民党相关会议上，着重提出要大力培养革命人才，并多次提到上大要重点建设，健全培养革命青年干部队伍重点学科，完善机构体制等，他希望上大办成"以贯彻吾党之主张，而尽言论之职责"的革命学校。

因此，上海大学成为当时中国革命的冲锋号，成为了革命理论上宣讲者、播种机，为工人运动和学生救国运动注入了强心剂。1924年8月，蔡和森在社会学系的讲义《社会进化史》由民智书局出版。10月13日，上海大学学生会成立，以"谋学生本身利益并图学校之发展，参与救国运动"为宗旨。

1924年下半年，上大师生通过开办工人夜校培养了一批工人骨干。

上海大学也成了培养中国革命家的摇篮，成为千万热血青年向往之地。

1925年1月，中国共产党第四次全国代表大会决定在党内建立支部一级组织，上海大学是全市第一个建立中共支部的学校。

1925年5月30日，上大四百余名学生成为五卅运动的先锋队。参加上海五卅反帝爱国运动统一指挥机构——上海工商学联合会。上大学生代表有：李硕勋（革命烈士）、赵君陶（李硕勋之妻）、关向应（曾任共青团中央总书记、中央军委委员）、杨尚昆（曾任国家主席）、许乃昌（彰化人，中国台湾第一位中共党员）、邱清泉（抗日爱国将领）、何秉彝（在五卅惨案中牺牲）等。大革命时期，上大师生还积极参加北伐战争和上海工人三次武装起义，并都成为骨干主力。"四一二"反革命政变发生后，帝国主义和国民党称"上海大学是赤色大本营"。上大因其历史功绩和地位闻名全国，时称"五四运动有北大，大革命时期有上大"，"北有北大，南有上大"，"武有黄埔，文有上大"。

1925年6月4日，学校被英国军队占领、封闭。

而就是这个时候，吴振鹏受党组织重点选拔，前往上海大学就读。

吴振鹏是受党中央考察，属于政治觉悟值得信赖，工作与学习表现突出，从全国各地选拔出来的杰出青年代表之一。像吴振鹏这样被党挑选出来的优秀革命青年经过上海大学的系统基础学习后，除大部分留下直接工作，有突出成绩的一般都会再被选拔到苏联莫斯科东方大学和中山大学深造。

命运往往在你奋发向上的节骨眼上，悄悄与你开上"不大不小"的"国际玩笑"，正当吴振鹏在革命征途上觉得"提刀而立，为之四顾，为之踌躇满志"时，正当他满怀信心地接受上级组织对他的信任和厚爱，并期待自己得到必要的"充电"，决心通过好好学习蓄足能量为革命加倍奋战时，上海大学四百余名学生成为了五卅运动的先锋队，导致五卅惨案发生后，英国先是让巡捕强行查封上海大学，后直接将军舰开进了黄浦江，并让海军从军舰登陆上岸与驻扎在租界里部分英军混编进入上海大学驻扎，强行占领了上海大学。

3. 投学无门　请求工作

7月的上海，说火就是火天，说雨就能倾盆如瀑，说风来就立即空穴咆哮。一连几天热浪与风雨连绵起伏，让吴振鹏在苦苦的等待中出现焦虑不安的情绪。而他只能在等待中按规定守着住处的桌子看报、读书，心烦意乱时就靠近二楼的窗户扫描一下烟雨朦胧的大上海，那风中凌空起舞的树叶将他的心思旋转得一程又一程,仿佛带他去了神往已久的上海大学,去了教室,去了集会的操场。那雨中奔走的人群,好像是在他的带领下去了全国相继发生惨案的地方……

吴振鹏每天通过看报得知,自五卅惨案发生后,举国同愤,因英国仍继续采用武力压迫政策,使得中国多地相继发生援助上海的罢工行动而引发惨案。6月11日汉口惨案发生,6月13日九江冲突发生,6月23日沙基惨案发生,7月2日重庆惨案发生……而上海正处于因北京政府代表于6月16日在会上向帝国主义提出的十三条解决办法遭到六国委员拒绝而引发持续罢工的浪潮中,吴振鹏觉得有一股冲动的战斗欲望在他内心深处已经"布满阵地",他要带领千军万马向着敌人冲锋陷阵,夺取我们的城市、我们的校园、我们的权利和尊严。

在他的再三申请下,经组织同意,老丁带着他来到上海大学,来到了保送他却又进不去的大学校门外。

在学校的不远处,他看到上海大学大门紧闭,校园旗杆上悬挂着英国海军军旗,门口有四个荷枪实弹的英国陆军士兵岗哨分站两旁,从铁栏中看到英国军人在校园内跑步、操练。

站在中国的土地上,看到帝国主义在中国共产党主创的大学校园横行霸道,吴振鹏全身几乎每根神经都在绷紧、颤抖,老丁见状赶忙从后面抓住他的一只手并紧紧握住,另一只手平放在他的左肩上对他说:"你看到最黑暗的时刻就是黎明前的预告。"吴振鹏明白这是列宁同志说的,老丁借列宁的话安慰和疏导他,面对现实的黑暗与无奈,吴振鹏弄不清内心是怎样从怒火燃烧过渡到渐渐生冷,又是怎样在归去的路途上复归平静的。一路上,在老丁的介绍下,吴振鹏看到商界停止罢市后的贸市恢复状态,这是在帝国主义和买办资产阶级的威胁利诱下,民族资产阶级动摇、破坏反帝统一战线的结果。只有生产制造业的工人罢工还在持续。

坐在东方最大都市的最先进的有轨电车上,吴振鹏目光里没对先进有半点欣赏,向前延伸的发亮钢轨,在他眼里如同从海上游上来的两条长蛇，随着东方这辆典型的半殖民地车厢，向纵深横行蚕食中国肌体。先进的车厢两边人流如潮的市面，骑车穿梭往返的公子哥们，坐着小卧车的小姐款爷，臂挽贵妇人的各界商人，以及身穿各色军服的外国士兵，越界行走头围红巾的印度巡捕……这只畸形的"万花筒"在不断上演压迫与被压迫、剥削与被剥削以及由此演变而生的贫穷、饥饿、反抗与镇压……

吴振鹏与老丁刚刚下车就遇到一起抢劫案件，当时他下了车正在向通向里弄的叉巷道走去，突然听到一位妇人的喊叫："抢劫了，快抓住抢劫犯呀……"声音就在他的正前方，他抬头一看，一瘦削模样小伙身手敏捷地抢了一中年女士的挎包，撒腿向小巷子深处呈跳跃式地逃跑，吴振鹏看到中年女士一边追赶一边呼喊的绝望神色，"见义勇为"的质朴念头和本能的勇敢瞬间让他忘却了自己的处境与身份。只听他对奔逃的"抢劫"者高声喊道："快将包放下，快将东西放下！"并立即从捷径对"抢劫"者实施围堵。吴振鹏追赶时觉得有腾空而飞的感觉，闪动几下便将自己淹没在八方交错的里弄中，而老丁让他停止追赶的呼喊声早被他甩得无影无踪。

吴振鹏凭借经验以及道路特点合理推断，加上他在安徽一师率领团员及青年常态的体能运动训练练就的一身"功夫"，很快，那小伙子被吴振鹏逮住。

小伙子被吴振鹏按在墙边，令他不解的是，这小伙子被按住既不挣扎，也不出声，更不求饶。

"反过身来，你为何要抢劫，为何不学好？"

连问了三次，小伙子就是不说话。反过身来的小伙衣衫破旧不整，两只眼睛死死盯着吴振鹏，目光中分明透出哀怨以及仇恨。再看他右手臂与左大腿分明有伤痕，特别是大腿包扎处血迹渗透，吴振鹏似乎觉察出小伙子并不是什么抢劫犯，分明是底层阶级的人，本能的内心慈善，让吴振鹏松开手，对他说："你怎么不学好，还学会抢劫呢？"小伙沉默不语，被吴振鹏松开的双手开始颤抖不已……吴振鹏从第一感觉觉得小伙子肯定不是偷抢惯犯，肯定有其特殊的原因。

就在这时，那个被抢劫的教师模样的女士赶过来，一边小跑，一边从气喘中挤出力量喊道："快抓抢劫犯呀，快抓……"在大约三百米的地方一队巡警听到呼声正在向这边快速靠拢，吴振鹏虽然来不及问清楚情况，但他已经知道要做什么、准备怎么做，他对小伙子说："不要走，我会让你说清楚的。"就沿着中年女士的吼声快步走过去并将她的挎包递给她说："大姐不好意思，小伙是我家人，与人打架将大脑打坏了，精神上有点问题，刚刚跟着我们从医院跑出来，精神病又犯了，真不好意思呀，让您受惊了。"说着快速递给妇女一块银元："大姐，可怜可怜他吧，警察来了就说自家弟弟犯病了……"女士望着手里失而复得的挎包以及吴振鹏硬塞给她的一块银元，再看看吴振鹏发自内心的恳求神情，女士自然没话讲了，也只能按吴振鹏讲的给巡警说明了。

巡警走了，女士走了，小伙子却低头抽泣起来……

经过询问，小伙子叫夏金波，他的父母是沪西纺织厂工人，父亲夏东江参加了五卅运动，当天在公共租界被英国巡捕当场击伤，最后因抢救无效死亡。母亲因为父亲的死去巡捕房鸣冤说理，冲撞巡捕房大门被抓关了五天，放出来时在回家路上，又被一伙不明来路的地痞流氓打伤了双腿。"那天下午，我是来接母亲回去的，接到她后走了不到十分钟，在一个小巷的弄堂口，突然从弄堂里冲出六七个不明身份的男子，其中两个拿着木棍不由分说就朝我母亲双腿砸去。我根本来不及想，等到反应过来，母亲已经倒地晕了过去，我赶忙冲过去一边大声喝道'你们什么人，为什么要打我母亲，为什么？'一边用身体护住母亲，就这样我也被打伤了。整个过程中他们一个不说话，大约一分钟的样子又迅速散去……从那天母亲一病不起，双腿化脓没钱治疗，昨天她高烧不止，我才……"夏金波说不下去了，大哭不止。吴振鹏从夏金波的绝望中读到了他铤而走险的深刻涵义，读到了中国社会已经处在危险的边缘。

吴振鹏记得他的名字"夏金波",在老丁不断地催促下,吴振鹏掏出身上还剩下的两块银元全部给了夏金波,让他先回去给母亲治疗,然后写下地址预备日后有机会再济。

面对吴振鹏与老丁离去的背影,夏金波长跪不起……

晚上到"家"的吴振鹏,虽然擅自行动按纪律挨了批评,但暗自认为他能通过案例认识上的变化做出个性化处理,觉得自己向成熟迈进了一步。

吴振鹏庆幸自己的聪明,庆幸自己没有犯下不能自我原谅的错!他觉得通过白天的这件事,更深刻地了解了五卅惨案对社会、对上海工人民众的影响,他觉得通过追捕"抢劫犯"到设法解救"受害人",再到接济并劝慰夏金波的过程,教育了自己,引导了自己对革命理论的实践。

他站在窗前,望着大上海随着灯影延伸而变幻莫测的世界,心潮澎湃。

那些暗影下面的被压迫的呻吟、悲泣,他们期待明天的太阳,但曙光姗姗来迟;那些正在觉醒的、已经觉醒的,正在开始的申诉、呼声,甚至到达了怒吼的边界,他们渴望冲破黎明前的黑暗,他们渴求组织的轰轰烈烈,渴求用浩浩荡荡的气势砸碎旧世界。

他不想再这样等待下去,他要立即打报告给组织,要求在上海给他安排工作。

敬爱的组织领导:

我是安庆吴振鹏,蒙组织信任与厚爱被选拔来上海大学就读,来时信心百倍,来后数日等待中觉察到沪上形势逼人,因之,本人结合列宁同志说过的"应该在肩膀上长着自己的脑袋"语录,领悟精髓后分析沪上"敌情",半封建半殖民主义仍然横行,曾经挂过"华人与狗不得入内"的一些公众地方,现在中国人仍然不能进去,此乃中华民族的耻辱!然而,现任当局的无能与腐败,致使帝国主义非但剥削国人没有半点收敛,而且加倍欺压中国民众！5月初，共产党人顾正红因维护职工合法权益被"东洋人"枪杀，在我党及广大工人学生的抗议下，帝国主义没有半点道歉之意，更没有法办行凶者。从而导致了"五卅运动"，而"西洋人"又对赤手的抗议民众进行集体大屠杀，造成震惊中外的"五卅惨案"！

究其原因，只要旧世界的体制运转一天，帝国主义不管是"东洋鬼子"还是"西洋鬼子"就仍然会在光天化日下指着中国人鼻子说："奴才，给老子跪下！"你不服，或者抗议，他们的枪声里就会仍然有学生、工人倒在血泊中，而且不会与你商量！

所以，我们与旧世界不是抗争，而是需要团结起来，众志成城，与它断裂，并以史无前例的伟大决心去砸碎它！

所以我们与力量强大于我们几十倍的敌人进行拼杀，还没有足够分配的技巧，去演变我们波澜壮阔的伟大革命事业。

记得上海大学教授、"五卅运动"的领导人之一的恽代英先生说过，青年学生赤手空拳，手无寸铁，打天下是打不成的。这就是人们常说的"秀才造反，三年不成"古话。他还进一步教导我们说，我们要使自己有战斗力，在政治上和思想上要向工人和农民学习，要到工人大众中去并和他们打成一片，成为他们的亲人，成为他们的帮助和后盾。旧政府是靠不住的，我们要在深入学校、工厂、农村，自觉组织学生军、工人纠察队、农民自卫武装，并在最短时间内形成战斗力，在需要时能勇敢地冲锋陷阵。

基于我这样的表达，说明我已经决定即日起投身到学生和工农运动中去，并申请组织上同意我的请求，不再等待上海大学恢复开学之日了。

今天想到这样的决定，我就一刻不能等待了。

吴振鹏
1925年7月10日

吴振鹏后来为自己的决定以及申请暗自欣慰。事实上，从1925年6月4日上海大学被英国军队占领、封闭后，6月14日，校学生会全体会议决议募捐建筑新校舍，拟"先建筑五十亩两层中式房，并建筑能容千人的大礼堂"，一直至 7 月中旬，学校开始迁回闸北中兴路，设临时办事处继续招生，后租闸北青云路师寿坊（今青云路 167 弄）15 幢民房为校舍。但一直没能开学，直到 9 月 7 日，经广州革命政府第十五次会议决定，补助上海大学建筑经费两万银元，9 月 10 日临时校舍才开学上课，青云路弄堂口挂于右任所书"上海大学临时校舍"的牌子。而在这短短时间内，吴振鹏已经锻炼成了一名引翔港地区传播革命学说的平民学校老师，一名工人和青年运动的引导带头人。

4. "潜伏"治恶　初试锋芒

吴振鹏的请求，很快得到了上级的批示，根据当时的情况，结合吴振鹏的工作经历与成绩，党组织决定将他派往工人集中的引翔港（集镇），化名吴静生，潜伏于一家日资纺织厂当工人，接受团上海地委引翔港支联会（1925 年 11 月改建引翔港部委）领导，并在指导下在工厂秘密传播共产主义思想，发展青年组织和进步工人队伍。

1925 年 8 月至 11 月上旬，团上海地委所辖上海团组织为团支部和杨树浦、引翔港、小沙港、曹家渡、浦东、闸北、南市、徐家汇和江湾九个部委和吴淞、上海大学两个团特别支部。

8 月至 11 月上旬，引翔港为支联会，下辖三个支部，总计有二十名团员，时任书记是梅中林，湖北人，1928 年被武汉卫戍司令部逮捕杀害。

梅中林，中等身材，四方脸，湖北乡音很浓，长吴振鹏五岁。

吴振鹏前来报到的晚上，梅中林宣布了上级组织对吴振鹏的相关任命，让他担任上海团地委引翔港支联会青年和宣传委员，兼任一支部书记。宣布后，梅中林用不紧不慢的湖北腔调给他梳理了一遍他工作的任务及要求，总体说起来，工作似乎没有硬性的考核，但制度是硬的，没有具体指标，但目的是刚性的，时间是按照工人岗位作业时间，但任务是安全作业外所有要做的"项目总和"。"第一，你的身份就是工人,表面上又是通过招工进去的,但又不是一般工人,是我们组织通过内线有意安排进去从事地下组织工作的人员;第二,具体做好保存生力、发展生力、播种火种,最终达到发展扩大火势的(罢工和武装暴动)目的。"梅中林形象化地概括了吴振鹏即将履行的"地下工作"内容,还特别交代吴振鹏,一切按组织纪律办事,部分工作表面上要在工厂内部"合法化"的前提下进行,不能取得"合法化"的需要在秘密的情况下进行,切切不能暴露自己,更不能暴露组织的安插目标、目的。

安排吴振鹏"潜伏"的日资纺织厂叫东华纺织厂,位于上海杨浦区引翔港(镇)长阳路上,现杨树浦路与宁国路之间的区域。

引翔港,又名引翔镇,位于杨浦区南部,今长阳路双阳路口,是上海东北部古老而繁荣的重要集镇。

集镇坐落在南北流向的引翔港(后由上海公共租界工部局填筑为勒克诺路,今宁武路)和东西流向的周塘浜(今长阳路东段南侧绿化带)交叉点,有舟楫之利,乡人聚族而居。明万历年间,形成村落。之后,里人周锡璜,慷慨解囊,修筑便民石道,西通虹口,村落扩大,遂成集镇。

"潜伏"前,吴振鹏对引翔港做了一个全面了解,这是地下工作的需要。不但要了解地方的历史及发展情况,而且要了解地方的机构沿革及现有的设置,还要了解当地的土豪劣绅情况以及商贸公司主流情况,这有利于组织上在特殊时期内掌控该地以不变应万变的需要。

吴振鹏是一个不折不扣的革命者,他首先对引翔港地区的人文历史做了详细的了解。通过查证,吴振鹏从相关记载中得知,引翔港在上海县东北,又名尹翔港,清康熙年间名迎祥浦、尹祥浦,同治年间始名引翔港,皆是谐音的演变。光绪三十四年(1908年)《上海乡土志》载:"北乡有……引翔港,水旁有市,旧称海防警地。"因此,引翔港,既是军事要地,也是上海东北的政治经济的中心集镇。

为了熟悉环境,吴振鹏花了七天的时间,走遍了引翔港大街小巷，走遍了城内城外，才了解到地处港浜交汇点的引翔港，向四周辐射逐渐形成东、西、南、北四条街。各条街口砌有三米高的栅墙，装有栅门，早启夜闭，以策安全。其中西街最长约四百米，北街次之，东街又次之，南街最短约两百米。街道宽一丈，弹石路面。店铺都依河傍水，多数是砖木结构的矮平房，两两相对，鳞次栉比。铺面宽一至二开间的居多，三开间以上的很少，进深二三埭不等。

吴振鹏深入了解了工商情况，为组织上团结一切爱国商人做资料方面的准备。

西街之北有一条后巷，名为小北街，纯为居民住宅区。四条街各有其经营特色：东街以香烛、文具等店铺为多；南街以中药、染坊、典当业为主；西街经营粮食、糟坊、南北杂货居多；北街以五金、服装等业较多；镇中心以鱼、肉、禽蛋等业为主。当时全镇有五爿茶馆、五家饮食店，其中侯天元香店、晋源米店、周永成京货店、裕大酱园、天一堂中药店等，都是镇上有名的商店。每天早晨，四乡农民即挑运各种农副产品，上街赶集。集镇上人们熙来攘往，人声鼎沸；河港中舳舻相接，店铺里人头攒动，非常热闹。每天下午至晚上，有艺人在茶馆说书，演唱滩簧。南栅口和西栅口外空地上常有江湖艺人演杂耍、耍猴子、演戏等，丰富了古镇人民的文化娱乐生活。镇中心有家"桥门头"茶馆，四面临窗，凭栏俯视，河中船只，穿梭于店堂之下；街上行人，奔忙于店铺之间。

清末民初，镇上商店林立，行业俱全，已颇具市镇规模。人口虽无确切统计，但据报载，全镇有一百二十多家商店，五百户左右居民，引翔港镇已是沪东北的一个重要市镇。

关于上海开埠后的情况，吴振鹏了解到，殖民主义者大量涌入，加速了引翔镇的变化。清光绪二十五年（1899年），古镇的南半部及西部被划进了租界，从此洋人在这里填浜筑路，既办工厂又进行宗教活动。光绪二十八年（1902年）美国基督教全球总会派人来华传教。宣统元年（1909年），教会在镇西南角购地造房，建立安息日会中华总会，办学校，兴建筑，占地五十多亩，于是古镇形成华洋杂处的局面。民国七年（1918年）永和机器染织公司被卖给日商，更名东华纱厂；同年，日商又在西栅口外建造东华纱厂二厂（今中国纺织机械厂）。从此，这个农村市镇逐渐拥有了更多的现代工业。 民国十一年（1922年），粤商马玉山从镇北筑成马玉山路（今双阳路和营口路），经远东运动场，直达沈家行，北接翔殷路。 每逢周末，从市区去远东运动场赛马的人，古镇是必经之路。 这就为引翔镇的繁荣与发展又创造了条件。

1925年的梅雨季节过后，给青春蓬勃的吴振鹏带来了丰收在望、一个全新的革命秋天。

为了给吴振鹏设置一个开展地下工作相对安全、方便的工作环境，组织通过内线给他安排了一个纺机保全保修工的岗位，这个工种一是时间自由，负责纺机的保养和维修，二是接触人员广泛，只要属于生产一线的都可以接触，包括纺织工人、维修所有人员、提供维修零件包括油料的部门人员、需要加工生产配件的人员等。

为了减少"徒工"学习时间，保证为组织工作的时间更加充分，组织上安排了一名在厂里担任保全保修工种的内线人员唐师傅为吴振鹏在进厂前进行了速培强训，又弄了一本在其他纱厂相同岗位的"初级技能"技术等级证明，经过厂方组织的有内线人员参加考核的考试，直接作为有其他纱厂同岗位技能的熟练工分配到车间使用。

在工厂，吴振鹏身穿灰色的粗布工作服和工人兄弟一样，每天在极其简陋恶劣的环境中工作十几个小时，没有节假日，生活条件很差，连开水都喝不到，只能用锅炉蒸汽通过纺织机流下的水止渴，带来的冷饭也是用含有铁锈的"汽过机"温水泡着进口充饥。 更谈不上安全和健康保障，没有劳护用品的工人在没有安全设施保障的机器上工作，经常出现人身安全事故，而厂方对待伤残或者病重工人就是抬出去扔到厂外野地里让自家人来领走，没有家人领的只能等待好心人帮助，否则就在等死。 工人们还经常遭受工头的任意辱骂、体罚，女工有时出入厂门会被强行搜身甚至是由男性门卫搜身，明知要遭到凌辱，但也要忍痛接受这样的人格践踏，稍有反抗就会遭到殴打甚至开除。

　　青工、童工更是苦不堪言，小小年纪就要做与成人一样的活，使没有发育或刚刚发育但发育未全的孩子们的身心受到严重的摧残。

　　这种非人的境遇和非法的用工制度使吴振鹏大为震惊！进厂一个月来，他没一天好好地睡过一次觉，他的眼前全是班上的让他愤怒、让他心痛的影像，而他却无法解救，无法制止。

　　他将所见情况向上级做过两次汇报，上级只让他继续观察、了解与记录，特别是让他收集"包身工"的情况，没有向他发出他要的指令。

　　了解"包身工"的内心是痛苦的，但又是他觉得必须完成的任务，他同时坚定信心：被压迫的被剥削的劳苦大众终会在某一天得到彻底解救，他与组织中的人正是为这一天在积极地努力与进取。

　　他通过方方面面了解到"包身工"都是十岁左右的孩子，外国资本家主要是为了降低成本而雇用他们，基本不给工钱，管个吃住，吃住也是最简单，住就是更恶劣的环境，地下室、废旧仓库，地上铺上草席，冬天就加上草。更主要的是这些孩子从一进厂就失去了自由，他们见不到父母亲人，早晨天还没亮，就被专门监工的工头吆喝起来，喝一碗照见人脸的薄粥，然后被编成队伍，驱赶着进入车间，晚上满身棉絮、白头花眼地被工头又像驱赶牲口一样关进潮湿阴暗的地下室和废弃的仓库。

　　"包身工"的来源基本上是在家养活不了的孩子，具体原因复杂，比如没了双亲的孤儿；或者父亲去世母亲改嫁，孩子丢给了爷爷奶奶；或者是父母有养生能力的一方突然逝去，另一方无法承受家庭负担等等，这样就会选择将孩子送去当"包身工"图个活路。可是他们不知道孩子当了"包身工"基本就是进了人间地狱。然而，吴振鹏用现实主义的思想来观察，他觉得即使孩子的父母或者亲人知道给孩子的"活路"是这样的悲惨境地甚至可能就是绝路,但在当时的中国他们又能怎样改变? 他们的无能为力直接体现了国家的无能为力,更表达了革命的迫切性!

8月12日,吴振鹏在进出厂门时亲眼看到他不想看到的事,这让他心中准备实施的"计划"提前了一个月。

那天上午,他刚刚准备进厂,就看见一个衣衫褴褛的中年妇女含泪将九岁的女儿送进工厂,女儿进了厂门后又跑出来,转身回去的母亲看到身后追赶的女儿,抱了抱女儿又将她送进厂门,女儿却抱着母亲的双腿不放,嘴里一个劲地哭着说:"吾妈呀,我才刚刚九岁,我不想在这里,我就是饿死也要和吾妈在一起的呀……"凄厉的哭声,掀动双肩,涕泪俱下……母亲只蹲下身子将女儿头抱在怀里一边哭一边说:"我的心乖乖,吾妈怎么舍得留下你在这儿受苦……呜呜……吾妈知道让你回去就会饿死,吾妈宁可知道你活得苦,怎忍心让你死呢? 心乖乖,你懂事的,你饿死了,让吾妈还怎么能活呀? ……呜呜……"直到上班到点的汽笛响了,门卫催促那位悲伤的母亲出门离开,转眼间小女孩瘦小的身躯被铁门栅栏隔开,她那细长的手臂伸出栅栏,在风中不停地摇晃,仿佛能在希望中拉住妈妈的身影,她那嘶哑的哭喊,仿佛是想让已经痴呆的上天为她动容……

吴振鹏的心定在那一刻,那个上午、下午手在动着钳子、扳手,眼前却不断闪现早晨门前的情景,耳边的机器嘈杂怎么也盖不了那凄婉的哭喊声……吴振鹏心中一遍遍地对自己提问:"这是我们的土地,双手是我们自己的,机器掌握在我们手中,我们难道不能掌握自己的生存权利?"

晚上下班路过厂门时,又遇上流氓工头利用查带物件之借口,对一位长得好看的女工进行强行搜身的事情。 女工誓死不让流氓工头当场摸索她身体,就被他们抓住头发拖到大门右侧的值班室里检查了。 吴振鹏热血冲击着大脑,他的忍耐仿佛快要接近底线,双手已经颤抖,在那紧急关头,老唐及时到来,化解了一场险些让吴振鹏暴露的危机。 只见，唐师傅一把拉住吴振鹏，一边按住他的肩头轻声说："冷静，冷静过后就是胜利！"一边吩咐熟悉那女工的几位女工赶紧去值班室，一边说好话，一边以亲戚的名义，帮助查找身上的夹带物。

吴振鹏被老唐拉走了，但他记住了那五个流氓工头、两个日本人、三个"二鬼子"。

事实上有几次，就在眼前发生辱骂女工和殴打工人的情况，吴振鹏早就想前去制止甚至质问，但受组织纪律的约束，他只能忍住，然后劝慰受伤的工友。

吴振鹏的性格是刚烈的，如果不是自己的身份制约他的行为，他哪里能忍受得了恶工头对工友的肆意欺负？

怎么才能既不违反纪律又能有效遏制工头的恶行，或者是让他们有所收敛？ 这成了吴振鹏急切想解决的大事。 初来乍到的吴振鹏一是不能用武力公开对抗，二是在发展组织的初始阶段是禁止主动组织抗议活动的，否则就会给组织带来不必要的麻烦，甚至会暴露身份。

怎么办？ 他决定依靠自己的智慧和组织的社会力量来解决问题，并在预先计划好的基础上决定在9月中旬实施，但每天司空见惯的暴力、压迫，特别是8月12日恶工头强行搜摸女工的事让他决定将计划提前实施。

当时引翔港部委三个支部，总计二十名团员，吴振鹏的一支部共七名团员，包括自己在内的三名在东华厂，两名在路对门的东华二厂，还有两名在远东运动场（跑马场）。

经过了解观察，他发现日本两个主管车间的恶监工周末喜欢去跑马，三个"二鬼子"中国工头王超、李付珍、张三喜喜欢晚上出去到西边的养和园吃夜宵，还喜欢到双阳路上菜场边的清华浴池泡澡，这五个人是东华厂里"恶鬼"的代名词，女工遇见就不敢喘气，心里却恨得咬牙切齿。

一个周日的晚上，吴振鹏在东关码头边的一个茶楼上召集了一次支部会议。 六名团员到齐参加，茶楼老板和楼下担任警戒的俩茶房都是自己人。老板是团员，是二支部的。为减少面熟概率，各团支部秘书会议一般都在其他辖区里举行，一般以包雅间为宜，相对安静，客流量低，一般人不会去，地痞流氓也少来，警察没有特殊情况也不会干预雅间生意的。会议期间，担任放哨的，一般属于游动哨，正常干活情况下密切注意店内外情况。外面发现异动，就会在下面说："老板有账要对，准备生意打烊了。"如果店里来的人要上雅间方向，一是先挡着说："雅间被包了，贵客老板是谈生意不便打扰。"对于下面的"信号"，雅间会做出相应调整，包括道具与话题。问题解除了并没有影响雅座，下面就会发出："别急，水又放炉子上烧了。"如果遇上敌情，敌人硬要上去，担任警戒的茶房就会提起炉子上冒汽的开水壶一边大声说"水开了，水来了"，一边提着水大步上楼。这样的情况，不但要迅速变动道具、话题，而且在必要时要做好防范的斗争准备。

　　当晚的议程有三个，由吴振鹏主持并讲解、分解任务。这是吴振鹏第一次在上海这个险象丛生的地方以一个团支部书记的身份主持召开的团的会议。他被委派担任引翔港部委一支部书记并化装成工人潜伏到日本纱厂进行地下工作以来，虽然对于革命前景信心百倍，但明显感觉身上压力重大。这与在安庆时不同，那儿全是自己熟悉的同学老师，对象也是纯洁如水的师范学生们，而这边视野中的人像尚在模糊阶段，需要自己小心地去甄别，去探索；安庆那边如果算组织得已经像大片土地上的丰收庄稼一样，上海这边却还是一片处女地，而且杂草丛生、沟渠交叉、陷阱遍布……

　　不管任务有多艰巨，吴振鹏对使命的信念不变，对革命热情不变，他让唐师傅作笔录，灯下他的神色显得那么沉稳与坚定，他手拿打开的小本看了看同志们的表情，用浑厚的男中音对大家说："同志们，今天在这里由我主持召开一支部的工作部署会议，是经预先请示部委联支同意后的第一次会议，会议主要议程有三个：一是从组织上考虑对支部所属范围的一厂、二厂、运动场十四至十九岁的少年、青年做一次摸底，从关心他们生活、工作、学习入手，团结帮助他们，吸收思想进步的加入我们组织和先进青年阵营；二是摸底与三单位有关联的相关人员，比如工友父母、兄弟姐妹、配偶情况及所在单位的青少年工人、学生情况，将来以开办平民学校为依托，有策略、有计划、有组织地给他们传播先进、科学知识和共产主义思想，吸收他们作为我们组织的后备力量；三是配合工会组织，建立有团组织作为核心之一的厂工会组织，牢牢将工会的组织和发动权抓在我们组织手上。"

在明确任务的基础上，吴振鹏着重布置了他要实施的"遏制计划"。 计划是经部委联支会上通过的，也是梅书记最终同意的方案。中心大意是：在安全情况下对敌实施警告式处理，掌握实施的度是有效警告，而不是劫杀！ 出击精确迅速，退守快闪措施；严禁暴露组织；实施任务为组织参与领导，但由组织外单线联系的向组织靠拢的相关先进青年定点、精确实施。

具体行动计划：两个日本工头由运动场两名团员单线联系"码头帮系"实施，三名"二鬼子"由东二厂联系"浙江帮系"实施。

为了更有利于保护组织的隐密性，怎么能让他们被制裁了，却还不敢直接报复或者报警、查找实施者呢？ 从革命斗争中一路锻炼成长起来的一介书生吴振鹏展开了他过人的智慧与果敢。

事实上，从他进厂后，他见到日本资本家及其走狗这样欺压中国人，待中国人如牲口一般，早就有报复的念头，只不过自己的身份特殊不能贸然行事。 但他觉得这一天迟早要来，而斗争的方式很多，在当时的革命斗争处于弱势的情况下与敌斗争必须用计，而三十六计是中国古代勇士与智者总结出来的经验，它已经成为经典，永远是胜利者的专利！

吴振鹏属于有勇有谋的一类人，所以他想用计谋达到遏制效果，又让恶人"哑巴吃黄连"或者"自认倒霉"，这为组织行动的"进退安全"有效提高了保障系数。 而要顺利实施计划，吴振鹏自然知道第一需要的是准确而有操作性的情报。 情报在世界战争史上都占有至高的地位，它伴随着战争的始终，有时精确到每一场战斗的位置与时间，它的准确与否直接影响双方的胜负，它的影响程度甚至可以导致一方灭顶之灾。 吴振鹏通过相关秘密情报，了解到日本两个恶监工的相关线索：日本人吉田多次假借公司业务理由支出公款用于跑马赌博，然后，或有时侥幸赢钱还上公款，或"拆东墙补西墙"式填还欠款，这情况早就被内线记录下了签字账单连同运动场参加赌博的镜头；另一麻三四郎更是不可饶恕，他居然胆大包天与二老板老婆勾搭成奸，二老板是老板的弟弟，老板身体不佳经常回日本疗养，一去可能是一年半载的，中国经营全靠二老板打点，二老板四十六岁的样子，因为老婆刚刚病死，又从日本找了一个二十多岁的女学生来填房。 二老板家世代经商，日本女学生是个生性活泼且不甘寂寞的人，她与二老板除了表面上的夫妻名分，内心却属于两个世界。 趁二老板经常回日本活动期间，这麻三经常带女学生去上海大世界、百乐门玩乐。 为了取证，吴振鹏通过内线保姆和保镖获取线索，终于在他们去城隍庙敬香时，在寺庙的树林里拍到了他们拥抱亲嘴的镜头。 对于中国"二鬼子"，吴振鹏则通过唐师傅安排组织"社交"人员先将警告口信带给他们的父母或者妻子。

8月15日和16日两天内，行动几乎同时进行。

先是15日周六晚上，王超、李付珍俩"二鬼子"下了夜班照常来双阳路上的华清池泡夜澡，不明不白地遭到一伙醉汉殴打，并且一边打一边将他们俩按在浑浊的浴池里喝了半饱浴汤，然后对他们一一警告，并且说了他们的住址，他们的老婆、孩子、爹妈在干什么，在哪，直说得俩二鬼子跪地磕头求饶："再不敢欺负咱自家人了，一定好好对待咱同胞兄弟姐妹，一定……"等到他们抬起头时，浴池只剩下他们两个人了。

去养和园吃夜宵的张三喜吃得饱饱的，也想去一下华清池再泡一下热水澡的，哪知道出了店刚刚拐进河边的堤坝上就被俩蒙头大汉一阵疾风暴雨般的殴打后，又拖进水里喝得两眼翻白，然后拖上岸撂下同样的警告后扬长而去。

他们三人开始预备着不信"好汉"说的已经知道他们家庭的情况，可在他们急忙回家证实后彻底地信了——他们的父母、老婆都哭着让他们不要去工厂了，不要再当工头，"回家好好过，不要因为你做伤天害理的事，殃及全家呀！"

16日周日，一早麻三与吉田去了马场，他们不敢开车去，怕被发现，就要了一辆脚踏黄包车，黄包车是内线人，在即将到达运动场的一段偏静处，突然遇见几个粗壮、臂膀画龙的大汉，拦住车的去路。"拉的什么人呀，让他们下来，我们要用车。"黑脸大汉口气坚决，来不得半点商量。这哪儿是吉田他们能忍受的，他们跳将下来，竟掏出了腰刀指着黑汉骂道："大胆，知道我们是谁吗？ 中国猪……"黑汉觉得容不得商量，也不想浪费口舌。 直接腾空而起，飞起一脚将在前面的吉田跌翻，然后一个反转将麻三掀翻在地并用一只脚踩住他的头。后面三人冲上来就是一顿拳脚，也许太狠了，没让他们号叫几下，就让他们疼得没有劲叫了。 他们好像同时装死——事实上就是装死——打人者也就将计就计了，丢下他们呈鸟散状。 当他们从噩梦"醒"来时，除了看到口袋里的日语警告信，两人的身上都多了让他们害怕的东西，一个是挪用账目和赌博的照片，一个是与二老板小娘子偷情的照片。

他们知道下一步该怎么做，被打肯定是白打了，而警告的内容，必须生效，而且可能是要用行动换取安全。

5. 领导有力　组织扩大

显然，吴振鹏的"遏制计划"取得了胜利，起码是阶段性的胜利，但可能就是阶段性的胜利，这就需要革命者不能被眼前的暂时胜利冲昏头脑，而是需要有冷静的观察，根据形势的演变对斗争下一步的方向做前瞻性的思考，吴振鹏深知这一点。

从工厂布置的"观察点"获得的消息，均能证明近期无论是日本监工还是汉奸走狗，都老实得多。 吴振鹏进出门时也有意关注了一下"遏制效果"，确实效果显著。 表现在门卫、监工们都好像变脸了，收敛了一些凶恶；检查搜身也相对减少了，即使怀疑谁也是让到边上的检查室请女性监工检查或女工相互自查，"包身工"孩子们的起居点也做了相应的修缮。 吴振鹏特别关注了那几个受到惩罚的恶人，俩日本人一连多天没有出现，三个"二鬼子"不但老实了许多，而且常常站一边发呆，或者东张西望，仿佛在寻找追打他们的人，又像是满腹心事而又不得其解！

吴振鹏明白，遏制的效果最终是经不起时间的检验的，帝国主义的贪婪和反动性是不会改变的，只有将斗争进行到底才能取得最后的胜利。

8月23日，行动计划实施的一周后，吴振鹏在引翔港一个秘密地点，召开了有团支部所属三个小组发展的先进青年计二十五人的团支部扩大会。

这是一间废旧的码头仓库，由于原水湾被填平码头北移，它由原来的装卸进出频繁的物资仓库变成主要存放等待处理的积压物资库房。 由于积压物资长期没人处理和放松看管，这里四周长满青草，唯一看管的人员是组织发展的内线，这就是通过考察定下的临时活动地点之一。

最里间是原来的办公用地，东西长宽大约五十平方，西墙上悬挂着共产国际的苏维埃的旗帜，大家围坐在一张长桌边，余十多人依坐两边堆积货物上。 吴振鹏身穿藏青工人装站在"镰刀铁锤五星"红旗边上，面对大家内心激动神情庄严。

吴振鹏开场首先对新加入组织的青年表示欢迎和祝贺！ 同时说明了青年团组织与少共国际和党的关系与性质，进一步地阐明团组织是党的后备军和最得力的助手，指出了团组织在党领导下的五卅运动后续反帝爱国运动中的作用以及下一步的方向和任务。

他站立在红旗旁，语速有张有弛，声音铿锵有力，手臂挥动有度。

"帝国主义及其走狗是不会轻易地放下手中皮鞭的,他们永远不会忘记剥削、吸血的本质。我们负有铲除它们的使命,但在革命火种还处于星星点点之时,只能组织实施过渡式的、局部作用的行动,以求整体向革命的总和驱动。列宁同志说过,'要成就一件大事业,必须从小事做起'。只要小事是大事总和里面的,我们就可以利用一切可以利用的时机去一一完成它!目前我们在总结行动得失的同时,当务之急一是要切实有效地利用工会建立之机,领导和推动劳动权益保护,与资本家较量,争取工人们的最大限度的生活、学习和福利权益;二是迅速建立健全平民学校、职工培训班等平台,依靠平台组织我们的童子军、青年会,并用技术和先进思想武装他们,使之成为我们的力量,成为我们组织的新鲜血液。"吴振鹏说到这儿,停顿了一下,喝了一口水,扫视了一下同志们的神情,充满鼓励的神情继续说:"虽然我们接下的工作,是有其难度,可能还会遇到极其困难的处境,但我们不能后退,后退就意味着承认了失败。列宁说过'必须有勇气正视无情的真理'和'不用相当的独立功夫,不论在哪个严重的问题上都不能找出真理,谁怕用功夫,谁就无法找到真理'。列宁的话,让我们得出一个结论,这就是要判定我们是否能够胜利达到目标,不是根据我们的表白或对自己的看法,而是根据我们自己的决心与行动。"关于培养工人、武装他们的思想重要性,他指出:"列宁同志说过,'劳动者的组织性、纪律性、坚毅精神以及同全世界劳动者的团结一致,是取得最后胜利的保证,只要千百万劳动者团结得像一个人一样,跟随本阶级的优秀人物前进,胜利也就有了保证。'这是原话,我们必须从思想高度努力组织和实施。"

动员报告结束后,吴振鹏宣布由唐师傅带领新同志宣誓。十七名来自东二厂、一厂、运动场的新青年在唐师傅带领下对着"苏维埃旗帜"宣誓:

"从今天起,我光荣地成为共青团员,坚决拥护共产国际和党的领导,遵守组织纪律,执行党的决议,为共产主义事业而奋斗终身!"

宣誓完毕后，吴振鹏对大家说："同志们，我们为了一个共同目标，走到一起来了，从今天起，你们已经成为革命的火种，革命火种的目的就是最后形成革命的燎原之势，去烧毁旧世界，去焚化一切帝国主义及其走狗反动派……同志们，为了这一伟大而光荣的任务，我们必须不畏牺牲，勇敢前进，勇敢前进……"

吴振鹏的手势随着最后一句"勇敢前进……"向上扬起并以握拳方式定格在右前方。

随之而来的就是经久不息的掌声……

6."了不起的"革命小说家、演讲家

为了揭露和控诉帝国主义和资本家对中国工人残酷的压榨和迫害，吴振鹏还以小说的形式创作了一篇题为《端午节》的文章。文章以写实的手法，描写了在中国的传统节日里，纱厂工人如同牛马般的劳动及窘困的生活，和富绅商贾花天酒地的生活形成鲜明的对照。《中国青年》第一百二十四期刊登了这篇小说，编辑部还写了编者按，向青年和读者推荐。

吴振鹏来东华厂上班用的是吴静生的名字，他用了真名发表了这篇小说《端午节》，小说发表后，在全国尤其是五卅惨案后的上海工商界，特别是外国工厂工人中间产生了巨大的影响。

重新开学的上海大学、各平民学校、工人夜校、工厂培训班纷纷组织宣读，抄写传阅，他也被频频邀请前往演讲，他的挥手、他的气质、他的声音、他的表情一时被学生们、青年工人们传为佳话，成为当时上海青年的英雄偶像。

远在安庆的杨兆成与吴振鹏一直保持着联系，他对吴振鹏在上海的工作成就深表感慨，从内心赞叹吴振鹏的智慧与勇敢。

这天，他组织安庆特支团员大会宣讲上海青年工运情况，并专门在会上朗读吴振鹏刚刚给他寄来的《新青年》上发表的《端午节》。

杨兆成用标准的安庆话朗读《端午节》：

明天不准停工。

这是端午节的前一天,在下午将要放工的时候,工厂一间机器隆隆的屋子外面,庄严的写字间的对面墙上——叫工人抬头发抖的布告处,张贴了这样一张新的布告。

拿着血汗去兑换工银的工人,经过了长时间劳作之后,面色都呈现银灰如死的惨容,凝滞无光的目光更是乏涩不堪。在他们疲乏不支的躯体上,一个个都被棉花灰裹着,远看去就好像都穿了白色飞絮的花衣。悲鸣的汽笛第三次拉放之后,这些流血冒汗的动物(从他们的生活状况着想,根本就不能说是"人")都陆续从花絮飞舞、浊气蒸发的车间(工人工作的地方)里面没精打采,很狼狈的走出。

出了车间,在他们眼帘前首先呈现的,就是厂主方才新贴的赫赫布告,在"不准停工"的字样之前,放工的伴侣们都不知不觉的呆立着,一些教育权在先天就被褫夺了的工人,张望了一回不觉就一致发出了"又是什么"的疑问,少数略微认识几个字的看后,即垂头丧气地发出了微微的叹息,从幽怨不平的叹息声中,可以听出"明天——不准停——工"的断句。想看亲友、打牌、玩耍、休息的幻想和计划,都在这"明天——不准停——工"的断续声中化为轻烟——缥渺了而不可触摸了。

这些血汗被榨取的工人,现在心坎里都有了异样的感触。他们失望而又沉默的经过管门的挨次严厉的搜索之后,各自回到自己的暗淡而又简陋,且不禁风雨的贫民窟里去了。

"隆隆……隆……隆……隆……"常动不息的机器,仍旧不断地旋转着。

"呜——"早晨第一次的汽笛响了。提了饭篮,拿了衣包,一个个工人依然照旧陆续走进了数千劳动者的总压榨机关内去拼滴血汗。

花絮依旧飞舞着,浊气依旧蒸发着,机器依旧转动着……这正是"不准停工"的"明天"——旧历端午节。

又是汽笛一声,上午十二时放工的信号悲鸣了。

车间里的机器,不停地转动,花絮不停地飞舞。工人们各自在车轮转动花絮飞舞中，拿起了饭篮。在机器旁的气管中吸取那黄色的带有强性锈质的蒸汽水，将饭泡热，用他们的午餐。花絮不时的落入碗中，随之就进了他们的口腔；纱头不时的断脱，饭碗也时常离开手而去从事工作。——这是每日的经常情形；不过在今天，各车间里都似乎是处在一种异样的哀怨、悲愤、沉闷、凄惨……的情景中。

沉默着……只有机器转动声……

一张字数较多的公告又出现在黑色的魔鬼似的牌子上了："王阿三、张小毛、李定国、胡小妹、余国香、朱长富、卫丙生、刘阿桂、张翠芝等九人，不服命令，擅自停工，着即开除，以警将来，此布。"

第三次汽笛呜咽了，工人们机械似的又走出车间，拥挤到黑牌子旁边张望。

只有"唉……唉……""黄阿三、张小毛……开除了""开除了九个"的低微叹息声。在死的沉默中颤动着……

一切依然继续着——飞絮的白花，出门时严厉的搜索。

疲乏躯体的挣扎……

读完后，会场上死一般沉寂。

突然，杨兆成挥手呼喊："打倒一切帝国主义反动派……"

吴振鹏的积极努力，产生的效应是强大的，短短几个月他不但通过组织联系青年工人，传播先进科学理论，不间断地宣传思想和发动，将原先支部仅有的七名团员发展到五十多名，并通过团员组织发动将引翔港几十个行业包括他曾经调查过的餐饮、车行等服务行业四百多名青年工人有效地组织起来，成立了自治和纠察组织。同时，他不但利用这些已经发动起来甚至武装起来的先进青年去发动组织更多的青年加入先进行列，而且带领组织开展学习、宣传以及与资本家争取合法权益的相关斗争，所属支部范围的引翔港几个日资纱厂、相关行业资本家迫于形势，被迫建立了工会组织，成立了工人技术学校，改善了工人饮食待遇，如同意工人将带来的冷饭进行蒸汽加热，同意周日可调休，改善童工生活状态，禁止打骂和污辱工人等。——有力地履行了团中央就团组织在领导青年运动中的相关指示："中国 CY 的工作，并不仅限于领导产业青年工人的经济奋斗，及做共产主义的宣传，并应在一般的被压迫的青年中，有宣传和组织的活动。"

斗争成果及其经验迅速从引翔港、杨树浦、曹家渡、小沙渡、沪东、沪西推进。一时间，在他的影响下，上海地区的青年运动开始轰轰烈烈起来。

由于吴振鹏在工作上卓有成效，也由于工作上的需要，不久，组织上抽调他担任共青团杨树浦部委书记。这期间，上海大学也于 9 月中旬重新开学，经上级党组织同意，吴振鹏开始了边工作边学习的日子，同时又由于他担任许多平民学校、职工夜校授课老师，他的日子基本是"边工、边读、边教"的日子。

1925 年 9 月开始，吴振鹏仿佛进入他的一生中的重要的"人缘期"，从进入上海大学学习开始，他认识了一大批中共先期领导人，他们有的是教授，而大多是前一年或者与他同时进入学校学习的学生。

参与创办上海大学并担任教务长兼社会学系主任的瞿秋白，是他来上海大学认识的第一个令他十分敬佩的革命家。早在 1923 年，瞿秋白他部分翻译的斯大林著作《论列宁主义基础》中的《列宁主义概述》发表在《新青年》上，他就通读过；瞿秋白担任主编的《新青年》《前锋》《向导》都是他每期必读的杂志。

1926 年入上大社会学系学习的杨尚昆，与吴振鹏同期进入上大就读的中国共产党早期领导人博古、王稼祥，1924 年考入上大社会学系并于 1925 年被选为上海反帝大同盟主席、全国学生联合总会会长兼党团书记的李硕勋等，他们像是吴振鹏人生必须经过的一段群星璀璨闪耀的银河系，他因为有他们的照耀，人生才更加精彩，思想才更加"明亮"。

在上海大学时让吴振鹏印象最深的，也是对他帮助最大、使他思想提高得最快的是瞿秋白。首先，他的伟大而传奇的经历让吴振鹏敬佩不已：他是最早受到革命导师列宁两次亲切接见的中共早期领导人；他曾经在莫斯科东方大学为中国班上的刘少奇、罗亦农、彭述之、任弼时、柯庆施、王一飞、肖劲光等中共早期领导人讲授俄文、唯物辩证法、政治经济学，并担任政治理论课翻译的重量级的老师；他曾经担任陈独秀代表中国共产党到莫斯科时的翻译；他是根据孙中山的建议，国民党中央设立政治委员会的五人委员之一；他是1925年1月当选的中共第四届中央委员；他是五卅惨案后，与陈独秀、蔡和森、李立三、恽代英、刘少奇等一起发动和指挥五卅爱国反帝运动的领导者之一。

他主讲"社会学""社会哲学概论""社会科学概论""现代民族问题"等课程，让吴振鹏得到了一次马克思主义理论全面的系统的教育，让他比较清晰地掌握了辩证唯物主义和历史唯物主义的基本原理。吴振鹏觉得，不仅是瞿秋白的讲课内容，他的讲课方式方法也是吸引人的，喜欢听瞿先生课的人不仅仅是他，也不仅有社会学系的学生，也有中文、英文系的学生，还有其他大学的学生，甚至一些老师都愿意来听课，由于教室座位有限，室外也站着很多听课的人。瞿秋白讲课时，神态安逸从容，声音高低有致。他为了使大家听明白，引证了丰富的古今中外故事，深入浅出地分析问题。同学们都很认真地作笔记，缺课的学生也要借别人的笔记抄下来，才去安心睡觉。

最令吴振鹏感动的是，瞿秋白先生不耻下问，他知道吴振鹏，了解他在安庆以及被党选拔来到上海工作的相关情况和短短时间内取得的成绩，因之他经常与吴振鹏就相关理论谈实践中的运用以及如何更科学地达到理论与实践高度统一的话题。彼此之间，从见面相识到熟悉，再从学识有共识到志趣相投，慢慢地他们成为好朋友，课堂上称呼"瞿老师""吴振鹏同学"，私下讨论就直接称呼"秋白兄、秋白大哥""振鹏弟、小鹏"。

有一次，他们在讨论马克思主义理论怎么与中国革命结合，怎样指导五卅运动以后的中国革命话题时，瞿秋白突然笑着对他说："下周,为你安排一个讲座课,你来为新生讲讲上海青年工运现状,怎样将马克思理论用于实践中的话题。"吴振鹏本想推辞,但瞿秋白从另一角度执意要求他为刚入学新生上这一课并鼓励他:"你从安庆至上海,不但是理论的传播者,而且又有上海组织工运实践斗争的经验,这是我们教授所不具备的,让新生听到来自斗争一线的案例,以及总结出的理论,就像为他们送来一股清新的空气,为思想输入新鲜血液一样。 这也算是你对革命教育工程的贡献!"吴振鹏受到了鼓励,欣然答应。

9月23日晚上,上海大学能容纳千人的讲座会堂座无虚席,吴振鹏着一身藏青色的学生装,站在了中国第一红色高等学府的讲台上。讲台正中背景标题写着:中国革命与工农运动。 他的左手方向的台上坐着瞿秋白和社会学系副主任、教授施存统(作曲家施光南的父亲)。

这是吴振鹏第一次站在高等学府的讲台上演讲,也是站在中国第一个红色学府的讲台上,他知道他是依在培养中国共产党先期领导干部的摇篮里,面对的是精英如云的师生们,是思想如潮的革命家们……

掌声响起来了,这是对他的示意,对他的肯定,也是对他的召唤,更是对他的期待。

他决定立即从有一点的木讷,直接飞扬到他固有的内心,固有的内心是本性的表达,是友好的,真切的,坦诚的,他觉得只有这样的表达,才符合今天的这样的演讲气氛,才会让自己的思维逻辑清晰,语流顺畅而不骄纵。

吴振鹏最终将听讲的师生视作一起前行的同志、甚至准备并肩冲锋的战友们,所以,他们内心是互动的、相连的……

吴振鹏从开始的拘谨,到渐渐地放松,再到洋洋洒洒传播、动作自如的表达,两个小时的演讲如一场脱稿动员报告,从国内谈到国外,从"五四"谈到马列主义传播,从安庆说到上海,从自己的孤儿出身叙述到日资纱厂时的包身工,从五卅运动谈到全国罢工运动,他的言辞具有穿透力和感召力,一阵阵雷动掌声成为吴振鹏至今记忆中最灿烂的一页。

事实上,经过学习、革命斗争中的磨炼,吴振鹏的思想以及语言表达已经进入成熟、辉煌的时期。

会场上,他的激情的声音随着丰富的手势与肢体语言在会场空间中穿行、回荡。掌声是鼓动机,掌声雷动过后,他号召的引擎又开始向下一个制高点攀缘:

革命的老师和同志们,"五四",是中国反帝运动的第一声,它开辟了中国革命之群众运动的途径,但由于当时的工人阶级还未曾走向政治斗争,更没有取得革命的领导地位,广大的农民群众还正在酣睡,致使"五四"停留在革命的学生和贫农身上,因此,它未能获得伟大的胜利。

但是,经过了"二七",尤其是"五卅"!中国工人阶级已经奋起走进革命的阵地,而且已经领导着整个中国革命前进了!

学生是"五四"的主力,经过中国革命之发展、阶级对抗的尖锐化,学生中起了巨大的波澜,革命的投入到工农方面来,反革命的滚到豪绅资产阶级方面去!

目前,帝国主义侵略和统治中国日益加深,反动的北洋军阀政府统治剥夺尽了民众的一切自由,不断的军阀战争、经济破产,给民众以空前的巨创。学生群众,同样地受着严重的危害!

我们纪念"五四",就必须团聚一切的革命势力,团聚在无产阶级及其政党共产党的领导下坚决奋斗!

我们纪念"五四",就要努力完成"五四"使命,推翻帝国主义和军阀的反动统治,建立苏维埃的中国!

马克思以其绝顶的天才,洞悉资本主义的症结,汇合德国的唯物哲学,法国的革命运动和英国的经济学,构成科学的社会主义,打破过去一切空想的社会主义。他并且创造第一国际,领导国际无产阶级在"万国劳动者团结起来"的口号之下,从事于无产阶级的革命。

马克思主义在今日,已成为国际无产阶级和殖民地半殖民地的民族的解放运动的旗帜了,在马克思主义的旗帜下,在布尔什维克党的领导下,光辉地建立无产阶级专政的苏联,马克思主义的烈火,无疑地将燃毁资本主义的世界,我们要：学习马克思主义！实行马克思主义,拥护马克思主义的忠实执行者——第三国际及布尔什维克党！横扫帝国主义及中国一切反动势力的中国大革命的第一声已经奏响,中国大革命高潮的爆发点也已经展示在我们的面前,号召着我们继续前进完成中国革命。

……

"五卅",在中国无产阶级及其政党共产党的领导下,掀起了中国大革命的高潮,震起了中国无数万的农民咆哮着争取土地和反对帝国主义及封建统治和剥削的大斗争。使帝国主义对华侵略和统治及中国封建军阀的统治和封建势力濒于末日。动摇了国际资本主义的部分的稳定局面而推进世界革命的第三时期的到来,开辟了中国革命史的光荣的群众直接行动的第一页。

"争自由、要土地、要饭吃"已成为中国革命群众的动员令了！建立工农民权做主的苏维埃政权已经成为中国革命的新旗号！

中国共产党在共产国际的马克思列宁主义的指导下,正领导着中国革命向胜利的前途迈进。

我们将在伟大的"五卅"号召下,以工农群众为中心力量,在马列主义和中国共产党的正确领导下,推翻帝国主义及军阀的统治,消灭军阀战争,建立工农民权做主的苏维埃中国。

红色的五月,斗争的五月,我们要以坚决的斗争来纪念五月,并且要用最后的胜利来祝贺五月！

红色的五月,它将指导着马克思主义的信徒,指引着千万工农群众正沿着中国革命的胜利的方向奋勇前——进！

吴振鹏从开始的讲座,到后来变成了激情演讲,随着掌声一次比一次响亮,他的演讲到最后演变成了临上前线的战斗动员。

随着他的最后一句前进的"进"字拖拉定格在最强音上,他站在讲台上的手臂也随之向右上方挥去……

台下,掌声久久不息!

"了不起的革命青年!""了不起的青年革命家!""演讲得真漂亮!"

赞叹不绝。

第三章
青运"四大金刚",威震上海

1. 兄弟"三冰" 并前行

上大演讲后,吴振鹏成了上海青年明星,不同的人群对他有不同的评价。有人说他是青年政治明星,有人说他是青年演讲家,有人说他是学识渊博意志坚定的革命家。

上大演讲后,他成了被上海进步单位争先邀请的演讲者。邀请他演讲的不但有学校、工厂、进步社团,党领导的上海工会组织也频频邀请他深入厂矿进行巡讲;他的人气在上海青运和工运体系中与日俱增,他又成了中共初期创办的平民、职工学校、夜校的授课老师，他还创办了曹家渡平民学校，并任校长兼主科老师。

这期间，他相继与李立三、曾延生、关向应、袁玉冰相遇、相识、相知，在以后的革命道路上他们相伴出生入死，他们结下的深厚友谊是人类伟大理想主义的革命友谊，特别是与上海共青团领导人袁玉冰、关向应因工作关系经常一起学习、开会、授课，三人义结兄弟之好，并各自取"冰"字，按年龄大小为袁孟冰、关仲冰、吴季冰，以表示他们之间亲如手足般的融洽关系，兄弟仨在中国革命的早期斗争道路上始终相伴相随、相互学习、相互影响、相互鼓励、共同向前。

袁玉冰，1899年生，江西省兴国县人，江西传播马列主义先驱，江西党团组织的主要创始人，赣南第一位中共党员，"江西三杰"之一（当年与方志敏、赵醒侬被并称为"江西革命三杰"）。1918年秋，考入江西省立第二中学。1919年夏，与黄道等八人组织"鄱阳湖社"。1920年12月，"鄱阳湖社"更名"江西改造社"，为主要负责人，以改造社会作为宗旨，是"五四"运动后江西第一个革命团体。1922年考入北京大学哲学系，并很快结识了中国共产主义运动的伟大先驱——李大钊。后经李大钊介绍，加入了社会主义青年团，不久后加入了中国共产党。翌年二三月间，在南昌与赵醒侬、方志敏等发起成立"江西民权运动大同盟"和"马克思主义学说研究会"，公开宣传马克思主义和反帝反封建思想。1923年春，袁玉冰受党组织之命从北大回到南昌工作，从此走上了职业革命家的道路。

1924年3月，中共中央调袁玉冰到上海工作，同年8月，受党组织派遣，袁玉冰赴苏联莫斯科东方大学学习。1925年8月按党的指示袁玉冰提前回国，参加上海团组织工作，与吴振鹏紧密联系、结成兄弟友谊，并于1926年10月，与吴振鹏一起参加上海工人第一次武装起义后又一起奉调回江西工作，担任共青团重要领导，并相继主编团的刊物《红灯》周刊，后任中共江西区委宣传部部长、区团委书记等职。

1927年12月，由于叛徒出卖，不幸被捕，英勇牺牲。

吴振鹏与袁玉冰在革命生涯相伴的两年多时间中，共同担任上海地区党团组织相关负责人，一起下厂矿组织发动工运，一起去平民学校教导群众文化科学和革命道理，一起参与并领导上海工人解放运动、罢工、集会，一起组织参与了上海第一次武装起义，一起奉调去江西支援北伐战争，一起担任江西地区的党团重要领导，共同复刊编辑，先后担任团刊《红灯》主编并发表许多揭露国民党反动本质的重要文章，先后组织参加了南昌起义后援工作以及组织领导了江西境内的秋收起义。

短暂的生命聚合中，兄弟俩亲如手足、相互照应，工作中相互配合策应。

袁玉冰牺牲后，吴振鹏为他举行了悼念活动，写下了《悼我们的死者——袁孟冰》并公开发表于1928年出版的《无产青年》杂志第四期。

关向应，辽宁金县满族人。1924年春参加中国社会主义青年团。同年5月入上海大学学习，并参加闸北市民协会的工作。年底，赴苏联莫斯科东方大学学习。1925年1月入党并在五卅运动后回国，在上海从事工人运动和共青团的工作，因工作关系与吴振鹏相遇、相知，结为兄弟。次年10月任共青团山东省委书记。1927年5月出席共青团第四次全国代表大会，会后被派往中共河南省委工作，不久调共青团中央组织部工作。1928年6月出席中共六大，当选为中央委员，任共青团中央书记。1930年调中共中央军事委员会工作，后任中共中央长江局军委书记。1932年1月起奉调到湘鄂西革命根据地从事军事工作，与贺龙、任弼时统一指挥红二、红六军团创建了湘鄂川黔革命根据地并粉碎了敌人的两次"围剿"。1935年11月，奉命率红二、红六军团主力进行长征。长征途中，与朱德、任弼时、贺龙、刘伯承等一起，同张国焘的分裂党、分裂红军的活动进行了坚决斗争。1937年抗日战争爆发后，红二方面军改编为八路军第一二〇师，他任政训处主任，不久改任政治委员。 同年9月，率部开赴晋西北抗日前线，开辟了晋绥抗日根据地。 自1940年起长期生病，他以惊人的毅力同疾病作斗争。 1945年，在中共七大上，继续当选为中央委员。 1946年7月21日病逝于延安。

从1925年开始至1932年，吴振鹏与关向应虽然由于组织安排，使他们在革命生涯中常常分开，但他们的革命热情也在分分合合中越来越浓烈，兄弟之情也在分分合合中越来越纯真。

自从1932年关向应从上海工联奉调去苏区根据地从事军事工作后，吴振鹏再也没有与他重聚，但吴振鹏直到与他分开的第二年牺牲时，一刻没有忘记他们曾经在一起朝夕相处的情景以及刻骨铭心的兄弟般的情谊。

1925年9月22日，在闸北上海工人临时代表会议成立大会上吴振鹏相遇他久仰大名的工运领袖李立三。

吴振鹏与李立三相遇于上海工运活动，以后一同参加了罢工、武装起义，在江西又在南昌起义前奏和后续中相遇，最后又在上海共同参加并领导了江苏总行动委员会、全国总行动委员会的一切行动。

李立三，1924年1月当选为中国国民党武汉区代表，出席中国国民党第一次全国代表大会。 旋任中共上海区委职工运动委员书记，同邓中夏、刘华等创办工人补习学校，在小沙渡、杨树浦、吴淞等地成立工友俱乐部和工人进德会。 1925年1月，当选为中共四大代表。 2月，和邓中夏等领导上海日本纱厂的"二月罢工"。 在抗议日本纱厂枪杀工人顾正红的斗争中，任上海市反帝大示威总指挥。 五卅惨案发生后，当选为上海市总工会委员长（会长）。

由于1925年6月26日以后，上海商人宣布单独复市，退出"三罢"运动，罢工的工人陷入孤军奋战的境地。 策动罢工的党组织决定改变罢工策略，以一定的经济要求及地方性的政治要求为最低条件逐步复工，以等待时机，积蓄力量。 28日，日资纱厂工人同意日方资本家不得携带武器、抚恤顾正红家属一万元、赔偿工人罢工期间损失十万元、处分凶手等条件。 上海各行业的罢工工人陆续复工。

9月初，军阀、淞沪戒严总司令邢士康下令封闭上海总工会，逮捕刘贯之、杨剑虹等工会干部，通缉李立三。 上海工会被封后，全市工人失去了公开的总领导机关。 纱厂、铁厂、印刷厂工人等认为在总工会未启封以前，需要一个临时的机关，以便对外进行交涉，对内整顿组织，所以联合发起组织上海工人临时代表会议。 为此，杨树浦、引翔港、小沙渡、浦东、曹家渡、闸北等区工人分别举行代表会，各推选六至十人，出席市工人代表会议。

作为地方区域团组织负责人，吴振鹏、袁玉冰、关向应都积极参与了辖区先进青年工人的推选工作。

9月22日，黄浦江与苏州河交叉的北岸，一幢四层复式楼群的灯光洒在曲折流动的水面上，与岸上的音乐合拍着节奏向前跳动着。

三楼中间的一间中等的会议室里，身材魁梧的李立三顶着被当局通缉的危险出席会议并发表讲话。

闪亮的目光，急促的喘息，起伏的胸口，被黄浦江畔的灯影搅得迷乱。

革命英雄们从此记得某年某月某日，上海闸北壮士磨刀石的火花，照亮着吴振鹏、袁玉冰、关向应已经"无疆的革命生涯"，彼此将手握得更紧了！

六十名选出的基层工人代表正在接受"革命急躁的先锋英雄"李立三的战斗动员。

吴振鹏觉得面前的李立三"血气方刚"的演说有一种歇斯底里。提到军阀，立即挥动拳头砸向桌子，大喊："坚决消灭！"谈到帝国主义以及反动资本家，他就挥动胳膊高呼："一定打倒！"说到卖国贼、汉奸反动派，他就会做出刀劈手势，语气坚硬地说："格杀勿论！"想不到，这种"英雄气概"成为了他"左"倾盲动的性格基础。 这样的性格与处事风格对吴振鹏这个与他革命道途中若即若离的热血青年存在或多或少的感染，这也是吴振鹏直到生命接近消亡的日期前都不敢否认的现实。

当晚，通过章程和选举，吴振鹏与袁玉冰、关向应一起当选为代表会议委员会九个干事之一，并被推举为秘书长。

作为代表大会秘书长，吴振鹏在宣布上海工人临时代表会议正式成立后，应委员长李立三的邀请，作了半小时的激情演说。

工人临时代表大会委员会成立的第二天，吴振鹏就带领领导骨干和青年工人，组织支持日华纱厂工人罢工。

9月23日，日华纱厂三千余工人，为反对厂方拒绝履行复工条件，无理开除和打伤工友而举行罢工。罢工后，工人提出开除凶手日本人吉田、抚恤受伤工友、增加工资和发给罢工工资等条件。

这次罢工，完全出乎日本资本家的意料，他们以为总工会被封，济安会也停止了救济，工人绝对不会再罢工。所以在总工会被封没几天就敢于毁约和开除工人。工人罢工后，资本家大为恐慌，连忙贿赂工贼流氓企图破坏罢工。吴振鹏、袁玉冰、关向应三兄弟积极发动上海地方党团组织，带领青年工人在党的领导下，团结一致地坚持斗争，在李立三的指示和关心下，吴振鹏兄弟仨坚守罢工前沿三天三夜，与罢工工人代表，吃在"阵地"，轮番休息在"阵地"。经过三天的坚守与抗争，粉碎了资本家的破坏阴谋，最后迫使资本家表示愿与工人代表坐到桌前谈判。又经过多次艰难而不退缩的谈判，终于于10月26日正式签字。在资本家完全承认工人提出的条件后，工会通告各工友于10月28日开始复工。

28日早晨五时许，吴振鹏、袁玉冰、关向应带领团组织相关同志、青年工人纠察队以及工人临时代表会议的相关领导，他们分站厂大门两旁，一起监督资本家履行协议承诺，并护送罢工工人安全进厂复工。吴振鹏、袁玉冰、关向应都着一身蓝色工人装，右臂与纠察队员一样佩戴着印有"纠察"的黄字红袖章。

六点左右，吴振鹏出列，像一个将军一样发布命令，指令相关组织的人，让复工的职工先齐集厂外，等待厂方按协议先贴出"开除凶手和遵照复工条件的布告"，然后按协议由厂方代表向罢工工人公开道歉和进行相关承诺后，引导工人进厂复工。 但一直到六点半也不见厂方表示。 吴振鹏与袁玉冰、关向应以及临时会议代表商量了一下，然后指令人员用手制铁皮喇叭向大门内喊话，限令厂方二十分钟内履行协议的承诺，而且是全部兑现，否则集中来的工人将解散回家。 喇叭喊了三遍后，吴振鹏示意停止喊话，余下时间就是等待。 吴振鹏知道，等待也是一种较量，是内心承受能力的较量，是精神耐力的较量！如果耐不住这样的较量，马虎地、糊涂地急于进厂复工，等于被资本家抓住了弱点，斗争的成果就会顷刻失去！ 果然，当二十分钟时间还差十几秒时，当吴振鹏毅然决定即将宣布职工集体解散回家时，厂方代表急急慌慌地出来，一边向吴振鹏等一排纠察人员、向门外集中站立的职工代表点头哈腰地道歉，一边让管理人员贴出"复工布告"。

　　罢工胜利了！ 在吴振鹏的坚守、引导、安排、护送下，上千工人沿着爆竹、军乐齐鸣的工厂大道浩浩荡荡地进厂复工。

　　看到工人们向他们投来敬佩和感谢的目光，看到工友们开心的笑容，吴振鹏内心享受着无尽的胜利喜悦，以及党团组织真正成为工人们的依靠、成为娘家人的欣慰。

　　那天晚上，吴振鹏兄弟仨在外滩上散步，庆贺反帝运动的胜利，沿着江风，不，对着波光粼粼的黄浦江，他们三人分别朗诵了自己最喜欢的壮美诗句。

　　当他们看到江上游走的商船和停泊在江心的外国军舰，三人拉紧了手，并同时举过头顶，齐声朗诵《国际歌》：

是谁创造了人类世界？
是我们劳动群众。
一切归劳动者所有，
哪能容得寄生虫！
最可恨那些毒蛇猛兽，

吃尽了我们的血肉。
一旦把他们消灭干净,
鲜红的太阳照遍全球!
这是最后的斗争,团结起来到明天,
英特纳雄耐尔就一定要实现。

当月 25 日,中共中央发表《为总工会被封告工友书》,指出:"军阀只能一时封闭你们的工会,不能永久封闭你们的工会,更不能封闭你们万众一心的团结精神。"以此激励工人继续进行斗争。

1925 年 9 月底,上海总工会秘密迁到金陵路(今秣陵路)358 号办公。 在这里,组织抗议活动,营救被捕工会领导人,深入工人群众指导斗争,取得了显著成果。 1925 年 12 月 6 日,上海总工会迁到中华新路顺成里 25 号挂牌办公,弄口贴有"上海总工会"白纸黑字之会牌。

至此,吴振鹏、袁玉冰、关向应三兄弟,在党的领导下,发动和组织团员青年,参与到工人运动中,引导明确党领导下的工人运动方针、路线,正确把握顺应形势的罢工和工运的方向,逐渐使工人们从自我利益争取,成长为自觉为无产阶级大同盟、为全人类共产主义理想而奋斗的革命战士。

从此,哪儿有罢工,哪儿就是他们的斗争前沿,哪儿有集会或者游行,哪儿就会是他们演讲振臂的阵地。

他们与曾延生被上海工人誉为"上海青工运动四大金刚"!

曾延生也是吴振鹏自相遇后就一直在革命生涯相伴相随的兄长,知道曾延生的名字还是从震惊中外的五卅惨案开始,当时曾延生带领一支工人宣传队,由杨浦向南京路进发,沿途高呼口号,散发传单,演讲宣传,与武装巡捕冲突搏斗,直到奉命撤离,这让吴振鹏敬佩不已!曾延生长吴振鹏九岁,是江西省吉安人。 1924 年秋,曾延生进入上海大学选读社会学系。 不久,经刘九峰介绍,加入了中国共产党。 曾延生入党后，先后和在南昌、吉安的同学、亲友建立了通讯联系，给他们寄去《向导》《中国青年》《新青年》《资本论入门》等多种社会科学书刊，热心传播马列主义。 五卅惨案后，曾延生以上海工商界宣传代表身份，奉命来到南昌，向各界人民陈述帝国主义制造五卅惨案的真相。 与此同时，曾延生回到吉安实地指导建立和发展吉安的革命组织。 1925年10月，曾延生奉命重返上海大学，被派往隶属上海区委的中共引翔港部委会任宣传委员，与吴振鹏相遇。 至此，一直到1926年8月，曾延生与吴振鹏、袁玉冰、关向应一起在上海从事党团组织工作。 1926年8月，曾延生被党派往九江工作，配合北伐军进入江西前期工作后，除关向应被调往山东工作，吴振鹏与袁玉冰也被组织选派并于10月下旬上海第一次起义后共同前往江西九江、南昌等地区与曾延生汇合，担任地方党团领导，组织发动地方后援力量配合北伐。曾延生当年10月底先后任中共九江特支、中共九江地委书记，后担任江西省总工会委员长。 与吴振鹏、袁玉冰一道投入了南昌"八一"起义的洪流，被分配担任后勤和"粮秣管理委员会"委员。 起义军挥师南进，曾延生随军转战时，吴振鹏已经担任江西省委委员，青运部长、组织部长、团中央委员、中央局成员，江西团省委书记。 1927年10月，袁玉冰牺牲后，曾延生以赣西特委代表身份来到万安，会同吴振鹏、汪群、曾天宇一道筹划万安暴动。 1927年12月，曾延生奉调担任赣南特委书记。 1928年3月23日敌人突然包围中共赣南特委机关所在地，曾延生和夫人蒋竞英等十三人不幸被捕，4月4日，曾延生和蒋竞英视死如归，同赴刑场，高呼口号，从容就义！

"青运四大金刚"威震上海，他们将党团组织力量投入到工运中，充分发挥党团组织的战斗堡垒作用，使中国共产党始终掌握上海工运工作中心的主导权，确保路线正确，行动目的稳准，并在工运中不断发展壮大党团组织的新生力量。

自从上海工人临时代表大会成立后，像上海电信局职工暨全国电信职工大罢工这样规模的罢工，他们四人参加或直接领导过若干次并最终赢得胜利。

上海电信局职工暨全国电信职工大罢工，是在上海工人临时代表会议成立的第六天，一次由共产党领导的罢工运动，直接指挥者是上海早期工运领导者之一、共产党员郑覆他（泰），共有四百一十七个局的职工参加了这次罢工。各地代表来到上海，于9月26日集会，决议组织"中国电报工会联合会"并向北京交通部提出六项条件，要求承认电报工会及晋级加薪等，限于三十六小时内圆满答复，否则实行总辞职。至28日上午八点，交通部未有答复，工会遂电照各局职工一律总辞职。

当江苏电政监督闻讯赶到上海并会同上海局方对职工施以威胁，强拉部分工人复工并扬言同时招录新工人时，吴振鹏、袁玉冰、关向应一方面以上海工人临时代表会议名义会同郑覆他与江苏电政监督进行了激烈的较量，一方面发动电信系统的党团骨干力量，组织先进青年工人引导工人，坚定立场。同时，利用团组织发动青年几个区同时游行、演说，并请相关进步媒体记者分别到达演讲和双方辩论现场跟踪采访。

北京交通部知道上海的事态后，迫于压力，也害怕事态无限扩大，终于在当日中午十二点前给予了圆满答复。

吴振鹏最后对取得胜利的工友们说："这就是斗争，而且只要帝国主义和反动军阀政府在，斗争就不会停止，那么斗争最大的胜利保证就是团结，团结才能发挥组织的力量，才能让帝国主义彻底地害怕！"

2. 平民夜校　曹家渡的月光

进入1926年，对于吴振鹏这是不平凡的一年。这一年他根据组织安排，"定居"曹家渡，他被选为新成立的共青团江浙区委的候补委员，协助袁玉冰、关向应从事组织和宣传工作，先后担任共青团曹家渡部委、引翔港部委书记，将两地区的团员发展到四百多人，组织先进青年联合会员、团组织的后备军三千人。这一年，他参加了上海地区的三个阶段的大的工运活动，参加了第一次上海武装起义。这一年，他光荣地成为了一名正式的共产党员。这一年，他利用业余时间轮流在上海中共领导组织的平民学校任教、传播文化知识和马列主义；这一年，他自己创办了曹家渡平民夜校自任校长与教员；这一年，他受到陈独秀的接见和寄语；这一年，他于武装起义的次日，紧急撤往江西，去履行他新的历史使命。

1926年，的确是成就吴振鹏不断迈向成熟、意义非凡的一年，是吴振鹏觉得比较快乐的岁月、觉得诗情画意的日子，而这一切所透析的革命家的浪漫情怀都起源于他迷恋的曹家渡月光。

那么，还是从曹家渡说起。

20世纪初的曹家渡是上海西区的一个中心，吴振鹏感觉，苏州河从它北面流过就像母亲的手臂搂紧宝贝孩子一样，令人觉得温馨……或许很早以前苏州河在这里有个渡口，或许渡口那儿聚集了好多曹姓的居民，或者因以曹姓人口为主，若干年以来渡口就被喊成了"曹家渡"。

曹家渡位于上海中心区域西北部，苏州河东南。时光推移到清光绪十八年（1892年），华商购地建筑油车，继而开办缲丝厂、面粉厂，遂使大批工人就近定居，马路两旁造房开店而成市。由于临近吴淞江，水路运输方便，富商巨贾开设洋纱厂、织布厂、鸡毛厂、榨油厂、灯泡厂和鸿成泰、徐同春粮行等，市面逐渐发达。后因外来列强进犯、军阀战事以及历史变故，迁此避难的居民骤增，棚户简屋迅速发展，商势遂由北向南、由西向东延伸，形成沪西商业集镇。地区内米业、油酱、柴炭、小百货等商店大量开出，春园茶楼、浴身池浴室、沪西状元楼菜馆、伍坤山弹花店、谦泰新烟杂店陆续开业，等到沪西电影院华光剧场开演，商市已经繁荣。

这成了组织调派吴振鹏"定居"这一区域的客观原因，也是因为他在引翔港短短的几个月就取得斗争的"丰硕成果"。

当初，党组织根据吴振鹏的申请，通过组织考察，决定将他选派到引翔港担任基层团组织领导的意图，就是想通过其工人身份的掩护，从事地下宣传、组织工作，播种革命火种。 吴振鹏早在安庆时，就明白这个道理，就明白党组织为何将火种的起源地定在上海，并在此召开一大会议，将中央机关设置在上海。 除了上海地处沿海、外来思想传入、海外支援渠道以及作为国际大都市的海内外交通方便，加上各种势力共存、租界混杂，便于掩护，还有一个重大原因就是上海聚集的产业工人多，占到全国总量的四分之一，他们是无产阶级政党的基础，只有团结他们，将他们真正转化吸收为党的中坚力量，党的根基才能稳固，只有将他们组织和发动起来，革命大业才能具有充分的战斗力。

引翔港历史上就是上海一个产业集中的地区，吴振鹏明白组织上将他派到该地区的目的，事实上，十九岁的他也没有辜负党的期望。他通过智慧与资本家周旋、斗争，不但在工厂及支部所属范围的单位发动、组织成几百先进青年加入革命预备队，建立起保护职工权益的工会、工人自治纠察队，发展了数倍于起初的团员，扩大了青年先进组织。 同时，他通过细致观察走访，记录了引翔港地区的厂矿及各行各业的规模和经营情况、人员组成情况，在他组织"辖区"内绘制了一幅动态的产业结构图、各行业人际网络图。 在这基础上，利用党团和工会组织，分工负责片区宣传、教育、发动，有效地使整个"辖区"产业工人队伍转化为革命力量。 在后来的领导罢工、游行示威等维护工人权益的工运活动中起到了重要的作用。

吴振鹏明白，在短短的几个月后，党组织将他派驻曹家渡，对另一产业重区展开他智慧式的宣传与发动，等于是对他的充分肯定与信任。

初识曹家渡，让吴振鹏说不清地感慨。 这里与引翔港截然不同，无论环境、建筑、生活方式甚至人的面孔表情都让吴振鹏觉得他对上海有一个全新感觉。

让他有最深刻的感觉还是上海的弄堂，他曾经在书上看到过，迷宫般的老城厢是上海的灵魂,是这座城市沧桑兴衰的缩影。弄堂是近代上海的发源地,是申城的"根",是上海作为一座大都市的起点和基石。

走在上海弄堂里,吴振鹏觉得这里的一砖一瓦,都留下了深深的时光印记,体现着历史的变迁。那孩子摆不脱的梨膏糖和五香豆,老文人喜欢的雕梁画栋,还有窄窄的丫字街中的老虎灶、石板巷口的美味生煎和小笼、老鸭汤和葱花豆腐脑都能在这里找到。

吴振鹏就这样在初来乍到的两周内,与上次初到引翔港一样对曹家渡进行了详细周密的考察与验证。他有时真的分不清是在实地工作考察还是在写浪漫的旅行日记。

当然,他觉得无论是考察报告还是旅行日记,其表达方式不一定一样,但述说的"标的"是一样的。

因此,他常常喜欢用旅行日记的文字记载曹家渡:"曹家渡的弄堂就是浓缩的上海,就是上海的一顿饭局上的台布、餐具、桌椅,少一样都难为席。"分析过程时就成了考察报告:"曹家渡里,就等于一个大蛋糕,里面却分了奶油的、淀粉的、甜的、咸的、草莓的,就像上海划了许多块,有法国的地盘、有英国范围、有美国领地、有公共租界、还有靠工厂区的地方,不同的区域不同的阶级,住着不同地方的人,彼此不搭,或者视而不见,或者是认识却不那么友好的态度,逐渐形成对上海面孔有了重新的认识:看上去都是同样的面孔,仔细地看,就看出了资本家的贪婪、反动当局的凶残、汉奸走狗的媚、平民的苦……"

行走在产业工人密集的地方,吴振鹏凭空有一种亲切的感觉,像家一样,是兄弟姐妹的那种回乡感。于是,他每天晚上在台灯下记下了:"……曹家渡商业网点中间线型,外面扩散式的,渐向周边地段扩展。曹家渡地处三区交界,其中心地五条马路会合之处,人流、车流集散于此,自然形成沪西商业、饮食服务业集中的闹市。这个地区东起余姚路口,西靠华阳路,南至曹家宅,北达苏州河,其间店连店、铺接铺、千窗百户……随意小吃、大众点心、馄饨、面条、大饼、油条、菜包、生煎馒头等，开市早，品种多。日常生活加工行当齐全，缝纫裁衣、剃头烫发、打铁补锅、整包修鞋等五花八门，商店供应百货、布匹、五金、日用杂品、烟纸杂货、粮油酱杂、钟表眼镜、绸布呢绒等应有尽有。"

吴振鹏是上年12月被安排"定居"曹家渡的，1926年春节前，他深入大街小巷、产业各区，记录了翔实的"人员火力点"，基本"绘制"成了"攻守城防图"，为建立"平民、职工学习传播辅导点"、组织工运预备和外援力量打下了坚实可靠的基础。

为了更深入了解产业区各阶层思想状态，吴振鹏像一个全科医生对曹家渡片区人员交杂的相关功能区进行细心体察。

春节前，他还邀请了曾延生、袁玉冰、关向应前来曹家渡实地考察了大众浴室，上海人称澡堂子为"混堂"。那年月，去"混堂"沐浴是很奢侈的。一般情况下，夏天冲冲擦擦对付，而冬天一般洗洗脚，揩揩身完事。只有过年了，才是一定要到浴室去洗澡的，所谓干干净净迎新年。

澡是洗的晚澡，晚饭是在吴振鹏住处吃的。曾延生手上拎着鱼，袁玉冰一手青菜、一手萝卜，关向应一手豆腐、一手卜页（千张），下午一起来到吴振鹏住处，进屋放下菜，吴振鹏招呼他们喝茶聊天，看他写的曹家渡考察报告，他自己就去点火做饭。

短短几天活学活用，吴振鹏学会了生煤球炉。后门口吴振鹏拎上炉子，拿废纸、柴爿、煤球，开始工作。柴烟弥漫时，关向应走来依着门框笑着对他说："这么快就学会了，说说体会吧。"关向应是北方人，他对点炉生炕活计太熟悉了。"先点火烧废纸做引火，后放柴爿，柴要架空，这样容易点燃。柴着火燃烧放煤球，然后用蒲扇鼓旺柴火煤球就着了。"吴振鹏一边扇动扇子一边往炉筒里先放半爿头煤球，补充说，"先放半爿头煤球易着"。"你真的是学者呀，生个小煤炉考察出大学问，了不起，了不起，哈。"关向应笑中有赞赏有欣慰有开心。

屋里的曾、袁二人听到笑声，放下手上报纸和文字走出来问他们在探讨什么问题。 吴振鹏提起扇子站起来指着已经基本生好的煤炉笑着说:"煤炉点燃纸,柴煤有烟,烟先浓,渐稀淡,火红了烟散去,这一整套不就是煽风点火的过程吗,过程的演变不就是风起云涌(烟雾)、风助火势、火旺云就散吗?"

曾延生表情故作夸张地说:"振鹏看来不是一般的革命家,生个小炉子整出这一套套的大道理。"

一边的袁玉冰赶紧说:"快做饭吧,先将肚子的问题解决好,才会更有力地革命的……哈哈。"

四个男人,一生记得在生命中的某年某月某日,在上海一个弄堂的傍晚,共同用革命道理写下了可以跨海穿山的隔世情谊。

在上海一般煤球炉轻烟飘悠之时正与晨光相遇,袅袅炊烟空中漫舞,与砖瓦房舍相合,极富诗情。 而四个革命家的傍晚炊烟,却也能在夕阳西下当儿,将苏州河边的青瓦素窗飘逸成红妆粉纱……

大众浴室在这片区还算有名的,平常客流不断,光顾者有小产阶级生意者、手工作坊主、家住片区的产业工人和管理层人员,据介绍每到过年前夕,往往人满为患。 建筑半西洋半民国,门窗用彩色玻璃镶嵌,有情有调。 候浴区分雅间与普间,雅间有钱人进,雅间又分单间的和两人、三人间的,平民入普间,普间几十张木躺椅分组排列。普间在一楼,高档的在二楼。 普间只有开水自己动手,雅间供应茶点。 这普间百姓的话题自然不与雅间同步同题,但总体上可以归纳为"剥削与被剥削""压迫与被压迫",细分起来又可以归纳为"反革命与革命"。

洗澡的程序,普浴一般是先入大池浸泡,然后再进行冲洗。 大浴池里热气腾腾,池壁四边坐满了浸泡的人,人多的时候还要"插香炉",指人多了都站在池中像是插在香炉中密密麻麻的冒烟的香。 他们四人立在浴池中,等有人离开后再坐下相互擦背,最后到冲洗间用小盆打池里水洗刷、淋浴。 他们仿佛非常珍惜这个洗澡的机会,一个程序走完,又回过来跳入大池浸一会儿,再冲洗。 直到热得吃不消了，才收兵去躺椅休息。 出浴后，服务员会准确无误地甩你一块毛巾，让你擦干，然后坐在自己的位子上。

休息大厅雾气弥漫，出浴的人就邻寻找互动聊友，小声的，低音的，也有吆喝的，谁也顾不上谁，谁也听不清与己无关的话题。

躺在位于角落的椅子上，四人喝着开水，聊点相关话题。

"这浴室三六九等分出阶级层次，总体上中下对象。"吴振鹏回望他们说。

"普间，一层的混浴，还有跑堂、修脚服务人员，与我们一个阵营。"袁玉冰笑了笑说。

"那么，雅间的贵客、浴室老板都应该属于我们革命的对象，属于我们要消灭的阶级！"关向应比画着劈刀手势说。

"这当然还要细分，将上下连接点的中层包括高级跑堂，管事者，乐于与贵族效劳、献媚者，包括本质上同情民众、施善于民众的中小资产者，这部分属于打击和改造的对象。"曾延生点了一支烟说。

不到一支烟的功夫，小跑堂的又扔一块干毛巾给他们，像在不断地提示他们，再擦擦好走吧，不瞎聊了。

四个人穿好衣服出门，忽然感到寒风有了暖意。

踱步木头搭建的小桥，望船泊两岸，晨雾薄烟，缭绕又生画意。河对岸工厂炉子轰轰直响，炉火红映蓝天，却也在苏州河水里起舞翩翩……

顺着苏州河向北、向东，他们仿佛听到了新年的钟声，看到了如火的1926年正在走进春天的大门。

春节前，吴振鹏还有两件事值得他欣慰和欢欣鼓舞！

一是他一直暗中救济的夏金波母子俩生活已经得到保障，母亲的常年职业病在工运斗争的胜利中得到了厂方的治疗，并恢复健康重新有了岗位；夏金波经过平民学校的学习、团组织的引导，现在已经是青年团员，成为工运积极组织成员。 那天，他在走访时，特地去见了夏金波的妈妈，并为他们送去了米和油等年货。 等到夏金波母亲灶间烧好水准备给吴振鹏沏茶时,吴振鹏高大俊帅的身影已经消失在弄堂里折射的斜阳余晖中。

2月初,在中共中央会计兼秘书任作民(任弼时的弟弟)单线联系下,中共中央总书记陈独秀在上海虬江大戏院西边广东街正兴里任作民住处接见了上海部分党团组织代表,算是一个小型家庭茶话会,吴振鹏、曾延生、袁玉冰、关向应他们有幸参加了。

身穿青布长衫白衬领刚过四十七岁的陈独秀坐在中间,他语调温和、眼神端详,就像坐在面前的长辈,更像兄弟间的唠嗑。

他在谈到上海工运情况时指出,要将党团领导下的工会队伍建立起来,并要通过创立工厂培训学校、街道平民学校等多种形式的教育方式,让工人掌握文化,懂得革命道理,迅速提高工人的思想觉悟,为摆脱被压迫被剥削的命运去努力抗争,"这样的形势下,预示着中国工人运动将会迎来新的高潮。"他说着站起来时,吴振鹏看到高一米六五左右的陈独秀,两腿分开直立,左手拿起桌子上的翻着的书稿,右手支在腰间,顺着讲话时身体的动势,头部时而俯仰,时而倾斜(他的习惯)……书生、俊朗、傲骨、霸气仿佛都集于他一身。

会后的询问中,陈独秀听到他是来自安庆的吴振鹏时,特地让他坐到身边对他说:"是小老乡呀,早就听说过你,那年反对曹锟贿选活动你在安庆闹的动静还不小呢,威震四方呀! 看到后,觉得是我家乡出来的好儿郎,当时我还特地发文赞扬那次学潮运动的……后来,我让柯庆施去安庆恢复党团组织时,特地写了一封推荐信,上面都提到你的。"

吴振鹏流泪了,他感动、激动,他觉得他能在陈独秀的革命"波涛"中溅起一点浪花,这成了吴振鹏走上革命道路以来的最大鼓舞。

3. 边工边读边教　发展青运组织

1926年的春节是2月13日,不知怎么的,除夕晚上突然下起了上海几年都未见的雪花来,这一下不要紧,一年未归、逢年过节思乡的吴振鹏对至今不知生死的养父母，又触景生情地多了一层忧伤。

正月初一的门外，雪花纷飞，让吴振鹏不禁想起了宋代刘著的《鹧鸪天·雪照山城玉指寒》：

雪照山城玉指寒，一声羌管怨楼间。江南几度梅花发，人在天涯鬓已斑。

星点点，月团团。倒流河汉入杯盘。翰林风月三千首，寄与吴姬忍泪看。

他觉得诗句里的羌笛音里饱含了他与父母离别的哀怨！

但他又觉得这样的注脚不妥，与革命者精神气节不合拍，难道岑参的《白雪歌送武判官归京》就从唐代隔世感应我心？不想则罢，那"忽如一夜春风来，千树万树梨花开"还真的让他对眼前的银白世界多了一份诗意的心情。

他开始备课了。

遵循陈独秀的教导，吴振鹏根据上级指示，在建立起来的组织领导下，首先在曹家渡地区圣约翰大学附近创办了一所平民学校，并担任校长和教员。

办校有两大任务：一是招收工人，教工人识字，文化扫盲，然后对掌握基础的工人宣讲工人要团结起来、反对压迫、翻身做主人的革命道理，通过学习、宣讲，让工人们通过思想武装转变成党组织的生力军；二是为分散在该地区工厂里的团干部及先进工运骨干进行专门培训。

招收工人学文化，也是为传授共产主义理论做掩护，更是为专门培训团干部和青年骨干做掩护。

对于培训工人，学校专招职工，范围包括沪西振华纱厂、绢丝一厂二厂、公大纱厂、中华纱厂、爱迪生灯泡厂等工厂，不收学费，授课时间根据工厂作息时间相应设置早、晚两班：夜班的工人每天上午七至九时上课；日班的工人每天晚上七至九时上课，故称"半日学校"。根据工人实际文化情况，培训工人分初级、中级和高级班。初级班就是识字扫盲班；中级班适用小学课本，能一般断字造句，掌握自然和社会基本常识，辅导习文写作；高级班着重学习自然与社会科学原理，传授革命理论道理。但初中级班课程中也会将革命理论宣传内容有机编排在教案中。

几个班级利用时间轮番在两个教室分工进行。

学校设备十分简陋，一块小黑板，十几条长凳，四五张旧长桌和一架旧风琴，一台手摇"大喇叭"留声机。初级班没课本，只有自订白纸写字本；中级班课本采用世界书局出版的小学教学用书。

初级班课堂不设讲台，教师和学生坐在一起，先听一会儿留声机，将他们注意力集中起来，然后一起聊天、喝水、谈家常，减少工人的压力，增加趣味吸引力；教他们识字时，也常常以形象生动的方式进行，好在中国文字的象形文字与会义文字多，能让工人们一教就能记住。通过识字比例讲授革命道理，如"工人"两字，就启发大家说："工"和"人"加起来是"天"，我们工人头顶青天，脚踩大地，世界上的财富都是工人创造的。工人穷，不是命运不好，而是创造的财富都被资本家吃了、喝了，装进腰包了。工人越来越穷，资本家越来越富，这是社会制度造成的。然后就会以回答工人问题的方式教导他们："工人要想不穷，就得敢于与资本家斗，争取自己的合法权益，然后与天下所有无产阶级团结起来，最后打倒他们，消灭剥削阶级，建立自己当家作主的社会。"工人们在学习中逐渐懂得了革命的道理，对自己的命运也渐渐有了希望。曹家渡平民学校名气越来越大，几个月后，竟到了人满为患地。后经请示上级同意，动员知名绅士、行业协会参与办学，增加校舍、教室，报名入学者从原来的几十个人增加到两百多人。工人们把上学当成了听音乐、喝茶拉家常、讲故事，将学校当成了兴趣俱乐部，只要一下班就会想到学校来。

培训高级班和专门培训团干部班，范围不但包括所属各工厂里的团干部和优秀工运青年，还有地区行业里的团干部。 新团员们虽然充满对实际斗争的热情，却缺少严格的组织训练，大部分团员文化水平较低，对革命斗争理论知之甚少。 吴振鹏一方面聘请邻近的圣约翰大学社会学科进步师生重点辅导外语、科学理论课，一方面利用《中学校刊》《中国青年》等共青团中央机关刊物，传阅和宣讲结合，从思想上启迪青年团员学习马列主义。 他还聘请上海大学社会学系的高年级学生以及曾延生、袁玉冰、关向应轮流为他们上课，他赞同团中央书记任弼时主张以"布尔什维克化的真精神"建设共青团的观点。 同时，他也还反复告诫团员们要"注意分析中国社会，按客观事实而运用经验与养了一批工人运动的骨干"，为沪西纺织工会、沪西行业工友俱乐部以及团组织队伍建设打下了坚实的基础。

由于吴振鹏办学出色，经验丰富，在青年工运活动中又是鼎鼎大名，中共创办的其他工人学校也经常聘请他去讲座或演讲，学校以请到他为荣，学生以能听到他的讲课为骄傲。

沪西工人半日制学校是上海共产主义小组成员李启汉筹备创办，校址设在纺织工人集中的沪西，地点是槟榔路锦绣里 3 号（今安远路 62 弄 178、179 号），由李启汉主持校务并任教。 吴振鹏借用他本校的相关课程为这个学校的学生作讲座，传授青年运动相关要点。

因为平时要到上海大学上课，根据安排他就近为上海大学附设的平民学校兼代相关课程。 先是在西摩路时应里（今陕西北路 229 弄）上海大学中学部内开设平民学校，后来又在沪东杨树浦等工人区，也开设了平民学校。 吴振鹏上课结束后，经常与工人、学生们高呼"工作八小时，教学八小时，休息八小时"的口号。

上海总工会在五卅运动中成立后，中国共产党通过上海总工会与上海学生联合会成立了平民教育委员会，在全市各工人区开设了十二所平民学校。 分布在杨树浦、浦东、引翔港、小沙渡、曹家渡、闸北等地区，虽多次遭到军警、流氓的破坏、查封，学校却多次以自行培训业务为由自行启封开学。 多数学校吴振鹏都去过，他的演讲具有高的鼓动力、他的台容对学生又是那么地充满诱惑力，这给工人学生留下了深刻印象！以致一周内看不到他身影，就会有人问，吴振鹏老师何时来。

杨家宅平民夜校是由共青团杨树浦部委直接领导创办的，陈醒吾、瞿景白、吴振鹏、周朴农、顾作霖等部委书记们都曾来此上课。学生多为附近工厂的青年工人。教师们以通俗生动的语言和灵活多样的教学方法向青年工人传授文化知识，传播革命真理。

1926年初，团部委书记顾作霖兼任平民学校教师。他经常邀请吴振鹏来讲课，吴振鹏因在安庆一师学习过音乐，不但会唱歌还能看谱弹奏脚踏风琴。因此，他在杨家宅平民夜校经常教工人学员唱革命歌曲，为学员们弹琴伴奏。教唱得最多的当数《国际歌》，既丰富了教学形式，又寓教于乐地教育了大家。他还以形式多样的活动与周围工厂的工人建立了深厚的感情，培养了一批积极分子，为开展革命活动打下了良好的群众基础。

被誉为上海工人运动的"四大金刚"之一的吴振鹏，在沪东、沪西、引翔港、小沙渡、曹家渡、闸北等地区工人群众中，提起他的名字，没有不知的，特别是青年工人更是无人不晓。

1926年4月，共青团江浙区委正式成立，团江浙区委由正式委员九人、候补委员三人组成。贺昌、袁孟冰（袁玉冰）、关向应等九人为正式委员，吴振鹏等三人为候补委员。

吴振鹏除协助袁玉冰、关向应做好江浙团区委组织工作，1926年5月，团江浙区委委派吴振鹏担任共青团曹家渡部委书记，6月他又调至共青团引翔港部委接替曾延生任书记，曹家渡部委先后由孙金鉴、关向应接任。

在任期间，吴振鹏还很关心平民学校对工人的宣传和团干部的培养，特别强调青年要深入工农群众的实际斗争中去。他提出青年学生"为民众利益而奋斗就要不惜本身的牺牲，要担负重任，就要敢于担负民族革命的重任，要用这样的勇敢和毅力去执行革命工作"。他强调团的工作者也要"深入群众"，他在后来发展扩大开放的曹家渡平民学校团干培训班结业典礼上演讲说："我们若不能为青年工人的权利或保护他们的劳动而奋斗，我们将永远不能接近青年工人，并取得其信任……深入群众，是我们团体目前唯一的口号，各位同志要在实际斗争中处处不忘这口号的实际意义！"他这样严格要求别人，也同样严格要求自己。他以办平民学校为掩护，亲自讲授《共产主义ABC》，号召青年投身到革命运动中去，甚至秘密地组织先进工人、学生和团干部去郊外练习枪击、搏斗、拼刺及战场抢救包扎等。

这是吴振鹏革命思想成长过程中与实践紧密联系后的成熟所在，也是对"山雨欲来风满楼"的革命前景的预见。

这成了为上海武装起义做出贡献最好的见证。

第四章
1926，上海，从工运到暴动

1. 工运"三级跳"

1926年上海的工人运动三个阶段，好像三级跳一样越跳越远。

从年初到5月，是五卅运动以后休整阶段的继续，在此期间，上海总工会不顾军阀当局许可不许可，自动公开办公（会所公开，重要工作人员不公开）。吴振鹏、袁玉冰、关向应、曾延生等"四大青运金刚"充分发动党团组织，相互联动，相互策应，竭力救济和安插五卅后被开除出厂的大批积极分子，鼓励他们继续进行斗争，同时利用党团组织领导下的工会种种活动,发现和培养新的积极分子,恢复工运组织体系。据不完全统计,这期间各区域纱厂工人的罢工斗争大小共25厂次。参加人数在26000人以上,这种革命势力的潜在的发展,到五卅周年纪念时就公开爆发出来了。

第二阶段就是6月到9月的罢工潮。党领导下的总工会发动了声势浩大的五卅周年纪念运动,打破了沉寂的局面。使工人群众又一次看到党团组织以及无产阶级团结起来的巨大力量,得到了很大的鼓励,而这时米价的暴涨(每石17.5元)也使工人非起来斗争不可。因此,周年纪念一过,各厂各业的罢工斗争就汹涌而起,汇成巨潮。军阀虽然再次封闭了上海总工会的会所,但总工会在党的领导下,在袁玉冰、关向应、曾延生、吴振鹏等团江浙区委领导以及上海各基层团组织策划组织下利用党团组织渗透、宏观计划、微观指挥,牢牢地掌握组织体系的战斗堡垒作用,使工人斗争成效卓著。据施英(赵世炎)同志不完全统计,6月、7月、8月三个月中,共发生同盟与单独罢工112次,牵涉275个工厂企业和手工业行业,人数累计达176957人。9月份罢工为21次,参加人数达37000余人。

这期间的罢工潮,在其开始时只提出一些经济方面的要求,到8月间内外棉纱厂反日同盟罢工爆发,已把政治斗争和经济斗争结合起来,而9月7日的纪念大会和示威游行,更说明工人的斗争向政治方面跨进了一步,同时,经过罢工潮,上海工人的组织程度有了很大提高,不仅恢复和巩固了五卅后被破坏了的工会,并且新建了不少工会,如丝厂工会和一些手工业工会等,这样就为下一步的跃进准备了条件。

1926年7月4日,为完成总理孙中山的遗愿,国民党中央在广州召开临时全体会议,通过《国民革命军北伐宣言》,陈述了进行北伐推翻北洋政府的理由。早在1926年2月,中国共产党就向全国人民明确提出了出兵北伐推翻军阀统治的政治主张。1926年5月,国民革命军第七军一部和第四军叶挺独立团等作为先头部队,先行出兵湖南,援助正被吴佩孚部击败而退守湘南衡阳的第八军唐生智部。在中国共产党的倡导和推动下，7月9日，广东革命政府从广东起兵，出师北伐。7月25日，中华全国总工会在党的指导下发表《对国民政府出师宣言》，号召全国工人"努力参加国民革命，站在一切民众之前"。

党中央根据形势与国共合作的思想路线，除了在北伐军队中加强党团组织建设将目标统一到北伐的方向和伟大意义上，重点是在北伐进军路线的地方加强党团组织力量，充分发挥党团对北伐战区及相邻后方民众组织领导作用，做好战前策应、迎接，战中配合、支持，战后援助、巩固。党中央为此，决定从中央党团机关选调一批优秀干部前往江西等地工作。

吴振鹏、袁玉冰、曾延生、关向应属于这批选调干部范围人员。

首先离开上海的是曾延生和关向应。曾延生于8月份被先期派往江西九江工作，根据江西区委决定，将中共九江特支改组为中共九江地委，曾延生任书记，并担任江西省总工会委员长。关向应于9月份被派往山东省任山东省委委员、团省委书记。

而袁玉冰与吴振鹏作为上海青年工运的领袖人物，则是配合上海第一次武装起义后再前往江西任职。

随着革命战争向长江下游发展，上海工人阶级的斗争也由经济斗争转向政治性总同盟罢工，为配合北伐胜利进军，推翻军阀反动统治，上海工人在党的领导下，连续发动了三次武装起义。

这期间，吴振鹏、袁玉冰先后为曾延生、关向应两位兄长离开上海送行。在与曾延生分手的那天晚上，吴振鹏与曾延生谈话至深夜，从配合上海第一次武装起义谈到江西北伐战场形势预估及准备，临分手时，兄弟双手握紧，久久不愿松开。

就在吴振鹏积极投入到上海武装起义准备时，1926年9月10日晚，安庆革命战友杨兆成在蚌埠小南山下英勇就义，年仅二十四岁。

吴振鹏知道杨兆成英勇牺牲的消息时，上海第一次武装起义已经进入临阵状态。吴振鹏带着战友牺牲的巨大悲痛和杀敌报仇的心情参加了这次最终失败的武装起义。

2. 错交指挥权　上海暴动失败

"北伐开始后，上海的工人运动有了新的发展。 从 1926 年 6 月到 9 月，上海工人连续举行了多次罢工，参加罢工的工人达二十余万人。他们当中不仅有产业工人，还有手工业工人和店员，甚至没有参加五卅运动的闸北三十五家丝厂女工也参加了罢工。 罢工从争取改善生活待遇的经济斗争，逐步发展到要求享有参加工会的权利和反抗压迫的政治斗争。"

这是吴振鹏每日记录革命斗争日记的一段话，他内心已经充分地感觉到了"上海必定要走武装斗争"的，"山雨"必定是要来的，这"满楼的风"更不是毫无征兆之风。

他从每日的"战报"、消息得知，1926 年秋冬之际，北伐军攻克南昌之后，势如破竹，兵锋已经开始指向长江下游和江浙地区。 9 月 1 日，北伐军攻克汉口后，苏浙皖赣闽五省联防军总司令孙传芳为阻止北伐军东进，将大量兵力投入江西战场，上海的防务顿时空虚。 吴振鹏能感知到上海气氛的骤然紧张。 上海，这个江浙地区最重要的城市，地富财丰，粮饷充足。 它是当时中国最大的对外通商口岸和工业城市，这里有被称为"国中之国"的公共租界和法租界，租界以外的地区，则控制在孙传芳手中。

吴振鹏从大量的信息中分析到，南方政府需要上海，是乘机利用孙后方空虚合力暴动夺取"黄金宝地"，中国共产党则是响应北伐革命，推翻军阀统治，建立市民政权，还上海人民的上海。 他在日记中写道："早在南昌被攻克之前，南方政府就派很多军官学校宣传队秘密来沪，电通社已经报道过，'宣传队已受过苏俄式之宣传教育，原籍均属江浙两省，拟乘党军再举猛攻南昌之时，在本埠一带大事宣传。' 东方社也证实：'此间一部分学生工人与国民党策应，散布反对孙传芳传单……'事实上，他能感觉出深秋已至，狂风正卷地而来的上海，那铺满厚厚落叶的街道夹杂着白色的纸片漫天飞舞，此时的上海像一只深陷茫茫波涛中的小船，上下起伏，正在面临着前面的暗礁与冰山的考验。

从 6 月开始，中共中央针对上海用工人武装暴动解决上海问题做出一系列的指示。

上海工人武装起义作为中共上海党组织的一项任务是在中国共产党四届三中扩大执委会之后提出的。1926 年 7 月 12 日，中共四届三中扩大执委会通过《军事运动议决案》，指出："本党是无产阶级革命的党，随时都须准备武装暴动的党，在民族革命的进程中，应该参加武装斗争的工作，助长进步的军事势力，摧毁反动的军阀势力，并渐次发展工农群众的武装势力。"同时指出："五卅后的上海，确是革命的上海，虽然帝国主义者的工部局和中国的官厅以及大商买办阶级联合地单独地向上海民众进攻，但是上海的民众仍然亦趋革命化。"这个时期的上海工人罢工高潮，进一步提高了工人的政治觉悟，扩大了工会组织，为上海工人第一次武装起义做了思想和组织上的准备。

吴振鹏清楚地知道，从 8 月份开始，他与袁玉冰参加的罢工行业越来越多，从原先的纺织业、轻工业，发展到手工业、重工业和市政工人、码头工人，人数也越来越多，罢工性质也由要求缩短工作时间、增加工资、不得无故开除工人的经济罢工发展为政治罢工，矛头直指统治上海的帝国主义、军阀和买办。据吴振鹏调查统计，各级工会组织在区域党团组织强有力的发动下如雨后春笋般涌现出来，全市的工会会员由原来的二十万增加到三十万，许多工厂的工会都建立了工人纠察队或自卫团。加上此时不断从南方传来北伐军作战胜利的消息，上海的工人早就期待着有一天，北伐军能打到上海来，铲除反动军阀，使上海获得新生。至此，上海工人武装暴动的箭已上弦，到了一触即发的态势！

此时，领导工人进行罢工斗争的中共江浙区委即上海区委执行委员会正密切注视着北伐战争形势的发展，准备以工人武装起义推翻北洋军阀在上海的统治，迎接北伐军的到来。

吴振鹏在他的时事变局日记和他后来公开发表的有关上海"战事"的文章中写道："上海国民党当局和资产阶级的头面人物虞洽卿等都支持中共江浙区委的计划。在筹划起义的过程中，国民党特务委员会军事特派员钮永建与孙传芳的部下、浙江省长夏超密谋，由夏在适当时机宣布浙江独立，向上海进军；钮在上海组织暴动，里应外合，夺取上海。""为了加强对远东地区尤其是上海工人武装起义的领导，共产国际执行委员会于1926年3月25日就决定建立远东局组织。据远东局主任维金斯基说，早在1926年7月份，他同意在上海的基本变革思想和计划，确定借助浙江省省长夏超起义，上海发动自治运动，驱逐孙传芳。"

中共江浙区委决定配合夏超的部队攻占上海，举行武装起义，夺取政权，迎接北伐军。其实，在此之前，中共上海区委已经酝酿着要在上海举行武装暴动。关于上海要不要举行武装暴动的问题，这一思想是明确的。

而期间陈独秀坐镇上海，他是上海武装起义的最高决策者，虽然前两次起义他没有亲自指挥，但关于起义的路线、计划与部署都是按照他的指示在向前推进的。

担任上海武装起义领导的最高权力组织是中共江浙区委，即上海区委执行委员会。

吴振鹏与袁玉冰、关向应、曾延生作为上海地区基层团组织领导人、一直从事基层团组织和青工运动的著名领导式人物，都是与党的江浙区委同步建立的团江浙区委委员，吴振鹏还配合袁玉冰、关向应分管区委组织工作，因此，他对江浙区委所属党团建设情况清楚掌握，他知道上海区委成立前，上海地委已在上海总工会和上海学生联合会中建立了中共党团（简称党团）。江浙区委即上海区委成立后，即召开会议讨论整顿党团组织的问题，明确规定上海总工会党团与上海学生联合会党团归江浙区委即上海区委领导。据吴振鹏掌握和了解的情况统计,至 1925 年 9 月,上海区委在上海和江浙两省共建立了 81 个支部,党员 1080 人。在之后的一年多,上海地区党的组织和党员人数随着革命形势的发展而迅速增加。至 1926 年 9 月,上海区委所辖上海和江苏、浙江以及安徽部分地区的支部已达 188 个,党员人数增至 2065 人。而江浙团区委单单上海区委所属上海市区 12 个团部委、特支,至 1926 年 9 月,发展的团员就有四千多名,这是一支党领导下的上海武装起义的最强有力的组织、发动者,是上海工人政权的有效"近卫军"。

在抽调"精兵强将"去江西前线配合北伐军进入江西环节,吴振鹏、袁玉冰、关向应、曾延生四人应该是同期前往江西与山东报到的,但考虑到上海武装起义已经蓄势待发,作为整个区团组织、青年工人的领导和组织指挥者,上级组织决定曾延生与关向应先行分别前往江西、山东报到,吴振鹏与袁玉冰待第一次武装起义后再速前往报到。

8 月,中共中央军委指示中共江浙区委成立上海区执行委员会军事委员会。由江浙区委所属党、团、工会组织的主要负责人组成。

从 8 月至起义前,吴振鹏与袁玉冰全程参加了上海区委就起义问题和准备工作召开的多次党团联席会议。

当时,中共上海区委的主要负责人是罗亦农和赵世炎。

9 月 3 日,中共上海区委主席团会议上,区委书记罗亦农就武装起义和市民自治问题提出,"上海地方非有一次民众暴动不可",应提出"人民自治"口号,反对孙传芳的统治。

赵世炎是出席在广州召开的第三次全国劳动代表大会后,为加强江浙地区的工作,由党中央任命担任中共江浙区委(包括江苏、浙江、安徽三省和上海市)组织部部长、上海总工会党团书记,并兼任江浙区委军委书记。赵世炎化名"施英",是第一次武装起义的具体负责人,他到上海后就深入工人群众中,了解情况,组织工人罢工斗争,准备武装起义迎接北伐军。

他在会议上指出,要号召社会各界群众发扬五卅精神,联合起来，组成革命的统一战线，以对付帝国主义的屠杀和进攻。

关于起义领导权、国共合作谁作为主要领导或者是联合领导的问题，是在充分依靠工人阶级的力量的基础上联合有权势的资产阶级，还是中共配合资产阶级的权势者问题，联席会展开了激烈的讨论。

吴振鹏与袁玉冰在会上发表了时局分析观点和建议。

吴振鹏在会上发言说："从领导力量看，在'五四'运动中，中国工人阶级已经作为一支独立的政治力量登上政治舞台，成为运动的主力军。中国工人阶级以中国历史上空前规模的罢工参加运动，表现出高度自觉的爱国主义精神和反帝反封建斗争的坚定性和彻底性，对'五四'运动后的革命发展以及五卅运动后的工运推动起着决定性作用。从上海这两年来的工人运动、罢工、集会、游行示威的斗争性质与成果来看，即使属于中国资产阶级民主革命性质的政治指导者，也已经不属于中国资产阶级了，早就属于中国无产阶级了，而领导与推动中国无产阶级革命运动的当是中国共产党，这应该是毫无疑问的！"吴振鹏说到这儿，站在座位中间四周环视了一下在座的人员，他们表情不一，神色落差。他最后表态说："我坚持以我党为中心领导者，团结联合其他党派、进步团体，指导反正军队配合我们的行动计划。只有这样，主动权才能牢牢在我们手上，决策指挥才能得到保证。"

会议起初还是坚持以中共作为武装起义的中心领导地位的，并决定加紧国民党上海市党部和各团体联合会的工作，建立广大的联合阵线，"从虞洽卿一直到工人部分联合"。

但到后来，就开始慢慢变味了。领导上海工人武装起义的上海区委领导在做多次相关调研后，片面认为上海工人过去经历过的所谓暴动只是罢工，还属于"文斗"范围，就武装斗争的真刀实枪的干还是第一次，同时，上海工人武装的武器不足，又缺乏严格的军事训练，军事素质很差。当然，最终还是受"避免色彩及帝主（帝国主义）借口反赤"思想的束缚，以及自己的充分不自信，竟然将领导权又变换交给了虞洽卿、钮永建等资产阶级头面人物，使上海工人第一次武装起义处于完全被动，指挥失灵，最终导致失败的局面。

虞洽卿早年到上海当学徒，1894年后任德商鲁麟洋行买办、华俄道胜银行买办。1923年当选为上海总商会会长，曾经是杜月笙、张啸林原属黄金荣的门下弟子，经过自己的打拼最终与黄平起平坐。当时，他手上掌握一支五百多人的帮会武装，武器精良，训练有素。钮永建是1924年中国国民党一大后的广州国民政府中央政治会议秘书长，1926年任中国国民党中央驻沪特派员，北伐军总参议，到上海开展活动，配合国民革命军北伐，领导上海光复。

但是虞洽卿本人此时的政治态度忽冷忽热，摇摆不定，不肯把他掌握的保卫团武装情况向工人纠察队通报，为此上海区委把争取重点转向钮永建，而钮永建此时就是一个没有实力、基本属于"买空卖空"的人物。

这些情况，都是吴振鹏与袁玉冰在这期间参加会议和相关行动中料到却不敢想象的结局。这也是共产党人的一个血的教训：无产阶级的革命斗争，只能依靠自己的力量来完成，只有依靠自己的思想战略和工农力量才能取得革命的最终胜利。

9月6日，由吴振鹏起草以中共上海区委名义发布了一份《告上海市民书》，宣称：帝国主义的外人，卖国的军阀、官僚和大买办阶级，是百万市民的死敌，摆在上海人民面前只有两条路，"一条路是受压迫而死，另一条路是起来反抗而生。前一条路是死路，也是亡国之路，后一条路是生路，也就是谋中国民族独立到自由解放之路"。这份《告上海市民书》，向上海民众揭露了帝国主义、官僚军阀和大买办阶级残酷压迫剥削上海人民的罪行，煽起了反抗强暴的革命怒火，拉开了上海工人武装起义的序幕。

9月中旬的一天夜晚，华灯初上，在闸北宝兴路一座石库门房子前楼一间房间里挤满了人，这里由中共上海区委举办的第一次军事训练班正在上课，来自全市各区部委、重要产业工会的几十名代表，在认真地听讲。主讲是中共上海区委组织部部长兼上海总工会党团书记赵世炎、吴振鹏、袁玉冰等具有军事训练实践经验的党团干部和骨干参与并担任了分科教员和辅导员。

第一次军事训练班办了两个星期，之后又在南市康悌路（现建国东路）一所小学内以及郊外隐密地点进行了长短枪填弹、瞄准、射击，短兵拼刺、搏击，检修枪支、土炸弹制造以及投弹等相关科目的培训和实践。这样的培训班一直到9月底，然后将已经掌握基本技能的人员分到几个大的工厂去，在那儿分批开办相关军事训练班，每期都有五六十人参加。很快，各种形式的军事训练在上海开展得轰轰烈烈，如火如荼的革命浪潮一度让工人们对武装起义充满必胜的信心。部分党团干部和工人积极分子受到了初步的军事训练，成为工人纠察队的领导和骨干力量。比如，商务印书馆一百七八十人组成的工人纠察队，分成三个中队，全部接受过军事训练，成为闸北地区工人纠察队的一支骨干队伍。

筹集武器和弹药的工作也在紧张地进行。当时在上海黑市可以买到枪支，一支驳壳枪要价一百银元，一支手枪六十银元，一枚手榴弹三个银元，上海总工会费了好大劲从国民党驻沪特派员钮永建那里争得一万元，购买了一批武器。另外则是自己动手制造。根据分工，当时共青团上海区委接受了制造炸药的任务，吴振鹏与袁玉冰除了参与各工厂相关军事科目辅导，还有采购枪支以及炸药制造研制等大事，他买来英文版书籍作参考，聘请爆破专家参与摸索制造炸药的方法，经过多次试验，终于获得成功。到第一次武装起义前夕，上海区委起义指挥部已购买到一百多支枪，制造了几百颗手榴弹和土炸弹。

随后，通过上海党团组织发动、训练，中共秘密组建起一支两千余人的工人纠察队。

10月11日，中共中央批准了上海区委准备起义的决定。

10月16日，夏超在杭州宣布独立，归附国民政府，17日，即派人率保安队两千人由杭州向上海进发。夏超的独立，加快了武装起义的准备工作。当时酝酿参加起义的主要有三方面的力量：一是中国共产党和上海总工会组织领导的工人纠察队，两千余人，他们有较好的组织和群众基础，是武装起义的主要力量；二是由大资产阶级虞洽卿掌握的商团军；三是中国国民党驻沪特派员钮永建在上海组织的一支武装力量。中国共产党方面，18日区委召开特别活动分子会议，由罗亦农作武装起义的动员报告，确定起义的主要领导人为罗亦农、赵世炎和李震瀛，吴振鹏、袁玉冰等江浙团区委负责人担任分战场的负责人。他们与钮永建约定10月24日拂晓前开始行动，以炮声为号。10月17日，夏超率兵进军嘉兴。10月20日，中共上海区委又发表《告上海市民书》，谴责孙传芳的罪恶统治，批判全浙江工会等团体要求孙、蒋先行停战，是在军阀宰制下的幻想，是"为孙传芳维持势力的和平运动"。区委指出，上海市民"要得到真正和平，只有一条路，即是市民自己武装起来"，"推翻一切军阀政权，建立市民政权"。但孙传芳不允许后门失火。18日，任命第八师第十五旅旅长宋梅村为前敌总指挥，率部迎战夏超；任命第七十六混成旅旅长李宝章为驻沪各军总指挥兼淞沪防守司令，率部进驻龙华、松江。22日，孙传芳部占领杭州，夏超独立失败。夏超的失败使上海武装起义面临着极为不利的形势。但由于通讯落后，起义军直到起义前夕也未得到夏超战败被杀的消息。23日，区委得到另一条被误传的消息："九江已克服，叶开鑫部已倒戈。"于是，仍决定起义。当时下午五时，下达动员令，以同情革命的一艘军舰开炮作起义的信号。

23日夜是吴振鹏与袁玉冰有生以来觉得最漫长的一夜，也是最无助的一夜。24日凌晨三四点钟，上海工人第一次武装起义开始。但是，军舰却始终没有开炮。袁玉冰领导的闸北区和曹家渡的工人队伍近千人，一直在指定的苏州河北岸的巷道、河口隐秘待命，因为炮声直到凌晨也没有响起，袁玉冰命令自动解散了，因此，这部分的工人基本没有伤员，也没有一点财产损失。吴振鹏负责带领杨树浦地区的工人纠察队千人向市区指定地点进发，因人多目标大，又是在市区巷道要道行进的队伍，所以不可能不被当局警察发现，而当时形势紧急，加上吴振鹏的革命个性，对一切阻拦行动的反动势力采取毫不留情的打击，一路上在他的命令和指挥下，干掉十多个警察，摧毁了十多个警察哨卡，直到接近市区中心指定地点时，发现形势有变，加上起义前的预料，他谨慎地让队伍在苏州河边埋伏。袁玉冰就在不远的地方，但他们除了按计划部署知道大致方位，之后失去了联系。吴振鹏感觉到了预料的情况在此有可能就已经变为现实，并决定必须按规定以起义炮声为准，其间一名工人由于紧张，当他发现一队人马向起义军埋伏点跑来时，他拉响了枪栓，并扣动了扳机。在凌晨的上海夜空突然响起枪声，也不算稀奇，但那是起义的等候期，附近的居民与埋伏待命的起义军肯定立即紧张起来，吴振鹏听到枪响后，看到部分前沿阵地的工人立即探出头来，有的已经跨过掩体准备冲锋。

见此情况，吴振鹏立即命令按计划中的进军与收兵的羊角号吹奏，这才遏制了悲剧的发生，因为不多久，河对岸的警察队枪声开始大作，浦东区出现爆炸的声音。后来证实，浦东区和沪西因消息泄露，起义尚未发动时，领导人陶静轩、江元青等六人即被捕。到了凌晨四点左右，南市区有三十多人自行袭击二区警署的一个派出所，计划中的以炮声为号的起义行动，始终没有等到"炮声"。上海区委立即通知各区行动组织"立即停止行动"。而此时的国民党特派员钮永建的队伍在徐家汇向高昌庙进发时被警署发觉，在警察的枪声中立即逃散。埋伏在南洋大学的队伍，也因被发觉而逃跑。

低沉的羊角号在上海沿着苏州河冷清的水波悲哀地回荡，椭圆形的月亮挂在起义军头顶，释放出无比复加的寒冷。这是吴振鹏有生以来经历过的最长等待，经历过的前所未有的苦痛……

好在，羊角号让袁玉冰知道了他的方位，他们在决定撤退以及撤退时很快相遇。

24日早晨，上海第一次起义宣告失败。

起义中牺牲了上海总工会执行委员陶静轩（化名陶鑫元）和南市区工人自卫团指挥奚德尧（化名李古人）等十余人，被捕者百余人。

就在当天下午,在上海警笛回荡的时刻,吴振鹏与袁玉冰紧急撤出了上海,他们按既定的计划前往下一个革命战场——江西的北伐战场。

他们是经党的地下组织事先计划准备好的,乘坐一艘中共友好商人的商船安全离开了上海。

第五章
九江，风云变幻

1. 配合北伐　兄弟"联手九江"

1926年7月，应中国革命形势的发展，广州国民政府成立了以蒋介石为总司令的北伐军，誓师北进讨伐北洋政府。北伐军在攻克湖南、湖北，击败军阀吴佩孚部后，作为连接湖南湖北的江西，成为北伐的战略要地。同年9月，北伐军挥师江西，讨伐盘踞华东、号称五省联军总司令的军阀孙传芳。这场战役从9月一直持续到11月，最终北伐军取得胜利，孙传芳主力被击溃，被迫退往江浙一带，江西全境为北伐军所有。

说起江西，那是孙传芳的心病所在，因为在这五省联军的攻防体系中，江西是最薄弱的一环。究其原因，与浙江、福建的总司令不同，江西总司令邓如琢不是孙传芳的"囊中人"，而邓如琢又对吴佩孚佩服得五体投地，搞不好就会扯旗造反，那么五省联军瞬间就崩了一角。为此孙传芳想出一条"万全之策"，就是要求邓如琢"慎守地方，不越雷池，以防贻人之口实，而使牵连赣境，转使五省共累"。

然而随着北伐军在"两湖"取得巨大胜利，这惊醒了孙传芳。蒋介石本是想让孙传芳归顺，然而双方在洽谈条件上并未达成一致。为了表明自己的强硬态度，孙传芳在8月下旬开始调动兵力，将五省所辖的二十余万兵力分为五个方面军，并制定攻击目标，随时准备投入江西战场。看到孙传芳没有归顺之意，蒋介石决定向孙传芳宣战。9月1日，广州国民政府确定攻赣计划；2日下达了军队协同动作、三天后进攻的命令；5日国民革命军向江西展开攻势，江西战场随后成为北伐主战场。

从1926年9月6日起，北伐军先后攻克赣州、萍乡、修水、高安等地，进抵南昌附近。北伐军先头部队首先占领南昌对岸的牛行车站，旋即包围南昌城。当时，南昌城内的守敌只有邓如琢的一个骑兵团，而据守南昌七个城门的仅有宪兵两个连、警备队两个连和维持地方秩序的警察，总共六百余人。9月19日夜，程潜指挥的中路北伐军开始攻城，在惠民门进行爆破后，北伐军在南昌城内的工人、学生及江西省警备队的配合下，经过约一个小时的激战，攻克了南昌城。

然而北伐军攻克南昌城后，一时间总指挥程潜、一军代军长王柏龄都兴奋得忘乎所以，军防也逐渐松弛。北伐军进攻南昌的主力，主要是第六军的万余人，另有蒋介石的嫡系第一军第一师。第一师师长王柏龄没有执行切断南浔路的命令，使孙传芳从容增援攻击南昌及其附近的北伐军。王柏龄进入南昌后得意忘形，夜宿妓院寻欢作乐，敌军突然进攻，该师因军中无主，与敌军刚一接触，几乎全军覆没。王柏龄和党代表缪斌只身逃脱。1926年9月21日，北伐军退出南昌。

1926年9月22日北伐军再次攻入南昌，24日又退出。邓如琢部于24日入城以后，闭城三日，开始大肆捕杀配合北伐军入城者。

1926年11月1日，进攻南昌的第二期作战开始。两次攻打南昌失败，蒋介石认识到，要攻占南昌，必须先攻占南浔路，截断敌军对南昌的供应线，于是增调第四军入赣作战。准备工作就绪后，2日，第七军再次攻克南浔路上的重要据点德安，切断南昌与九江两地敌军的联系，然后攻取九江。

1926年11月5日北伐军攻克九江。6日，以中共党员为骨干的国民党九江市党部在塔公祠（现址为柴桑小学）公开挂牌办公。中共为牢牢掌握国民党市党部，平衡和稳定革命力量，九个委员中，有五个是共产党员。吴振鹏以共产党员、九江团地委书记身份加入九江市党部任青年和宣传部长，而中共党员帅鼓侬为九江县县长，与中共党员汪仲屏、徐文明、桂家鸿等组成九江县政府领导小组。之后，市党部所属区乡分部，如黄老门、港口、马楚、小池口等一一挂牌，公开活动。中共九江地委和共青团九江地委，公开通过国民党市党部来指导赣北各县区的工农革命运动。

市党部成立后，曾延生在吴振鹏的协助下连续召开了相关会议。

吴振鹏这位重情谊的青年革命家，他珍惜"兄弟今生"的缘分，从来九江与曾延生再聚首那一天起，他看到曾延生不但担负的责任重大，而且也是劳累过度得身心疲惫。所以，暗自决定除了将他作为党的领导协助他工作，也处处以他为长兄一样爱戴和关心。

每次地委会议及相关活动，基本都是吴振鹏协助进行，从整理会议材料、宣传、发动，到会议和活动召开、举行时的会务等一一打点、过目、执行。

11月7日是俄国十月革命十周年纪念日，中共九江地委决定举行一场纪念大会，同时与北伐军胜利占领九江的庆祝联欢一起搞一场军民庆祝大联欢。在吴振鹏等人的提议下，九江党团联席会在6日的晚上通过，决定以刚刚成立的市党部名义于7日下午二时在大校场举行这个庆祝大会。

吴振鹏连夜对活动的准备工作做了发动和部署,并在第二天一早去现场进行指导,检查相关准备工作。

下午二时,军民联欢大会在大校场准时召开。 中共九江地委书记曾延生以国民党九江市党部执行委员的身份主持大会,第一排就座的有第四军政治部主任廖乾吾、独立第二师师长贺耀祖、四军十二师三十六团团长黄琪翔以及国民党九江市党部成员、中共九江地委和团地委领导。 参加联欢会的有总工会、农民协会、妇女解放协会、店员联合会、商会、教育及各学校代表,还有十二师政治部官兵千余人。

曾延生宣布开会宗旨,他说,九江人民所受痛苦,实在水深火热。现在自己的军队到来才得以解放,今后我们应该团结起来,实行军民合作。 今日的军民联欢大会,即军民合作之先声。 廖乾吾、黄琪翔、贺耀祖及各团体代表上台发表了演说。

吴振鹏作了题为《用最大的精诚团结,迎取最大的胜利》的精彩演讲,博得台下雷动掌声欢声。 吴振鹏站在微微风动的蔚蓝天空下,看着几天前还属于军阀今天已经属于革命的舞台,看着台下群情振奋的革命军人、工人、学生,他真的被现场感染了,他想起二十多天前的上海起义以及每日浮想联翩的上海往事,想起革命生涯一个个离去的兄弟战友,想起两个月前的今天英勇牺牲的在家乡学生时代就与他起身革命的杨兆成。 他流泪了,演讲的过程中,泪水随着他的激情向外不断喷涌⋯⋯

时空穿越,这难道不就是我们革命所要的结果吗?

他精心组织策划学生代表合唱队登台用朗诵与歌唱相结合的艺术形式表演了《黄埔军校校歌》《国民革命歌》,在他的亲自指挥下,歌声仿佛威武的北伐军从天边由远而近:

"怒潮澎湃,党旗飞舞,这是革命的黄埔。 主义须贯彻,纪律莫放松,预备作奋斗的先锋。 打条血路,引导被压迫的民众,携着手,向前行,路不远,莫要惊。 亲爱精诚,继续永守,发扬吾校精神,发扬吾校精神。"

"打倒列强，打倒列强，除军阀，除军阀。努力国民革命，努力国民革命，齐奋斗，齐奋斗。工农学兵，工农学兵，大联合，大联合。打倒帝国主义，打倒帝国主义，齐奋斗，齐奋斗。打倒列强，打倒列强，除军阀，除军阀。国民革命成功，国民革命成功，齐欢唱，齐欢唱。"

革命歌声的激情一下子感染了大家，先是十二师政治部官兵们起立跟着歌唱，后全体会场人员齐声合唱，将会场气氛推向高潮，雄壮而豪迈的歌声响彻广场云霄。直到下午五时军民还余味未尽，久久不愿离去。

8日下午，九江地委书记曾延生在吴振鹏的协助下召开了九江地委扩大会，参加会议的人员有党的地委委员、团地委委员、各县区支部书记以及当地社会进步人士五十多人。

会议分析讨论了当前的革命形势趋向，提出了更重要的是巩固和发展北伐战争胜利成果的同时，警惕国民党在胜利成果面前争夺领导权，同时限制中共的工农革命运动问题。

当天会议的形势分析报告也是吴振鹏花了一夜时间帮助整理出来的。

吴振鹏在整理报告中写道："随着北伐军攻克江西全境并向长江下游和全国挺进，中国革命运动得到了蓬勃发展，共产党的力量也得以迅速壮大，革命与反革命的斗争也日益尖锐起来。帝国主义和混在革命内部的国民党右派，加紧了反革命的活动。早在北伐战争之前，以蒋介石为代表的国民党右派就阴谋制造了反共反人民的'中山舰事件'；在北伐战争中，他们又极力限制革命的发展，并寻找时机与帝国主义、封建势力妥协，他们反对、仇视、压迫工农运动，破坏革命的丑面目也日益暴露出来，我们共产党人要时刻警惕他们成为帝国主义和封建势力的代理人！……"

曾延生非常赞同他的观点，觉得他有对革命形势的前瞻性判断，具有革命预言家的思想觉悟和洞察力。

曾延生在会议上举例说明了这一观点,他指出,1926年7月,蒋介石派陈立夫、段锡朋、郑异等人到江西,名为考察党务,实为蒋介石网罗党羽,以便从共产党和国民党左派手中夺取党务领导权。德安县党部的国民党右派人物,对国民党德安县党部的人选甚为不满,便乘机蠢蠢欲动,谋取改组,排除县党部内跨党的共产党员。以共产党员和国民党左派为骨干的县党部,为了执行新三民主义政策,消除县党部右派人物的影响,纯洁县党部,在县城文昌宫召开国民党德安县第一次代表大会,改组了国民党德安县党部。

吴振鹏在曾延生针对当前革命形势阐述过后,就地委团的工作和党在国民党党部中权威问题做了重申性的必要说明。

"兄弟,你好样的,在上海我们就说过,有你振鹏在,我们就能振奋,就能振臂高呼,就能鲲鹏展翅!"那个美丽的黄昏,曾延生以长兄的名义拍着他的肩头说,"我没有看错你,我们党没有看错你!希望你在江西再立新功!"

吴振鹏面对信任会意点头的同时,无疑多了几分压力。

北伐军攻克九江以后,中共九江地委直接领导下的党组织有中共修水支部、星子支部、湖口支部、久兴纱厂支部、裕兴火柴厂支部、店员支部、码头工人支部、第六师范支部、小池口支部、港口支部、马回岭支部和黄老门支部。

1927年1月,中共南浔铁路特支成立,书记熊好生,管辖九江、德安、永修、牛行四个车站党小组,隶属中共江西区委和九江地委双重领导。

团的组织体系基本按党的组织建制同步建立,作为地区党的领导人曾延生,团的领导人吴振鹏,他们于公于私都离不开兄弟情深的话题,他们也是久经考验的铁杆搭档。

在他们的协同下,九江党团组织迅速得到健全和发展,工会、农会、学联等群众团体相继建立。同时,举办政治训练班、工农武装训练班，培养政治工作和武装斗争的骨干；成立反奉运动大同盟和反文化侵略大同盟，开展反对奉系军阀"南阀"和帝国主义侵略的斗争。

即将告别胜利的1926年，以满怀信心去迎接一个崭新的1927年，在吴振鹏心中，新的一年他们将会把北伐革命进行到底，实现一个民主共和的社会。

同在一区域的南昌袁玉冰也接任了江西区团委书记，同时兼江西区委宣传部和青年部长，在他的主持下，团刊《红灯》得以重新出版并向吴振鹏发出了约稿的邀请。

除了关向应在共青团山东区执行委员会任书记联系不便，他们同在江西的三兄弟彼此既有工作联系，也有私下联系。

他们就像三驾马车驮着江西这片天地的党团工作责任，相互鼓励，负重奋进并开创了一个配合革命运动的新局面。

正值辞旧迎新之际，组织上安排，吴振鹏和袁玉冰去上海参加12月中旬召开的江浙区团第二次代表大会。

袁玉冰作为第一届第二任书记，吴振鹏作为委员，又都是当时上海区团工作干得有声有色的名人，自然是受到上海团广大代表的热烈欢迎。

会上袁玉冰代表江浙团第一届委员会向大会作了工作报告。吴振鹏则向大会报告了江西北伐挺进以及他们是怎样组织党团配合大革命运动的。

他从江西的革命胜利谈到武汉、南京直至北伐进入上海的胜利预言，要求上海的团领导和青年同志们保持对革命必胜的信念，同时将国民党右派抢夺革命果实的反动性进行了大胆的披露，号召从上海进入解放的一天，时刻要用党团组织力量牢牢地抓住革命前进方向的主动权，防范一切反动势力在革命取得成功后抢班夺权。"这就要我们自己巩固自己的思想阵地，武装好自己的精神力量，时刻准备与敌人决斗，并且斗则能胜。所以，我们团组织当前的任务是武装好自己，正如列宁同志说过的，即使在最困难的条件下，也要挖掘矿石，提炼生铁,铸造马克思主义世界观以及与这一世界观相适应的上层建筑的纯钢。"

他最后离开演讲台,走到主席台的正中,举起右臂用宣誓的方式大声朗诵起:

青年同志朋友们,我们都是用五月的信念和鲜血浇灌成长起来的花海,想拥抱这个残酷而又伟大的时代,就必须贡献你的青春甚至生命,"五四"的火炬已经点燃中国思想并已照亮革命未来,五卅的枪声更是唤起了民族的觉醒。《国际歌》里唱得好,从来就没有救世主,也不靠神仙皇帝,要创造人类的幸福,全靠我们自己!我们要夺回劳动果实,让思想冲破牢笼,快把那炉火烧得通红,趁热打铁才能成功!同志们,让我们以共产主义为我们命名,以一个真正的列宁青年去开创壮丽的世界……

"演讲足以撼动三军!"还没等他演讲完,雷鸣般的掌声和着赞叹声已经经久不息。

吴振鹏与袁玉冰从上海秘密回到江西已经是12月底了。

他怎么也没有想到,江西迎接他的是一场生死的严峻考验。

2. 收回九江英租界 反帝斗争"急先锋"

当年12月底,国民党九江市第一次代表大会在三马路大东旅社召开,国民党右派、九江商会会长辜竹平在会上公然散布反对孙中山三大政策的谬论,受到与会代表的严厉谴责。吴振鹏还在会上用大量的历史事实和革命实践将他驳斥得哑口无言。

1927年1月1日至3日,武汉各界群众为国民政府迁都武汉和北伐胜利举行各种庆祝活动。1月3日下午,中央军事政治学校宣传队在汉口英租界附近的江汉关钟楼旁讲演。全副武装的英军水兵冲出租界,扑向手无寸铁的听讲群众,当场刺死一人,打伤三十多人,制造了汉口"一三"惨案。

当时，中国共产党领导的湖北省总工会第一次代表大会正在汉口召开。得知惨案后，主持大会的李立三、刘少奇立即领导全体代表声讨英帝国主义的暴行，并于当晚发表《为反对英水兵惨杀同胞通电》，提出请国民政府收回汉口英租界等六项要求和实行抵制英货、封锁英租界等五项办法。

英帝国主义的暴行激起了长期郁积在武汉人民心里的熊熊怒火。1月4日，湖北省总工会、省农民协会、省学生联合会等两百多个团体的五百多名代表举行武汉工农商学各界联席会议，根据省总工会第一次代表大会所提要求和办法，提出了请国民政府向英国领事馆提出严重抗议、由国民政府收回英租界、实行抵制英货、封锁英租界等八项决议。

1927年1月5日，武汉举行罢工、罢市、罢课。

1927年1月6日，江西九江各界群众集会游行，声援武汉人民收回英租界的斗争。在罢工、游行过程中，九江英兵又挑起事端。当日下午三时许，在九江的江边上，有英人雇华工搬运行李上船，工人纠察队吴宜三发现后，立即上前制止，劝其不要为英人卖力破坏罢工。被雇人不服，发生口角，英人大怒，呼唤英水兵登岸，与工人纠察队发生冲突，并以大棒殴打纠察队员，吴宜三被打得当即昏去，受伤甚重。此时，在场工人及过路市民纷纷拥上，高呼："不许洋人打中国人！"英人恼羞成怒，竟招来十几个水兵，围打工人，致重伤工人数名。工人和市民们义愤填膺，高呼"反对英兵在九江杀人！""打倒英帝国主义！"的口号向租界冲去。这时，租界的铁门已经关闭，军警巡捕倾巢出动，并在各个闸子门口架起机枪，江中的英舰也脱掉炮衣。

情况万分危急，吴振鹏得知消息后，立即向曾延生汇报了情况，并在他的许可下，立即组织九江团员、青年工人、进步学生涌向租界，在国民革命军独立第二师师长贺耀祖带领的独立一团的掩护支持下，拆除了租界四周密布的铁刺网、沙袋堡垒，撞开了租界铁门，纷纷拥进租界。在吴振鹏的指挥下，工人用刀子砍断了旗杆绳，英国米字旗帜随风飘落。

1月9日，在中共领导下，九江民众各团体联合组织的九江市民对英外交行动委员会正式成立，吴振鹏被推举为执行委员，随即通电全国同胞，表示要代表人民，力争外交胜利，维护租界治安，要求全国同胞，对九江新近发生的惨案群起力争，以彰公理而保国权；并在此期间负责处理租界一切事务。

中共中央于1月12日发表宣言，号召全国工人、农民及一切被压迫民众公开表明对国民政府的支持；要求英国人承认群众所提要求，撤退英国驻华海军，取消治外法权，收回英租界；撤退各帝国主义驻华军队；并希望国民政府坚持到底，不要对英帝国主义让步。中共中央的宣言，及时地给广大人民群众指明了方向，鼓舞了斗志，增强了斗争必胜信念。与此同时，中共中央总书记陈独秀发表《谁杀了谁？》的文章，以充分的事实，揭露帝国主义的罪恶，声援九江人民。

1月13日下午，九江市民在大校场举行反英运动示威大会，到会者一万余人，曾延生、吴振鹏等九江党团干部、骨干代表悉数到场，群情激愤，高呼"打倒英帝国主义！""收回英租界！"等口号。林伯渠在会上作了演讲，大会还通过了七条议案，会后举行了游行。

中共中央发动、组织广大的中共党员和群众团体，在各自的岗位上，在各自的组织里，把本党和国民政府的意志、主张、策略及时地用不同的方式向全国传播，引起了强烈的反响。中国的大地上，反帝浪潮滚滚向前。

2月20日，在全国人民的声援和支持下，在中国共产党的正确领导和组织下，英国政府被迫与国民政府外交部长陈友仁签订了"九江英租界协定"，承认"关于汉口租界所订之协定，将即时同样适用于九江租界"。

至此，完成了收回九江英租界的法律手续。1927年3月15日，被占领六十年的汉口、九江英租界无条件地归还中国政府管理。这是中国人民在党的领导下反对帝国主义侵略和霸权的又一次彻底的胜利。

几个月的风雨星云，九江的群众特别是青年工人几乎无一不认识这个风度潇洒的年轻的共产党人，学生们、军队的年轻军人也大多知道这个名字叫吴振鹏的大演说家。

3. 针锋相对　粉碎国民党右派阴谋

从 1927 年 1 月下旬开始，九江的政治气氛骤然紧张，蒋介石在九江夺权的政治阴谋开始了。

以曾延生、吴振鹏为领导的九江党团组织，牢牢掌握中共在市党部中的控制权，使蒋介石希望九江成为他进行反革命活动的一个重要基地的想法化为泡影。蒋介石几次带领国民党中央特派员、AB 团头目段炀明、总司令部特务处长杨虎等从南昌窜到九江，密谋策划，授意九江国民党右派头目李鸿騫、高伯围、王若渊等组织国民党九江县党部，对抗国民党九江市党部，并指使驻防九江的独立第二师师长贺耀祖扶持右派势力。

"目前直接威胁市党部的是国民党右派组建的国民党九江县党部，李鸿騫、高伯围、王若渊为首三人时时在与我们唱对台戏，企图篡夺九江人民革命的领导权。"

"为了国民革命的大局，更为了稳定地巩固北伐成果，以支持北伐争取最后的胜利，我们做到以观态势，随机应变，不忘底线；对其斗争采取避其锋芒，避实击虚，但在其思想领域，必须坚决还击，掌握时机让他们阴谋公布天下，以达粉碎目的。"在讨论如何针对这一阴谋的问题时，曾延生与吴振鹏的论点又是基本一致的。

吴振鹏非常清楚地知道，"县党部"一派向共产党领导的人民革命运动发起进攻首先从争夺农民运动领导权开始。果不其然，他们挂出牌没几天，看到市党部没有动静就开始到处散布谣言，主要是达到挑拨市党部与广大农民之间的关系的目的。比如说什么"市党部只能领导城区工作，乡村工作应由县党部领导"，强迫九江市各区党部不准挂出"九江市××区党部"的牌子,而要代之以"九江县××区党部"。对于这个情况,先前吴振鹏与曾延生等中共九江地委党团领导是预料到的,所以一方面认真贯彻中共中央精神,以革命大局为重,想尽量与之合作完成革命事业;另一方面就是也要警惕县党部破坏大局阴谋。

然而,对于市党部的自行让步,县党部不但没有收敛的迹象,反而变本加厉,恶毒攻击和蓄意破坏市党部与农民群众的关系。

对于这样的情况,吴振鹏觉得不能任其蔓延下去,否则就真的会让广大不明真相的农民上当受骗,就会对革命造成威胁!性子刚烈的曾延生也早就想到照这样下去,问题肯定会严重,但一时又苦于无从应对。

2月2日是当年春节。

2月上旬的一天下午,吴振鹏趁上午开完会空闲休息时间时约曾延生去浔阳楼去喝茶。

2月属于初春,属于乍暖还寒的天气,这似乎与吴振鹏、曾延生此时的内心温度一致,又似乎寒与暖在他们思想中并没有明显界限。

三楼系仿古酒楼茶座内置仿宋桌椅,有艺人弹奏竖琴,光复后的九江官商界名流、文化艺人登此品茗、饮酒、赋诗者众多。凭栏远眺,滚滚长江尽收眼底,巍巍匡庐一览无余,令人心旷神怡,雅趣无穷。临窗而北的桌前,曾延生有些感激地望着吴振鹏说:"兄弟,这几天你看我心都有些冷了,所以你请我来喝茶取暖?"他们俩除了工作之间,私下以兄弟相称。

"知大哥心,莫过兄弟呀,当然,只有大哥心暖了,兄弟才会感到暖和!"吴振鹏笑着说。

"不贫嘴了,咱兄弟今儿来,还是借茶品事,借景发挥一下思路吧。"曾延生脸上显出一些笑容,这是他跟县党部斗争以来的少有的笑,然而也是瞬间即逝的笑。

站在千年古浔阳楼上,兄弟俩眺望长江晚景,想到这古江州城短短数日新旧两重天便感慨万端。 吴振鹏指着残阳铺水和江上飞翔的鸟儿说:"如果浔阳楼是滕王阁,我们能体会到《滕王阁序》中的感受吗?""我们也不是王勃,时代也不一样。""王勃和他的时代以及他站的位置都不如我们。"吴振鹏笑着说。 曾延生感觉他像是打趣,却又看到他目光充满着坚定的色彩。"愿洗耳恭听!"曾延生端起茶杯敬了一下吴振鹏。 吴振鹏开讲前,从他的眉宇间你就会感觉到智慧聚焦的动感,他总这样地优雅与自如,保持着激情与信念。"首先王勃是旧封建时代的文人,无论什么佳作,思想无疑只能是保守、保皇,除了排解自己内心苦闷,其内核还是维护皇权统治的。 我到九江后仔细地观察与研究了一下这里的文化历史,浔阳楼历来是名人云集之地。 如白居易、韦应物、苏东坡等,都曾登楼题咏,虽然留下许多脍炙人口的佳话,但他们基本都是仕途受阻,或被贬职至此,借景抒发落魄惆怅情怀。 王勃也不例外,他的《滕王阁序》铺叙滕王阁一带形势景色和宴会盛况,他羡慕和怀念权势旧景,脱不开封建权贵立场,他借宴会盛况抒发了'无路请缨'之感慨更显文人之落魄之慨,他请的什么缨?是更好为封建帝王效劳的缨! 所以,他只能站在长江支流的赣江上写,赣江只是一条从贡水送出来投入长江的大河,所以他也看不到真正的'大江东去',更体会不了'奔流不复'的气势。 所以他只能在《滕王阁序》里写出'落霞与孤鹜齐飞,秋水共长天一色'句子,他的落霞、孤鹜、秋水和长天四个景象勾勒出宁静致远的画面是小文人内心的动感,却没有革命主题的动感,因此,诗意是美而消极的。"

　　曾延生被他一套套地说得开始有点觉得玄,慢慢听懂他要表达的意思而且越来越觉得是这么个道理。 于是,他开始笑了,从微笑到开心的笑,直到大笑。"那你说,如果这两句是革命者会怎么写?"吴振鹏端起茶杯敬了一下曾延生,目光一闪烁,放下杯子轻轻地一笑说:"只需动三字,写成'落霞与孤鹰齐飞,春江共长天一色'。 我虽不是文人,但动了这三字就是封建落魄文人与革命者境界的区分,景色的点还是霞、鸟、水和天,但将文人心中自我写照的孤鹜这只小孤鸟改成'鹰',它就不是一般的文弱书生的小鸟,或者供统治阶级玩赏的花鸟,它是鹰,是飞禽中凶猛、有独立意识的英雄之鸟,所以自古以来就被许多部落和国家作为勇猛、权力、自由和独立的象征,中国古代龙的形象也是采用了鹰的脚爪。 王勃注定不敢用'鹰',注定是讨好的文章而不惹怒帝王权贵的,所以注定就只能秋水中失落苦闷、惆怅。而我们革命者就是要主动攻击并要消灭权贵帝王、一切反动势力。 我们就是有共产主义独立意识的英勇之'鹰'! 所以我们能站在长江边上,看到的是'春江与长天一色'。 体会到真正的'大江东去,奔流不复'的革命气势,也听到了春天万物复苏的声音,也敢于追求,敢于去迎接'万象更新'新天地。"

"想不到简单一诗词,被你一点评加上当下形势,还真的存在着大道理呀! 厉害厉害! 我被你说通了。"曾延生眉宇间的愁字已经荡然无存了。

吴振鹏又对曾延生介绍了浔阳楼其实蜚声海内外的重大原因还有施耐庵创作的《水浒传》中的宋江曾经在浔阳楼醉酒题反诗。

宋江当年发配江州后,结识了神行太保等政府官员,一天在浔阳楼喝酒,趁着一时酒兴便在墙上题了一首反诗,还留下姓名,最后被黄文炳看到打入死牢。 在被即将斩首之时,梁山众好汉杀入,救出了宋江。

宋江先是一时兴起写下:

自幼曾攻经史,长成亦有权谋。恰如猛虎卧荒丘,潜伏爪牙忍受。
不幸刺文双颊,那堪配在江州。他年若得报冤仇,血染浔阳江口!

宋江写罢,自看了大喜大笑,一面又饮了数杯酒,不觉欢喜,自狂荡起来,手舞足蹈,又拿起笔来,去那《西江月》后再写下四句诗,道是:

心在山东身在吴,飘蓬江海谩嗟吁。
他时若遂凌云志,敢笑黄巢不丈夫!

宋江写罢诗,又去后面大书五字道:

郓城宋江作……

"宋江一是贼寇,二是小说中虚构的人物,这能与我们革命扯得准确吗?"曾延生故意逗他问。

"施耐庵那是借宋朝农民起义的故事写他明代亲身经历的一场农民起义运动。 故事中的细节是虚拟的,情节和故事却有真实的模板。 二是宋江等人被朝廷视为贼寇,难道不等同于当今北洋军阀政府认定我们革命者是乱党吗? 关键宋江不像旧文人只会对自己命运长嗟短叹,而是直接亮出个性,亮出内心英雄情结。'心在山东身在吴'说明他人在江西心还在梁山,这多少与我们参加国民党有几分相似,难道我们不是名义上加入国民党参加市党部领导,但实质我们不同样主要为的是加重我党在国民革命中力量份额,更好地扩大我党组织建设吗? 而且宋江把自己与黄巢作比较,认为自己比黄巢更加有志气、更有见识,所以他期望自己有朝一日成大事。 什么大事? 指的就是山东梁山起义大事,一旦成功,自己觉得绝对会比黄巢的影响大。 虽然,他因为题写反诗,被当局抓捕并判处极刑,但因为他的起事概念是'天下聚义,替天行道',这个'道'字后期才变味成为皇上行道,前期还是有为天下被压迫者行道之理。 所以,天下壮士就会舍命劫法场营救他。"

"这个故事,让我们明白一个道理,主义需要真实、果敢,心向民众,名节会自清,民众就会拥护。 有了民众的拥护,我们自然就不用担心了。"曾延生拍拍吴振鹏,脸色灿烂起来。

最后,两人就国民党右派县党部的有意捣乱讨论了具体出击的措施，他们决定建议市党部召开九江县农民代表大会，通过选举农民自己的领导来自行暴露国民党右派本质。

1927年2月15日周二，市党部按期在礼堂召开九江县农民代表大会，这次会议主要是根据革命形势的发展，研究如何向土豪劣绅开展斗争，以及民主选举县农民协会的组成人员。

参加人员包括市党部全部委员，以及加入国民党并加入市党部领导阶层以外的九江市部分党团领导、各区县党部领导成员及农民代表等三百多人。当时，江西省党部已被蒋介石操纵的国民党右派强占，右派代表李鸿焘以江西省党部特派员身份参加了会议，企图操纵会议。国民党右派以为机会到来了，采取各种欺骗手段，企图夺取农民运动的领导权。对于这个情况，经请示上级同意，中共九江地委书记曾延生也打出省农民协会特派员的身份并以此职务出席会议。

会上，国民党左派与右派开展了激烈的斗争。李鸿焘没等主持人开幕致辞讲完，就从座位上跳起来，首先指责市党部主持会议的委员说："今天本人不是以县党部名义来参加会议的，而是受省党部指派以省党部特派员身份出席会议的，可以说是来代表省党部监督会议的，为何不向全体会议人员报告我的到来？为何不请我开幕式上作指示？"

主持人被突然的情况懵住了，不时用眼瞄主席台一边的曾延生和吴振鹏，曾延生示意让李鸿焘继续表演，看他能演出什么节目。

在示意下，主持人走到李鸿焘的面前，向他致敬并邀请他上台前讲话。

李鸿焘并不买账主持人的友好邀请，他自己盛气凌人地走到台前麦克风前，用手指敲了敲，清了清嗓子说："这个……这个会议我是以省党部名义来指导监督的，自然不以县党部名义讲话，我就对这个……这个农民协会总体目的和方向提点看法和指示吧。这个……这个农民嘛，自古以来都很穷，为什么穷呢？归根到底就是因为不识字。你看看城里许多经商的，在政府当差的，还有当老师的，甚至私塾老师，他们有的也是从农村来的，是因为他们从小上学，有文化知识。 没有文化的，自然只能在地里靠力气种地了，即使来到城里也是卖苦力混个饭。 所以，农民协会要帮助他们翻身，就是要让他们多学文化，学了文化才能弄懂三民主义，然后才能搞革命工作嘛……"他企图篡改农民运动的方向，其目的就是篡夺农民协会的领导权。 曾延生等他基本演讲完后，直接来到台前当着与会代表用手指着李鸿焘痛斥了他的无耻谰言。 曾延生说："各位，我今天也是受省农民协会委托以省农民协会特派员的身份来参加会议的，刚刚李特派员阐述的关于农民协会成立的目的和任务是完全曲解了，也许是有意误导各位代表。 首先，关于农民穷，穷根并不是因为没有文化知识，而是受剥削、受压迫造成的，只有打倒土豪劣绅，挖掉穷根，才能翻身解放，才有学文化的条件，希望各位代表对此问题弄懂弄通，防止受骗，谨防扒手窃取革命的胜利果实。"曾延生讲话完，会议准备下一议程，谁知李鸿焘在现场右派激进分子鼓动下又要抢话筒演说，被一边的吴振鹏大声喝令住了。 吴振鹏特意穿了一身北伐军灰色军服，没有戴帽，没有扎腰带，但一套合身的军服穿在一米七八标准身材的二十一岁青年身上有一种气派，更透出一股锐气。

李鸿焘毕竟觉得是代表省党部来的，所以有些底气，看到吴振鹏这般打扮来到他面前，就笑着说："年轻人，要懂得尊敬师长，不要跟着共党后面学习做野蛮人呀！"

"请打住！ 李老作为省党部的特派员就应在群众面前自尊些，要别人尊重你，就得先懂得自尊，懂得尊重别人！ 刚刚你说共党野蛮，我就是共党，也是贵党党员，还是市党部委员，如果我们共党像你说的是野蛮人，那么请问贵党领袖以及从上到下的领导阶层，他们都离不开野蛮，他们都喜欢野蛮不成？ 因为从建立黄埔军校，到挥师北伐，都是贵党紧密依靠共党合作才得以顺利进行的。 你这不但是污蔑共党，实际也是在污辱贵党领袖没有操守以及贵党的名誉。"

"我没有这个意思，没有的，没有……"

"不是刚才说不要跟着共党变成野蛮人的吗？"

"这个，这个……你是什么人，有什么资格对我省特派员指手画脚的？"

"你这样说就更不对了，北伐是国共两党共同领导下发动推进的北伐，也是人民大众的北伐，北伐的目的就是要打倒反动军阀政府，消灭土豪劣绅，将属于农民的土地还给农民，让农民有生活的根本……北伐有革命与被革命的两派，革命的阵营不分男女老少，他们有权参加革命，也有权监督我们革命，我作为之中的一员，我还是贵党市党部青年委员，也是北伐坚强的合作者共党地区团委书记，是这个地区的青年代表，北伐阵营绝大多数是青年，我是他们一方的代表难道还没资格在这里说话？"

吴振鹏的话有条有理，他语气逼人，逻辑紧密，声音洪亮，让全场为之肃静，继而振奋。一些原来受右派欺骗而在政治上表现模糊的代表也觉悟过来了。代表们纷纷发言，严厉斥责国民党右派的阴谋。

大会选举产生了以共产党员和国民党左派占绝对优势的九江县农民协会，从而粉碎了国民党右派的阴谋，端正了农民运动方向。

会后，曾延生在夸奖吴振鹏时，两人共同提到，必须提高警惕，谨防下一波斗争的浪涛，并且要曾延生想着做好准备。

第二天，吴振鹏通知张如龙等全体团委员开会部署。

果然，国民党九江县党部的欺骗阴谋失败后，就开通"造谣机器"继续制造谣言，说"市党部只管工人，不管农民""市党部要取消农民协会"等等，并且欺骗农民，组织了"九十三号代表团"，到九江城里来请愿。曾延生、吴振鹏得知这情况后，第一时间召开党团领导下的总工会和市党部相关会议，立刻组织全市广大工人和市民，举着"欢迎农民，打倒土豪劣绅""拥护农民协会"等大型横幅到郊区迎接农民进城。同时由张如龙安排人员在街头巷尾悬挂横幅、张贴标语，对受骗农民热情招待，并召开联欢大会，对农民耐心解释，揭穿了国民党右派的阴谋。很多农民明白自己受了欺骗，非常气愤，纷纷自行返回。国民党右派的阴谋失败了，他们的反革命面目暴露了，使广大农民群众更进一步看透了其反革命本质。九江县各区党部纷纷摘掉了"县党部"的牌子，重新将市党部的牌子挂起来。此后，区党部请示报告工作，也都与市党部发生联系。九江县国民党右派在群众中陷于完全孤立，以共产党员和国民党左派组成的九江市党部在与代表一小部分地主、土豪劣绅利益的国民党九江县党部的争夺领导权的较量中取得了胜利。

4."三一七惨案" 英雄负伤

随着全国工农运动的蓬勃发展，革命势力日益强大，以蒋介石为首的国民党右派集团越来越恐慌，他们在帝国主义和地主买办阶级支持和帮助下，开始叛变革命，对工农革命实行镇压和屠杀。

"AB团"是国民党右派反共的秘密组织，1927年1月在南昌成立，最初，因"A"代表省级组织，"B"代表县级组织，取名"AB团"。那是北伐军攻克南昌之初，蒋介石派出他的亲信段锡明、郑异负责国民党江西党务。段、郑两人均为江西籍。后来又加派了洪轨前来南昌。于是，段、郑、洪在南昌秘密成立了"AB团"，以反对中共和国民党左派为目的。

1927年3月6日，蒋介石指使其党羽捣毁赣州总工会，残杀赣州总工会委员长、共产党员陈赞贤。3月16日，蒋介石指使江西AB团头目段锡明用武力强行解散左派国民党南昌市党部，查封省学联。同时，蒋介石派自己的卫队长温建刚和陈群、杨虎等来九江与国民党右派瑶县AB团骨干操纵的县党部策划反革命阴谋，决定利用纪念"三一八"（反对段祺瑞枪杀北京爱国学生的纪念日）的名义，欺骗乡间的农民进城，组织流氓打手向革命的市党部进攻，并派视察员住在县党部内，直接策划指挥反革命的事宜。

3月16日中午时分，蒋介石从南昌到达九江后，随即接见了国民党九江县党部右派头目，策划反革命阴谋活动。当日县党部大门口彩旗飘飘，挂在大门的横幅上写着："热烈欢迎蒋总司令亲临九江视察"。夹道迎接的队列从大门一直排到几百米的街道口。当一身戎装的蒋介石乌亮的皮鞋跨出车门，现场随即鼓乐齐鸣，鞭炮轰响，夹道欢迎的人群一遍遍重复着欢迎词，欢迎词是分段不同的，先是："欢迎，欢迎……"走了一段后欢迎词换成了："总司令伟大英明！"踩着标准步，戴着白手套，身材清瘦的蒋介石春风得意地顺着夹道一边向欢迎人群点头示意，一边用浙江奉化声音向恭维他的民众问候："乡民们好！"脸上堆砌出做作的笑。

接见的过程，就是国民党右派与蒋介石互唱双簧戏目。通过双簧表达他蒋介石以革命为怀、不计个人得失、革命不分彼此的宽容；通过双簧也透出北伐是属于革命的，革命也是他蒋介石的专利；通过双簧式的"哭诉戏"，右派反动势力借民众名义极力要求蒋介石，坚定地统一政令，拨乱反正，竖立北伐革命的核心。

蒋介石这次接见的过程，被中共党团内线人员记录下来。当晚，曾延生、吴振鹏、张如龙等党团组织骨干召开了分析会，一致认为，权欲开始膨胀的蒋介石准备利用独揽的军队大权挥刀北伐成果，向国民政府抢班夺权了。会议决定，他们一是向中共的上级报告情况，二是在做好防范的同时，请示组织针对这样的情况指示如何适当处理。

果然，丑剧一旦拉开帷幕就难以正剧收场。

3月17日一早，县党部的右派头目王若渊、瞿非墨、胡巨人、高伯韩等就分头下乡去实施他们的阴谋计划了。他们欺骗农民说："蒋总司令欢迎农民上街，每人还发给大洋两元。"听到他们的鼓动，好多农民上当了，都表态愿意进城游行。这样，九江县的大桥、沙河、港口和江北等地数百名不明真相、上当受骗的农民下午两点相继涌进城里，并在他们的组织下举行游行示威，大喊反动口号。大群农民进城成为反动右派攻击市党部的长矛武器，他们觉得浑水摸鱼的机会来了，就组织了一些地主、豪绅、青洪帮、流氓地痞，带着行凶武器，夹在农民当中，将国民党九江市党部层层围住，并一边呼喊反动口号，一边大声要求市党部领导出来对话。

为了顾全大局，曾延生、吴振鹏等党团领导决定不以组织工人纠察队来集中抵御不明真相的围堵民众，只留下部分工人纠察队员以保护工作人员的生命安全和市党部的公共财产安全。对民众还将以说服解释为主。

当天下午曾延生因公在外地还没回来，经过临时指定，由市党部常务委员严燕僧、青年委员以及九江团委书记吴振鹏等人出面作说服解释工作，团组织委员张如龙指挥部分工人纠察队员现场维护秩序。

吴振鹏围绕着国共合作、北伐目的意义的思路进行劝解。

在右派怂恿下有农民提出，他们听信谣言进城游行示威能拿两块银元，现在回去了，银元肯定没了，谁来弥补损失。为了打破阴谋，显出共产党人对人民的诚意，现场立即决定凡退场回家者两块银元由市党部负责登记分发。

看到吴振鹏全力解释时和蔼可亲的态度，听到他说到心坎上的话语，部分农民知道受骗了，纷纷退出市党部，有的在怂恿下去登记领钱。夹杂在人群中的右派头目王若渊等眼看他们的阴谋又将破产，又看到那天在农民协会成立大会上与他们斗争的吴振鹏站在台阶上快成了农民心目中的大救星，于是生出一计并发动人员大声叫嚣："农民兄弟，你们千万不要上他们的当呀，他们让你们登记就是准备秋后算账的……那个姓吴的是从上海滩上逃到这儿的流氓……"有打手一边叫嚣："让他滚出九江，滚回上海去……"说着，就率领一批流氓蜂拥而上，直奔严燕僧、吴振鹏他们拦在台阶上的几个人。现场突然失控，一边的张如龙立即指挥纠察队员上前挡护，台阶上的吴振鹏知道这场冲突是无法躲避过去了，但他不能退却，他要显出共产党人的坚决意志以及顽强的人格力量，要显出共产党人为了大多数人的利益不会计较个人眼前得失以及安危的。所以，面对冲上来的打手，他坚定而从容地站在那儿，毫不畏惧！

"仇恨"的拳脚肯定是毫不留情的，五个流氓打手抡着棍子冲上来将棍子拦腰向吴振鹏横扫过去,吴振鹏一个踉跄,继而摔倒在地,但他一手护住受伤的腰部,一手向来搀扶他的纠察队员摇摇手,然后撑着台阶忍痛慢慢站立起来,现场此时出现瞬间的真空一样,不知道刚刚发生了什么,也不知道即将来临的是什么……站立起来的吴振鹏,显然是强忍着痛,却语气平和地对围观民众说:"农民乡亲们,你们现在能看清楚了吧,谁在真心为大家,谁又在有意闹事? 他们这样无疑就是要将北伐的成果破坏掉,将已经给予工人、农民们的权利重新夺过去,好继续他们土豪劣绅欺诈压迫农民的罪恶的梦,我们共产党人时刻站在人民的利益这一边,并已经将生命交给了革命,临死都不怕了,还怕什么? ……"王若渊见刚才一顿打,并没有打倒吴振鹏,并没有能让他被吓得闭嘴,现在他反而利用刚刚的一幕想颠覆农民的思维了,农民会从刚才一幕中看出真正的肇事者,从他受伤下坚持表达的意思中醒悟,并会让现场出现逆转局面。 想到这里,王若渊突然大声喊道:"千万别听他的花言巧语,他是个上海滩上的流氓、小瘪三,不打不会老实的,给我狠狠打……"话音未落,五个打手又冲上去用力推倒吴振鹏,并对他一阵暴雨般的拳脚,与此同时,他们冲向严燕僧以及站在后排的市党部的其他人员,场面一度混乱……张如龙一把从地下抱起吴振鹏,一边指挥几个工人纠察队员奋起抵抗,掩护背着吴振鹏的他和市党部工作人员退守党部办公楼,并快速从后门撤退。敌人是有备而来的,他们肯定抱着"不到黄河心不死的"决心而来的,因此,敌人的恶意是顽固的,行为是猖獗的、令人发指的,而市党部一直处于戒备、劝解、和谈等以理服人的准备措施,所以在突然升级的恶意冲突中寡不敌众,当即死伤数人。

工人纠察队裕生火柴厂分队长、共产党员曹炳元英勇奋战,被暴徒包围后惨遭杀戮。 暴徒们进入市党部后,大肆破坏,将办公设施、礼堂桌椅、门窗板壁打砸得稀烂,文件书籍全被焚毁,并将孙中山遗像撕成碎片,抛空挥洒,任意踩踏,整个市党部被掠夺一空。

接着,暴徒们又围攻市总工会,捣毁了全部设施,打伤多人。

晚上，因打伤的人较多，为有效抢救，伤者分别被送往九江医院和九江圣味增爵医院（法国人开的天主教教会医院）。两医院周围全是人，有反动派，有民众，有保卫的工人纠察队员。医院内灯火通明、人声鼎沸，外科医院正在进行突击抢救。吴振鹏在教会医院，被诊断为左臂、右胸胁两肋骨骨折，头部颅骨损伤，头部右侧皮外伤口六厘米。头皮伤口清洗刚刚缝合，扎了几层的绷带仍然能印出红色的血渍，右臂也打了石膏挎了绷带，胸部也是绷带。

"曹队长情况怎么样了？"看到张如龙，吴振鹏关切地问。

张如龙含泪告诉他情况。曹炳元是在九江医院抢救的，虽然孙中山为九江医院曾经题写过"生命活水医院"，但还是对曹炳元无力回天。曹炳元现场被砍伤后，当时还有气，立即送往医院抢救，抢救时发现他被砍了两刀、刺了两刀，被刺的胸部和腹部血流不止，打开盛满血水的胸腔发现右肺叶一角被刀搅烂了，腹部的肠子破损严重……结果上了手术台一会儿他就咽气了。

"全力组织抢救同志们，不要管我，曾书记回来没有？"吴振鹏猛地抹了一把满脸的泪水，问张如龙，他急着要去参加营救工作，又要找曾书记。

"曾书记从县区回来，正在召开紧急会议，让你好好休息。"张如龙在病房对他说。医生也对他说，他目前需要输液消炎，还有头部受击后需要休息好，不然会留下脑震荡后遗症。

张如龙和医生强按着他吊上了水，然后吩咐医生和门口守护队员后匆匆离开了医院。

此时的曾延生正在紧急召开九江党团工作会议，布置反击措施。

市党部和总工会被砸，特别是反动右派分子光天化日之下残忍杀害工人纠察队员，打伤市党部工人和中共党团干部多人，致使全城的工人和革命群众义愤填膺，会上会下个个表示坚决与之搏斗。会上，曾延生以中共九江地委名义发出命令，命令全市工人纠察队包围全城，向暴徒进行反击。同时派人与国民革命军第六军政治部联系，请他们派出部分军队协助工人镇压反动派。

当夜工人纠察队封锁了出入城的大小要道，部分反动分子闻到了危险的气息纷纷逃窜，没来得及或者是胆大的觉得不会引起反抗的没有逃跑的暴乱分子被工人纠察队当即逮捕五十余人。

此时，已来九江的蒋介石，见工人纠察队的力量如此强大，十分恼怒，但表面上却装出一副假面孔，以保护为名，派他的卫队弹压工人，占领市党部和总工会；并派军警从工人纠察队手中索去暴徒，大设筵席特赏他们打砸有功，还于傍晚护送暴徒出城。蒋介石这一公开的反革命行动，激起全市广大工农群众及革命人士的极大愤恨，纷纷表示抗议。工人们要求"三一八"全体总罢工，后来又选出代表向总部请愿，总算把六位被打得半死的同志搭救了回来。而蒋介石当晚任命第六军的留守唐蟒为戒严司令官，命令实行戒严，禁止和镇压群众反抗，同时宣布，假若"三一八"有工人罢工，便立行拘捕。

蒋介石一手制造的九江反革命暴乱，成为九江历史上"三一七"惨案。"他的手段比袁世凯、段祺瑞还要凶狠。""他之所谓赴前线督师作战就是督流氓地痞之师来和我民众作战！赣州、南昌、九江的事变都出于他们的指使。"

接着蒋介石又在安庆、南京等地炮制了同类暴行。所有这些都是蒋介石后来在上海发动"四一二"大屠杀的前奏。

然而，革命总是向前，是任何敌人不可阻挡的。

"三一七"惨案发生后，九江人民怒不可遏，中共九江地委和国民党九江市党部根据群众的要求，一方面派代表赴武汉，向武汉国民党中央和国民政府控告蒋介石的暴行；另一方面决定加强工人纠察队力量，改组国民党九江县党部，逮捕暴乱分子的幕后操纵者。并发动工人、农民及各界群众，高举"支持革命""打倒土豪劣绅""打倒县党部"等标语口号，吓得县党部王若渊等人四处躲藏。

伤还未愈的吴振鹏主动请缨，亲自执行九江党团关于迅速镇压"三一七"首犯暴徒、肃清惨案残余势力的决议。

4月4日一早，只见吴振鹏穿上灰色军服，大檐军帽遮盖头部的纱布，左臂膀挎着绷带，右手提着手枪，带领张如龙等党团负责人员及市党部、总工会和农民协会相关领导，并亲自指挥工人纠察大队和革命群众分四路包围了九江县党部，县党部所有工作人员都被这宏大的革命场面特别是吴振鹏武装整齐、一马当先的气势吓得纷纷逃窜。包围县党部后，吴振鹏宣读了九江党团工联席会议决议，和武汉国民党中央同意立即取缔非法县党部的电文。宣读后，命令张如龙带领工人纠察队立即执行，不到半小时，非法的反动巢穴县党部在革命的手段中被捣毁了。当夜，通过周密部署，内线提供准确情报以及详细排查，如数逮捕了直接参与"三一七"惨案的首犯王若渊、瞿飞墨、陈文豪、刘伯勋等人。

接下来就是改组国民党九江县党部，由共产党员戴振球任常委，同时由九江市党部、总工会、农协、学联、妇联、商协等组织选派代表，组成"九江人民裁判委员会"，公推共产党员王子平为委员长，负责对"三一七"惨案首犯的审判处理工作。

AB团在江西为害三个来月。1927年4月2日，在中共江西区委领导下，江西工会、农会、学联和朱德手下的军官教导团，突然冲往南昌百花洲，包围了那里的国民党江西省党部，逮捕了AB团骨干三十多人。段锡明连夜从南昌逃往南京。这样，AB团作鸟兽散，从此销声匿迹。

从眼前看，经过共产党以及国民党武汉中央政府的共同合作，初步粉碎了蒋介石组织"AB"右派反动集团的阴谋。但蒋介石的政治野心不会因为他炮制的AB团的覆灭而收敛，而是变本加厉。

5. 讨蒋 从口诛笔伐到严惩凶手

"三一七"惨案之后，蒋介石从九江沿江东下，在各地制造了一系列惨案之后，于3月下旬到达上海，与帝国主义、买办资产阶级及帮会流氓勾结一气，发动了"四一二"反革命政变。成立南京国民政府，与武汉国民政府对抗，其反革命面目完全暴露。这时，九江的反革命势力也乘机公开活动，提出"反对赤色恐怖""反对跨党分子""拥护蒋总司令"等反动口号，到处散布谣言，制造紧张空气。

面对瞬息万变的形势，中共九江地委在总工会召开了紧急会议，到会五十余人，包括曾延生、吴振鹏等九江党团委员以及市党部共产党委员，大家分析了蒋介石反革命集团的本质及其阴谋，决定发动广大人民群众开展声势浩大的反蒋斗争，打倒蒋介石，打击一切反革命的阴谋活动。

吴振鹏自从蒋介石策划AB团阴谋活动以来，一直关注相关动态——九江的，全国的，主要是跟踪蒋介石行动路线消息。通过不断反馈，不断验证，证明了他原先对蒋介石政治阴谋的判断，特别他亲自经历了九江右派反动势力的反攻、"三一七"武装叛乱等血的事实，证明了蒋介石正在打着国民政府的招牌，以掌握军队的优势"挟天子以令诸侯"，架空武汉国民政府，将北伐当作蒋家的北伐，正在将中国革命演变成为建立蒋家王朝的革命……他预示性地认为中国革命将会进入中国最黑暗时代，中国革命的命运危在旦夕！

对于一个青年革命政治家来说，不仅要对现阶段的政治路线和斗争的策略做到适度把控和正确执行，还要能用马列主义和中国革命的实践结合自己革命路上的实践经验与教训，摸索和预测革命的主流方向以及未来。

吴振鹏做到了，他热爱他的党，热爱如他父母一样的中国劳苦大众，他将对党的忠诚和对人民的爱戴化作忘我精神以及无畏的革命境界，时刻在关注着党的发展壮大并时刻准备为党的事业献出宝贵生命。

于是，他自从来九江工作以来，一直每天坚持记录事件与感想，并通过各种信息，包括新闻报刊等确切与不确切的消息来源进行分析。正值在南昌团江西区委任书记的好兄弟袁玉冰复刊团刊《红灯》杂志并向他约稿，他准备将蒋介石反革命暴行在刊物上披露出来，表明共产党人在这场大革命中的立场,昭示革命党人认清蒋介石反动嘴脸,警惕蒋介石将中国革命引向万劫不复的罪恶深渊。

当天会议上,吴振鹏将分析的形势情况进行了讲述。

他认为这个时刻还有人认为蒋介石还没有反动,就已经是一个麻木不仁的右倾投降主义者了。"当蒋介石自江西开始他的'杀'的政策,一直顺流而下地'杀'到长江下游;不遵守中央的命令,个人独裁地横行霸道时,有些人还说蒋介石还没有反动! 现在,他在南京成立了他的'蒋'政府,执行他的'蒋'的职权,公然地反抗武汉的中央党部和国民政府,残杀上海最革命的工人! 试问:'蒋介石还没有反动'?! 事实上,蒋介石利用AB反动团体鄙劣的手段在九江'三一七'时收买了不明真相的农民和打手,极其残忍地危害了共产党员曹炳元,打伤共产党团组织和市党部多人,打砸了九江市党部和国民新闻社,但他却厚颜无耻地对民众说:'这是你们工农的冲突!'在'三二三'安庆的屠杀中,又是他收买流氓地痞,将安庆各民众团体打得个落花流水,但他却又对安徽省党部的执行委员光明甫说:'总是你们办党的人不好,不然,为什么民众要打你们呢?'现在,蒋介石又在上海收买流氓、地痞、黑帮,并策划怂恿他们身上挂了'工'字招牌,去和工会纠察队冲突,然后他以调和、协调、平衡各方面关系的面孔,让姓'蒋'的兵轻而易举地缴了工人纠察队的械,把流氓等放走,然后公开对上海民众声明:'工人自相争斗,动用了武器,为防势态扩大,不得不让双方缴械呵!'好一个保卫工人的蒋介石! 上海工人纠察队被缴械后,上海全体民众大愤,总工会遂召集各工会代表大会,会毕,游行请愿,当群众游行到第二十六军的司令部时,桂军就奉了这位自称是保卫工人的'蒋总司令'的命令,用排枪及机关枪向游行的群众扫射,造成无辜工人死伤无数!!"

吴振鹏对形势的分析切中要害,对与会的代表触动强烈。此分析报告,后来吴振鹏以《铁锤——蒋介石还没有反动?》为题,用"季冰"笔名发表在1927年4月24日出版的第十一期《红灯》周刊上。

会后，九江乃至整个赣北地区的广大人民都对蒋介石的反革命罪行极其愤怒。很快掀起了反对蒋介石的宣传活动和反对国民党右派的高潮。"打倒蒋介石"等标语口号在大街小巷无处不在。

4月25日上午八点半，由九江市党部主持，在大校场举行了九江各界群众数万人参加的反蒋大会，会场极为庄严，主席台前贴有"革命者请进来，反革命滚出去"。会上，各团体各阶层代表纷纷发言，一致谴责蒋介石的叛变革命的罪行，并大量散发了郭沫若揭露蒋介石残杀革命力量的小册子《请看今日之蒋介石》。

吴振鹏在会上对革命形势做了分析，对蒋介石反动本质做了揭露，同时狠狠批判了投降主义，对与蒋进行决裂的革命前进步伐作了动员。

这是他最后一次在九江政界大会上公开的露面，此前，他和曾延生已经接到党中央对他们的工作调动命令。为了应对蒋介石突然背叛革命的危急形势，党中央对全国的党团组织部署做了调整，曾延生调到南昌担任江西省总工会组织部长，他调至南昌接任江西省委青运委员、团省委书记，袁玉冰调到九江任地委书记。三兄弟在这场大革命中始终相伴相随。

当天上午，也许他觉得是在九江革命舞台上最后一次与广大群众以这样的形式会面，也可能是最后一次站在台上看到九江各界群众的亲切面容以及包含殷切期望的目光。说实在话，在九江的日日夜夜已经与这里的山水，与这里的一草一木产生了深切的感情，与同志们以及广大工友、农民产生了深深依恋。

他和主席台上的同志们一样穿着灰色军装，一律的革命色彩，与以往不同的是，今天他们都扎了武装带，腰间都别上了枪，他明白这是今天会议主题需要的气度，也是让广大民众明白革命者的决心。

他站在台中央，环视了一下台下密密麻麻的人群，语气坚决地说："在今天，我们再不能，也再不可能姑息养奸了，只能对你说革命者请进来，不革命者滚出去，如果想跟着姓蒋的反革命，那已经不是说滚开的问题了,是要让人民审判而后镇压的问题了……"然后,他又具体谈了革命的思想宣传问题根本在于要肃清反动教职员。他说:"党化教育的口号,已经高唱入云了! 但在党化教育口号之下的江西教育界里,还是一般有许多反动的教职员在混饭吃,这些反动的教职员在江西的教育界里,不但不能使江西的教育党化,他们努力的结果,将要使江西的教育反动化! 目前的江西的学生,是要在学校中学习革命的,不是来学习反动的! 所以对于教职员,老实不客气,革命的请进来;不革命的反动的,滚出去! 革命的分子,对于反革命分子,只有以严厉的恐怖的手段来肃清他们! 对于反革命派没有仁慈的必要! 在革命的字典上,没有仁慈两个字! 革命,根本就要残暴的,不是仁慈的! 江西的学生们,只有肃清了教育界的反动派,才能享得真正的党化教育! 才能满足你们的革命要求! 全江西的学生应当统一在肃清反动的教职员的口号之下,用团结的力量,用奋斗的精神,用革命的手段,来革这些反动的教职员的狗命! 不然,'党化教育'的江西教育,将要变成比军阀统治时代的教育更加反动更加黑暗了!"

他的手从手掌到拳头,根据演讲的内容在变换着,台下也是一阵阵雷动掌声。

在声讨蒋介石时,他的语气更加坚决,仿佛从他嘴里吐出的字都能掷地有声。

"督师北伐而变为督师屠杀民众的总司令蒋介石,革命的民众们,早已就有食其肉寝其皮而后快了! 他已经是党之贼民之贼,每一个民众,都可捉住他,是用不着法律的手续而可以杀死他的民众的仇敌了。可是最近,他更在上海的民众前,大'司'残杀民众之'令'! 恐怕上海的民众,不认识他这拖尾巴狗,特大摇而特摇其尾,以示其狗的行为于上海民众之前! 看! 在中山先生逝世两周年又一个月的四月十二日,他对于用赤手空拳以击败鲁军鲜血横流、尸骸遍野、百折不挠,前仆后继的革命的上海工人,竟用其'狗'的手段——收买流氓,假冒工人纠察队,与真正的纠察队冲突,随着就来了第二十六军的军队来缴械！ 在同一时间，各处皆有冒牌的工人纠察队与真正的工人纠察队冲突！ 一奇！ 在同样的冲突中各处皆紧接着就来了第二十六军的军队来缴械！ 二奇！ 缴了上海工人用头颅热血所夺来的鲁逆军的枪械！ ——上海工人自卫的纠察队之械！ 凡是血流没有停止，四肢还未僵死的人们，对于这残酷已极了的戴了青天白日的帽章、穿了革命军的服装而努力干反革命的蒋贼，恶耗传来谁不痛心！ 谁不愿为民捐躯，杀此蒋贼谁不痛快！ 谁不愿为民众捐躯讨此蒋贼！ 革命的青年们，认清目前民众的大敌，革命战线中的蟊贼！ 杀上前去！"随着最后一声呼喊，吴振鹏一手拔出手枪指向天空，一只臂膀向前挥去……

在他情绪的带动下，群情振奋，打倒蒋介石的口号声此起彼伏，一浪高过一浪。

会后，赣北广大农村也举行声势浩大的反蒋斗争，农民们拿着锄头，举着扁担，捣毁反革命活动场所。 在九江县一些乡镇先后发起了对国民党九江县右派县党部曾组织的所谓"九十三乡代表"的斗争，吓得反革命分子四处躲藏和逃匿。 在此期间，农民们捉拿地主豪绅一百多人，有十多个罪大恶极的土豪劣绅被农民们判处了死刑。 不少土豪劣绅、反革命分子抛家产逃往南京，并打着所谓"九江各团体代表请愿团"旗号，向蒋介石政府乞求救命。

为了参加"三一七"暴乱分子的公审大会，吴振鹏经上级组织协调，推迟了赴江西省委报到的时间。

5月5日，在纪念马克思诞生一百零九周年的群众大会上，裁判委员会主持对"三一七"暴乱分子进行了公审。 裁判委员会报告了惨案发生的经过和暴乱首犯的罪恶，许多农民揭露了九江县党部组织暴乱的阴谋行径和本人参加暴乱的受骗经过。 公审会上，群众情绪极为愤怒，一致要求给暴乱分子以严厉的制裁。 最后，裁判委员会委员长王子平宣读了武汉国民政府批准的判决书，判处王若渊、瞿飞墨、陈文豪、刘伯勋、张浩如、凌老五等六名首犯死刑，判处大土豪廖洛宽等为有期徒刑六年。在群众的欢呼声中，由张如龙带领工人纠察队员当即对以上六人执行了枪决。全市人民拍手称快。

当天下午，大土豪劣绅高伯韩等死心塌地的反革命分子并不甘心失败，在港口又纠集了恶霸地主、流氓地痞三四百人，带着刀、矛等凶器从小路入城，企图对国民党九江市党部和革命势力进行第二次进攻。

国民党九江市党部事前从农民协会那里获得消息，遂由总工会工人纠察大队大队长何瑞庭带领纠察队员出城迎头堵击，打得暴徒四处逃窜，狼狈不堪。工人纠察队在农民的协助下，一直追到土豪劣绅的住地，查封了他们的房产。高伯韩、许德媛、黄昌年、任英华等右派头目，害怕受到人民的惩罚，偷偷潜逃外地躲藏起来，等待时机进行反扑。

第六章
红灯永远照亮中国

1. 参加团四大 被选为团中央领导

有乌云就会有风暴驱散,有白色恐怖就会有红色运动斗争。

吴振鹏接任江西省委青运委员、团省委书记后第一件大事,就是被选举为共青团第四次全国代表大会代表并于1927年5月10日至16日参加了在武汉召开的中国共青团第四次全国代表大会。

5月9日,这是一个让吴振鹏感到欣喜的日子,不仅是第一次当选为全国代表而觉得无上的光荣,而且在会议报到的当天晚上,在武汉市武昌都府堤二十号国立武昌第一小学优美的校园内,他惊喜地遇到了分别一年多的仲冰二哥关向应,这仲冰与季冰二"冰"紧紧拥抱以及别情倾诉,让那个黄昏成了他们生命记忆中最有诗意的时间。

团第四次全国代表大会是应党中央要求紧随第五届党代会召开的。

历史上,中共从第四次到第六次代表大会,基本与团代会同期先后并于同一地址召开。这无疑说明党团组织一致的重要性,也是党的决策及阶段性路线纲领需要通过青年组织体系迅速在全国得到贯彻和执行。

中共五大的召开处于特殊的历史时期:1924年国民党一大开启国共合作,大革命在全国轰轰烈烈地展开。但1925年孙中山病逝之后,国共合作的局面逐渐被破坏。1927年,蒋介石集团发动了"四一二"反革命政变,武汉汪精卫集团日趋反动。

1927年4月6日,中国共产党的主要创始人和领导人之一李大钊在北京不幸被捕,面对敌人的严刑逼供,他大义凛然,坚贞不屈,表现了一个中国共产党员坚强的革命意志。

就在中共五大筹备期间,武汉地区的形势急剧恶化,反革命活动迅速表面化。1927年4月底,国民革命军第三十五军军长何健在湖北汉口召集反动军官密商反共"清党"计划。5月初,国民革命军第十四独立师师长夏斗寅在蒋介石的策动下,与国民革命军第二十军军长杨森勾结共同反共。

中国共产党人具有钢铁般的革命意志,就在这样一个非常时局,仍然顽强地以革命的大无畏精神如期召开了这次非常会议。

在"四一二"反革命政变发生仅八天后,1927年4月20日,随着汽笛长鸣,上海码头停靠的英商怡和公司的轮船逆流而上向西航行。这艘轮船上的乘客都是前往武汉参加中共五大的代表。4月22日至26日,第四届中央执行委员会全体会议召开,会上讨论并确定了中共五大的议事日程和中央执委会向大会所作的报告,以及大会各委员会、秘书长名单。

出席此次大会的代表有陈独秀、蔡和森、瞿秋白、毛泽东、任弼时、刘少奇、邓中夏等八十二人,这些被蒋介石通缉捉拿的"共党首要分子"肩负着挽救革命的重任,他们代表着全国 57967 名党员。 以罗易、多里奥、维金斯基组成的共产国际代表团参加了大会,由谭延闿、徐谦、孙科组成的国民党代表团到会祝贺。 汪精卫也应邀列席了一天会议。

为了防备反动派突然袭击,中共五大是秘密进行的,不许报纸上刊载有关消息,可还是有一家报纸刊登了中共五大召开的消息。 开幕式后,代表们就迅速离开了会场。 参加中共五大的代表们没有出席证,在出入开会场所时要用"口令",第一天上午用的是"冲锋"二字。 据负责中共五大保卫工作的韩浚回忆,在大会召开前几天,叶挺对他说:"我们党马上要召开第五次代表大会,地点选在武昌第一小学……党已决定由你们这个营负责担负警戒。"会议期间,韩浚布置警戒并带领全营士兵在会场周围巡逻。

就在中共五大开幕次日也就是 4 月 28 日,李大钊等二十名革命者从容走上绞刑台,英勇就义。 中共北方区委同时遭到严重破坏,被迫停止工作。

五大虽没能完成从危难中挽救革命的使命,却是幼年中国共产党探索中国革命道路艰难历程中的一个重要环节,在党的历史上首次选举产生了中纪委的前身——中央监察委员会。

此外,五大在历史上创造了多个第一:第一时间宣布蒋介石实行的是法西斯统治;第一次提出要争夺对民主革命的领导权;产生了党的第一个解决农民土地问题的文献;第一次强调在南方坚持和发展革命根据地;第一次将"民主集中制"原则写入党章;第一次邀请国民党代表团参加中共的全国代表大会,等等。

大会选举了新的中央委员会,选出陈独秀等二十九名中央委员和毛泽东等十一名候补中央委员。 新的中央委员会仍选举陈独秀为总书记，选举陈独秀、张国焘、蔡和森为中央政治局常务委员会委员。大会选举了中央监察委员会。

党的第五次全国代表大会虽然召开在革命的危急关头，却没有承担起挽救革命的任务。但周恩来、任弼时等一批对陈独秀的右倾错误有所认识、有所抵制的同志，被选进了新的中央委员会，这为后来纠正陈独秀的右倾错误，提供了组织上的准备。

中共五大闭幕的第二天，在同一会场武昌高师附小小礼堂，中国共产主义青年团第四次全国代表大会开幕，于1927年5月10日至16日在武汉召开。大会代表三十九人，代表全国约三万八千名团员出席会议。出席大会的来宾有共产国际、少共国际、中共中央的代表，苏、英、法、美等国的共青团代表，国民党中央青年部和武汉革命政府的代表。

大会认真总结了共青团在大革命高潮中的斗争经验，接受中共五大的决议和共产国际、少共国际的指示，规定了共青团和青年运动今后的方针和任务是：领导工农青年参加争取革命领导权的斗争，反对背叛民族利益的大资产阶级，努力促成工农及小资产阶级的紧密联合，实现民主政权；发展农村土地革命，扩大无产阶级在军队中的影响，夺取军阀武装，建立工农自卫武装；领导青年进行改良生活待遇以及反抗压迫的经济和政治斗争。大会在宣言中进一步明确了共青团的性质和任务，指出："本团是无产阶级青年的革命组织，应当在共产党的指导之下，吸引广大的劳动青年群众，参加革命的斗争，同时在这些斗争中去养成他们的共产主义者的精神。"大会还规定学生运动今后的主要方针是到群众中去，深入到农村和军队中去。

会议分组讨论时，认真听取了吴振鹏以及从上海来的代表先后就北伐战争和蒋介石发动的一系列的反革命政变事件情况汇报。吴振鹏以事件当事人的身份向大会汇报蒋介石在江西刚刚发动过的"AB团右派反动阴谋"和"三一七"暴力夺权血案以及被革命阵营粉碎过程，并从客观事实出发，以革命理论为指导的高度责任和思想前瞻性，分析了如何针对蒋介石反动政变以及国民党彻底反动加强中国共产党的反制能力所要取得的经验和吸取的教训。

吴振鹏的发言得到大会代表一致认可,特别是以中共代表出席并祝贺的瞿秋白的赞同。

会议期间,吴振鹏与关向应两兄弟,利用休息时间拜访了任弼时、瞿秋白和他夫人杨之华并同他们在湖北武昌第一小学的校园里亲切合影。

瞿秋白将在1927年2月就针对陈独秀、彭述之等人的机会主义理论和政策,写成的《中国革命中之争论问题》一书,也是在五大会上他向代表分发过的书送给他们。 着重谈到了今后一段时期如何执行共青团和青年运动方针和任务,领导工农青年参加争取革命领导权的斗争;谈到农村土地革命以及如何夺取军阀武装,建立工农自卫武装等问题。

事后,吴振鹏、关向应在会议期间同住宿舍分析了瞿秋白的一些观点。

吴振鹏对陈独秀是崇拜和敬仰的,不但是出于老乡情感,还因为他在安徽安庆成为少年"英雄"时受到中央点名表扬,以及他被选派去上海就读上海大学后又派往引翔港工作,这些都与这位老乡存在直接或者间接关系,加上在上海工作期间,又当面受过他的鼓励与教导。 吴振鹏实在想不到,这位老乡领导、党的总书记、在五大会上身着长衫的陈独秀,代表第四届中央执行委员会进行了长达六个小时的《政治与组织的报告》,内容涉及中国各阶级、土地、无产阶级领导权、军事、国共两党关系等问题,却既没有正确总结经验教训,又没有提出挽救时局的方针政策,反而为过去的错误进行辩护,继续提出一些错误主张。

"听总书记安徽口音的普通话侃侃而谈,很好听,声音不高,讲得比较慢,还是大学教授神气风度呀,但听了他说的内容没有实在之处,当时会上就有代表流露出不满的表情。 在休息间隙,罗亦农走到瞿秋白先生面前叹息道：'糟糕！'瞿秋白感受到了罗亦农对陈独秀报告的不满。随后，大会根据共产国际发来的指示，对这一报告展开了激烈争论。"关向应说。

"大会上对报告带头持反对意见的是蔡和森与瞿秋白。蔡和森同志很严肃，平时沉默寡言，瞿秋白同志和蔼可亲，很有学者风度。瞿秋白从理论到实际系统批判了党内的右倾观点。"吴振鹏说。

"在五大上，湖南毛泽东被选为中央候补执行委员。会上，他一如既往地关注农民问题。据说参会前，毛泽东曾邀请彭湃、方志敏等各省农民协会负责人开会，议定出了一个广泛地重新分配土地的方案。他把这个方案提交给大会，但陈独秀没有把它拿出来讨论。大会虽然在原则上肯定了土地革命的重要性，认为'应该以土地革命及民主政权之政纲去号召农民和小资产阶级'，但没有提出具体的措施。于是，前面所说的肯定土地革命重要性便成了空话。"关向应说。

那天，两兄弟就革命大义问题谈到深夜。

经过一周的会议，大会选出任弼时、肖子暲、贺昌、徐纬、李求实、杨善南、关向应、吴振鹏和田波扬等十六名中央委员、十三名候补中央委员组成的新的中央委员会，选出了由七名正式委员和三名候补委员组织的中央局。吴振鹏当选为中央局成员，任弼时、李求实、杨善南为中央局常委。任弼时在团中央全会上被选为团中央书记。

16日下午的闭幕式上，吴振鹏等十六名中央委员和十名中央局成员一一起立致意会议代表同时作自我介绍。

任弼时在闭幕式作了闭幕讲话，他说："当大会开幕的时候，正是代表中国资产阶级的蒋介石断然脱离民族革命联合战线，屠杀工农领袖和共产主义者，帝国主义积极准备武装干涉，经济封锁武汉，军阀向革命民众示威，绞死李守常等二十人的时期。换言之，就是帝国主义、军阀、反动资产阶级联合向革命民众进攻的时期。虽然大会的四周充满了反动的空气，会议时，每天得到各地电信，报告我们最勇敢忠实的同志被新旧军阀张作霖、张宗昌、蒋介石、李济深枪毙、腰斩、火烧的消息,但是这不但没有引起大会的恐慌心理,反而使各地代表在悲愤之后增强了团结精神,并以坚定的信念解决各种重要议程。 所以这次大会第一个重要的意义就是:表示中国共产主义青年团在这最严重时期,聚集自己的力量,来估计过去革命的经验,按照现在革命的要求,规定今后斗争方针,为的是要继续完成已死同志未竟的事业,以答复新旧军阀的白色恐怖和帝国主义者对中国革命的武装干涉!"

会议代表分别时,不管是书记、委员,还是普通代表,为民族命运思考充满热情、为国家未来而满腔热忱的一代热血青年,他们在短暂相聚后各自奔向战斗岗位即将分手的时刻,同样是难舍难分!

他们一一拥抱,用坚强的大手紧握传递革命的斗志!

在临近离别的转身时刻,处在革命一线的吴振鹏和大家含泪共勉:"亲爱的同志们,我们即将分手奔向各自战线,但我们心是时刻相通的。 在过去很短的中国革命运动的旅程中,已经大半为青年无产阶级战死的尸骸和血迹所铺满。 他们先我们而去,为了正义与崇高事业,我们有理由相信,大会的决议是非常正确而适合中国青年的客观要求与需要。 中国共产主义青年团第四次大会之新的决议案和作战计划,将成为全国青年群众争自由、杀敌人之新的标志。 每一热血的青年战士,都应齐向此标志奋勇前进……"

关向应与吴振鹏告别在东湖,他们漫步话别的听涛景区是东湖风景区的核心景区之一,前身是民族资本家周苍柏的私家花园——"海光农圃",也是东湖风景区的第一个开放景区。 有先月亭、寓言雕塑园、可竹轩、水云乡、和平龙、濒湖画廊、碧潭观鱼、长天楼、落霞水榭景点,草地和广阔的湖面相连,诗情画意的景点与多种名贵花木相映成趣,构成了东湖听涛景区这一道靓丽的风景线。

关向应喜欢诗歌,他便用唐刘长卿的《东湖送朱逸人归》"山色湖光并在东,扁舟归去有樵风。 莫道野人无外事,开田凿井白云中"表达自己归心似箭、形势紧迫的内心。

吴振鹏则用王昌龄的《芙蓉楼送辛渐》"寒雨连江夜入吴，平明送客楚山孤。洛阳亲友如相问，一片冰心在玉壶"喻兄弟"冰"名，并且借诗表达仲冰、季冰不管是天各一方，还是身处艰难险境，总能对革命真理信仰坚守冰心一片。

共青团四大在革命与反革命殊死搏斗的严峻时刻，表达了共青团在党的领导下，"聚集自己的力量，估量革命经验，按照现在革命的要求，规定今后斗争方针，"完成英烈未竟事业的革命精神。团的四大会议结束后，国内形势急速恶化，广大团员与青年在四大精神激励下，同国民党进行了不屈不挠的斗争。与此同时，团中央在任弼时同志的领导下，对陈独秀的右倾错误进行了坚决的斗争。

2. 主编《红灯》 公开讨蒋反蒋

兄弟俩在武汉分手后，关向应去了河南参加新成立的河南省委工作负责青年工运和团省委工作。吴振鹏回到南昌正式进入工作角色。

吴振鹏此时南昌上任时，中共江西党团组织机构还是区委，吴振鹏因为是团四大中央委员且是中央局成员（后还兼团中央宣传部部长），根据组织分工，他在江西区委参加区常委工作，分管青年委员会，同时是江西团区委书记。

在他前面到南昌工作的曾延生则是担任江西区委总工会组织部部长，而总工会系统团组织与江西团区委关系也是血溶于水的关系，是骨头连着筋。准备赴任江西九江党团领导人的袁玉冰此时还在南昌，他们三兄弟此番为了私为了公都得彼此为相互"换防"交接一番。

在南昌市西北部沿江路赣江东岸靠近滕王阁临江茶楼，三兄弟感叹同赴江西的革命经历，基本亲历了北伐主战场胜利和蒋介石反动阴谋以及粉碎阴谋的斗争；共同庆幸没辱使命的坚强意志；相互勉励在今后的江西革命战区共同前行，相互策应。

吴振鹏兴高采烈地讲述了在武汉会议上的情景，特别提到了与"仲冰"关向应相处的日子。

"不知道哪一天我们兄弟四人会再聚首,到时一定喝得一醉方休,喝得今宵酒醒何处? 杨柳岸,晓风残月。"浓浓粗眉的老大哥曾延生说话间已经热泪盈眶。

"此去经年,应是良辰好景,千种风情,定有时间留我们兄弟说。"袁玉冰也引用柳永的词为内心做了应和,宽厚充满温和的脸庞深藏着一种无可比拟的坚韧!

吴振鹏望着两位长兄,想起革命道路相伴相随,他们的心声没有一个字不打中他的心弦。

又是一个晚景的窗外,不远处岸边的江南三大名楼之一滕王阁在烟霞中若隐若现,千里烟波的赣江水系从南汨汨向北,浪花涛语间帆过舸争。仿佛是内心的呼应,吴振鹏先是抓住并握紧袁玉冰一只手,然后曾延生也伸出手抓住了袁玉冰另一只手,他们只是紧紧握住,只是相互感知到一种温情和力量。

此时,吴振鹏没有用语言表达此番情景,只是内心呼应着也引用柳永的词意表达感受:"江边茶饮有绪,只奈留恋处兰舟已催发,执手相看无需泪,离别共勉无限,念去去道途无穷,革命征程天高海阔。"

兄弟仨谁也没有想到,他们分手后的路程中,正在经历革命最黑暗的时期,国民党彻底背叛革命,"宁汉合流"对中共进行反攻倒算,大肆捕杀共产党人,上演着血腥风雨反动剧目,逼迫得共产党人举旗易帜,奋起还击!

他们见证了一面红色的军旗带着英勇的共产党人杀出一条血路,并冲出重围!

吴振鹏与曾延生也没有想到赣水与袁玉冰一别成了永别!

在参加全国团代会期间,吴振鹏了解到江西各地党团组织面对蒋介石的背叛与疯狂,丝毫没有半点畏惧,而是奋起还击。5月1日,中共德安县、都昌、南昌等地区(部)委党团都组织了几千人至上万人的"五一"纪念大会,号召地区民众团结起来与蒋介石进行斗争。会议期间印发传单,发布声讨宣言,揭露蒋介石反共反人民的罪行和江西省省长朱培德的反共面目。都昌还以广大共产党员、共青团员和革命群众的名义向全国发出通电，电文如下："蒋逆介石，自反动事变发来，背叛党国之事实，层见叠出。最近勾结帝国主义走狗之奉鲁军阀，以围缴上海工人枪械，屠杀戳自民众，在孙吴军阀尚不敢为之事，不图自命为总理信徒与人民拥护之总司令，充甘如此，言之痛心，令人发指！本会于'五一'纪念大会中，全体决议，除电中央军事委员会严拿力惩外，谨率都邑四十万民众，枕戈待旦，誓灭此僚。庶青天白日旗帜之下，再无此等反动分子，则党国幸甚。"通电全文反映了都昌人民反蒋到底的决心。

南昌市在党团领导下通过总工会组织了两百个团体五万余人举行了"五一"纪念示威大会。国民党省党部、市党部、省总工会、省农民协会、省学生联合会、省妇女解放协会、国民革命军第三军政治部等九个团体组成了主席团。

吴振鹏接任工作后，除紧张繁忙的区委分工党团领导工作，还接替袁玉冰主编先属于区委后来是省委机关刊物的《红灯》，结合江西革命实际写了大量革命檄文，并利用这个舆论阵地，对国民党顽固派进行了强有力的还击。

上海"四一二"反革命政变后，江西的顽固派提出"反对赤色恐怖""拥护蒋总司令"，在各地制造白色恐怖，疯狂向革命力量反扑。在这紧要关头，江西党团组织召开紧急会议，决定揭露蒋介石之本质，开展反蒋斗争，打击江西反革命势力。吴振鹏就以"季冰"笔名一口气写出四篇文章并在第十一期《红灯》公开发表了以《铁锤》为总标的《平等的银筹》《杀人也是可笑》《蒋介石还没有反动？》等三篇杂文以及《红灯之下的蒋介石》，揭露蒋介石是"督师北伐而变为督师屠杀民众的总司令"，"是党之贼、民之贼"，要青年认清蒋介石及其集团是"目前民众大敌，革命战线中的蠹贼"，呼吁人民"杀此蒋贼"！

《红灯》周刊是由团江西省委在南昌创办的刊物，一波三折,创刊后停刊又复刊，复刊后又被迫停刊。

关于创刊和刊名有其历史来源。"五四"时期，江西出了一个叫作"改造社"的社团，社员有袁玉冰、方志敏、黄道和徐先兆几人，编辑出版《新江西》杂志。就是这本杂志为载体、阵地，1923年袁玉冰、方志敏、赵醒侬等以"改造社"社员为基础秘密成立了南昌第一个共青团支部。后来，袁玉冰被督军蔡成勋逮捕，关了八个月，文化书社和杂志都查封没收。袁玉冰出来时，方志敏去了南京。为了恢复团的工作建立新的阵地，他让团员骨干崔豪主编一本油印杂志取名《红灯》，崔豪在第一期也是当时仅出版的一期杂志卷首上题写了："《红灯》使命：任他凶顽昏黑之土，终应荡漾前途之赤光！荡漾前途之赤光哟！幸照临我凶顽昏黑之土！"

第一期祝词《寿红灯》写下了这样的诗句："大地是这般黑暗弥漫，人们是这样地昏迷沉睡！有谁呀，能够这样狂热烧狂燃，大放光辉，刺激深深？啊！只有通红的红灯！只有通红的红灯！"

所谓"红灯"，袁玉冰解释说就是中国大地上的赤色之光。

《红灯》1923年冬天出版后影响很大，它预言"中国革命运动到了一个危险的历史时期，中国国民革命势力和帝国主义统治中国的势力决战时期渐渐接近了"。

正因为刊物办得锐气，反动当权势力一害怕就千方百计地限制和阻碍，致使《红灯》只办了一期就因多重原因而停刊了。

北伐军攻占南昌后，需要控制南昌新闻喉舌，就将南昌原来督军公署的机关报《新民报》没收改为《民国日报》，但按规定新办江西版的《民国日报》由江西省党部主办，而省党部主要由国民党左派和共产党团领导组成，共产党员徐先兆担任总编辑，出版后虽然没有明显反蒋，但拥汪稿件经常刊发，这让蒋介石大为恼火。1926年年底，蒋介石窃用国民党中央党部名义指示江西省党部召开全省代表大会，选举执监委员并圈定刘拜农、王镇寰等，这样省党部大权被反共AB团所窃取，他们免除了徐先兆总编辑职务，任命刘拜农继任。这样《民国日报》成了土豪劣绅的机关报、代言人。

在这样的情况下,中共江西区委决定由共青团区委对原《红灯》复刊,编辑出版周刊。根据区委指示,主要在报道江西革命运动的动态和路线思想领域的探讨、指导的同时,着重针对国民党右派的反动宣传,从正面或侧面给予猛烈的还击。

《红灯》于1927年2月13日复刊,为共青团江西区委机关刊物,是指导江西青年进行革命的理论刊物,它由当时的江西区委机关主办。《红灯》复刊之际,团区委书记袁玉冰跟大家鼓劲道:"我们卷土重来,又燃起我们的'红灯'了。"

《红灯》复刊后一共出了十五期,时间是1927年2月13日到7月16日。徐先兆与邹努在袁孟冰(主持团江西区委工作)领导下负责办这个刊物。写稿者主要是常驻编辑的三人加上汪群、曾天宇、吴振鹏,吴振鹏写稿以"吴季冰"名发表。

《红灯》周刊三十二开,每期十六页,七八千字。内容分特载、转载(主要是党和团的文件)、正文(内有团的通知)、杂文通讯、编后等类,还有散文、诗歌、小说。当时最惹人关注的是《如是我闻》专栏,针对反动言论,三言两语指出其荒谬,令反动派胆寒、切齿。其中第五期中山纪念特号是三十二页,第十二、第十三期合刊的五月特号是二十页。除第五期封面为袁玉冰题词,第十一期封面为吴振鹏为《红灯之下的蒋介石》杂文内容专门设计绘制的封面,第十五期封面也为吴振鹏画的"两个少女头像"外,其他十三期封面都是袁玉冰画的"一个手电筒,射出红色的光芒",寓红灯之意。

吴振鹏从九江调到南昌继袁玉冰领导团区委(后来的团省委)工作时,《红灯》已经出版到第十一期,从那开始由他担任《红灯》主编,但他不仅仅是主编,还是编辑,他一有时间就帮助编辑写稿,又是撰稿人。第十一期他发了三篇杂文,当期封面他还以《红灯之下的蒋介石》杂文内容亲自绘制出"一个恶魔在红灯照耀下手上拿出一副漂亮的假面具",封面标题为"红灯之下的蒋介石",寓意深长。

《红灯》周刊第一期到第十四期是按时出版,到5月16日突然暂停。 由于国民党右派背叛革命,先是湖北夏斗寅部队在 5 月 17 日叛变,直接威胁武汉政府;接着湖南许克祥 5 月 21 日发动"马日事变",屠杀共产党人和人民群众。 邻近的江西受到重大影响。 时任江西省政府主席朱培德突然倒向国民党右派势力,于 6 月 5 日开始进行"清党","礼送"共产党和国民党左派人士出境。《红灯》周刊编辑和撰稿人邹努也在被"礼送"之列,与此同时,朱培德下令释放"四·二"暴动中被捕的省党部右派程天放等人,南昌乃至江西全境形势开始动荡。《红灯》周刊因此中断了整整两个月,到了 7 月 16 日才继续出版,但只出了第十五期。 因汪精卫 7 月 15 日分共后,江西形势急剧恶化。 吴振鹏因为面对政治压力、工作压力,特别是要面对严峻的形势,不暴露没有公开的同志,以及应变时局采取妥善措施,《红灯》周刊只好告别读者,再度停刊了。

但停刊的那一期——《红灯》第十五期于 7 月 16 日出版,在向读者告别的时刻,作为主编的吴振鹏并没有在斗争锐气上退却,他以大无畏的革命气概用"季冰"笔名撰写周刊社论《杨花水性的花姑娘》,猛烈揭露了朱培德"礼送共产党出境"反革命两面手法,毫不留情地抨击貌似革命派的江西省主席朱培德的政治态度是"墙头草、两面倒"。《杨花水性的花姑娘》文章说:"在武汉的国民政府和南京的国民政府之间中立者——第三种的结合,在剧烈的革命决斗中,看来似乎是与革命势力无妨,与反革命势力无益,真正中立的态度! 但实际上'中立'只是投机者的投机口吻,站在中立地位上观看革命与反革命势力的消长……这就是中立者真正的态度——'墙头草,顺风倒!'我将称之曰'杨花水性的花姑娘!'"当时以朱培德为省主席的江西政局确是如此。

第十五期《红灯》周刊,封面上写着"南昌《红灯》社 1927 年 7 月 16 日出版",封面也是他根据《杨花水性的花姑娘》文稿内容亲自设计的。 封面画是两个少女头像,象征着两个"杨花水性的花姑娘"。

《杨花水性的花姑娘》全文如下：

武汉的国民政府，除非是反革命分子，谁都是拥护他并使之巩固以打倒一切反革命势力的！

南京的国民政府，除非是反革命分子，谁都认得清楚他是革命的叛徒，帝国主义的孝子贤孙，人民的公敌，而欲尽全力来打倒它，以消灭中国革命前途的新障碍！

人们，应当将这代表革命的与反革命的两个政府认清，革命的站过来，反革命的滚过去！不要犹疑！革命根本是斗争的，猛烈的斗争的——革命势力与反革命势力的决斗，在这斗争的过程中，是不容许有中立者存在——即不容许有第三种的结合！

中立者——第三种的结合，在剧烈的革命的决斗中，看他似乎是与革命势力无妨，与反革命势力无益，真正中立的态度！但实际上，他不在革命势力这一边，就是削弱了革命的势力，也就是增长了反革命的势力；他不站在反革命势力那一边，就是态度不明，使革命的战士，既不能向他进攻，又不得不对有所防卫！结果，是使革命势力的战线不统一，阻碍了革命的进展！

中立者——第三种结合，客观上既如上述；主观上，他果真是中立吗？

"中立"，是投机者的投机口吻，站在中立地位上，观看革命与反革命势力的消长——革命势力进展了，便谈几句革命的套语，但又怕见罪于反革命派，恐一旦反革命势力高涨，对他不利，遂致言论上，主张上表现得异常革命，行动上实际上不独不革命，甚至于反革命！反革命势力嚣张了，他便投到反革命的怀里去，但又恐见罪于革命势力，怕的是若革命势力进展，不利于他，遂表面上又不得不向革命势力谈我始终拥护你，我可与你共生死；不过为应付目前政局起见，保障革命的基础和势力起见，在策略上不得不假意地向反革命派表示好感，这就是"中立者"——第三种集合的真实的态度！——"墙头草，顺风倒"！

这种一方面对革命势力是"我拥护你！我服从你！我与你共生死"，另一方面向反革命派则"陈仓暗渡"努力于反革命工作的人，我将称之曰："杨花水性的花姑娘"。

"墙头草，二面倒"恒等于"杨花水性的花姑娘"！

这期告别读者的周刊，由于有了这篇穿透力极强的社论，在政界影响超前，出版后销行了几千份，加上吴振鹏发动骨干组织团员、进步青年带着《红灯》深入基层，到工会、农会、学生团体中宣讲，组织青年阅读，并亲自到车站、学校去推销发行，扩大宣传，以至于轰动南昌和江西各地，使江西革命群众人人皆知有《红灯》。

这使蒋介石、朱培德恼羞成怒，遂于7月公开查封《红灯》杂志，并严查组织阅读和传播《红灯》，因之，多名青年、学生被特务打伤，吴振鹏也不例外，在一次组织宣讲时，突然被冲进来的特务打伤。

面对敌人威逼，住院治疗期间，他对看望他的团员干部说，"即使暂时会停刊，但《红灯》是永远照亮着的。"

早在《红灯》第十四期上，吴振鹏已经将"红灯是永远照亮着的"这句话作为该期卷首语了。

……

《红灯》永远照亮中国，永远照亮着中国革命的前程。它的出刊宗旨就是在黑暗的中国大地燃起红色的火焰，催醒国人，照亮大地，指引革命前程，最后让红灯的光芒永远照亮中国。

《红灯》是预言家，一出刊就预言："中国革命运动到了一个危险的历史时期，中国国民革命势力和帝国主义统治中国的势力决战时期渐渐接近了。"

《红灯》是照妖镜，反击国民党右派的进攻最得力的武器。发表的文章直接指出哪些人是国民党右派，国民党右派过去的历史、社会基础以及最近的活动情况。让国民党右派分子无处遁形！

《红灯》是投枪、是匕首，直捅敌人心窝。国民党右派分子就江西省政府改组进行反扑活动，3月20日，他们在南昌顺化门外大校场召开自称"南昌各界拥护中国国民党示威运动大会"。 会议组织人员怎么用金钱收买一些卖柴卖鱼的群众，收买两边倒的官员情况，都一一被第七期《红灯》全程报道放大，让右派反动分子恨之入骨。

《红灯》是革命理论家，是红色播种机。 第十期明确指出：江西"表面上虽然已经是一个很左的革命政治局面，但是实际上仍是蒋介石的余毒未除，充满着黑暗的反动势力"。 怎么办呢？《红灯》号召江西青年加入马列主义研究会："右派在江西已经打下去了，革命的潮流在江西又重新高涨起来。 革命的情绪充满在青年的心里，封建势力与民主势力已短兵相接，较高的斗争已经揭开第一页。 江西青年需要研究列宁主义。 列宁主义是斗争时一个顶好的工具——比机关枪、山炮坦克还要厉害多了。"

《红灯》是纪念碑，是发动机。 在吴振鹏的组织下，中共江西区委和团江西区委在吴振鹏主编的《红灯》第十一期上联名发表《悼我们死难的同志》，对被军阀和国民党右派杀害的共产党人赵醒侬、陈赞贤、张朝燮等表示深切悼念，号召全体革命战士化悲痛为力量，决心毫不妥协地同反动派进行殊死的斗争。

第七章
举旗，南昌起义

1. 揭露和反击"宁汉合流"

曾延生奉调到南昌，担任江西省总工会组织部长。不久，曾延生以极大的热情，投入南昌"八一"起义的洪流，被分配担任"粮秣管理委员会"委员。

他与一直伴随其左右的兄弟吴振鹏，他们仿佛这辈子有缘分，相互呼应，并肩战斗。

1927年5月20日至29日，在中共努力下，国民党江西省第三次代表大会重新举行。参加会议的有国民党中央特派员、省政府、中共江西区委、共青团区委、省农工学商团体以及各县代表。

中共代表方志敏、曾延生、吴振鹏代表农、工、团全程参加了此次大会并在主席台就座。

当年袁玉冰与方志敏、赵醒侬共同组织"创造社"传播马克思列宁主义、共产主义，影响力较大，被并称为"江西革命三杰"，这让吴振鹏对方志敏多了几份敬仰。会议期间吴振鹏多次与方志敏就相关问题进行探讨交流，彼此也谈到了与袁玉冰相处的美好日子。方志敏老成持重，吴振鹏的坦率直言给对方留下深刻印象。虽然与方志敏相处的日子不长，但在吴振鹏心中那种兄长般的友谊却是天长地久！

会议通过了声讨蒋介石等决议案两百一十三件，选举方志敏等十三人为执行委员。

可是5月27日朱培德查封了南昌共产党之《三民日报》，29日将政治工作人员一百四十二人（共产党）"欢送出境"，勒令军中政治工作人员全体离赣。6月5日朱培德宣布南昌戒严，令共产党人朱德、刘一峰、李松风、方志敏、王枕心等二十二名出境，暂停全省总工会、农民协会活动，收缴农民自卫军枪械，派军警查封工会、农会、学生会，他被武汉国民政府任命为江西特别委员会主席后，在宁汉对立中采取骑墙态度。6月9日中共一度议决要求将朱免职讨伐，旋又否决，12日湖北省总工会（向忠发、刘少奇领导）呈请武汉中央党部镇压江西朱培德驱逐民众团体领袖出境举动，13日武汉政府派陈公博赴江西指导党务，处理朱培德遣送共党分子事宜，朱培德才下令撤退进驻南昌工会、农协的军队，命令恢复在江西的工农运动，请政工人员回江西工作，15日湖北总工会发布打倒朱培德传单。

与此同时，由于汪精卫为首的国民党右派中央政府纵容，九江浔湖警备司令金汉鼎"限一切共产党员在三天内一律出境，否则人身不予保护"，强行"礼送"已公开共产党员身份的国民党九江市党部常委、组织部部长严燕僧，市党部执委、主任秘书王子平，中共九江地委书记袁玉冰、秘书帅鼓侬及组织部主任陈冰等出境。严燕僧等离开浔阳后,张如龙接任国民党市党部常委。

6月上旬,中共江西区委结合当前斗争形势的急剧变化,根据中央政治局会议通过的修改后的新党章规定,将江西区委改为省委,地委改为市委或县委。

首任江西省委书记为罗亦农(6月18日,罗调任湖北省委书记),后汪泽楷为书记。林修杰、罗石冰、曾延生、方志敏、吴振鹏分别为组织部、宣传部部长、工委、农委、青委书记。同时,共青团江西区委改为共青团江西省委,吴振鹏任书记。改过的江西省委和江西团省委分别辖吉安、赣州、九江、景德镇四市委,永修、德安、都昌等八县委,临川、万年、南浔铁路三特支以及南昌、靖安、丰城等十八个直属支部以及与之对应的团的组织体系。

新组织体系和人事任命宣布后,吴振鹏立即会同方志敏、曾延生就九江党团工会领导被"礼送"出境后,九江作为党的工作发展要地以及革命战略重镇如何迅速恢复组织体系进行了讨论,根据他们的意见,由熟悉九江工作的吴振鹏紧急前往九江市秘密会见张如龙,指示和部署建立地下党团组织体系,组织工农运动、后援策应革命武装的行动。

张如龙是吴振鹏信得过的老同事,也是革命阵营中具有斗争经验与果敢精神的革命者。当天晚上,吴振鹏会见了由张如龙组织的几位没有暴露身份的党团骨干并开了一个形势分析和动员会,明确指示党团要在危急关头继续领导社会各界坚持斗争,提示党中央正在酝酿武装起义的信息,鼓动九江党团组织借助中共领导的革命武装并集结九江,准备实行武装起义的有利因素,恢复力量扩大迎战抵抗力,在蒋汪合流、大革命失败的恶劣环境下,坚持使斗争持续保持高涨态势。

在特殊的时期,为了保持正常却又在保密的情况下安全联系,吴振鹏将通邮、通电以及通过组织体系的交通员等几种形式都一一做了规范、精确式的交代。

1927年6月中旬,吴振鹏指示江西学联中党团骨干,推举江西学生总会负责人陈勉哉、九江学联的周召南以及被"礼送"出境的原《红灯》周刊骨干编辑、撰稿人邹努等三位共产主义激进青年为参加全国学联第九次代表大会的代表，让他们在大会上揭露汪精卫反共、分共阴谋，揭露孙科（时为国民党中央青年部长）扼杀学生运动。

谁知去了武汉没有几天就回来的陈勉哉向吴振鹏汇报说，学联九大延期到7月上旬召开，这与汪精卫现在举棋不定有关，说明国共合作还没有到最后决裂的关头。武汉表面上还是平静的，被"礼送"出江西的部分同志在汉口做着"寓公"，正在向国民党中央做着交涉，等待汪精卫的答复。

陈勉哉第二次来武汉情况就比上次明显恶化了。汪精卫已经卸下假面具，反革命的面目完全暴露出来了，武汉的反共气焰开始嚣张。先是送走苏联顾问鲍罗廷，接着宋庆龄、邓演达留下宣言出走。

中华全国学生联合会第九次全国代表大会勉强于1927年7月15日至20日在武汉国民党省党部礼堂及中山大学第一院召开。出席这次会议的学联代表共五十一人，刘荣简任总主席。

学联九大虽然勉强开会，青年部长孙科让人难以置信，按规定必须到会却拒绝到会讲话，竟然仅派了一个秘书胡某代表前来，大会主持人报名时还特意加上胡某是代表孙部长前来大会"指导"的，在全体基本没有掌声的情况下，胡某硬着头皮按照孙的意思将"指导"内容即限制性的条杠发布完。

没等讲完，台下发出一阵抗议的声音，甚至骂他，要他"快滚蛋"。

最终大会是在共青团中央的领导下，在上届常委会和大部分如陈勉哉、邹努等共产主义激进青年组成的会议代表努力下完成的，终于没有理睬胡某的"指导"，而是认真地分析研究当前中国革命形势，号召全国学生青年到农村去，到军队中去，到群众中去，提出维护孙中山的联俄、联共、扶助工农的三大政策，实现三民主义，拥护国民革命东征讨蒋介石。大会通过了《第八届执行委员会关于会务工作报告决议案》等议案和讨伐蒋介石宣言,并最后决定由上海等地学联代表十五人组成第九届执行委员会,上海刘荣简、江西邹努当选为常委,主持领导全国学运。

而与此同时,汪精卫在武汉公开分共,终于撕开了他的革命伪装,制造了血腥的"七一五"反革命政变。

2. 组织后援　全力配合策应起义

宁汉合流已成定局,为了挽救中国革命,中共中央于1927年7月12日进行改组,停止了中央委员会总书记陈独秀右倾机会主义的领导。下旬,决定集合自己掌握和影响的部分国民革命军,并联合以张发奎为总指挥的第二方面军南下广东,会合当地革命力量,实行土地革命,恢复革命根据地,然后举行新的北伐。

李立三、邓中夏、谭平山、恽代英、聂荣臻、叶挺等在九江具体组织这一行动,但发现了张发奎同汪精卫勾结得很紧,并在第二方面军中开始迫害共产党人。随即向中共中央建议,依靠自己掌握和影响的部队,"实行在南昌起义"。据此,中共中央指定周恩来、李立三、恽代英、彭湃等组成中共中央前敌委员会,以周恩来为书记,前往南昌领导这次起义。

7月16日,起义前敌书记周恩来指示在九江成立国民党驻九江办事处,以接应共产党人、被"礼送"又回来的共产党人和国民党左派到南昌继续参加革命工作。从20日起,开始在九江酝酿南昌起义,到达九江的中共领导人和党员干部越来越多。起义的叶、贺主力部队也在九江集结。据不完全统计,五届中央委员四十五名委员和候补委员中有十六人到了九江;十名五届政治局委员、候补委员中有七人到了九江;临时中央常委五人除李维汉,都先后到了九江。

这些数据足以说明,中国共产党人从大革命失败的教训中醒悟过来,已经认识到独立地掌握军队、领导武装斗争的极端重要性。

起义大军集结并向南昌移师,吴振鹏深感革命的风暴终于来临,心中既是欣喜又深感不安，唯恐哪方面做得不到位，唯恐哪方面出错。 青年当然是主力军，作为主力军的一省负责人、团体组织核心，他又庆幸逢上了这一伟大时代，遇上了这一难得机遇，他仿佛一直的等待就是为这一革命风暴的到来。

他发动全省团组织、学联等党团领导下的青年组织，指示全省相关团组织特别是九江区域的团组织，要把一切进步青年、大中学生组织起来，全身心地迎接起义部队，并指示张如龙务必做好部队驻地后勤保障工作。 号召共青团员和革命青年深入码头、铁路、工厂、农村、学校和商店进行广泛宣传活动，通过宣讲、发传单、张贴标语宣传起义的意义，揭露汪蒋合流反共的罪恶。 他会同曾延生组织党团工会联合行动，发动南昌和九江市、南昌交通要塞和交通沿线的工会组织，保障部队移师及战时的后援保障。 一时间，向导队、运输队、筹集粮草、运送弹药、传递情报等组织纷纷建立。

在此期间，中央为加强对战区地方党团组织的强化统一领导，要求地方党团组织高度配合起义行动，中央改组了江西省委并于21日至23日在南昌市松柏巷省立女子师范学校召开了中共江西省第一次代表大会。 参加会议代表六十多人，代表全省六十余县市的党组织和五千一百多名党员。 大会选举产生了中共江西省第一届委员会，汪泽楷为书记，陈潭秋为组织部部长，宛希俨为宣传部部长，曾延生为工委主任，丘倜为农委主任，吴振鹏为青委书记，徐全直为妇委主任。

按照中央的要求，新的省委班子，立即投入到起义行动中去。

因战前事务繁忙，会议提前一天结束，22日当日下午，吴振鹏和曾延生乘车通过南浔铁路到九江，除了考察一下南昌至九江之间百余公里的铁路运行情况，重点考察永修、德安几个大站的相关情况。

曾延生在进入南昌"八一"起义阶段，不但是省委工委主任，也担任起义指挥部"粮秣管理委员会"委员，负责起义中军队吃住行等后勤协调、保障工作。

南昌起义，起义军必须通过铁路至南昌，南昌起义的胜利，铁路立了一大功。

军队都在九江,为什么不在九江起义,反而舍近求远到南昌呢?

当时的地理位置和交通条件是一大原因。 九江是长江的重要港口,交通极为发达,历来是兵家必争之地。 长江沿岸云集着众多国民党军队,如果在九江发动起义,很容易被敌人循江来袭。

与九江相比,南昌的交通条件更为有利。 南昌距离九江约一百三十公里,两地之间的主要交通要道是南浔铁路。 南浔铁路(南昌到九江)是江西一条商办铁路,1907 年开工兴建,1916 年竣工通车,全长一百二十八公里。 根据 1928 年的行车时刻表,全程运行时间为五小时二十七分。

通过南浔铁路,在起义的准备阶段,起义军可以调运部队、运输辎重,方便迅速。 更重要的是,当时南浔铁路在南昌的终点是昌北的牛行车站,与南昌城之间还隔着一道赣江。 起义以后,如果敌人沿铁路来进攻,起义军还可以借赣江的阻隔来组织防守。

起义前便于调兵遣将,起义后利于组织防守,这样的地理条件简直是天造地设。

虽然当时铁路运管在江西省政府反动当局手上,但铁路车务、工务、机务、车辆各段都有中共党团组织,更主要南浔铁路工会直接属于江西省总工会领导,曾延生与吴振鹏可以通过在这些组织中的党团骨干力量,组织和发动大量的工会会员做到起义军用时保障畅通无阻,敌人用时让它受阻和断开。

于是,在 7 月下旬的几天时间里,出现了中国起义史上罕见的一幕:大批起义军队和核心领导离开驻扎地九江,乘坐火车前往南昌,掀开了中国革命史上划时代的一幕。

考察完铁路情况到达九江后,曾延生、吴振鹏会同张如龙带领通过九江当地党团、工会组织的几车慰问品前往贺龙驻地。 这时的贺龙刚刚到达九江,军部就设在原来的市党部塔公祠。 叶、贺部队来到,无疑给九江人民很大的鼓舞。 车过九江市区,如同到了喜庆节日一般，人来车往，熙熙攘攘，街头巷尾不时传来套用"打倒列强"曲谱填写的新歌："蒋逆介石，蒋逆介石，新军阀，新军阀，我们团结起来，我们团结起来，打倒他！打倒他！"处处弥漫着"东征讨蒋"的气氛。为了配合中央"集合我们的武力，依张回粤徐图发展"这一战略行动，中共九江市委加紧宣传工作，擦亮人们的眼睛。他们在贺龙的驻地还遇上了革命家谭平山及安徽朱蕴山等前来谒贺的各省代表。在九江当天，吴振鹏看到了被"礼送"出境现被党组织派遣去兴国县任县委书记的袁玉冰在九江当天《国民新闻》发表的"讨蒋"文章。文章揭露汪精卫彻底背叛孙中山制定的国共合作政策和反帝反封建纲领的假左派、真右派的面目以及"东征讨蒋"的真正用心。

7月23日下午，曾延生与吴振鹏以党团组织、工委、青委负责人名义在九江召开了一个党、团、工、学联席会，部署起义军前期一切准备、配合、策应、后援保障工作，动员青年及学生踊跃报名参军，通过地方党团核心力量组织做好防范并采取必要的措施粉碎一切敌特渗透活动，切实保证起义军领导和机关机要通讯安全。会上吴振鹏指示张如龙牵头负责这一工作。

在此期间，国共双方已经"台后剑拔弩张"，即将"图穷匕见"。

双方力量交织在九江与南昌之间，只不过敌人是明处，中共在暗处，还在后台，还没有公开亮相。但敌人已经觉察到这一点，因此在一触即发时刻，双方在密谋策划中较量，双方的情报特工人员也是天罗地网，相互渗透，你中有我，我中有你。

此时的汪精卫来到庐山，与孙科、朱培德、张发奎密谋，企图诱骗贺龙、叶挺上庐山加以扣押，并命令贺、叶两部集中于德安，以便反动军合围聚歼。这个阴谋被在第四军担任参谋长的叶剑英所察觉，他立即下山秘密地将情报告诉贺、叶二人。

在叶的建议下，立即召开起义行动紧急会议。为不引起敌人注意，保证会议内容绝密，也防范敌工人员渗透，决定化装出行到部队驻防机关以外的九江某群众聚会场所进行，起用熟悉九江相关情况的地方特工人员负责警戒。7月24日,贺龙、叶挺、叶剑英、高语罕、廖乾吾五人化装成游客,在城区甘棠湖中一条小划子(小船)上,以游湖作掩护召开紧急会议,讨论起义的军事行动。

九江古城,秀在一湖。甘棠湖古称景星湖,由庐山泉水注入而成,位于江西省九江市市中心,是江西省九江市市区最引人入胜的景点。后人为感念唐江州刺史李渤德政,改名甘棠。湖周十余里,面积千余亩。

甘棠湖碧波荡漾,朝辉夕阴,匡庐倒影,景色优美。又有烟水亭、思贤桥等名胜古迹相辉映,令人流连忘返,吸引每日游客如云。所以,将会议放在这景点中不会引起敌人的注意,也利于暗中掩护和警戒。

张如龙遵照吴振鹏的指示,组织了三道防线保护会议小船。湖里面是核心区域,有十多名化装成游客的党团骨干分乘四五条小船围绕"会议小船",始终不让任何小船靠近。凡是遇到面目较陌生或者有意要靠近"会议小船"的游船,一律实施碰船、撞船或其他有效方式进行"驱逐",甚至逼迫其靠岸。湖的岸上四周都是化装成民众、游客、黄包车夫的地方特工人员,最外围线环绕湖岸店铺有化装成顾客、食客、来往的人群以及路边摊点炕饼的、修包的、擦鞋的特工人员,他们看到面生或者行动有可疑之人就会密切关注、跟踪,必要的情况下有意制造事端逼迫其离开湖边。在当天的隐秘掩护中也抓获了几名企图进湖打探的敌情报特工人员,没想到在打探过程中被以为是百姓游客故意刁难和骚扰时竟然忍不住亮出了特工身份。"老子有公务在身,再不识相影响老子公务,一枪毙了你⋯⋯"说着特务竟然掏出了枪,当然,路边的"游客"、来往"过客"便会瞬间一拥而上⋯⋯

"小划子"会议召开得很安全、很顺利,会议决定了三件事情:第一,贺、叶不去庐山开会;第二,不执行张发奎将部队集中德安的命令,而开往牛行车站,到南昌去;第三,叶挺的队伍次日开,贺龙的队伍第三天开,贺龙的车皮先让给叶挺。7月25日叶挺率领第二十四师由九江坐火车向南昌开拔，26 日贺龙率领第二十军也乘火车到达南昌，做起义前的准备工作。

"小划子"会议虽然简短，但它识破了汪精卫的阴谋，确定了起义的军事行动，为南昌起义的历史写下了光辉的一页。

25 日回到南昌的吴振鹏主持召开了共青团江西省委第一次代表大会，大会在南昌市小校场省立模范小学礼堂召开。会议从 26 日正式开幕至 31 日闭幕历时七天，出席会议的近八十位代表来自全省近七十个县市团组织领导、骨干人员。大会传达了共青团第四次全国代表大会精神，集中讨论了当前的政治形势和今后团的主要工作方向，选举产生了团省委第一届委员会。吴振鹏当选为书记，王为宪为组织部部长，饶漱石为宣传部部长，欧阳琨为秘书长。

吴振鹏根据党组织的指示和当前斗争形势，在大会工作报告中明确指出了江西共青团近一段时间内的工作方向。他说："当前团的任务是领导工农青年参加争取革命领导权的斗争，反对背叛民族利益的大资产阶级，努力促成工农及小资产阶级的紧密联合，实现民主政权；发展农村土地革命，扩大无产阶级在军队中的影响，夺取军阀武装，建立工农自卫武装；领导青年进行改良生活待遇以及反抗压迫的经济和政治斗争。共青团作为无产阶级青年的革命组织，应当在共产党的指导之下，吸引广大的劳动青年群众，参加革命的斗争，同时在斗争中去养成共产主义者的精神。"他明确指明今后学生活动的主要方针应是："到群众中去，到农村中去！到军队中去！"

就即将爆发的武装起义，他最后挥动手臂，用他那圆润而宏亮的嗓音号召："同志们！目前革命运动已到了极严重的时期，尤其江西率先在全国感知到了这一局势，革命的暴风雨就在明天，我们即将与敌人决一死战！希望一切被压迫青年、江西的全体团员在这场史无前例的武装起义的旗帜之下，高举列宁主义的伟大红旗，为中国革命进行最勇猛的战斗！相信吧，我们的革命战斗一定会把敌人扫射得流水落花，一切革命的敌人即将在我们的勇猛冲锋下战栗发抖、倒下、灭亡！"

他最后带领全部会议代表振臂高呼：

"打倒背叛革命的资产阶级蒋介石、汪精卫及其反动国民党集团！"

"用伟大的列宁主义和中国共产主义思想去拥护苏联社会主义的建设，武装保卫革命！"

"一切被压迫的青年团结起来为本身的利益而奋斗、而革命！"

"共产国际万岁！"

"中国共产党万岁！"

"少年共产国际万岁！"

……

会议期间，吴振鹏讲述了在革命武装起义的前夜，集中全省团员骨干力量于南昌的必要性和重要性。同时对南昌、九江相关区域，特别是南昌市区的各需要的配合点进行了充分的部署，与总工会以及曾延生领导的后援保障组织协调部署。他还以团省委书记和省委青委书记身份，要求省学联发倡议，并与省济难会发起，联合各界成立"江西民众慰问前敌革命将士委员会"，用义卖、演出等方式募集捐款，购买慰问品，慰劳官兵。

最先来到南昌的是朱德，朱德在南昌起义时担任的职务是南昌公安局长、警备（卫戍）司令等。实际上，早在6月，朱德已被江西军阀朱培德以"礼送共产党出境"名义逐出了南昌。7月21日，受中共中央指派，朱德从武汉经九江，乘南浔铁路抵达南昌，为起义做前期准备。

中共江西省委在起义前已经对各条战线上的地下人员做了相关配合部署，吴振鹏、曾延生等领导通过组织指挥对潜伏在国民党南昌公安、税警、城防等武装力量系统里的党团骨干分子进行了组织并下达了指令，要求他们积极配合朱德的领导。

7月26日前后，叶挺率领二十四师、贺龙部二十军共一万多人陆续经南浔线开进南昌，当时敌人获悉大军调动的消息，炸毁了涂家埠山下的大铁桥，导致起义部队辎重车马无法通过。吴振鹏与曾延生通过南浔铁路总工会和党团骨干力量立即组织起了一百多名工人连夜抢修了铁桥，使部队及时抵达南昌。

就在吴振鹏主持召开江西团省委第一届大会期间，7月29日晨，汪精卫偕孙科、张发奎从武汉坐船抵达九江，在上庐山策划反革命政变之前，特意对市党部、政府人员进行集中整训，对市民群众进行亲民讲话，吴振鹏接到张如龙电话报告后，指示张如龙利用可利用的机会在群众面前暴露他真实的反动嘴脸。

当天上午，国民党九江市党部在机关礼堂巧妙地召开了一个名为欢迎实是反汪的群众大会。市党部大门楼上悬挂着的是"热烈欢迎汪主席莅临九江视察"，进门过道上的两条横幅分别写作"热烈欢迎汪主席莅临九江指导革命""九江人民爱戴革命亲民的汪主席"，到了礼堂，礼堂主席台正中两行大字，上行"以实际行动拥戴汪主席的革命路线"，下行"革命的站在左边来，不革命的滚回去"，而会场人员基本都站在左边，右边一半座位基本都是空的。汪精卫从进大门时的兴高采烈到心口渐渐发凉，最后到达会场时已经满脸火气。这是汪精卫所没有想到的，他知道中了共产党人的计策，但到了现场面对民众怎么能转身退场？只好硬着头皮上了主席台，还要装着满脸的笑。哪知半路杀出孙科，他想讨好汪精卫，就责问参加迎接的官员，"这是什么情况？什么意思？"主持接待人员正是共产党员、时任国民党市党部代理常委的张如龙，他一边引导汪精卫等人主席台入座，一边笑着回答孙科问话，同时也是有意让在场的人员听到："革命的站在左边来，不革命的滚回去！这是汪主席自己说过的语录，我们拥戴汪主席就要牢记他的教导，遵循他的革命思想呀！"没等孙科回答，张如龙又转向汪精卫："汪主席此时亲临九江就是要以革命的希望来鼓励民众，谁想反对汪主席的革命指示，就是人民的公敌……"

张如龙在台上致欢迎词时，又沿用了"革命的站在左边来，不革命的滚回去！"这句话，并一边讲一边打着手势。

汪精卫知道这是共党分子以他自己说过的话警告自己悬崖勒马。汪精卫脸上红一阵、白一阵，想退出会场，又感到有失"领袖"身份，真不是滋味。

汪精卫离开市党部后对朱培德下令要关掉九江《国民新闻》报，关闭市党部。

但这显然是来不及了，因为南昌起义的枪声还有两天就要打响。

7月27日，周恩来到达南昌，并于当日在南昌江西大旅社正式成立前敌委员会；同时决定成立武装起义总指挥部和前敌总指挥部，任命贺龙为武装起义总指挥部总指挥，叶挺为前敌总指挥部总指挥，刘伯承为参谋长。

同一天，周恩来主持召开了前委扩大会议，参加会议的有朱德、恽代英、彭湃、叶挺、李立三、聂荣臻、刘伯承等，作为江西省委青委书记、团省委书记，吴振鹏与汪泽楷等江西省委主要领导应邀参加了会议。会议详细讨论了有关起义的各种事项，进行了周密的部署，决定于7月30日举行南昌起义。

汪泽楷、吴振鹏参加这个重要会议之后，立即召开省委扩大会议，邀请各团体负责人参加，成立由省委委员组成的支前委员会和团委、工会、学联等团体负责人组成的支前前敌委员会，汪泽楷任支前委员会总指挥，吴振鹏与曾延生担任副总指挥兼支前前敌委员会总指挥。会议从28日上午一直开到深夜，会上汪泽楷作了关于起义任务和形势的报告，以及江西地方党团组织以及党领导下的各级团体全力配合起义武装行动的动员。吴振鹏在会议上作了关于起义各种可能结局的形势分析报告，布置起义形势发生变化时相关策应、后援应急措施。

7月30日，临时中央常委张国焘受中央委派来到南昌，中共前敌委员会当即召开扩大会议。会上张国焘反对南昌起义计划，遭到周恩来等多数领导人的抵制，原定的起义计划被迫推迟。

与此同时，7月30日，南昌起义前敌委员会派人向中共江西省委介绍起义行动计划，汪泽楷、陈潭秋、宛希俨、吴振鹏、曾延生等省委委员详细听取了行动计划。当日下午，江西省委就武装行动的具体计划召开由团委、工会、青联、学联、妇协等团体组成的支前前敌总指挥部紧急会议，曾延生主持了会议，要求工会、农会、学总、妇联等团体分头动员各界群众密切配合和积极支持起义军，做好联络、后勤保障和宣传工作。吴振鹏就部署的配合行动的相关后援、策应工作做了分工外，着重就起义具体计划专门部署组织学生、工人、农民在指定地点和区域执行巡逻、警戒、放哨、通讯联络等工作，以及对组建的市区工人纠察队和郊区多支农民自卫军相关配合行动计划作了指示和强调。

7月31日，中共前敌委员会于凌晨两次举行会议，经过激烈的辩论后，张国焘被迫表示服从多数人的意见。会议当即决定8月1日凌晨四时举行南昌起义。午后，贺龙以第二方面军代总指挥的名义下达了作战命令。

31日晚上十一点多，电话突然大作，起义提前了。

设在省党部大楼，此时电话、通讯直接连线作战总指挥部的江西省委支前委员会总指挥部，已经几天几夜没有合眼的汪泽楷、吴振鹏根据下达的作战命令，下午紧急召开了支前前敌指挥部会议，对组织有效力量、策应起义的相关要点进行了逐项梳理、调整，对地方党团、工会组织渗透的地方警察、民团保安、税务稽查等地方准武装力量一一掌控，同时组织工人纠察队在作战的相关要道做好配合、策应。

晚间，为瓦解敌军，朱德宴请并软禁了敌第三军的三个团长、副团长等人。由于发现第二方面军第二十军一团副营长赵某突然叛变，前委决定将起义提前两小时，于8月1日凌晨二时举行。

8月1日二时，在周恩来、贺龙、叶挺、朱德、刘伯承的领导下，南昌起义开始。按照中共前委的作战计划，第二十军第一、第二师向旧藩台衙门、大士院街、牛行车站等处守军发起进攻；第十一军第二十四师向松柏巷天主教堂、新营房、百花洲等处守军发起进攻。激战至拂晓，全歼守军三千余人，缴获各种枪五千余支（挺）、子弹七十余万发、大炮数门。当日下午，驻马回岭的第二十五师第七十三团全部、第七十五团三个营和第七十四团机枪连，在聂荣臻、周士第的率领下起义，1927年8月2日到达南昌集中。

这一夜的等待，是吴振鹏一生等待得最长的一夜。

从起义前敌总指挥发出起义战斗的时间后，他就和支前前敌指挥部的所有同志一起守着通向各路配合点的通讯电话。起义开始时，约莫三点，各路电话爆响："支前指挥部，请协助切掉牛行车站反军的电话线，寻找秘密通道一举拿下守军指挥部。"此时牛行车站守军正利用车站钢筋混凝土建筑大楼和建筑群做掩体，疯狂还击。吴振鹏立即通过车站工会会员、党团骨干人员，他们熟悉车站地形和下水道、地道，没过多久就协助军方解决了守军。

"支前前敌指挥部，请协助将藩台衙门（朱培德老巢，省政府）朱军的警卫营引出门来，里面有十多门山炮，是为夜间，如果硬冲进去，敌人在暗处，起义军在明处，他们一开炮就会造成重大伤亡。"吴振鹏听完电话，立即与负责那条线的指挥联系，命令务必配合起义军将敌人引出大门，或者利用熟悉地形以及暗道直接将山炮炸掉。地方组织对省政府大院的情况一目了然，很快就通过暗道带领起义军摸到敌人屁股后，同时通过省政府后院树林密布的有利地形，悄悄翻墙进去，没过多久，只听到一连串的手榴弹爆炸声，山炮被摧毁，敌人死伤一半，一半缴械投降。

这样的电话，这样的来自起义前敌总指挥的命令，一夜之间几乎没有断过。吴振鹏除了深感压力就是重大的责任。他看到大胡子书记汪泽楷，在指挥部里来回踱着步，一会儿抽烟，一会儿捋捋他的长胡。每当电话铃响起，他的眼神一刻也没有离开过吴振鹏的神情、行为动作。

第二天拂晓，吴振鹏即令工人纠察队上街，维护市容买卖秩序。

然后,电告《江西民国日报》社,一是随即刊登起义军胜利的消息;二是按命令以中央委员联名向国民党顽固派发出革命宣言;三是命令组织工会、青年组织,帮助起义军打扫战场,搬运缴获的枪弹。

当吴振鹏走出指挥部大门,抬头看到南昌的早晨,天空是那么地蔚蓝,一夜的焦虑显然被胜利的喜悦冲得无影无踪了。

此时,他与汪泽楷正前往省政府列席中共前委召开的起义胜利报告联席会。

起义成功后,中共前委按照中共中央关于这次起义仍用国民党左派名义号召革命的指示精神,于8月1日上午九时在江西省政府西花厅召开国民党中央委员会及各省区海外党部代表联席会议。到会除国民党中央委员会代表、中央执委各省区代表,南昌起义主要领导、中共江西省委汪泽楷、吴振鹏、曾延生等主要领导作为战区地方领导和协助配合有功单位人员应邀出席了会议。

会议听取了叶挺报告南昌起义的经过后,决议组织"中国国民党革命委员会",推定宋庆龄、邓演达、张发奎、谭平山、张国焘、周恩来、叶挺、李立三、何香凝、彭湃等二十五人为委员。会议经过了《中央委员会及各省区特别市海外各党部代表联席会议宣言》,指出"革命委员会之职责,在继续本党革命之正统";宣布揭露了蒋介石、汪精卫背叛革命的种种罪行,表达了拥护孙中山"三大政策"和继续反对帝国主义、新旧军阀的斗争决心;决定起义军仍沿用国民革命军第二方面军番号,贺龙兼代方面军总指挥,叶挺兼代方面军前敌总指挥,所属第十一军(辖第二十四、第二十五、第十师)叶挺任军长、聂荣臻任党代表,第二十军(辖第一、第二师)贺龙任军长、廖乾吾任党代表,第九军朱德任副军长、朱克靖任党代表,全军共两万余人。

当日下午,江西省委召开党团工学联席会,根据中共前委的指示,部署做好8月2日上午"国民党革命委员会成立、委员宣誓典礼及军民庆祝大会"的会务准备工作。

汪泽楷就总体要求做了说明;常委、组织部长陈潭秋就以江西民众团体名义电请第二方面军总司令张发奎速来南昌主持大计问题做了具体部署；常委、宣传部长宛希俨关于会议准备前的宣传工作的会场布置、标语内容作了指示；吴振鹏就动员青年、青年学生、工人参加庆祝会议作了号召和具体指示；曾延生就会场搭台、布置以及以各界名义组织的一次胜利大欢宴后勤准备工作作了说明。

庆祝大会布置会议开完后，各团体负责人离开会场。

江西省委全体委员继续开会。

会议传达了中共前委根据中央指示对起义部队行动战略作出的决定：如果张发奎不来南昌主持大计，叛变革命，那起义军就不能实行"东征战略"，只能迅速撤离南昌，跳出张发奎、朱培德、唐生智三路夹击，挥师南下，实现中央决定举行南昌起义时已经决定的"规取广东为革命根据地"的方针。"打到广东的计议：1. 工农力量在东江的厚；2. 东江海口便利，可望苏联接济，财政亦丰；3. 可以福建为后方。因此，决定迅速先取东江，充实力量，次取广州。"

根据这一情况，除动员大批青年以及学生、工人参加起义军，已经暴露身份的同志、军队工作需要的同志这次随大军南下，余下的同志立即转入地下工作。

传达这一绝密文件时，大家刚刚被胜利的气氛鼓舞出的飞扬神采突然从脸色中渐渐消褪……这是一严峻的现实问题，中共不愿意发生，民众不愿意发生。但这必须以一变应万变，以准备应对未知的任何可能。

吴振鹏看着会议室中省委班子的似乎开始冷峻的神色，他在想如果张发奎与汪蒋同流合污了，大军注定迅速南下，敌人势必反扑，留下的同志肯定是面临反动派的疯狂绞杀，凶多吉少，但江西省委这个中央设置在江西的领导枢纽、江西省整个党团组织的指挥中心，它不能因大军战略转移也转移他省区。革命就意味着牺牲……吴振鹏眼前闪现无数革命战士迎着敌人的枪弹炮火英勇牺牲，无数革命志士仁人昂首面对敌人的屠刀倒在血泊中的镜头，他的内心充满着对未来的坚决斗争决心和斗之则能胜的顽强信心。这个时候，他的内心已经向党交了一个满意的答卷，因为他已经决定为党、为民众留下了，继续与省委其他同志齐心领导地方武装斗争工作，保证江西党的战斗堡垒永存，哪怕江西布满了敌人的血管，江西省委也要像钉子一样牢牢钉在敌人的心脏上，哪怕江西省委战斗中只剩下他一个人，他都会与江西省委大旗站立在江西革命大地上。

想到这里，吴振鹏悄悄流下眼泪，又悄悄擦去了眼泪，他为自己能在这样的时局面前有这样信念和信心而感动。

下午两点，吴振鹏专门召开了一个团委、青联、学联、工会联席会，主要号召革命青年勇敢地投身革命队伍中去，他重申："当前的任务是号召工农青年参加争取革命领导权的斗争，踊跃参军扩大无产阶级革命军队的力量，希望一切被压迫青年、江西的全体团员在武装起义革命军的旗帜之下，高举列宁主义的伟大红旗，为中国革命进行最勇猛的战斗！只有战斗才能保证、巩固胜利果实，只有战斗才能最终战胜敌人，取得最终的伟大胜利。"最后，他鼓励说："无产阶级青年的革命组织，应当在共产党的指导之下，吸引广大的劳动青年群众，参加革命的斗争，同时在斗争中去养成共产主义者的精神。同志们，同学们，希望你们自觉地成为一名共产主义战士，到群众中去，到农村中去！到军队中去！"

3. 大军撤退南下　誓死坚守地下省委

8月2日，原定上午的庆祝大会，因准备工作和邀请参会人员问题改为下午两点举行。

大会是在南昌市贡院侧（另名皇殿侧）广场（体育场）举行。

由于经过大力宣传与动员，大量学生、工人、郊区农民纷纷赶来参加。会场有两百余团队代表方阵，有工农兵学商方阵，参加人数达五万之多。

会场旌旗蔽日，锣鼓喧天，欢声雷动。

主席台悬挂着"中国国民党革命委员会就职暨'八一'胜利军民庆祝大会"横幅大标语，先是委员宣誓就职，接着开军民联欢庆祝大会。

大会主席团由三十多人组成，分别由国民党执委、起义军、各到会省区党部、参加配合起义的江西省委党团组织、中共党团中央等代表组成。江西省委汪泽楷、吴振鹏、陈勉哉（学联代表）被推举为主席团成员，都按要求穿着不戴帽的军服打着红领带坐在主席台中间排。贺龙任主席团主席。

大会由李立三任主持司仪。

首先是起义军总指挥贺龙讲话。在雷鸣般的掌声中，贺龙笑容满面地与台下群众招手打着招呼走向讲台，他向大会简要讲述了起义的必要性、经过以及伟大意义，号召广大民众认清蒋汪反革命嘴脸和本质，支持革命，将革命进行到底，彻底打垮蒋汪以及一切反动派，彻底铲除一切土豪劣绅，实现耕者有田，劳动享其果，同时建立健全民主自治社会制度。

贺龙的话，惹得台下一阵又一阵的掌声，他看台下拍手，他也跟着拍手，然后双手做着安抚大家手势。

各代表公推韩麟符向革命委员会授印并报告革命委员会成立的意义。

授印后，各委员宣誓就职。

接着由谭平山致答词。

本来谭平山讲完了，会议就结束了，可是当会议议程进行到一半时，前敌委员会与江西省委书记汪泽楷和吴振鹏商量能否组织参军青年代表两百人来现场，选派代表上台讲话或者集体宣誓，以表达革命得到江西人民大众的积极响应和全力支持，也借此表达革命队伍永远后继有人，鼓舞军队士气，增加人民群众革命信心。

吴振鹏立即让台上的陈勉哉去参军登记处带两百精壮青年和学生来。

谭平山正好讲话完了，两百名平时训练有素的青年和学生按二十人一行，排成十纵的方阵，排列在台下右前角。

吴振鹏走下台，给前面几位学生整了整衣领，然后让他们与他一起举起右臂并跟着他一句句地宣誓：

我自愿参加国民革命军第二方面军
自觉遵守"铁军"纪律
继承和发扬"铁军"光荣传统
坚决拥护革命委员会
永不变节，并随时准备为革命牺牲自己的生命
……

现场宣誓的效果果然不出所料，宣誓的声音一停下，在场的军人方阵突然集体站起来，只听到带队的军官大喊了一声："敬礼——"只见几百名军人齐刷刷地向青年学生方阵方向敬了一个长长的军礼。

紧接着会场响起了经久不息的海涛扑岸般的掌声。

会场无疑被感染了，台上台下一时群情振奋，数万名群众振臂高呼：

"打倒帝国主义！"
"打倒一切叛党叛国的反动派！"
"坚决拥护革命委员会！"
"坚决完成国民革命！"
……

气氛庄严而热烈。

吴振鹏示意两百名青年学生席地而坐后，自己走上台去，走到贺龙面前，用庄严神情向贺龙行了一个标准的军礼，然后将已经登记的参军青年工人、学生计上千名人员名单郑重地交到贺龙手上。贺龙显然也被感染了，他面前二十一岁穿着军服、面色刚毅的吴振鹏，就是

九江带队犒劳部队时见过的年轻人,在贺龙内心中这是个不简单的年轻人,他不但是主战区临危授命的江西省委领导成员,也是一省的青年领袖、团的书记,还是团中央委员和中央局成员。

贺龙突然觉得对他肃然起敬,并不只是因为他是中央党团的核心领导成员,更多的是对他的能力、人格、人品的认可和敬重。

贺龙庄严地接过吴振鹏手上的参军名单,突然立正,向吴振鹏回了一个标准的军礼。

"吴书记,感谢你们江西省委对起义做的一切援助,感谢江西父老乡亲们的大力支持。并请转告起义军总指挥部对江西省委各级领导和同志们的问候!"

说这些话的时候,台上的贺龙一直紧握吴振鹏的双手……

与此同时,在江西省委党团组织和工会、妇女会的联动下,省市各界成立了以省委、团委、工会统一领导的"江西民众慰劳前敌革命将士委员会",大力开展劳军运动。在吴振鹏的亲自组织下,单单南昌学联、工会就不到两天内捐献了近两万元巨款给起义部队;南昌市民敲锣打鼓走上街头,抬着鲜肉、鱼鸭、西瓜犒赏自己的部队,缝纫工人日夜为起义军赶制新军服。省团委、省工会分别向青年、学生、工人发出战斗号召:"先进青年、优秀学生、工人们应该立即武装起来,到军队中去,到战场上去!勇敢地冲锋,打倒一切反动派,保卫家园,保卫父母,保卫我们的战斗成果!"

一时间,参军的学生、工人、郊区的农民,来报名的络绎不绝。

2日傍晚,周恩来在汪泽楷、吴振鹏、曾延生的陪同下亲自来到参加报名登记点,接见了参军学生,勉励他们为革命英勇战斗。

英雄的南昌城充满着热血沸腾的革命气氛。

庆祝大会开过后,张发奎不仅没有来南昌,而且与革命背道而驰,加上预料之中的朱培德以及唐生智接受汪精卫给他们下达的"讨伐令",合围南昌。所以这样的情况下,起义军并不能如期实施东征路线,而是决定立即执行挥师南下,跳出"重围"打回广东去,重建革命根据地，候机再次北伐。

鉴于这样的情况，原定组织的"庆祝欢宴"只能取消，改之以军政单位召开紧急撤退部署会议。

当天晚上，江西省委召开了全体委员、各群众团体负责人参加的紧急会议，共同商量"大军撤退"后的各项事宜对其做了部署。会上由省委书记汪泽楷作了"军队迅速撤退，地方组织迅速转入地下工作"的指示，他宣布，起义军南下后，省市党团机关和革命团体必须撤离南昌，大部分人员疏散后回原籍，少数同志留南昌参加省市中共地下组织的秘密工作。南昌工人武装纠察队和近郊农民参加第九军，有的革命团体负责人也随军南下。

青委书记、团委书记吴振鹏作了具体部署的讲话。原则上是除了省委必须留下的和少数需要留下转入地下工作的同志，大部分已经暴露身份的和大多数青年学生骨干则号召他们参加南下起义部队，投身于党领导的武装斗争。

鉴于工委主任曾延生根据上级指示在"八一"起义前担任起义部队粮秣管理委员会委员，这次大军南下考虑到他是江西赣南人，成长在农村，对江西农村情况熟悉，又是江西省委负责工会工作的领导，在江西县城、农村基层有较好的群众基础，一方面能够在随军南下江西沿途较有效地为起义军筹集到粮草；另一方面，也通过他在路途中与地方党团组织联系让江西省委及时知道起义军的走向，更好地组织地方力量对起义军进行策应。所以，曾延生在部署撤退任务时已经被指派到部队。

8月3日上午，大军开始分批撤退，持续了两天时间。

起义部队南下，当时滇军遍布江西。前敌指挥部决定让与滇军上层旧友多的朱德带领刚成立的十九军（实际兵力只有一个营）担任先遣任务，利用旧谊使滇军让路，同时担任先头宣传工作，找寻粮食……

首先出城的是朱德，出兵城门是选择了最北的德胜门。当时南昌七城门在北伐军攻打南昌时,遭到守城的北洋军阀邓如琢、岳思寅焚烧破坏,但德胜门依然轮清廓晰,威武雄姿。德胜门是以一位叫赵德胜的将军命名的,他在抗清斗争中,固守城门,守护南昌城,取得胜利。后但凡有战争,军队出入都从此门进出,喻为"得胜""凯旋"之意。

选择从德胜门出城也附加一层意思,起义军向南,从北门出去需要回转方向折道向南,意为"起义部队一定会打回来"!

南昌起义军撤退的场面几乎属于悲壮的,城里城外绵延几公里夹道欢送的人群默默用泪水与子弟兵挥手告别,没有说出"再见",几乎都喊出:"盼望你们早日回来!"

数不尽的大嫂、大妈追着将煮熟的鸡蛋、炒好的米粉、做好的鞋子塞给行走中的战士;还有父母是来送刚刚参军南下的儿子,他们有的一路拉着儿子的手与部队行进几公里,千般叮咛万重嘱咐。

吴振鹏和汪泽楷等省委一行领导,为了鼓舞斗志,也为了防止被敌情报人员和特务盯上不利于接下来的转入地下工作,都一律穿上军服与群众和警戒的、收容断后的部队一起为出城起义军送行。

几天几夜,吴振鹏在送行的现场眼睛里总是蓄满泪水,但是他强忍着,没让泪水流出来,更不让它掉下地。为何强忍着泪水不让流下呢?他当然更明白,古代战争为出征兵士送别,"以酒壮行,切忌泪别"!

但当贺龙行进的马队出了城门准备拐弯的一个回望,让吴振鹏终于忍不住地泪流满面。

他搞不清这是出于悲壮还是对送行场面的感动,但有一点他自己明白,那就是对这片土地的爱,对死留自己、幸福为他人、甘愿牺牲个人去争取全社会的民主与自由的革命战士依依惜别的爱……

江西省学生总会负责人陈勉哉本来是留下转入地下工作的,但根据可靠情报他的身份已经因为多次带头组织学生活动而暴露,留下工作很可能会被敌人抓捕,吴振鹏将这一情况报告给省委并得到决定:

让陈勉哉带领学生总会几个负责人一起随大军南下。

陈勉哉正式接到团省委通知是大军撤退的第三天,接到通知后他立即和一起南下的同学进行了化装,乘夜间悄悄出城,按指定的路线追赶指定的部队,终于在抚州赶上了起义部队。

就在起义军胜利庆功和准备撤退的期间,8月2日,汪精卫对起义军下了"讨伐令",命令朱培德、张发奎、唐生智调集驻赣东、赣南的军队合围南昌。3日,命令金汉鼎的第九军、驻吉安的王均第三军的驻抚州杨如轩师向南昌进攻。8日,在蒋介石的支持下,广东李济深成立讨共第八路总指挥部,调集军队赴赣南堵截南昌起义军。

与此同时,在汪蒋指令下,受到起义军沉重打击的驻赣滇军与地方反动势力勾结在一起,对共产党员和革命群众进行疯狂报复,九江首当其冲。九江警备司令金汉鼎和后来接替他的第八师师长朱世贵,派出大批军警到工厂、机关、学校大搜捕,封闭市、县党部、总工会、《国民新闻》社和九江书店,解散各革命群众组织。土豪劣绅为国民党刺探情报,带路搜捕,乌云笼罩九江,一片白色恐怖。到8月7日,七十多名共产党员、共青团员和工农学生运动骨干被捕。8月9日清晨,国民党在大校场设立刑场,将其中的彭江(九江市委工人部部长,总工会委员长)、张如龙(中共九江地委代理书记、市党部宣传部部长,市学联主席)、熊好生(中共南浔铁路特支书记,铁路总工会委员长)、吴九思(市委、市党部农民部部长,九江县农民协会委员长)等二十五名共产党员和一名国民党左派集中枪杀,制造了震惊赣省的"八九"惨案。

当汪精卫得知被捕名单中有前几天当着民众羞辱过他的张如龙时,他立即传令将张如龙、彭江、熊好生、吴九思四位九江共产党主要领导人刽首示众,张如龙悲壮死后首身分离,被杀的当天晚上头颅被割下悬挂在浔阳楼城门……

南昌城里郊外也是警笛长鸣,枪声四起,反动军警到处搜捕中共党团组织成员,反动土豪劣绅们也开始猖狂、开始嚣张,他们主动配合军警、特务，为他们刺探情报、送信、带路进行密捕已经转入地下没有做好相关防范的革命者。

国民党不仅在九江、南昌疯狂捕杀共产党员和工农运动骨干，同样对江西各县区农村的革命势力疯狂摧残。德安县"左派"县长严泽清勾结土豪劣绅搜捕共产党员和革命群众，中共德安县委委员杨丕显和共产党员金文涛、陈正田等六十余人被捕杀。武宁国民党右派县长张沃下令关闭城门，包围国民党左派县党部和中共武宁支部书记朱美厚等人住宅，逮捕朱美厚和共产党员方谊修、方白强、李士毅、张建华，以"宣传赤化、图谋不轨"的罪名将朱美厚、李士毅、方谊修杀害。永修胡祖顺、熊林、徐自杰、淦克癸、淦克才、毛锦春等十余名共产党员被捕。其他各县的共产党员和革命团体负责人也遭到通缉，永修县委书记王环心、德安县委书记杨超、都昌县委书记刘越、星子支部成员卢英魂等在通缉之首。国民党江西省政府捉拿杨超的悬赏银洋高达一千元，都昌县被通缉的共产党员共三十三人。共产党员有的躲藏外逃，有的家遭查抄，甚至被毁。

整个8月上旬，江西革命大地笼罩在一片血雨腥风之中。

吴振鹏通过地下内线得知这一情况后，悲痛万分，但作为省委和青年领导人的他不便在省委随行地下工作的同志们面前流露出过多的情感，他明白革命者这时刻更需要坚强，更多的意义是在同志们面前要表达这样的感召——表达革命者需要用加倍的勇敢，化悲痛为力量，奋起还击，加倍用敌人的血来偿还他们对革命者和人民群众欠下的血债！尽管他几夜失眠，一闭眼就是张如龙以及牺牲烈士的身影，睁开眼则泪如雨下。

第八章
秋收暴动，建立江西"苏维埃"

1. 冒险寻找中央　带回"八七"精神

在大批共产党员和革命群众惨遭屠杀，革命处于严重危机的紧要关头，在共产国际的帮助下，1927年8月7日，中共中央在汉口原俄租界三教街41号(今鄱阳街139号)召开中央紧急会议，即八七会议。由于白色恐怖，形势紧迫，会议只开了一天就结束。经过讨论，会议选举出临时中央政治局正式委员九人，包括苏兆征、向忠发、瞿秋白、罗亦农、顾顺章、王荷波、李维汉、彭湃、任弼时。候补委员七人，包括邓中夏、周恩来、毛泽东、彭公达、张太雷、张国焘、李立三。8月9日,临时中央政治局举行了第一次会议,选举瞿秋白、李维汉、苏兆征为中央政治局常委。八七会议是在中国革命的危急关头召开的,虽然会期短暂,主题却坚决纠正和结束以陈独秀为代表的右倾投降主义错误,总结大革命失败的经验教训,正式确定了实行土地革命和武装起义的方针,并把领导农民进行秋收起义作为当前党的最主要任务,决定在农民运动基础较好的湘、鄂、赣、粤四省举行秋收暴动。从而指明了今后革命斗争的方向,中国革命从此开始由大革命失败到土地革命战争兴起的历史性转变。

毛泽东在会议发言时第一次提出:"须知政权是由枪杆子中取得的。"这是一个对中国革命有着极其重要意义的论断,这个论断是从大革命失败的血的教训中取得的,它指出了中国革命的特点,实际上提出了以军事斗争作为党的工作重心的问题。

由于朱培德在南昌、九江和吉安等地对共产党展开了清洗运动,江西省委立即陷入混乱之中,组织系统几乎每天都在遭到破坏,所谓地下机关也常常是处在动荡之中,常常陷入因敌人告密而被敌人追截围堵得七零八落的状态。因此,江西省委并未派代表参加八七会议,对于暴动的决议更是一无所知。直到8月30日,省委才在中央策划进行两湖暴动之际发出《中共江西省委关于武汉国民政府和国民党中央党部公开勾结帝国主义进攻苏区告全省工人、农民、兵士和一般革命民众书》,宣告与国民党江西省政府决裂。

为了得到中央八七会议精神,明确江西省委下一步革命方向,1927年9月初,省委委员、团省委书记吴振鹏主动请求并在省委同意下专程去武汉了解八七会议的暴动指示。可是八七会议后,武汉地区形势已经险峻,中共中央领导机关已经在武汉处于地下状态并于1927年9月下旬开始至10月初陆续由武汉迁回上海。

于是,吴振鹏到了武汉费了好几天的时间,通过党组织的交通人员才让他如愿找到中央临时办事机构隐密地点。吴振鹏又见到了新当选临时中央政治局常委的瞿秋白,认识了李维汉。

吴振鹏首先将中央与起义部队前敌委员会失去联系的一个月中江西"运动"、战斗的相关情况,按相关县区汇总情况一一作了汇报,这个汇报对于中央是兴奋的,也让中央领导对一个月来与起义军失去联系而一直悬着的心瞬间如释重负! 其次,吴振鹏将《中共江西省委秋收暴动计划》报送中央审核,同时将此时的江西党组织发展现状向中央作了详细的汇报。 汇报情况后发表于1928年1月7日的《列宁青年》,全文如下:

吴振鹏:江西党组织的发展与现状

江西是小农经济社会,在北伐军未入赣以前,党的组织不过是一研究式的团体,纯以感情结合多系知识分子。此时南昌、九江、吉安等处均有组织,或为地委或为特支,有同志二百余人,当时只作点学生运动,未到群众中去,所以此时不是斗争的组织。

北伐军到江西后,工农运动起来,党亦开始发展,各学生同志回家,分派到各地工作,但亦只做了些上层工作,当时工作的目标只在发展组织,只注意学生群众,不到工农中去,一直到蒋介石叛变止都只做些上层工作。

比如有许多县,我们同志只去做工会或农协的委员长,但下层没人,表面上似包办,实际上没有一点力量。

此时,负责同志为刘峻山,能力比较弱,不能应付,当时对江西群众不但土地革命的宣传没有,连减租减税的宣传都没有到下层去。

职工运动虽然比较的好,但只是借上层的势力,到下层去发展。当时党的组织,在七月二十日第一次代表大会后同志有五千一百余人,有组织的有五十至六十处,有组织的农民有六七十万,工人有二十余万。

代表大会后接着即为"八一"行动,但当时党的基础既弱,而在行动前又未与党发生关系。结果贺叶军队一走,党的组织完全瓦解。省委与各级关系断绝,工作停顿,此时只是从事建立秘密机关,到二礼拜后,各级机关才渐渐的恢复,各级组织的恢复是在"八七"会议以后。省委对"八七"会议的精神完全接收,但在下级仍是以前的精神,当时中央决定江西暴动,省委认为不可能。

但是,现在江西的群众已渐渐起来了,如万安、赣州、星子、定南等县农民自发的起来,或杀土豪劣绅,或烧毁田契。农民很明显的有土地的要求,但政权的要求比较薄弱一点,而我们的党是尾巴,不但不能鼓动群众起来,而且有时还压抑群众的要求。

省委的常委以五人组织,一工人一农民,三知识分子。省委兼南昌县委派人巡视,及作个别的训练等工作。

江西现有的两市委,即九江,南昌,八县委(中有一临时县委),即万安、吉安、赣州、临川、鄱阳、修水(尚未正式成立)、永修、德安,其余尚有些特支。兹将各地情形,略述于下:

南昌:城市中有学生支部,工人有四支部,农村有七支部,同志人数约在一百至二百,开始组织秘密工会。

九江:有同志二百余人,纱厂有工人支部,工作比较好,但亦不甚强,亦开始有秘密工会的组织。

万安:同志有四百至五百人,万安的群众已起来,农民有土地与政权的要求,唯万安县委组织不好,党操纵于几位所谓老师,有所谓党阀,现在决定将他们开除来改组。

吉安:情形与万安同,同志数量亦为四百至五百,机会主义尚深,唯无所谓党阀,吉安群众不及万安。

赣州:赣州县委最早成立,有同志约二百人,赣州群众很好,自动的起来杀土豪劣绅,唯党部组织太弱,不能领导群众。

临川:工作最近才开始,有三百同志,些地尚有办法,有二大农民区委。

鄱阳:同志有二百至三百人,县委书记林修杰最近被捕,鄱阳群众亦好,对本党比较认识。

修水:工作尚未开始,以前负责同志不好,已决定解散尚未恢复。

永修:有同志二百至三百人,县委书记枪决,以团的书记兼任。

德安:县委书记杨超被枪决,工作停顿,预派人去恢复组织。

江西现有同志的总数约有二千人,但如一清党,恐不能存得半数。

省委常委最近的政治决定认定,此时为阶级斗争最剧烈之时,党目前的责任,是跑到群众前面去,领导群众,加紧土地革命及夺取政权的宣传,尽量的爆发游击战争。

现在各地新县委还有不能脱离机会主义的,一切工作多在书记一人的身上,支部无统计,下层不知所谓反机会主义,"八七"会议的精神至多达到了县委,各级对上级没有报告,农村支部及工人支部,相当的能在群众中起作用。新发展的支部,没有机会主义的色彩。

总之,江西群众已经起来,只要党有力量,暴动是有希望的。党与团的关系,在上层比较好,在下层则有龃龉也。

中共中央鉴于此时正筹划在两湖地区举行两省总暴动,并不同意江西省委总暴动的计划,并于9月5日向省委发出指示信,要求江西省委变更策略,"立即开始各地继续不断的局部零碎的暴动,一直汇合发展为整个暴动"。

9月8日,吴振鹏从武汉回到江西,带回了八七会议精神,以及中央9月5日专门给江西省委的指示信。

2. 策划部署秋暴　指导解放万安

9月11日,中共江西省委按照中央指示信意见,进行改组,汪泽楷为书记兼组织部长,宛希俨为宣传部长,陈潭秋为农委主任,刘士奇为工委主任,吴振鹏为团省委书记。在秋暴计划中,省委接受中央指示信意见,承认"江西农运过去无坚实的基础",发展未能普遍各县,所以"只能部分地零碎地暴动,决不能实现全省总暴动"。

改组后的新省委立即召集江西省委扩大会传达八七会议精神并根据本省实际重新研究制定了《中共江西省委秋收暴动计划》和《江西

全省秋暴煽动大纲》，并以"江西省革命委员会"的名义，制定《江西省革命委员会》行动纲领，为全省举行秋收起义提出统一的纲领。省委在秋暴计划中明确指出："在过去农运略有基础或有会匪的县份，如星子、德安、永修……须进行部分的骚扰捕杀豪绅反动派，抢夺政府或反动派枪支，暗杀官吏及反动的党部或各团体负责人。总之，在这些县份虽不能做夺取县政权的总暴动，但我们必须举行零碎的前赴后继、彼伏此起的暴动。"以后省委又决定全省西以万安、北以星子、东北以鄱阳、东以临川为暴动的中心。

9月中下旬，由宣传部长宛希俨、农委主任陈潭秋、工委主任刘士奇、团省委书记吴振鹏等省委主要领导分别带队前往各县区传达八七会议精神，组织和发动工农青年积极参加武装暴动。

随着党的八七会议精神被迅速部署传达到赣北、赣东北、赣南等地。为策划零星局部的暴动，省委划定了赣北、赣东、赣西、赣东北等六大暴动区域，万安、星子、波阳、临川等县被指定为暴动的中心县份，一方面要求各地按照《秋收暴动煽动大纲》的要求做好煽动和宣传工作，尤其是要搞好社情、民情和敌情调查，另一方面筹集枪支，加紧对农军的军事和政治训练。

9月底，省委又派出曾延生、宛希俨、刘士奇、吴振鹏、曾去非、汪群等领导分赴万安、九江、波阳、临川、赣州等地组织暴动。曾延生从大军南下，一直护送起义军并担任粮草组织工作，直到起义军进入到汕头、潮州遭遇激战被打散，在找不到零散的部队情况下他回头潜入江西找到党组织。10月，曾延生组建赣西特别委员会（"特委"）。在此期间，省委向中共中央表达了领导农民起来暴动、"响应两湖之秋暴"的意愿，并要求各地党组织依照省委的通告、秋暴计划、秋煽大纲"努力一行"。按照省委的部署，各地在1927年8月至11月，举行了近十次规模较大的暴动，主要包括修水暴动、德安暴动、万安暴动、星子暴动、东固暴动、鄱阳珠湖暴动和泰和三十都暴动等。

万安县位于江西省西南部、吉安市东南部，地处赣江上游，扼吉安赣江水陆交通要道。大革命时期，万安党的活动和工农群众运动的基础较好。国民党顽固派背叛革命后，中共万安县委根据上级指示，将县委机关由县城转移到群众基础较好的罗塘一带山区坚持斗争。各地农会、工会、妇女会等群众组织也都转入秘密活动。1927年7月间，省委特派员曾天宇回万安指导工作。8月下旬，县委派人去南昌向省委汇报请示工作，9月中旬，带回了中央八七会议决议和江西省委秋暴计划等文件。随即，中共万安县委在罗塘至善小学召开了全县党代表大会，会上，传达了八七会议精神和省委秋暴计划，研究了执行秋收暴动计划的措施和有关准备工作。

为加强对万安工作的领导，省委先后派遣中共长江局代表余球、省委代表汪群、团省委书记吴季冰（吴振鹏）和赣西特委代表曾延生等重要干部到万安指导工作。10月，县委在罗塘背村召开全县党的活动分子会议，进一步贯彻八七会议精神，统一思想认识。汪群代表江西省委在会上还作了题为《江西政治形势和省委秋收暴动计划》的报告，要求万安在赣西地区首先暴动，夺取县城，建立苏维埃政权。吴振鹏在会议上对八七会议核心意义作了阐述并代表团省委对暴动期间、前后团员青年的组织和指挥做了指导。会议决定巩固已经恢复了的农会等革命群众组织，深入开展土地革命运动，控制全部农村，然后举行暴动，夺取万安县城。同时决定成立直属中共赣西特委领导的万安行动委员会，作为全县暴动的指挥机关，由曾天宇、余球、汪群、曾延生、吴振鹏、张世熙等人组成，曾天宇任书记。由曾天宇、张世熙、肖素民三人组成参谋部，负责策划攻城工作；吴振鹏与曾延生等几人组成政工部，负责暴动行动的政治保障，包括通过党团组织发动青年农民参加暴动队伍，对暴动的队伍的政治教育和相关军事业务培训等工作。

在万安指导期间，吴振鹏真正感受到了一场以农民土地革命为核心的暴动运动正在形成，初具规模。同时，通过全国军阀大混战一发不可收拾的态势，以及近来北平、上海、芜湖和九江等地的暴动、集会示威和兵变的信息分析，他坚信，这是"革命高潮不可避免要到来的象征"。

在万安指导期间，吴振鹏在县委领导的配合下，指导各级党团组织进行暴动的准备和动员工作。为全县党团组织人员、各地群众代表作过政治动员报告上千人次，宣讲土地革命和苏维埃的伟大意义，号召全县人民一致行动起来，打倒土豪劣绅，攻下万安县城，建立苏维埃政权。在发动群众的同时，还发动党团组织骨干积极带领群众筹备枪支弹药，收集社会上的零星枪械，并收缴国名党残敌的长短枪共一百多支，此外还发动群众收集废铁，制造土枪、土炮。积极组织青年军事骨干和习武业务人才，对县委从各区、乡工农武装中选拔的一批英勇善战的战士组成的江西工农革命军五个纵队一万四千余人，进行了集中和分散培训，使纵队中的大炮队、快枪队、鸟枪队、梭标队、马刀队、楼梯队等都得到相应的业务培训。在潞田、沙塘坑等地轮训农军骨干三期，共三百余人，这些都为暴动培养了骨干力量。

1927年11月7日，在党、团组织领导下，全县各区分别举行庆祝俄国十月革命胜利的大会。农军全副武装参加，各区到会人数都在四五千以上。曾天宇、余球、汪群、曾延生、吴振鹏、张世熙等行动委员会领导分工去了各分会场进行了督导和检阅。吴振鹏在罗塘会场做了十月革命的胜利回顾庆祝演说和武装暴动的全面动员，之后，他和张世熙检阅了江西工农革命军第一纵队。这是万安暴动前由行动委员会统一指挥下的一次政治动员大会，也是一次武装大检阅。从这以后，兰田、窑头、潞田、剡溪、茅坪等地的农民，在党的领导下先后举行暴动，捕杀土豪劣绅，烧毁地主的田契、典契、借据和政府的粮册。到12月，农民暴动势力已控制全部农村。至此，万安暴动的准备工作已经完全就绪。

从1927年10月至1928年1月，吴振鹏与省委特派员曾天宇指导并参与了万安农军和革命群众四次攻打万安县城的战斗。

第一次攻城起因是，1927年11月中旬，国民党江西省政府派南昌市公安局长李思愬前往赣州收编赖世璜十四军驻赣残部。那天下午他乘"美洲号"轮船由南昌溯江而上，船上押有军械、服装等物资，经过万安百嘉、罗塘水域时被放哨农军发现并遭到拦江截击。李思愬看到岸上只几个农民手持土枪，就命令轮船在火力的掩护下强行靠岸并命令七八个警察上岸追击几个农民。谁知道农民在田垄上一眨眼闪进了树林不见了。这七八个警察测不准树林中情况，就不敢贸然挺进，只好回转身子准备撤退，谁知刚转身就听到树林枪声大作，再看七八个警察有四个被撂倒了，还有几个不敢恋战连忙狂奔到江边，滚下坡去上船逃走。

"警察轻敌丢了四人，农军机智缴枪四支"，这一度成了万安农军用土枪战胜敌人的美谈，这让李思愬也觉得脸上挂不住。待他收编完毕，他让十四军派一连士兵分乘几艘小火轮船护送他回南昌，11月18日路过万安停靠县城时追究上次丢失军械之事，并派出三十余名士兵到罗塘镇及其至善小学、周围乡村搜查捉人。敌兵见学校内贴满了革命标语，还有共产党、共青团宣言，于是大为惊恐，顾不上搜查捉人，旋即回县城向李思愬汇报，拟第二天回赣州报信让十四军领兵镇压。

此事被在万安指导工作的团省委书记吴季冰（吴振鹏）及曾天宇获悉，认为可乘良机消灭这股反动武装，夺取县城。于是在中塘召开行动委员会紧急会议，作了攻城的周密部署，并通知各路纵队做好攻城准备。11月19日，曾天宇、张世熙、肖素民率领参谋部由河西罗塘悄然渡江到离县城不到十里远的河东万寿亭。吴振鹏、曾延生则指导组织农军按部署分别在罗塘、三元下、九贤地区集结。

当晚，两万五千农军分三路向县城进发，按参谋部的部署，从四面八方逼近敌人，笔直打到县城。

张世熙指挥第一纵队攻打东门，刘兴汉指挥第二纵队攻打北门，刘光万指挥第三纵队主攻西门，警戒芙蓉门。

20日拂晓，吴振鹏、曾延生也来到了曾天宇的总指挥部，只听曾天宇一声令下，顿时号声四起，枪炮齐鸣，硝烟弥漫，杀声震天。步枪队、鸟枪队、松炮队集中火力摧垮城外工事，把敌人逼进城内。大刀队、梭标队、楼梯队奋勇登城。

整个战斗断断续续打了一上午，毙伤敌人一百余人。因敌我双方武器装备相差悬殊，加之缺乏攻城经验，第一次攻城失败。李思愬在重兵护卫下慌忙逃回赣州。一营守城的敌军，连夜紧闭城门，龟缩固守，而农军不断在郊外开展游击活动，使城内的敌人终日胆战心惊，坐卧不宁。月底，由万安逃回赣州的敌军又增加了一连兵力折回万安，加强了城防。

第一次攻城未克，各路农军并没有气馁，在各级党团组织的领导下，加紧操练和制造武器，准备再次攻城。曾天宇、张世熙等参谋部负责人重新制订攻城计划；吴振鹏、曾延生组织军事技术人员对农军相关战术进行评点纠正，并对他们进行军事技术问题的培训与提高。

这期间，江西省委派省委宣传部长宛希俨前来万安召开赣西南紧急会议，改组万安县委，取消行动委员会。从此，万安暴动由县委直接领导。吴振鹏与曾延生、曾天宇等省委派驻的领导仍然作为万安县暴动的指导领导，省委的联络人，他们一直指导并参与了万安县最终攻克县城的几次战斗，参加了江西第一个苏维埃政权——万安苏维埃人民政府成立庆祝大会。

12月8日，国民党第十四军派两个连再次护送李思愬由赣州乘船回南昌，偷偷摸摸地过了万安。万安县委预料这两连国民党军会返回赣州，便通知各路纵队特别是窑头和泰和五区的农军，做好攻城准备。果然不出所料，12月24日，这两连国民党军再次经过万安欲返回赣州，当经过窑头时，被放哨的农军发现。农军随即召集二十五人，荷枪实弹，拦截追击。在追击中，农军一边鸣枪，一边高呼："打匪军！打匪军！"沿途农协会员和暴动队、奋勇队闻声纷纷加入战斗行列。泰和县康纯也率领农军五六百人投入战斗，很快聚集到两三千人，农军猛追五十余里，直扑县城。敌军慌忙入城，闭门死守，农军用土炮、鸟枪攻打，城内敌军猛然扫射，相持半日，农军死伤三十余人，未能取胜。县委发觉后，才前往指挥，但因敌人火力较强，县委为避免无谓牺牲，遂说服农军撤退，并答应一周内再来一次攻打县城。

在第一次攻城未克之后，曾天宇、吴振鹏、曾延生会同万安县委一方面慰劳群众并总结经验教训，另一方面组织广大农军进行更充分的准备，于12月31日半夜，组织群众分三路再次攻城。此次中心武力两千余人，盒子枪八支，快枪五十支，杂枪六十支，土炮三十门，土枪五百支，其余都是刀队。此时，万安城敌军又增加百余人，结果未能按时总攻击，二、三两路先后败退牺牲十余人，第一路与敌军激战七小时之久，毙敌三十余人，后因为弹药缺乏而撤退，牺牲一人，自经此次大战之后，虽未克城但敌军更异常恐慌。

在井冈山根据地的毛泽东，得知万安农军三次攻城未克的消息后，派人送来一封热情鼓励的信，询问是否需要援助。万安县委接到信后，立即召开会议，对毛泽东的来信进行了传达研究，决定由余球代表县委回信，请毛泽东率部攻打遂川县城，以减轻对万安的压力。毛泽东接到万安县委的回信后，于1928年1月5日率部占领了遂川县城，驻扎在遂川城的国民党第三军工兵连仓皇往万安逃窜。曾天宇率农军在横岭背打了一个漂亮的伏击战，残敌狼狈逃进万安县城。万安县委吸取前三次攻城的经验教训，在进行思想动员的基础上，加强了攻城的力量调配，增调良口农军为第四纵队主攻南门。9日，万安农军和农民群众四万余人分四路纵队攻打县城，驻城守敌刘士毅一个团和工兵连慑于井冈山工农革命军和万安农军的威力，慌忙分水陆两路向赣州逃窜。

农军顺利占领万安县城。

3. 悼念英雄　坚定信念

正当吴振鹏在万安指导武装暴动时，他的亲密战友，好兄弟袁玉冰于1927年12月27日在南昌英勇牺牲。

吴振鹏、曾延生、袁玉冰三兄弟那次在南昌滕王阁分手后，不想与袁玉冰真正成了一生的诀别。

袁玉冰和吴振鹏一样，是一位坚定的共产主义信念者，1927年"四一二"反革命政变后，反动军阀朱培德在江西搞"礼送"共产党人出境，袁玉冰首当其冲。在血腥的白色恐怖下，袁玉冰仍临危不惧，转入地下秘密活动。5月16日他写下《蒋介石政府的危机》一文，深刻揭露蒋介石"清党"的实质，痛斥其镇压工农运动和叛变国民革命的种种罪行。不久，袁玉冰被任命为中共九江地委书记，他不惧危险，出生入死，积极组织赣北秋收暴动。11月，袁玉冰调任赣西特委书记，在吉安准备组织暴动。12月13日，袁玉冰化装进入南昌向省委汇报工作时，由于叛徒出卖，不幸被捕。敌人对他威逼利诱，用尽各种酷刑，他始终坚贞不屈，视死如归。12月27日，袁玉冰在南昌下沙窝刑场英勇就义，在他生命行将最后一刻，用最后的力量毅然高喊："打倒国民党反动派！""中国共产党万岁！""中国共产主义青年团万岁！""工农革命成功万岁！"等口号。他用二十八岁的青春，兑现了他二十岁时写下的诺言："矢愿从今坚立志，要为世界主人翁。"用鲜血和生命续写成为一曲感天动地的革命壮歌。

袁玉冰牺牲后，中共中央在上海创办机关刊物《布尔什维克》，发表悼念文章，称颂"他那勇敢的精神、灵敏的思想印到许多同志和工农学生的脑子里，永远不会磨灭。如今他牺牲了，可是他的赤血将从地下喷发，洗干净黑暗陈腐不堪的江西"。

得知袁玉冰牺牲的消息时，吴振鹏正在指导万安暴动并在具体指导组织攻城相关军事训练。

那是小雨飘洒的下午，吴振鹏正在指导组织万安工农革命军攻城训练，训练地点选择在自古就有"千丛野竹连湘浦"之誉的天龙山脚下竹海深处。传说"先有天龙山，后有万安城"，这里隐蔽、安静，便于分散、集合训练。

不知多少天了，他在这茂密的竹林里，本想沉静，将悲痛深埋内心深处，但他站在训练场地的不远处，看到工农革命军的兄弟们，就想起前些日子攻城牺牲的几十名农军战友，更想起刚刚牺牲的好兄弟赣西特委书记袁玉冰！今天，土枪队、土炮队、快枪队、大刀队等骨干都来了，吴振鹏想以此集合的时机给他们做一个战前动员，用英雄战友的牺牲精神激励一下他们的斗志。

他走下山坡，立在雨停后下的雾云中，躲不过的回忆追逐着他，以一种浓如血色的氛围包裹着他的灵魂。那是一个暮云四合的傍晚，风在小竹林萦绕，重现的夕阳如烛辉煌而凄清。

三百多名工农革命军兄弟立在竹海深处一片开阔的草坪上，他们神情沉重而又庄严。

吴振鹏神色悲壮地站在方阵前，首先他向队伍敬了一个礼，然后用凝重的嗓音对大家说："今天，是我们万安工农革命军准备实施第四次攻城前的最后一次训练，为了提高士气，缅怀革命烈士意志，化悲痛为最大极限的力量，我提议在集训临结束的时刻，召开这个简短的革命烈士追悼会……"

吴振鹏先朗读了三次攻城牺牲的三十多名农军兄弟的名字，然后一一追述他们的生平、革命经历以及牺牲时的英雄形象。

紧接着，他介绍了赣西特委书记袁玉冰的英雄事迹，并当场朗读了他为袁玉冰撰写的悼念文章：

悼我们的死者

在1927年12月27日下午三时。江西南昌一阵短促的枪声中,死去了我们的一个勇敢的有力的战士——袁孟冰。

他于12月13日在南昌被捕,27日便被反动的统治者——豪绅资产阶级结束了他对中国工农革命的贡献。

全国遍地的鲜血横流中,又加上了一片血痕！

袁孟冰同志,江西人,二十五岁,于1922年加入共产青年团,1923年加入中国共产党。陈光远统治江西时代,他便组织了马克思主义研究会,做共产主义与工农革命的宣传。被捕入狱,监禁一年半。1924年他进莫斯科东方大学学习。1925年归国,担任 CY 上海地方宣传,江苏区委组织、宣传等工作。北伐军攻克江西后被派回赣,任 CY 江西省委书记,后又担任江西党部工作。最近,在南昌被捕。

现在孟冰同志死了,他那种勇猛镇静的精神,是我们每个战士的模型,临刑时他一路高呼着"中国共产党万岁!""中国共产青年团万岁!""工农革命成功万岁!""打倒国民党!""杀尽一切豪绅地主资产阶级!"等口号。

孟冰死了,未死的我们,没有用眼泪哭泣他的必要。只有我们工作的猛进,才是对他唯一的追悼!我们努力吧!

这篇追悼文章后来发表在共青团中央机关刊《无产青年》1928年第四期。

《无产青年》是土地革命战争时期中国共产主义青年团中央委员会机关刊物。继《中国青年》停刊后于1927年11月7日在上海创刊,周刊,秘密发行。辟有短讯、论文、各地通讯等栏目。宣传中国共产党的政治主张,报道各地大暴动的消息及经过。曾对广州起义的情况做过详细报道(现今能见到的共有五期,由人民出版社1955年影印合订一册出版)。

1927年与1928年新旧之交,是中国革命两大政党团结合作过后彻底分裂的交割期,是中国共产党人在中国革命道路上历经国民党顽固派"清共""分共""排共""屠共"之后彻底清醒、勇敢地打出自己旗帜的里程碑,也是青运先驱,青年革命家吴振鹏主动投身于轰轰烈烈的大革命并接受庄严洗礼的过程!胜利让他的信念更加坚定,失败也让他的思想更加成熟!以致他已经从一个单纯的革命理论家、教育家锻炼成了一名既有思想理论、又有实战经验的革命的思想、政治、军事家。

或许1928年开春江西遍地的农民暴动,令他觉得这是青春勃发而从敌我双方力量悬殊和实战效果看又备感压抑的日子，它却铸造了他百折不挠的探求欲和融于血肉的责任感。无数个日子中，他被这份责任感搞得疲惫而又无以解脱时，他不止一次地回想起安庆的黄昏、上海的早晨、九江的夕阳，以及为杨兆成、袁玉冰等无数革命兄弟戴白花的黑天。他不得不面对青春的选择，这种植入血液的选择不止一次提醒他，有种信念是铸进灵魂的，它无可变更。

4. 庆祝万安解放　对话江西青年

1928年1月11日，在县城东门湖洲上召开了庆祝万安暴动胜利的群众大会。

作为省委委派来指导的领导，吴振鹏以团中央委员、团省委书记的名义在庆祝大会上对江西工农青年运动作了形势分析和总结动员报告。

江西的青年工农

中国革命已到了土地革命的时期。在这一革命时期中各省的工农群众和青年工农，都在中国共产党和共产青年团的指导下起来争斗和暴动了。

江西的工农群众当然不是例外。今将最近数月来，青年工农的革命情形，略述如下：

A. 九江

（1）久兴纱厂的青年工人。当长江新军阀开始混战，朱培德的军队集中在南浔一带时，不能再忍受资本家的压迫和虐待，遂与该厂的成年工人共同举行罢工！提出的条件虽然没有关于青年本身利益的，但是此次罢工还得到相当的胜利，这不能不说是他们努力的结果。（2）11月7日，苏俄革命十周年纪念，久兴纱厂的工人决定要举行罢工一天，以作纪念；但事前消息被反动统治者探悉。遂派一百余驳壳枪队，强迫工人上工，工人迫不得已而入工厂，但尚不愿开工，后因反动武装的极端强迫工人忍痛上工；而青年工人对强迫上工的反抗尤为坚决。（3）江北的农民，于十二月初，自动手杀死土豪劣绅地主等八人，焚毁房屋合租约，参加者大半系青年农民，并且表现非常勇敢。

B. 鄱阳

（1）鄱阳的农民群众。曾自动地召集大会要求共产党和共产青年团的代表去演讲。如此者十数次，对共产党和共产青年团始终热烈诚挚地拥护，为从来所未有！（2）鄱阳鼎新的农民和地主豪绅，因抗租问题引起斗争，屡次以群众力量战胜了多数反动的武装。并自动号召二三千群众进攻县城，因幼稚同志的指导错误，未曾杀死反动的县长。至今仍在继续斗争中，青年农民勇敢参加。

C. 万安

（1）也在苏联革命十周年纪念节那一天，万安各区农协召集各区农民纪念大会。总计人数在一万四千左右，青年农民则多全副武装参加。对共产党和共产青年团代表的演讲，均以高声的欢呼来表示他们的拥护。当时，土地革命苏维埃政权的标语贴得满街满巷！（2）万安农民于11月20日，曾举行进攻县城，农军已与敌人接触，因军事关系，两方均稍有损失而退！后农民决再攻城，反动军队一百余人，闻风而逃，当时农民群众和青年农民，拿着武器上前，那种英勇的精神，大有灭此朝食之慨！（3）万安农军协助泰和农民，与泰和反动势力作战。占据泰和县城，后因反动军队的压迫太重。遂退出。当攻城时，农军子弹已绝，而万安的农民你一包、我一包地向前线上送来。青年农民并作步哨、间谍、传递等工作，给农军以很大的帮助。（4）反动军队趁农军赴泰和的时候，向万安农民大举蹂躏，焚毁农民子弟学校多所，带去农民之耕牛一百三十余头。反动军队去后，农民遂行进攻。自动手戮地主豪绅。毁其租约，分其仓谷，毁其地界，自动分配土地，尤其是南乡的农民，过去均在地主豪绅之手，没有组织和斗争，现在竟也自动地杀戮地主豪绅，分配土地，组织农民协会。青年农民参加者极多，极勇敢！

D. 泰和

泰和农民与县城得而复失之后。不独未因此消沉,反而表现其非取得土地与政权不可的决心！青年农民更摩拳擦掌,跃跃欲试,对于土地与政权的宣传更不遗余力。最近,各村各镇已爆发了广大群众的杀戮地主豪绅等行动。

E. 吉安

吉安农民群众曾会同农军于十一月间进攻县城,青年农民参加者很多。惜未成功,现各村镇中已发动了杀戮地主豪绅、分配土地等行动。

F. 乐平

乐平的矿工曾于去年十一月初自动地组织赤色工会并请共产党和共产青年团去领导他们。现在工会已成立,工人对共产党和共产青年团有绝对的信仰与拥护！青年工人,大多数均已入党。

G. 南昌

(1) 南昌的工会,均已恢复秘密的赤色组织。当泥木工会成立时,该委员长说:"我们的工会只有在共产党和共产青年团领导下,才能解除我们的痛苦！国民党是杀工人的党,我们不但不要它领导,并且要打倒它！"(2) 南昌乡村中某一乡农协开成立会时,江西共产青年团的代表去演说,向他们问:"你们晓得共产青年团是什么？你们怕不怕它？"青年农民立刻答复:"它是领导我们的团,没有它的领导,我们就得不着土地和政权,我们为什么怕它？我们顶欢迎它！"

H. 星子

星子县农民群众,于去年十二月初间,有两千余人(其中青年农民占多数)自动地进攻县城。县长及其他反动派都逃之夭夭,农民毁去租约和钱粮簿子而退。

I. 德安

德安农民于去年十月间,曾与反动的军队作战两次,第一次缴反动武装的枪十余支,第二次因群众的武装薄弱未成。现在还继续不断地在乡村中杀戮地主豪绅,青年农民在田间工作时,经常地携带着刀矛之类的武装。

J. 弋阳

据报载:"农民数千人攻入县城,绅士、地主多被杀,秩序大乱。"

K. 赣州

赣州的工农——尤其是青工青农,都有"共产党和共产青年团来了,我们就好了!"的表现(因为那边党和团的工作才恢复)。

L. 定南

定南农民于去年十二月间曾占领县城。

M. 大庾

据报载:"大庾'共匪''农匪'猖獗,城恐不守!"

N. 临川

临川的农民因新式豪绅地主组织挨户团来巩固政权,要农民出钱、卖力,因之农民大愤,已逐渐爆发斗争。

O. 余干

余干在去年十一月间,曾有农民群众三千余人,围杀地主豪绅数十人。

P. 永修

永修农民最近已在各村各镇开始杀戮豪绅地主等行动。

Q. 宁岗

已被农民占领数次,现虽退出,但农民现仍继续做各种零碎的斗争。

R. 莲花

曾被农民占领,现已退出,而群众的革命情绪,日益高涨,莲花重被群众占领。

S. 修水

十月间曾有数千农民群众,围攻曹姓地主。十二月间,有一万余农民,围攻县城,攻两日不克,死农民领袖一人而退,现正谋更深入的更广大行动。

T. 永兴、安福、遂州

以上三县,农民亦已逐渐发动了抗粮、抗捐、抗租等斗争,农村中已布满了赤色的气象。

  总之,江西全省的工人对于苏维埃政权及工农暴动的意识与要求已逐渐明显了、坚决了。农民群众对土地的要求已经十分坚决,对于政权的要求也逐渐强烈起来。目前各地的工人正在做经济罢工,将来要汇合成政治斗争;各地农民正在发动各种零碎的斗争,准备在工人阶级的领导下完成整个儿的江西的大暴动!因为他们已于12月11日广州暴动中认识了政权的必要——鲜红的旗帜,将由广大工农群众的手中,插遍江西全省。

  此演讲动员报告后来以《江西的青年工农》为题与《悼我们的死者》共同发表在共青团中央机关刊《无产青年》1928年第四期上。

  吴振鹏作为一个青年革命家,在江西经历了迎接和协助北伐军,反对和打击国民党AB团反动阴谋,参加了南昌起义。南昌起义后,在省委领导下走遍江西各地积极传达党的八七会议精神,是江西省委秋收武装暴动计划的共同策划者和具体实施的发起、组织发动的重要成员,是江西武装暴动胜利、建立万安县第一个苏维埃政权的主要指导、指挥者。

  当年《江西工农革命的记录》高度评价万安暴动的胜利和县苏维埃政府的成立:"1928年的开始是江西革命最光荣的一个新纪元。"万安暴动的胜利,是全省苏维埃革命信号。"万安县苏维埃政府"的成立,"不但是万安工农革命胜利的产儿,并且是江西第一个苏维埃,为江西革命开辟了一个新的局面——苏维埃革命的局面"。

  万安暴动的胜利,动摇了万安乃至周边地区国民党的反动统治,狠狠打击了国民党的嚣张气焰,为广大农村开创了武装暴动建立苏维埃政权的成功典范,振奋了民心,唤醒了民意,也为广大周边地区的农民武装暴动提供了可资借鉴的经验与教训,意义深远而重大。

第九章
莫斯科，共产国际心脏

1. 奔赴莫斯科　参加团五大

春回大地，人间四月天，1928年4月，中国共产党和中国共青团迎来了新的里程碑，准备6月和7月在苏联莫斯科先后召开党的六大和团的五大。

年轻的共产党人、青年革命家吴振鹏此时正与4月下旬开始启程的中共六大和团五大代表按指定的线路分批先后前往大会地点——苏联莫斯科。

1927年大革命失败后，中国共产党开始走上了独立领导中国革命的道路。在关于中国社会性质以及革命性质、对象、动力、前途等关系革命成败的重大问题上，迫切需要召开一次党的全国代表大会认真加以解决。同时为迅速对六大精神进行贯彻执行，并根据中共六大所制定的方针和路线，确定共青团的基本任务，争取团结更广大的劳动青年在党的周围，进一步发动青年参加工农革命斗争，帮助中共准备群众起义，推翻国民党政权，建立工农民主政权而斗争，决定在党的六大闭幕后，立即召开团的五大会议。

由于国共决裂，南昌起义后，除了起义军和秋收暴动的各路工农武装队伍继续在前线与敌人实行殊死的搏斗外，国内地方党团组织处于地下工作状态。蒋、汪联手大肆屠杀共产党员，全国陷入一片白色恐怖中，很难找到一个安全的开会地点，处于这样一种险恶的环境，面对如此凶残的刽子手，在中国国内举行党的全国代表大会显然是不适宜的。于是，党中央只好把注意力转向世界革命的中心——红色圣地莫斯科。

最早提出召开中共六大是在1927年的八七会议上。但当时的领导人对大会地点颇费了一番心思，有的说在上海举行，有的讲到广州召开，没有形成统一的意见。三个月后，中央11月政治局扩大会议正式作出《关于第六次全党代表大会之决议》，决定大会于1928年3月初至3月中旬召开。这次会议仍然没有把大会地点确定下来。只是有人建议在香港或澳门召开，但没有被与会者所采纳。快到预定的1928年3月了，时间已非常紧迫。在这样的情况下，中央领导几经权衡，最终确定6月在莫斯科举行中共六大。并及时向远在莫斯科的共产国际总部发出了请示电。

共产国际充分考虑了中国共产党和中国国内的实际情况，基本同意中共政治局的意见。恰在这时，共产国际也要在莫斯科召开共产国际六大、少共国际五大和赤色职工国际五大等一系列重要会议。中共作为共产国际的一个支部，这些会议都是要参加的。于是共产国际最后正式回电中共中央，同意中共六大（团五大）移到莫斯科召开，要求当时中共领导人瞿秋白、周恩来等提前来莫斯科做会议的各项准备工作。同时还点名要前中共中央总书记陈独秀出席会议，可惜，陈独秀没有珍惜这个机会，拒绝参加党的六大。

1928年4月下旬至5月上旬，各省出席党的六大和团五大的代表冒着生命危险，先后到达上海。由于国内形势严峻，通讯困难，交通险恶，又是第一次在国外召开会议，路途遥远，无力对赴会线路接站、联络、保卫做长期的安排，加上党团全国代表大会前后无缝衔接，因此，党中央要求参加党和团的大会代表基本是同时启程，一起前往。中共中央将代表们编成若干小组，或乘苏联商船到海参崴，然后从那里过境，改乘火车赴莫斯科；或乘船去大连，在大连转乘火车到哈尔滨，再从哈尔滨北上满洲里，从那里偷越国境进入苏联，然后再乘火车赴莫斯科。因为苏联商船较少，多数代表都是走上海大连哈尔滨满洲里的路线。走这条路线危险重重，经常会遇到国民党军警特务和日本警察暗探的跟踪盘查，应对不力即有被捕的危险。

吴振鹏是若干小组的一组，这一组是指定乘船去大连，走哈尔滨、满洲里出境线路。

从上海登船，大家都装着是去北方做生意的商人，彼此即使认识也装着不认识，不闲谈，不张望，不乱窜。每到下一转换交通点都有指定的方式、时间、接头人指引。

两天两夜的海上航行，吴振鹏的心仿佛随着海浪在不停地起伏，让他的内心既有对党的命运和国家未来的美好憧憬，又有对现实形势残酷的忧郁。当白天的海轮破浪在一碧万顷的海上，他的眼前一片春天的生机，他顺着思绪欣喜地想象着这次党团大会以后，党的命运将会出现何种好的转机？当夜色降临，无边黑暗包裹着浪涛声一次一次地将他拉向身后依然醒目的江西战场，噼啪轰然作响的枪炮声追寻着他，一个个牺牲的战友的目光追寻着他，无数人民群众殷切期望的眼神也在追寻着他……

他在沉思，当1927年春夏之交到来之时，是中国现代历史开始进入最黑暗的日子。先是4月12日,蒋介石在上海发动反革命政变,大肆搜捕和屠杀共产党员与革命群众;紧接着,4月15日,广州的国民党右派做出策应,捕杀了包括著名共产党员萧楚女、熊雄在内的共产党员和工人积极分子两千多人;然后,5月13日,夏斗寅在湖北宜昌叛变;后来,5月21日许克祥在长沙发动"马日事变",屠杀工农群众;再后来,7月15日,汪精卫在武汉召开分共会议,正式宣布与共产党决裂,并提出"宁可枉杀千人,不可使一人漏网"的口号,血腥屠杀共产党员。全国其他一些地方,在国民党右派把持和操纵下,相继以残忍的手段进行"清党"。一时间,黑云压城,血流成河。

在此期间,遭杀害的共产党员和革命群众达三十一万多人,全国笼罩在白色恐怖之中。

就在他前往上海集中报到前夕,他的亲密战友、革命好兄长曾延生和大嫂蒋竞英被捕英勇牺牲。3月25日,当他接到通知并想将这一喜讯告诉兄长时,不幸得知23日敌人突然包围中共赣南特委机关所在地,曾延生和夫人蒋竞英等十三人不幸被捕。曾延生夫妇被捕后,被押解到赣州警备司令部,在残酷的刑讯下,他们毫不屈服;在软化腐蚀面前,他们毫不动摇。敌人无计可施,终于下了毒手。1928年4月4日,曾延生偕同蒋竞英视死如归,来到刑场,昂首高呼:"打倒帝国主义!""打倒国民党反动派!""中国共产党万岁!"从容就义。

海轮在黑色茫茫的大海上探索着向前航行,每次波浪冲击船舷被击碎的声响,都重重地撞击着吴振鹏紧绷着的神经,他仿佛听到了兄长曾延生临牺牲前的昂首高呼,他听到了传递在无际的海面上呼啸的声音,让他感觉到加大马力的引擎声正在将海轮奋力推出漩涡、迎战浪涛,他看到了海平面上亮起了又一个崭新的黎明。

经陆路的代表为了避开特务跟踪,在大连下船后转乘火车到哈尔滨后再兵分两路,一路去绥芬河过境,另一路由满洲里出境。党的领导机关在哈尔滨设立了接待站,接送过往代表。吴振鹏和代表们离开哈尔滨时,按规定每人领了一根折断的火柴棍作为与苏联人接头用。

到满洲里下车后,由苏联人驾驭标有"67"和"69"号码的两种牌号的马车负责接送出境。 按照接头的引导,排好队按次序一一交上火柴棍,不必说话就可以上车。 然后在苏联境内换乘苏联的火车,花整整七天七夜完成世界上最长的"海参崴—莫斯科"铁路旅程,虽然旅途长而劳累,但对于吴振鹏来说却是一个全新的感觉,因为这已是共产国际总部身边,已经靠近共产党发动机的心脏,从他们上火车时全副武装的苏军警戒和列车上苏军一级保驾,感知到一种力量,一种不经过长期残酷斗争、生死考验过来的人不能体会到的"后力"和"荣耀",这种感觉伴随着他们跨越了茫茫的西伯利亚冻土带、水晶般剔透的贝加尔湖,穿越了乌拉尔山脉和西伯利亚针叶林、草原、森林、沼泽、沙漠……

因为共产国际要求代表们4月启程,大部分代表都在4月底前到达了莫斯科。 瞿秋白、周恩来等人也早在4月底前就已经到莫斯科筹备会议。

根据共产国际、少共国际以及党中央的安排,对这次提前到达的党和团代表,特别是团的代表,来自战斗一线党团领导骨干,除了少数要参与筹备会议,其他集中安排到莫斯科中山大学特训班(短训班)进行千载难逢的"集中特训"。

2. 美丽的校园 浪漫的邂逅

莫斯科中山大学,是由苏联出资创办的中国学校,该校曾培养出王明、博古、张闻天、邓小平和蒋经国等一些两大政党的重要人物。 莫斯科中山大学俄文全称"中国劳动者孙逸仙大学",是联共(布)中央在孙中山去世后为纪念他而开办的,目的是为中国培养革命人才。

1924年1月,在广州召开的国民党一大上,孙中山提出了"联俄、联共、扶助农工"三大政策。 不久,他给派往苏联考察的蒋介石手札中写道:"我党今后之革命,非以俄为师,断无成就。"在苏联的援助下,孙中山对国民党进行了改造,吸纳了大量共产党人,彻底改变了他屡战屡败的历史,并很快地在广州站稳脚跟。 正是中国民主革命需要他的时候,这位伟大的民主革命先驱却于1925年3月在北京不幸与世长辞。 这位伟人在去世前一刻仍念念不忘苏联,在他的遗言中留下中俄关系的伏笔:"你们是自由的共和国大联合的首领,我遗下的是国民党,我希望国民党在完成其由帝国主义制度解放中国及其被侵略之历史的工作中,与你们合力共作。"

孙中山逝世,苏联在中国失去了一位最亲密的朋友,苏共领导集团很快作出决策,对中国革命投入更大的资本,除枪炮支援,另创办一所学校,以孙中山的旗帜,招徕大批中国先进青年。 其目的在于用马克思主义理论培养中国共产主义群众运动的干部,培养中国革命的布尔什维克干部,并成为今后中苏关系的纽带,莫斯科中山大学就是在这种情况下应运而生的。

当时,苏联驻广州国民政府总顾问鲍罗廷被称为广州国民政府的"保姆"。 国民党中央的许多重大决策都要经过他,莫斯科中大在中国的招生就是他一手操办的。

1925年10月,鲍罗廷在国民党中央政治会议第六十六次会议上正式宣布在莫斯科建立孙中山劳动大学,帮助中国国民革命培养干部,建议国民党选派学生去莫斯科中大学习,这个提议很快获得一致通过,并成立了由谭延闿、古应芬、汪精卫组成的招生委员会。

此时的苏联,国内战争和帝国主义武装干涉的创伤尚未完全恢复,各项经济建设还没有走向正轨,但年轻的苏维埃共和国为莫斯科中山大学却花费了大量的人力、财力。 据苏联档案记载:莫斯科中山大学预算为一千多万卢布,还动用了当时十分紧缺的外汇供学生回国探亲用,苏联政府尽一切努力来保证学校的教学需要和学生生活。 中国学生享有优于苏联教师的待遇,学校给学生发西服、大衣、皮鞋、冬装,寒暑假还组织学生进行夏令营或参观旅游。

莫斯科中大学制两年,中国学生来到这里的重要任务是学习。 学生首先要学习俄语。 第一学年,俄语学习时间特别长,每天为四课时。其他课程为：政治经济学、历史、现代世界观、俄国革命理论与实践、民族与殖民地问题。第二学年的课程为中国革命运动史、世界通史、马克思主义哲学、列宁主义原理、经济地理等。中山大学还有一门重要课程就是军事训练，该课程每周一天，主要内容为步兵操典、射击、武器维修等。

莫斯科中山大学除了两年制第一年预科班、第二年普通班学习专业，还开设特别班及短训班。特别班是为一些表现突出、入校学习时已经在党内担任职务，或具有较长工作经历和丰富经验的革命者而开设的，目的是针对他们的特点进行教学，使之能在理论和实践上都达到更高的水平。中共延安"五老"中的林伯渠、吴玉章、徐特立、董必武都曾在特别班学习；邓小平、傅钟、谷正纲、萧赞育等人也曾在当时国共两党党员人才最集中的特别班第七班学习。短训班是对特别选派的学员进行短期强化培训的班级，一般以工运实践理论、军事知识和训练为主，培训时间一般几个月或半年，目的是使这些学员能在短期内学有所成，尽快返回中国从事党政军工作。

中山大学基本单位为小组，1926年初三百四十多人，编成十一个小组。到了1927年初，学生达六百余人。由于学生水平参差不齐，学校为文化程度差的学生设了预科班，进行初级教育。对俄语程度高的学生设有翻译速成班，张闻天、杨尚昆便是速成班的学生。

吴振鹏来到中山大学觉得来到了一个全新的世界，距莫斯科克里姆林宫这座誉为"共产国际的心脏"西南方向步行只十多分钟就能到达沃尔洪卡街16号中山大学校园。这里原来是一所古老的中学——莫斯科省立第一文科中学的所在地，后来成为中山大学的校园。

这里的一切对于吴振鹏都是充满着朝气，首先映入眼帘的是沃尔洪卡大街16号欧式艺术品门楼，穿过大门两边的边门进入校园里就会看到一座三层楼的中型别墅，这座古建筑是十月革命前一个俄国贵族的官邸，屋顶浮雕华美，室内吊灯堂皇，每一间房屋都高大敞亮，一个大厅已改成礼堂，整座宅院已改成具有一定规模的学校。院子里还有花园、篮球场、排球场、溜冰场。

中山大学是他 1925 年被党组织选送上海大学学习时就神往的大学。 不想时势告急，不但不能想象中山大学的可能，就连准备入学的上海大学也因为帝国主义列强的霸道以及军阀政府的无能，导致学校被封都没法正常就读。 也正由于这样的时势，造就了吴振鹏过早地进入"革命前沿阵地"，过早地进入了革命运动的"淬火""锻打"过程，过早地在"冲锋"中掌握了"运动战""防御战""阻击战"斗争艺术。当他在半工半读中将上海大学的基本课程通读了一遍并基本掌握后，实际上他在将理论与实践结合运用了一遍，检验了一遍，又对自己掌握的理论丰富了一遍。 因此，他庆幸自己有这样的机遇，庆幸党和人民对他的信任和爱惜！

今天，当他从血与火的江西战场来到共产国际的心脏，除了深感自豪与幸福，更多的是一种强大的使命感在他内心深处升华。

在短训班期间，他认识了张闻天，第二次遇到杨尚昆，与 1926 年在上海大学边读书边在杨树浦纱厂女工夜校任教师，教女工识字、讲解革命道理、教唱革命歌曲，深受女工们喜爱和欢迎的廖苏华海外重逢。 更重要的是通过在中山大学已经就读二年级的廖苏华认识了同她一起就读上海大学，又一起被党组织选送莫斯科中山大学学习的同乡学妹王履冰。

王履冰，十九岁，重庆人，中等身材，身高约一米六四，呈椭圆瓜子脸型，五官端正，气质优雅，朴素大方，喜欢穿着学校配发的"苏式"学生装。

在那个革命时代，短短时间内王履冰除了留给吴振鹏仅存的印象，还让他知道她有一个好听的苏联名字叫：阿列克山德罗娃。

吴振鹏知道，这是学校考虑到中国学生回国以后的安全，到莫斯科中山大学学习的每位中国学生都取了个苏联名字。 例如邓小平叫多佐洛夫，乌兰夫叫拉谢维奇，叶剑英叫尤霍洛夫。 一些留学生回国后由于用俄文名字的一部分做笔名，最后一度俄文名反而比自己的本名还广为人知,比如秦邦宪被称为博古(波戈列洛夫)、张闻天被称为洛甫(伊兹梅洛夫),等等。

这不仅是吴振鹏革命生涯中唯一一次与共产国际的邂逅,也是他平生第一次在国外情感的邂逅。

5月的莫斯科,春暖花开,五彩缤纷。那雪白柔美的苹果花,东一团西一簇,那五颜六色的花香和着阳光,散布在大街小巷。吴振鹏、廖苏华、王履冰他们青春的身影透过车窗、透过花香、透过阳光留给了克里姆林宫的清晨、红场的星空、莫斯科郊外的晚上、普希金广场小雨绵绵的诗意……

在莫斯科中山大学短训班的感觉,虽然情感上是暖暖的,有些花香微醺的感觉;但吴振鹏时刻没有忘记来莫斯科的使命,没有忘记那开遍了原野上的鲜花,掩盖着志士的鲜血,为了挽救这垂危的民族,他们在国内各条战线正顽强地抗战不歇!

1928年6月16日,吴振鹏接到通知,他和参加团五次全国代表大会的四十六名代表于18日上午列席第六次党代会开幕式。会址位于莫斯科近郊兹维尼罗德镇,是一栋三层小楼的银色别墅。

3. 党的六大　团的五大

1928年6月18日上午九时,中国共产党第六次全国代表大会在雄壮的《国际歌》中开幕。出席大会的代表共一百四十二人,其中有表决权的正式代表为八十四人。瞿秋白代表第五届中央委员会作《中国革命与共产党》的政治报告,周恩来作了组织报告和军事报告,李立三作农民问题报告,向忠发作了职工运动报告,共产国际代表布哈林作了《中国革命与中国共产党的任务》的报告。大会通过了关于政治、军事、组织、苏维埃政权、农民、土地、职工、宣传、民族、妇女、青年团等问题的决议,以及经过修改的《中国共产党党章》。

中共六大就中国革命的性质、动力、前途、形势和策略进行了广泛而深入的讨论。代表们认识到中国革命现阶段的性质仍是资产阶级民主革命；革命的中心任务是驱逐帝国主义，实行土地革命，建立苏维埃政权。 大会尖锐地指出，目前最危险的倾向是盲动主义和命令主义。 全体代表在事关革命重大问题上基本达成了共识。 会议制定并通过了《政治决议案》《农民问题决议案》《职工运动决议案》《中国共产党组织决议案》《军事工作决议案》等十余个重要文件。 大会也初步批判了右倾机会主义和"左"倾盲动主义的错误。

六大选举产生了新的中央委员会：中央委员二十三人，候补中央委员十三人。 随后召开的六届一中全会选举苏兆征、项英、周恩来、向忠发、瞿秋白、蔡和森、张国焘为中央政治局委员，关向应、李立三、罗登贤、彭湃、杨殷、卢福坦、徐锡根为政治局候补委员；选举苏兆征、向忠发、项英、周恩来、蔡和森为中央政治局常委委员，李立三、杨殷、徐锡根为常委会候补委员。 六届中央政治局第一次会议选举向忠发为中央政治局主席兼中央政治局常委会主席，周恩来为中央政治局常委会秘书长。

大会期间，吴振鹏与关向应两个久别重逢的兄弟，紧紧拥抱在会场外的小木桥上，吴振鹏祝贺兄长光荣当选为新一届中央委员、政治局候补委员。 然后，他们谈到了彼此一年来的工作，当谈到袁玉冰和曾延生的牺牲情况时，吴振鹏泪如雨下，关向应则是泣不成声！

党代会 11 日闭幕后的第二天，即 1928 年 7 月 12 日上午，共青团第五次全国代表大会在党代会同一会址开幕，这次大会是继 7 月 11 日中国共产党在莫斯科召开的第六次全国代表大会后，总结大革命失败后的共青团工作，贯彻中共六大精神的会议。 到会代表四十六人，代表着全国七万五千名团员。 大会总结了共青团四大以来的工作经验和教训，充分肯定了共青团在白色恐怖下坚持斗争的革命作用，并根据中共六大所制定的方针和路线，确定共青团的基本任务是争取更广大的劳动青年团结在党的周围，为进一步发动青年参加工农革命斗争，帮助中共准备群众起义，推翻国民党政权，建立工农民主政权而斗争。 要求共青团必须在政治斗争中，应更坚决更实际地深入广大青年工农群众中去，努力发动他们为争取本身利益而斗争；切实实行团的工作青年化的方针，提高团员的政治认识，巩固和扩大团的群众基础，努力实施对广大工农群众的政治宣传与教育，迎接新的革命高潮。大会通过了《政治任务决议案》《组织问题决议案》《教育宣传工作决议案》以及经济斗争与工会工作、农村青年工作、军事工作、儿童运动等决议案，并重新修正了中国共产主义青年团章程。大会最后选出了新的团中央执行委员会，关向应、李求实、华少锋（华岗）、吴振鹏、李子芬、顾作霖为中央委员，关向应任书记。这次大会是共青团工作方针转变的一次大会，它对于土地革命战争时期中国青年运动的发展有着十分重要的意义。

在"两会"期间，列席党代会、新当选团中央委员的吴振鹏又多次遇到王履冰、廖苏华两人。原来根据斯大林的意见，共产国际、少共国际决定：中共六大、共青团五大在莫斯科举行，并从中山大学抽调了部分俄语功底好的学生担任大会筹备组工作，如李培芝（王若飞夫人）、孟庆树（王明妻子）、杜作祥（陈昌浩妻子）、瞿景白（瞿秋白弟弟）、秦曼云等人都参加了大会筹备组材料翻译工作。大会材料都是中山大学教授依据共产国际、少共国际和斯大林的指示拟写的，几位中大学生万万没有想到，他们翻译的材料都是中共六大的决议和文件，他们比中共六大领导层核心人物向忠发、周恩来、李立三等人还先看到六大文件。

王履冰、廖苏华几乎全程看到了吴振鹏列席党代会开、闭幕式，参加团代会并被光荣选举为团五届中央委员的情况。

吴振鹏的形象在王履冰的内心激起了有一种革命情感的崇拜，两人内心的距离又靠近了一步。会议期间，会议院落的许多场景留下了他们合拍的身影。那进入会场的两座一人高近似白色的门垛、一片幽静的院落、高大的乔树、低矮的灌木、各色花草间都串联起了他们的欢声笑语；那不远处的小木桥，以及通过木桥向里伸向密林深处的林间小路，都让王履冰和吴振鹏并肩散步时的美妙歌声编织成了一幅美丽画卷。

从此，吴振鹏对王履冰有了更进一步的了解。小他四岁的王履冰来自重庆的一个书香家庭，与廖苏华以及杨尚昆夫人李伯钊同为重庆第二女师的同学。她生长在一个典型的进步知识分子的家庭，父亲极度爱书，家里藏书之多令人惊叹，母亲也是出身名门，是一名典型的大家闺秀，在父母的期望和进步思想的教导下，王履冰从小便有着不同于一般孩子的童年，从小在各类书籍以及进步思想中遨游的她，的确是明白了一般女性所不知道的进步思想。还在读小学之时便加入了中国共青团，并与廖苏华她们一起参加 1925 年 5 月上海五卅惨案后援会。她和廖苏华、李伯钊等多名同学带领二女师范同学组成小分队，走上大街小巷，开展反帝反封建的宣传和募捐活动。她们的进步行动使当权者十分惊恐，遂以"严格教育"为由，限制学生的行动自由，禁止学生上街游行和募捐，并无理撤换二女师范校长蒙裁成，安派腐朽反动的黄尚毅为校长，迫害进步教师和学生。在共青团重庆地委领导下，她和廖苏华、李伯钊、郎明钦等二女师范学生坚持罢课斗争，上街游行宣传，并冲入校长办公室，用童子军棍将黄尚毅赶出校门，强烈要求当局撤换反动校长，掀起声势浩大的"驱黄"运动。黄尚毅紧急向四川省长并兼任教育厅长赖心辉求救，由军阀王方州、王陵基出面干预，将廖苏华、王履冰等六名二女师范学生开除。"驱黄"运动和开除二女师范学生事件，激起重庆乃至全川各界的强烈反响，反帝反封建的烈火越烧越旺。迫于燎原之势的革命烈火和社会舆论的压力，黄尚毅不得不宣布辞职，"驱黄"运动取得重大胜利。之后，她和廖苏华进入中国共产党创办的上海大学社会系学习。1927 年 1 月，经党中央批准，她和廖苏华前往苏联莫斯科中山大学学习。

4. 受命作战斗一线报告　中大学生倍受鼓舞

党的六大和团的五大之后，新当选的中共中央政治局常委会主席向忠发等领导人根据中大学生的要求，到中大演讲并回答学生的提问。同时邀请一些革命斗争第一线的党团领导来中大作形势报告。

吴振鹏作为来自江西战斗一线的代表被邀请为中大学生作了一次题为《目前苏维埃区域中青年的任务和工作》的精彩形势报告,报告叙述了江西武装起义与秋收暴动现状和精神,结合党的六大、团的五大会议精神,全面阐述了全国第一个以及正在巩固发展的若干个苏维埃区域中青年的任务和工作。

眼见着中国统治阶级正在不断地剧烈地崩溃,全国革命斗争平衡地飞速向前奔腾,眼见着许许多多区域中国民党的统治已经和青天白日旗同被革命群众葬到地狱中去了。苏维埃政权(工农民主独裁制)正随着红旗的飘扬在各地朝花怒放似的建立和发展起来,看呵,赤帜将遍布古老的中国了。

目前全国革命青年群众正处在热烈的残酷的"拥护苏维埃""建立苏维埃""发展苏维埃"的英勇的呼声和血战的火光中!

全国苏维埃代表大会的赤旗又正在我们面前招展,昭示我们"前进",为"全国苏维埃政权之建立而战"!

于是,"怎样为巩固和发展苏维埃政权而战""青年在目前的苏维埃区域中要做些什么""怎样才能真正获得青年的彻底解放"已成为普遍全国的青年群众和共产青年团团员一致的迫切的需要解答的问题了。

首先要求解答的先决问题就是目前苏维埃区域中的共产青年团及广大的青年群众所负担的特殊任务是什么?

统治阶级日趋崩溃,全国革命斗争平衡地向前发展,而走向直接革命形势。一省几省政权之首先胜利,成为目前实际任务之配合的革命形势。"深入土地革命""发展苏维埃区域"成为目前中国党的中心策略之一——实现一省数省政权之首先胜利,推进直接革命形势更快到来的实际斗争的中心策略之一。

目前绝不是保守与调和的时候了。保守和调和,只有走向灭亡。

毫无异议的,青年团及青年群众在目前苏维埃区域之特殊任务便是:"怎样以坚强的有组织的广大青年群众的革命力量,推进和执行土地革命之深入与苏维埃区域之扩大和发展。同时,坚决地以斗争肃清执行这一任务之一切障碍!"

以怎样的斗争和工作来具体执行这一任务呢?

第一,拥护红军和加入红军:红军是工农革命的武装,是中国革命的主要动力之一,是建立和发展苏维埃政权的中心力量之一,没有红军的强大的发展,苏维埃区域之发展,将成为非常的困难。拥护红军、加入红军之具体办法最主要的有:

一、在青年群众中进行扩大的教育宣传,使广大的青年群众深刻地认识"红军是什么""红军与青年的关系",起而至诚地热烈地拥护自己的红军。

二、利用各种机会进行"拥护红军加入红军的运动",例如:在红五月中专门号召这一运动,举行广大的青年群众的大会,举行巡行示威,公开征集大批的青年群众加入红军。或:举行工农兵联欢会、慰劳会等。调动广大青年群众与红军发生最亲密的关系。使群众更能认识红军,拥护红军,踊跃地加入红军,当红军与白军击战中,组织广大青年群众来慰问红军,赠送红军以必需的物品。帮助红军的运输、交通、侦探等工作,看护受伤的红军战士,加入赤军到前线作战等。

三、在少年先锋队中,必须特别加强拥护红军加入红军之教育和宣传,更必须鼓动和组织大批的少年先锋队队员中的勇敢坚决分子到红军中去。少年先锋队本身在青年群众中进行拥护红军加入红军的运动是其主要任务之一,同时少年先锋队本身就是成为红军的有力的助手和后备队。

第二,深入土地革命与坚决反对富农:土地革命之深入是保证苏维埃政权之胜利发展和彻底完成中国革命的主要条件之一。富农是障碍土地革命之深入,障碍中国革命之发展与农民之解放的主要力量,亦就是对革命怠工或背叛!青年团及青年群众将必须特别努力于:

一、发动和组织广大的贫农雇农自动地没收及分配地主的土地,没收一切祠堂庙宇的土地,分配给无地的农民,取消一切债款。土地及债款的契约之毁去,土地上界碑之毁去,亦非常必要。同时,苏维埃政府当然要积极帮助和领导这一斗争。

二、富农及富农意识是障碍土地革命深入的最主要的力量,因此,必须坚决地斗争以消灭富农意识,坚决地发动和组织青年雇农贫农的反富农斗争。少年先锋队及农村童子团应以此为其最中心的任务之一!

第三,加强白军中士兵之夺取:士兵群众是中国革命的主要动力之一,中国革命之胜利,必然是工农兵三大动力之平衡的汇合。发展苏维埃区域,必须夺取他们到斗争方面才更能奏效。怎样夺取他们呢?

一、动员苏维埃区域及非苏维埃区域之一切青年群众有组织地对白军的士兵群作最广泛的有力的宣传鼓动,公开号召他们兵变到红军中来,参加土地革命。

二、努力去组织他们,直接组织他们的兵变,以响应苏维埃区域和红军,投到红军方面来。

第四,扩大和强固共产青年团及青年群众的活动力:共产青年团及青年群众活动力之扩大和强固,必将成为推动土地革命之深入与苏维埃区域之发展的主要力量之一。因此:

一、青年团在苏维埃区域中,必须有最大限度之团员发展。特别注意青年工人与青年雇农贫农之吸入而无情地排除富农分子出去。支部生活之充实,支部活动之增加,对青年群众的教育宣传和组织工作之加强与扩大,成为非常的重要。尤其是必须坚决与团内右倾倾向斗争,坚决地肃清一切右倾倾向及其分子,积极地发展自我批评精神,防止和克服官僚主义的危险,团更须坚决领导青年群众中的反右倾及一切不正确倾向之斗争。

二、青年群众的组织(少先先锋队、童子团、赤色工农会的青年小组等)必须无限制地发展。原则上一定要将全部青年及儿童组织起来。在青年群众组织中同样要坚决地与右倾斗争。肃清一切右倾分子及倾向。群众组织的生活和活动必须自动地增长与充实,每一个青年群众组织,都应以"深入土地革命""发展苏维埃区域""肃清一切右倾及反动势力"为其活动的中心内容。

第五,对外发展与反农民意识斗争:前面所讨论的一切,当然都与这问题有最密切的关系。因此,我们更来讨论一切具体的问题:

一、农民意识是障碍苏维埃区域发展的主要阻力,我们首先就要与一切保守的农民意识斗争,在苏维埃区域中已经明显表现的农民意识最主要有:"我们此地革命已经成功,这已是我们的天下,我们可以高枕无忧来享革命完成之福了。""土地已经没收,我已有了土地,现在快快地来好好地种我的田,将我的生活来改善。"这些保守倾向,无疑地将忽视和放弃对外发展、争取全国革命的胜利。因此,共青团和革命群众要坚决地一方面防止和纠正自己的农民意识,一方面必须努力与群众中右倾的农民意识斗争,使他们充分了解只有全国苏维埃政权之胜利,我们才能获得真正的成功和解放,不然,已得的微小胜利,亦将消灭。青年是反右倾的先锋,他们将要勇敢地担负起这个艰巨的重任。

二、扩大苏维埃区域的影响,一方面将苏维埃区域中在政治上、经济上、思想上、活动上的一切情形,尽量地对非苏维埃区域的青年群众去介绍宣传,另一方面可尽量号召和组织非苏维埃区域之青年群众,大批地有组织地来到苏维埃区域参观,在非苏维埃区域中要特别扩大和发展"拥护苏维埃""建立苏维埃"的宣传和斗争。

三、坚决地发动和帮助非苏维埃区域的地方暴动及一切斗争,积极帮助非苏维埃区域中的青年团及青年群中的一切活动。

第六,肃清一切反动势力:当然,苏维埃政府,将以最大的努力来进行这一工作,但是青年团及青年群众必须以最大力量帮助苏维埃政府执行。同时更必须发动青年群众自动地肃清一切公开或秘密的反动势力。

第七,加强青年群众的政治教育:政治教育之加强,无疑地将是帮助我们在青年群众中政治领导之强固及时对右倾斗争的很大的助力,目前特别重要的事是"肃清富农意识""肃清农民意识""深入土地革命""发展苏维埃区域"等中心问题。同时,关于共产主义,关于共产国际的纲领及少共国际的纲领,亦成为教育青年群众的主要内容了!

演讲结束,除了雷鸣般的掌声,王履冰、廖苏华等几个女生手拿采来的花束上台来为吴振鹏献花并合影留念。

六大后,共产国际为培养更多的中国共产主义运动干部、党团一线骨干领导,与党中央研究决定在莫斯科中大增办特别班和短训班,轮训中共党团高级干部。 这样,吴振鹏在会议闭幕后,没有立即动身回国,而是继续在4月份来报到时的"短训班"学习,直到8月中旬才回国。

临离开苏联时,吴振鹏还不忘相约此时也在苏联学习军事的关向应和要好的同学在中山大学校门口留下了值得终生纪念的留影。

临离开莫斯科前一天,他与王履冰相约来到位于莫斯科市中心的普希金广场。

普希金广场那个时候还叫苦行广场,因旧时广场上建有苦行修道院而得此名。 普希金广场是在他逝世一百周年时改名的。

广场上耸立着四米多高的普希金青铜纪念像,纪念像基座上刻有普希金的一首诗,诗曰:"在这残酷的世纪,我歌颂过自由,并且还为那些塞滞的人们,祈求过怜悯和同情。"广场上有个小花园,园中有花岗石台阶、红色大理石喷泉、饰灯等,景色优美。

王履冰站在铜像前为吴振鹏深情地朗诵了普希金的《假如生活欺骗了你》:

不要悲伤 不要心急
忧郁的日子里须要镇静
相信吧 快乐的日子将会来临
心儿永远向往着未来
现在却常是忧郁
一切都是瞬息

一切都将会过去
而那过去了的
就会成为亲切的回忆
……

而吴振鹏更喜欢普希金的《致大海》。
他那演说家的动作、神情和深沉富有磁性的男中音吸引了众多过往游客、行人驻足观望倾听：

哦,再见吧,大海!
我永不会忘记你庄严的容光,
我将长久地,长久地
倾听你在黄昏时分的轰响。
我整个心灵充满了你,
我要把你的峭岩,你的海湾,
你的闪光,你的阴影,还有絮语的波浪,
带进森林,带到那静寂的荒漠之乡。
……

第十章
归国,重返上海赴重任

1. 执行决议　保卫中央

中共六大结束后,除了根据共产国际要求瞿秋白、张国焘等四人留驻共产国际,大部分代表在会议结束的第二天就开始根据安排陆续带着大会精神分批回国。

周恩来在六大闭幕后留在共产国际工作,完成任务后,于11月份与邓颖超、李立三等四人一同途经绥芬河回国。

吴振鹏是根据中央对党团一线领导和共运骨干代表利用会议前后时间,安排中山大学短训班进行突击培训留下的,等到期满结业后于

8月中旬回的国。

返回的代表大部分从莫斯科到海参崴经绥芬河回国，少部分由满洲里或到海参崴后经海路回国。经绥芬河出入境的六大代表加上团代表总人数达到百人，占去莫斯科参会代表总数的百分之六十。当时，绥芬河出入境通道有别勒洼沟、东北沟、19号界碑、21号界碑等处。代表入住地点主要是绥芬河铁路公寓和欧罗巴旅馆。吴振鹏记得出境时是细雨纷飞的天，他们一行四人由绥芬河地下交通站安排与一个俄国铁路工人接头，并先在他的家中休息吃饭。到了晚上，俄交通员赶着那辆似曾相识的马车，掩护他们越过边境。

当时中苏边境上有中共设置的多条交通线，大连、哈尔滨、满洲里等要道关口也设立了若干地下交通点，交通点有饭店、旅馆、杂货店、诊所等各种便于人员流动又便于掩护的形式。中苏交通线是中共与共产国际之间存在的生命信息与传输线，为早期中国共产党在发展壮大和马列主义理论水平的提高以及财力、人力支持方面做出了巨大贡献。

过境后先是在一对假扮的夫妻的杂货铺等待，大约两小时后，两名交通员送来"中国过境服装"，一是因为东北此时雨天早晚阴凉；二是代表们4月春季去时都穿春装，会议通知让轻装上阵并无带备用衣服；三是会议期间苏方发的全是西服和军大衣。这些都不符合"过境"服装要求。后来，交通员私下交流中告诉吴振鹏，在几千里的边境线上奉系军阀设置了无数阻止中苏人员交流检查点和流动巡查点，希望有效防范赤色运动，自从国共分裂，国民党反动特务又加重了阻碍力量，以致每年经常有同志在中苏交通线上被捕。

交通员还提及上次一位首长代表过境赴会时险遭不测的事，后来吴振鹏才知道那位首长正是周恩来同志，这让他后来想起就觉得后怕不已！

4月份赴会时，周恩来、邓颖超扮作古董商夫妇乘坐了一艘日本客轮，由上海出发。在大连码头正要下船，被警察拦住了，将他们带到水上警察厅。狡猾的特务拿出照片对看了半天,猛一醒悟,"你是周恩来",周恩来毕竟是周恩来,听到特务诈言后,他没有露出半点紧张的神色,而是机警沉着地回答:"你认错人了,我姓王。"随后一一回答了敌人的盘问。警察找不到破绽,只好把周恩来放了。上岸后,周恩来、邓颖超住进了大连一家旅馆。为了安全起见,他们把接头的东西也处理掉了。不料,到了哈尔滨,却无法与接待站接上关系。只好等李立三赶到后才接上了头。

类似的插曲经常发生,这也让交通线同志不断总结教训,积累斗争经验,以保证有效地避开敌人视线,即使遇上也能成功甩掉敌人,闯过险关。

在交通员的指导下,吴振鹏一行化装成边境口岸贩运皮革商贩,安全地上了绥哈铁路线火车。后来又在下一站交通人员的掩护下上了去大连的火车,再从大连乘了一艘外国商船回到上海。

吴振鹏此次从莫斯科回国,接受了中央新的安排,调任他来中央所在地上海担任团中央学运部长、宣传部长,同时兼任江苏省委委员、团江苏省委书记等职。

还在莫斯科时组织上找他谈话,他曾经因牵挂江西那片热土以及并肩战斗的战友同志们的嘱托与期望而犹豫过,也因突然前往中央所在地担负重任而一度精神上产生压力。在团五大上再次被选举为中央委员后一次组织谈话中,中央政治局常委、常务委员会秘书长兼组织部长周恩来,这位与吴振鹏在江西南昌相遇并赞赏过他的南昌起义总指挥,再次以赞赏和肯定他的能力与成绩勉励他:"迎难而上,勇挑重担,执行六大决议,保卫中央安全!"简明扼要的指示、平易近人的口吻让吴振鹏对周恩来敬佩不已,特别是周恩来最后握着他手说:"振鹏同志,我也会与你一同共事在上海,尽管由于地下工作的形势与纪律不能轻易见面,但我们同在分工不同的党的工作岗位,我们的方向相同,目的一致,而最终的胜利也一定属于我们,我们的信念、革命的精神追求始终如一地相连一起……"让吴振鹏倍感温暖、信心百倍,之前的犹豫顿时烟消云散。

在团代会闭幕后,新任党中央政治局候补委员、团中央书记关向应就新的工作计划与吴振鹏促膝长谈了两次。

事实上,吴振鹏在中山大学特别训练班最后一个多月学习期间,就在不间断地思考上海的形势与对策,上海的组织与发动。

……

从十六铺码头上岸时,东方大都市已经华灯初上,这个东方最繁华、中国最大的港口最热闹的地方,客运货运集中,中外船舰来往不断,停靠成排,旅行者上下、观景客来去络绎不绝。

当接应的同志提起他的行李时,他抬头仰望了一下这四兄弟两年前一起战斗过的东方大都市,想起那段发生在十里洋场的兄弟友谊与激情燃烧的日子。

而真实面对相隔两年的上海,他似乎又突然觉得漂泊了很久刚刚上岸,眼前这个觉得既熟悉又陌生的城市,他看到昏暗的路灯下众多旅客、过客、接客者在码头聚涌,又从码头纷纷散去,他们中有的回家,有的路过,有的寻找目的地,有的徘徊观望,但吴振鹏能肯定这些形色匆匆的人们,他们心头都有一盏亮着的灯,无论黑暗与白昼,无论是有形的、无形的,无论是家庭的、爱情的、革命的、理想的,那盏灯总是亮着。

与其说是在肯定别人,不如说是肯定他自己的内心。

坐在帆布篷的黄包车里,吴振鹏觉得时隔两年重新踏上这片特殊的土地时,分明让他觉得天空气候以及地面气味都发生了质的变化,这当然是他的思想与上海实际景物发生的碰撞的结果,原先国共两党共同为驱逐帝国主义列强,打击腐朽的资本主义剥削阶级,消灭反动的军阀政府并肩战斗。两党相互协作、相互策应,到了北伐开始时,这种兄弟间的合作达到和弦默契的程度。共产党还组织上海几次武装起义为北伐军进入上海做前期准备。他和袁玉冰、曾延生还一起去了江西北伐主战场参与后援和夺取政权的巩固组织领导工作。然而,革命初始胜利，共产党帮助国民党将直系和皖系军阀打跑了，蒋汪迫不及待地进行"分共""清共"并大肆屠杀共产党人，迫使共产党人奋起反击，发起了举世闻名的"八一"南昌起义，从此，国共成为仇敌！

接他的黄包车又在错综复杂的弄堂小道上穿行着，轮子下的土地已经变成资本家、帝国主义与国民党新军阀主义并存的地界，变成了国民党与共产党公开为敌、资本家与无产阶级斗争不断的土地。

然而，吴振鹏想到，上海尽管表面上是灯红酒绿、繁华无限，骨子内充塞着卑鄙下流、淫恶丑陋，但它同样是冒险家的乐园，也是革命家的前沿阵地！

也就在这样的五味俱全、六色拼块的版图上，伟大的中共党团中央镶嵌在这块坐标系中，它闪亮在每个共产党人的心中，成为全国革命指引航向的航标灯塔。

吴振鹏此次受命到上海，责任重大、使命光荣。

他想到这儿，觉得车轮滚动摩擦土地发出的声响都是那样地富有节奏和充满气节！

吴振鹏来上海第三天，党中央根据他的书生模样和知识分子状态，更主要是为了他便于掩护身份，更好发动学生和青年力量，指令上海地下组织安排吴振鹏的公开身份为圣约翰逊大学政治系二年级研究生吴静生，过一年后顺变为圣约翰逊大学社会学系讲师（老师）。这是党中央指示该大学地下组织实施的策略部署！

三天后，按照组织程序，他来到江苏省委报到，代理书记是李富春。

由于本来六大后派到江苏省委任书记的项英被调到中央工作了，江苏省委书记仍由李富春代理。

李富春，1900年5月22日生，湖南省长沙市人。1919年赴法勤工俭学。1921年加入中国共产主义青年团。1922年加入中国共产党，是中共旅欧总支部领导人之一。1925年回国参加北伐战争，任北伐军第二军代表兼政治部主任，中共江西省委委员、代理省委书记。

1927年后，历任江苏省委宣传部长、代理省委书记，上海法南区委书记，广东省委宣传部长、代理省委书记。

李富春大吴振鹏六岁，他们虽然经常在同一地方革命战斗，却擦肩而过，但他们彼此很了解，会面当天李富春按组织程序正式宣布了他的职务和任务。 随即，吴振鹏就全身心地投入了新的工作。

1928年8月18日，吴振鹏在上海淮海中路567弄（渔阳里）6号团中央机关召开江苏省团委扩大会。 会上传达党的六大和团的五大会议精神，着重阐述党的六大会议决议案提出的中国革命的十大政纲。 吴振鹏面对团中央委员、工作人员、江苏省团委委员和组织骨干力量（包括上海团委）掷地有声地讲话："同志们，我们下一步斗争的方向和任务是：一、推翻帝国主义的统治；二、没收外国资本的企业和银行；三、统一中国，承认民族自决权；四、推翻军阀国民党的政府；五、建立工农兵代表（苏维埃）政府；六、实行八小时工作制，增加工资、失业救济与社会保险等；七、没收一切地主阶级的土地，耕地归农民；八、改善兵士生活，发给兵士土地和工作；九、取消一切政府军阀地方的捐税，实行统一的累进税；十、联合世界无产阶级和苏联。 这是六大号召实施的十大政纲，也是中国共产党现在争取群众，准备武装暴动，以推翻豪绅资产阶级政权的主要口号。"

在阐述了党的六大的十大政纲内容后，他又结合党中央的所在地团的地下工作做出要求，他神色庄严地说："上海是一个非常的地方，它是党中央和团中央机关所在地，全国一切革命阵营和个人的指挥中心，作为有幸在中央所在地的革命组织，首要任务就是保卫党中央，让整个江苏大地党团组织及其领导的革命力量成为党中央"御林军"，让团组织领导下的革命青年成为保卫党中央的青年近卫军！ 我想，革命的果实和阵地是有形的，也有无形的。 经过我们革命红军的艰苦卓绝的斗争，我们在江西胜利地建立苏维埃区域政权，并且在不断地扩大，不久的将来就会形成一片红色江山！"

与会的党团领导与骨干做出"掌声雷动"的姿态，体现赞成的意志，却不能发出高声，这是地下斗争的需要。

吴振鹏挥了挥手继续说："同志们，那是我们斗争取得的有形版图，而我们必须清醒地认识到革命斗争处于地下的复杂性和艰巨性，在认清形势的情况下，必须让党中央处于我们革命力量可控的无形的版图中，让我们显示党团组织细胞维护生命核心的功能！只有党中央在我们可控版图上处于安全状态，我们才有力量完成党中央交给我们的任务！因此，我们的任务艰巨而伟大。根据中共六大所制定的方针和路线，确定共青团的基本任务是争取团结更广大的劳动青年在党的周围，为进一步发动青年参加工农革命斗争，帮助中共准备群众起义，推翻国民党政权，建立工农民主政权而斗争。要求共青团必须在政治斗争中，应更坚决更实际地深入到广大青年工农群众中去，努力发动他们为争取本身利益而斗争；切实施行团的工作青年化的方针，提高团员的政治认识，巩固和扩大团的群众基础，努力实施对广大的工农群众的政治宣传与教育，迎接新的革命高潮。同志们，为了实现任务的圆满完成，根据党中央指示，首先在党中央所在地，在全国工人阶级力量最强、集中最密切地区的上海，利用9月2日国际青年节，举行上海工人学生总同盟大罢工！相信吧，胜利必须属于我们！"

又是一阵"经久不息的鼓掌"！

江苏省委代书记李富春、省委常委兼组织部长徐锡根到会讲话。

会议结束后，大家分批带上学习笔记，离开。

根据中央指示和召开的团委扩大会议精神，从8月下旬起，吴振鹏发动全省团组织做好迎接9月2日国际青年节日纪念活动，重点组织上海各区团组织骨干力量深入杨树浦、引翔港、闸北、沪西、浦东等工厂集中的区域举行集会，发表演说，进行组织发动，制订斗争纲领和口号，为即将举行的上海学生工人总同盟罢工做前期一切准备工作。

与此同时，吴振鹏先后带领团省委和上海区委委员分工对组织"九二总同盟罢工"各单位准备工作进行逐条检查和督导。

1928年8月29日，这天是礼拜三，天色阴沉。

吴振鹏下午带领上海团区委几位领导，在闸北检查完最后一个活动组织单位准备工作并做了最后的相关督导后，准备返回住处。

住处是党组织通过圣约翰大学地下同志给他在学校弄了一个助教职位后借住在圣约翰大学二号教师公寓。教师公寓位于苏州河南岸，关键是二号教师公寓住的基本全是外国籍教师，出入口都有美国委派的保安人员负责安全，一般中国人，包括政府警察、特务不能随意进出，这是组织上从安全上考虑的第一点。其次是交通方便，北边的出入口就是苏州河南岸，东西南北都有通道，附近还有一座小木桥通向河的北岸，遇情况便于有效地快速转移和掩护。

租住教师公寓还有一个原因，是当时的上海反动的国民党政府为防范敌对势力的渗透，在上海实施只对家庭开放租房制度，单身男女都要经过报审、身份确认过程，所以当时许多地下党人员被组织安排扮作假夫妻同居租住。

行走在昔日经常往来的苏州河北岸，吴振鹏突然想起了这附近有宋教仁墓、吴昌硕故居、中国同盟会中部总会旧址、上海总工会原址，这片区还有"四一二"惨案群众流血牺牲地……由此，又突然想起29日是农历七月十五中元节，俗称鬼节、七月半，佛教称为盂兰盆节。与除夕、清明节、重阳节三节并称是中国传统的祭祖大节，也是流行于汉字文化圈诸国的传统文化节日。

在家乡安庆，过中元节民间有放河灯、焚纸锭的习俗。

不想不要紧，这一想，吴振鹏突然感觉鼻子一酸，眼眶突然温热湿润起来，他想起了他养父母至今不知在何方，为儿不能报答养育之恩；想起安庆一起革命的杨兆成，结拜兄弟袁玉冰，关心自己的兄长曾延生；想起在"四一二"惨案中牺牲的革命志士仁人……

也许他的内心令上苍动容，昏暗的天空也突然飘起了蒙蒙雨丝，这让他有点分不清脸上流动着的是雨还是泪？吴振鹏知道他过早地经历苦难，长期处于独立斗争的状态，已经养成了内心不受外部因素左右的定势，包括外部情感表达，但在今天这个日子，在曾经一起战斗过的地方，面对牺牲的兄弟、战友们，他觉得独自失态也属于正常的，甚至觉得他不能没有这样的失态，不能没有这样的泪雨润湿一下革命者长期被血腥、火药味笼罩的情感！

  吴振鹏站在苏州河堤上，突然觉得此时的天空如同他现在的心情，因为思念牺牲的兄弟而变得低沉、昏暗，因为担起重任却不会再有"三冰合谋"的景象，更不会有"曾、袁、关、吴"同池"汰浴"的情趣！ 如果抛开革命者的精神内涵，从他本能的内心阐述自己为何一直坚信着光明和希望，那只能是觉得社会无边太过的黑夜笼罩着世界，即使有一星亮光也容易被发现，被重视，被坚信有光明的存在，就能证明黑暗是永远征服不了光明的，证明希望的过程也许是悄无声息，但要用行动寻找也许是要经过一番惊天动地。

  雨丝随风起舞，他看到河边堤岸，有市民为亡故的亲人、先人焚烧纸钱，还有纸做的金元宝，火光闪闪。

  吴振鹏突然觉得要做点什么，他觉得随民俗纪念一下牺牲的兄弟以及革命战士也没有什么不妥，于是，他下坡快步去了杂货店买了纸钱、纸元宝……

  他将买来的纸钱与纸元宝置于河堤上，纷飞的雨丝中他仿佛看到了他们的微笑，他们转身的背影，是那么地清晰，他似乎找到了跪下去的依据，在划燃纸钱、纸元宝瞬间，他分明听到他们在勉励他说："亲爱的季冰三弟，勇敢向前，胜利在向你招手，曙光就在前程。 你的任务就是向前，向前，向前！"

  这种独特的情绪，透过祈祷的火光，看到河堤上不知道是哪个雅士种植或者自然落花种来年乃发生的几株黄色的菊花，映着河水，水枝嫩绿，疏影清雅，花色秀餐。 菊花自古品格具有高风静雅、高洁、高风亮节、耐寒凌霜、清静、高尚坚强的中国文人品格。 元稹"不是花中偏爱菊，此花开尽更无花"以及黄巢"待到秋来九月八，我花开后百花杀"的诗句将高洁操守、铮铮傲骨、不畏强暴的坚强品格赋予了中华龙人之精神！

他想到1928年为龙年，想到此时看到能象征龙的传人精神的菊花，在以铁骨冰心、高风亮节的形象，鼓励着自己自强不息、坚忍不拔地去迎接下一个春的到来。想到菊花是世界著名观赏花木，尤以风韵美著称，每当秋末冬未，疏花点点，清香远溢，在中国与梅、兰、竹并称中国文人心目中的"四君子"，是否暗喻自己与曾延生、袁孟冰、关仲冰并称过的"上海青运'四大金刚'"？

这个还是真的不能多想，这一想，隐忍很久而一触即发的泪水从吴振鹏常以坚忍不拔自律的"高山"上飞瀑而下……

泪雨中，吴振鹏又突然浮现出莫斯科的日日夜夜，浮现出周恩来浓眉下坚毅的目光以及坚毅的神色中的组织报告和军事报告，浮现出脾气暴躁的李立三作农民问题报告时的高亢语调和夸张的配合动作，还有文弱书生的向忠发，大师风度的瞿秋白。

当然，他的眼前的与情绪中的时空发生变化时，尤其是回忆莫斯科那些令他觉得是一生中最崇高的日子时，他不可能不想起在崇高日子中遇到来自重庆、信仰共产主义、被选送莫斯科中山大学深造的美丽又大方的姑娘王履冰，连同她的同乡朋友廖苏华、李伯钊。气质优雅、思维敏捷的王履冰，性格随和、意志坚定的廖苏华、李伯钊，让他觉得她们就是春天与大地"阴谋计划"中的精灵，她们就是诗与革命的结合体，还有什么美妙的词能形容她们内心之伟大理想呢？

想起她们，他就不可能不想到和她们一起在会务组帮助筹备和翻译资料的秦曼云，以及当选为中央政治局候补委员和团中央书记的兄长关向应与她在莫斯科的点点滴滴……

"莫非是两位亡兄，冥冥之中希望她们协助我们活着的两兄弟共同完成我们曾经共同许下的'山盟海誓'的革命理想？"违背唯物论的想象却透彻了青年革命者的爱情观。

"那为何在莫斯科临分手的前一天晚上，彼此希望莫斯科郊外的晚上定格于迷人的景色和爱的情调？又为何分手的最后一瞬，他们第一次紧紧拥抱，相互勉励为革命好好活着，为理想等待彼此重逢？"

纸钱烧完了，幻觉也回到了现实，但兄弟们的灵魂找到了相同的出处，吴振鹏自己对重任的压力一下子也如释重负，显然下一步的计划和实施方案已经找到了胸有成竹的答案！

2. "九二"总同盟大罢工　震动世界

9月2日是九月第一个星期日，也是全世界无产者的"国际青年节"纪念日。

这一天，上海以有史以来规模最大的学生、工人总同盟罢工为"国际青年节"纪念日做了最强势的纪念。

这是1927年"四一二"反革命政变以来，1928年上海笼罩在白色恐怖中，上海工人运动遭到严重挫折和损失之际，上海青年学生与工人阶级在中共和共青团江苏省执行委员会领导下，在吴振鹏亲自指挥下，面对国民党反动当局的高压黑暗统治，展开的最强势、最猛烈、最有成效的革命抵抗运动。

吴振鹏在1928年10月22日出版的团中央机关刊《列宁青年》第一卷第一期以《国际青年日的上海青年工人》记载了罢工的全过程。他在文章的开头称："9月2日是今年的国际青年日，是全世界的青年无产阶级检阅自己的队伍，向统治阶级示威，举行反军国主义运动的日子。上海的青年工人，虽经过敌人不断的屠杀，依然整齐他的队伍，在中国共产青年团的红旗下，参加到国际青年无产阶级总示威的战线中，成为有力的一员。今年的国际青年节，在国际，正当第二次世界大战正在酝酿，帝国主义对苏俄积极进攻；在中国，正当中国革命的新高潮行将来到，帝国主义、封建势力、资产阶级联合对革命的进攻十分猛烈，全国工人阶级斗争复兴的时候。中国的青年无产阶级，在这种政治环境下，纪念国际青年日，它的意义亦更加扩大了——反帝国主义的新战争，反帝国主义对苏俄的进攻，工农兵武装暴动推翻豪绅资产阶级统治，建立工农兵苏维埃的新中国。"

"负起这样重大政治使命的中国青年无产阶级，在上海的国际青年节中，所表现的是什么？"

首先，标语、传单、画报、歌曲等思想舆论工具先行，用于统率总罢工精神思想。

这项工作自 8 月 29 日上午起从吴振鹏部署检查各参与活动单位准备工作时便进行了。 一时间国际青年纪念节的纪念标语、画报布满了各个工业区，传单、歌曲（纪念青年节相关歌曲的歌词和歌谱）散发到全上海的青年工人及一般工人的手中。 这期间每当飞行集会或者是工厂上工放工时，统一标识和内容的宣传品便飞扬于工厂门口及工人来往的要道，工厂里面墙壁上、机器上都贴满了罢工口号和内容宣传品。

自 8 月 30 日起，参加罢工活动的各工厂工会相继召开群众大会，借共产党及共产青年团领导下举行的国际青年节纪念活动反映自己的劳工福利诉求，作为罢工的舆论前奏。 很多工厂就直接召开了青年工人大会，为罢工活动做前奏准备。

与此同时，飞行集会也相继开始了。

事实上，"九二"上海学生工人总同盟罢工的真正行动从 8 月 30 日便揭开了序幕。

在江苏省委领导下，以吴振鹏为首的党团骨干中坚力量精心组织，周密策划、部署，并由吴振鹏的亲自指挥，从 8 月 30 日起，上海引翔港、杨树浦、闸北、浦东、沪西等重要工业区，开始在统一部署下，按时举行了飞行集会。

飞行集会指能迅速集合又能迅速分散的集会游行。 飞行集会的做法是选择人群集中的地方，由中共的同志出面，用三五分钟的时间作公开的讲演宣传，讲完后，立即飞快地散去，以免遭敌人逮捕。 飞行集会是 20 世纪 20 年代中期到 30 年代中共组织城市斗争的主要形式之一，目的是显示自己的存在和扩大在群众中的政治影响力，但有叛徒告密时，往往牺牲很大，后来被视为左的做法。

当天，受部署的单位和组织分别在厂内和厂外选择好的指定地点举行飞行集会。 厂里选择进出厂门以及工人休息区域人流量大的地点；厂外则走上霞飞路、福州路、外滩、二马路、英大马路（今南京东路）、淮海路、徐家汇路等上海繁华路街。

每个飞行集会的地点，都有中国共产主义青年团的代表演讲。 当然，为不暴露身份，演讲的共青团代表都是在现场有掩护的身份，青年群众成千成万地聚集在各地飞行集会中，热忱地接受中国共产主义青年团的领导。 自8月30日到9月1日，各地飞行集会的结果，震动了上海中外统治阶级。 他们一方面竭力设法破坏，一方面加紧9月2日的防范。 但是飞行集会在以吴振鹏为首的江苏省共青团组织的强有力的指挥下，不管统治阶级的武装干涉如何强力，依然猛烈地进行着。

9月1日下午一时至一时十分，上海青年工人在统一部署和指挥下，在千万个不同的岗位上准时举行十分钟的总同盟罢工；有些不能举行罢工者，则在这同一的时间中举行怠工；更多的是在这约定的时间中在工厂内举行集会、喊口号、发传单、张贴标语等，通过十分钟政治性的同盟罢工为9月2日正式纪念日的总同盟罢工大造声势，同时向资本家提出劳工权益要求。

9月2日上午九时二十分，在吴振鹏的指挥下，上海各工厂、各参加单位在具体党团骨干组织带领下正式举行纪念"九二"国际青年节总同盟罢工。

9月2日的清晨，在举行总同盟大罢工前，根据统一部署，各区、各工厂的劳动童子团，先举行了检阅式，在检阅式中，严肃地接受中国共产主义青年团的演讲，完毕后，高呼悲壮的口号，唱着《少年先锋歌》，浩浩荡荡汇入参加南京路的示威罢工运动队伍中；接着就是工会的群众和青工集合大会的举行。

各区、各工厂组织的游行示威大军，有的是童子军与青年工人和群众组织成的"混成旅团"，他们统一于上午九时二十分准时开出工厂大门，挺进部署约定的集会地点。

九时半后，游行示威队伍在响亮的口号声中分别汇集于南京路、浙江路至福建路一带。整个上海主要街道顿时传单飞舞、如雨，口号狂呼、震天，各路童子军响彻云霄的歌声从四面八方海啸般地向市区波涛翻涌而来……到了中午时分，整个上海淹没在罢工的人山声海中，大上海仿佛血脉突然贲张，仿佛置身于地下岩浆暴怒即将喷发的火山口，仿佛瞬间就要被海啸摧毁……此时，大上海扮演着不同的角色，在革命群众、青年工人眼中上海就是一位叱咤风云的巨人，它屹立在东方并向世界发出了无以忍耐的怒吼……在反动派眼里，此时的上海已经像个坏事做绝、人人喊打而孤立无援的过街老虎，面对无产者的全面围剿已经恐惧得战栗不已……

然而，即使是垂死老虎，也有垂死挣扎的过程。帝国主义及其走狗们，反动巡捕和国民党当局反动军警们，凶残地镇压手无寸铁的工人、青年、童子军儿童，甚至动用了坦克车、装甲车阻塞和镇压游行队伍。

镇压行动是从示威运动未发动前就开始了。"九二"前夕，帝国主义的统治阶级及国民党顽固派根据得到的"九二"纪念活动消息，开始部署措施严加防范，并对事先已经暴露的筹备罢工人员开始进行逮捕。当天上午，示威正式开始后，巡捕房的大队人马，如狼似虎而至。南京路上的示威游行队伍路遇大量武装巡捕马队拦截，前锋向前冲锋，再冲锋，终究冲不破内三层外三层"马林"，冲在前面的头被巡捕棍棒打伤，后面又冲上去的又被打倒在地若干。无以为继时，遂转到福建路、广州路（五马路）口，刚刚展开示威架式，突然从三个方向开来外国陆战队的两辆坦克车及一辆车厢有红钢网、外面裹着铁甲、驾驶室顶上架着机关枪的专门捉人的铁甲车。

群众的前进路线很快又被阻断，情绪正处于激奋中的示威群众面对帝国主义反动派在自己国家领土上的霸道行为，表现出坚决的较量和斗争，他们迈着坚定的步伐用狂呼的声音压倒坦克的轰鸣，然后用冲锋上去的人群隔断两辆坦克以及铁甲车，使它们之间看不见，指挥也听不到，首尾不得相顾。 最后，国民党反动走狗出动大量警车、消防车和军警，他们鸣着警笛朝游行人群冲过来，他们举起并舞动着许多条高压水龙头，从不同的角度对着人群喷射……白色的水柱下，工人们跌倒了，跌倒了又努力地爬起来，爬起来又被冲倒了……随后就是对被水龙头冲击得有点晕头转向的人群进行棍棒驱赶，对方向清楚意志坚决的工人实施抓捕。

根据中央指示和江苏省委规定，此次罢工运动组织指挥的领导人员一律不得前往游行现场暴露身份，引导和带领游行示威的党团骨干也事先都串通好了以预备好的工人身份为掩护并隐身于游行队伍中。同时，在游行示威主要路线上设立了许多观察和情报联络站。

此时的吴振鹏已经在行动的区域巡查了好几个观察点，根据敌人采取的反动措施，吴振鹏在罢工前敌临时指挥部指示各游行示威团队应随即紧急采取反阻断应对措施，并迅速启动紧急应对方案。

指令发出大约半小时后，游行示威队伍如快闪般的顿时消失得无影无踪。 面对突然平静的街市，帝国巡捕及其帮凶国民党反动军警被弄得不明不白，一下子找不着北。

反动派毕竟有其反动本质，他们觉得游行队伍突然消失，不管是不明不白或者是示威突然停止让他们不知道"北"了，但总是觉得是他们胜了，是工人们怕了，退却了！ 于是，反动派觉得胜者就得为王，就得摆出一副王者风度，就得用不可一世的霸道在市区主街道上显示威风。 他们穿着五花八门的制服，戴桶式帽的、戴头巾帽的、戴船形帽的……骑着高矮毛色不一的马匹，开着洋鬼子制造的各种型号不同的警车，有车门两边站着全副武装军警的，有车顶架着机枪的，即使是坦克车和铁甲车穿梭往返于闹市中也时不时有人探出头来张扬一下……

但到了下午两点半后，这些忘乎所以的嘴脸也突然快闪一样消失于闹市之中。 原来游行示威队伍在暂时没有声息几小时后，突然在引翔港、闸北、沪西、浦东地区出现，并且有大批工人从不同的方向向市中心推进。

队伍在推进的进程中不断有新队员从交叉路口仿佛约好一样汇入洪流，很快四方不同的队伍如滚雪团一样向市中心云团般的铺来。

帝国主义和国民党顽固派大惊失色，显摆的丑态的尾巴瞬间夹得紧紧，吹起了他们的哨子，操起他们的棍子和枪刺，立即扑向口号传来的地方。

可是从四面八方传来的口号声一浪高过一浪："打倒英、日、美帝国主义！""打倒勾结帝国主义屠杀民众的国民党！""打倒资本家豪绅地主！""打倒资本家及国民党的走狗工会！"

……

此刻的上海，让人容易生出"风在吼，云在叫，黄浦江在咆哮"的图景……此时的上海，更会让1928年的上海人觉得脚下地在抖，眼前楼在摇……

这突然的、瞬间的变幻，让帝国主义与反动派们一下子惊慌失措。马队刚刚堵住了这弄堂的去路，游行的人群突然已经从另一边冒到马队屁股后面了；坦克与装甲车刚刚还横在示威的工人路口，示威人群仿佛魔术师在表演一样，突然却出现在另一条路口……

一时间，上海一切反动势力在调兵遣将中觉得应接不暇，在组织反扑中开始觉得力不从心，继而疲软、意志松懈。

此时的总指挥吴振鹏带领指挥部的核心领导已经来到了总同盟罢工示威的中心区——外滩电报大楼与海关大楼之间以及与南京路、福州路交叉区，并向罢工前敌指挥部发出"罢工总攻"的命令。

外滩，是上海国际大都市的一个形象窗口，也是沪上重大文化活动汇集地，更是帝国主义金融买办在中国的集散地，是帝国主义凭借租界妄图在中国实施殖民统治的政治核心区。

占领它，用革命的力量震慑它、攻击它，使之妥协并最终打倒它，是革命的暴动的宗旨。

正当帝国主义和走狗国民党将精兵强将调往外围阻挠从四方包围

而来的游行队伍时，五马路、四马路、南京路东邻近外滩的几条最著名的街道上突然出现一路歌唱《国际歌》的工人游行队伍和一路歌唱《少年先锋歌》的童子军队伍。 工人队伍每支两三千人，他们以队伍不同分穿不同颜色的工人服装，以若干方阵排列，每个方阵前有横幅标语，横幅标语前是一排举着红旗的先锋队员开道，方阵中几乎个个手持小旗，旗帜随着口号和歌声掀动起伏错落有致；最亮眼的还要算突然出现在南京路东的童子军们，他们是工人农民子弟、工厂的童工、商店的学徒，也有小学生和城市贫苦儿童。 他们起初的任务是：学习文化，学习政治和进行操练。 可是他们没钱学文化，更没法过问政治，所以只能跟随青年团组织，系一条象征革命烈士鲜血染红的红领带，响应共青团组织的号召走上街头抗议一切反动派。 他们同样打着横幅，举着红旗，以方阵队列向前推进。 他们呼着口号："准备着，打倒帝国主义！""准备着，打倒军阀！""准备着，做全世界的小主人！"

与此同时，总指挥吴振鹏指令相关领导在地下党员配合下，登上外滩7号电报大楼及外滩具有"统治地位"的建筑物抛撒传单和标语。 他则带领相关人员化装成维修工人，在海关中共地下人员的掩护与配合下，顺利以检修线路为名登上了外滩13号海关大楼。

吴振鹏选择登上海关大楼是因为它在上海外滩无与伦比的"地位"所决定的。

这座于1893年建成、1925年重新拆建并于1927年底落成不到九个月的英国哥特式大楼，楼面临外滩的一端高八层，上冠三层高的四面钟楼，西部五层，均为钢架结构。 钟楼旗杆位置在地理坐标东经121°29′0.02″，北纬31°14′20.38″，为上海地理位置的标志点，同时也为外滩建筑中气派最大者。 钟楼则为哥特式，有十层楼高，是仿英国国会大厦的大钟制造，在英国造好后运到上海组装。 据说花了白银五千多两，是亚洲第一大钟，也是世界著名大钟之一。

在吴振鹏眼里，海关大楼巍然屹立在浦江之滨，它站在代表上海的标志点、最高处，好比一个大型交响乐团总指挥，它的举止随时可以颠覆"上海的交响",它那铿锵、激昂的钟声象征着庄严,象征着使命。

根据他的部署,罢工总指挥部向全市罢工各单位发出总行动命令,下午四点,也就是申时中间正点期间,以海关大楼钟声和钟楼同时飘扬起书写有"罢工,前进,前进!"的红旗为号,以海关为圆心,以电报大楼为半径的外滩区域所有"准备好"的游客、市民同时闪出小旗、传单,同时掩护几支不同方向开来的罢工工人和童子军游行示威队伍。与此同时,海关和电报、汇丰银行将会从大楼上同时挥撒传单。

总罢工示威时间定在下午四点,吴振鹏不仅是根据罢工进程计划制订的可行性的时间,也是他根据上海历史和传说中的时辰解读考量后决定的。 下午四点是十二时辰中的申时中间点,上海为申城,传说的申时中间点是天地"电闪雷鸣"时分,是四海龙王出水巡江平海、镇妖驱怪之时,1928年又为龙年,中华民族又为龙的传人,遂以"天时、地利、人齐"的申时为总罢工示威发号时间。

也许吴振鹏心计正合天算,当海关钟楼钟面上的重49公斤、长3.17米的紫铜分针,重37.5公斤、长2.3米的紫铜时针分别准点指向"12""4"时,机器房那135公斤重的大铜锤准点敲响几吨的大钟,发出雄壮的声响! 刹那间,一面3.2米乘2.1米上写"罢工,前进,前进!"的红色大旗升起在上海地理位置标志点的海关钟楼旗杆上,在持续十秒的敲钟声中,沉闷的天空突然风起了,罢工的红旗在风卷残云中哗哗飘扬、啪啪作响。

与此同时,电报大楼、麦克波恩大楼、东洋伦敦饭店大楼、日清大楼、有利大楼等半径区域制高点建筑上都飘扬起了罢工大旗帜,几十万张红黄两种罢工传单顿时也从这几座制高点上倾泻而下、随风起舞,像雾、似雪、如雨⋯⋯

两种传单,黄色的标题为《全上海的青年工友们》,内容明确提出了上海青年工人的总要求,分为政治十四条,经济、待遇、教育、娱乐及卫生要求三十二条,并主张"建立代表工农利益的工农兵苏维埃政府的组织",号召全上海的青年工友们:"来,团结在本团的周围,举起我们的拳头,为我们自己痛苦的接触而奋斗!"

红色的标题为《准备着》,传单内容为吴振鹏亲自用蜡纸在钢板上刻写并用红蜡油印刷而成。传单控诉了帝国主义、国民党军阀、资本家、工整会、那摩温等压迫工人的种种暴行,号召青年工人团结一致,游行示威,打倒他们,"准备着! 翻身的日子近了!"

罢工只为控诉帝国主义和资本家对中国工人的迫害,传单正是从万千上海工人们内心发出的呼喊!

红旗、钟声、传单是进军号,地面上预备好的几万工人、市民迅速向外滩合拢,他们掩护罢工队伍和童子军团顺利开进指定的核心区域,他们内三层外三层合围住这个区域,困阻如梦初醒、紧急前来增援的巡捕、警察的进入。

一时间,上海外滩这个象征十里洋场的名片区域,外围警笛四起,被罢工群众所控制、被共产党人所控制的区域传单如雨、旗帜招展、口号震天、歌声嘹亮……

此时仍然站在海关大楼上的吴振鹏又一次领略到了用共产主义武装起来的列宁主义青年的空前伟大! 当他将手上最后一张传单飘散到空中,他看到传单雄鹰般的飞去,越过外滩,在黄浦江、外滩上空盘旋、俯冲或者翱翔,他看到无数红旗在外滩高空飘扬,红旗与传单下面是整齐的响彻云霄的口号和雄浑的《国际歌》声音,将警笛、口哨声彻底击碎了,他听到了帝国主义及其走狗在风中无助的哀号,他看到风卷残云的上海天空开始出现暖色的阳光……

他站在上海的标志位置上,残云在他的眼角飘飞,透出云层的光亮映照在刚毅脸庞。 他突然觉得那徐徐打开光亮的天幕,譬如刚刚启开的一场交响乐音乐会的帷幕,一个高大的"共产主义幽灵",它在东方不再是徘徊,它已经抬起苏醒的头颅在期盼中把指挥棒轻轻地悬了起来,他听到低音提琴和定音鼓结伴从天边而来,在为他上演贝多芬最为著名的作品之一——《命运交响曲》,他听到了引人深思的警语,

"命运在敲门",听到贝多芬的内心独白:"我要扼住命运的咽喉,它不能使我完全屈服!"

他看到人群密布的外滩,俨然像一个盛大的交响乐舞台,而且舞台上所有的灯盏都打开了,他指挥的小号、圆号、长号、英国管、所有弦乐器、定音鼓、锣、钹、吊钹……以排山倒海的气势,将乐章推向贝多芬作品——《英雄交响曲》的高潮,他看到了杨兆成、曾延生、袁玉冰向他走来,与他谈论"自由、平等、博爱"旗帜下的革命话题:"英雄气概的诞生是需要英雄行为、自我牺牲、民族战斗精神的","英雄在为革命目标斗争中显示出来的一定是豪迈、自信、英勇","英雄意志一定会战胜宿命论、正如光明一定会战胜黑暗一样壮丽"。

……

"九二"大罢工一直持续到"九七"纪念节的9月9日的示威运动。持续高涨的上海青年工人的国际青年节纪念运动,一直在统治阶级极端的镇压下照常采取飞行集会、群众大会、青工大会、散发宣传品等多种形式下进行,即便是被捕去的二十三人,在巡捕房监房里时时呼口号、时时唱革命歌,虽然屡遭暴力的压制,仍屡仆屡继的于监狱中进行小示威。

此次总同盟大罢工,不但规模大、持续时间长,而且除提出的经济、待遇、教育、娱乐与卫生三十二条要求属于正常劳动利益争取要求,其他所提出的口号、政治要求已经完全超出一般罢工合法利益要求,其运动性质也由一般劳动罢工演变成了一场无产阶级与帝国主义资本家和反动走狗之间的政治斗争运动。

"九二"国际青年节罢工的口号是:1. 反对帝国主义战争;2. 打倒英、日、美帝国主义;3. 打倒勾结帝国主义屠杀民众的国民党;4. 打倒资本家豪绅地主;5. 反对国民党军阀战争;6. 打倒资本家及国民党的走狗工会;7. 组织工人自己的工会;8. 增加青工童工的工资;9. 不许打骂开除青工童工、罚工资及调戏女工;10. 青年工人工作六小时；11. 言论、出版、集会、结社、罢工、抗租自由；12. 反对豪绅资产阶级的白色屠杀；13. 为死难先烈复仇；14. 工农兵苏维埃政权万岁；15. 全世界被压迫青年联合万岁；16. 共产青年团万岁；17. 国际青年日万岁。

罢工的政治要求是：1. 青年工人有集会、结社、言论、出版、罢工之绝对自由；2. 反对资本家及其国民党御用的工会；3. 工人自己组织真正代表工人利益的工会；4. 反对工贼、走狗、警察、包探等破坏工人之组织；5. 反对国民党帮助资本家压迫工人；6. 反对国民党屠杀革命工人及一切革命分子；7. 反对反革命的豪绅资产阶级的国民党政府；8. 反对帝国主义对华的进攻；9. 反对帝国主义的战争；10. 反对国民党军阀的新战争；11. 反对帝国主义对苏俄的进攻；12. 工农兵武装暴动；13. 推翻豪绅资产阶级的政权；14. 建立工农兵苏维埃政权！

针对持续长久的罢工运动，帝国主义、豪绅地主及资产阶级极度地恐慌，他们从9月1日起就严密地防范，外国海军陆战队几乎全部登岸，租界及华界全部戒严，侦探密布，巡查队川流不息，坦克车驰骋于重要的工业区，随时随地严密地搜查行人，华界于夜间九时即断绝交通，这种严重的情形持续到9月9日以后。——帝国主义、豪绅地主、资产阶级已为上海青年工人的国际青年节纪念运动而震骇得发抖。

关于这次大罢工，吴振鹏后来在1928年10月22日的《列宁青年》第一卷第一期上发表的《国际青年日的上海青年工人》著名文章中称："上海工人阶级，自济南惨案后，斗争便日益发展，经过国际青年节，愈发鼓舞起他们的革命情绪，使他们更认清了自己力量的伟大，使他们更认清了他们的敌人和友人，使他们更认清了他们的出路，使他们更认清了国民党和共产党及共产青年团——尤其是上海的青年工人！英勇的上海青年工人，用他们的艰强的毅力和雄壮的勇气，开写了中国革命史青年工人的光辉的篇幅，他们将要领导全国革命青年，在列宁主义的领导下，完成他们历史的使命！"

第十一章
六大以后，中央"立三路线"

1. 1928,沪上危机四伏

1928年9月到10月，参加中共六大的江苏代表从莫斯科陆续返沪。六大后，中共中央为了执行"夺取群众"的中心任务，决定全力整顿全国各重要区域的产业支部，并把江苏的工作放在第一位，因为江苏有全国第一个产业区域经济中心上海（上海党组织属江苏省委领导），有全国第一个政治中心南京。中央决定派一个政治局委员去做江苏省委书记，壮大省委的力量。江苏省委同意中央对省委的批评（力量薄弱）和加强省委的意见，但反对中央派人来当省委书记,也反对中央由别处调人来加强省委,主张从江苏省内部找干部。中央批评了省委地域观念后作了妥协,同意省委的意见。因项英调中央工作,江苏省委书记仍由李富春代理。

中共江苏省委1927年成立时就一直在上海虹口区山阴路69弄90号,时称施高塔路恒丰里104号的一栋普通的"石库门"三层小楼办公。所谓办公,对外表面上都是以开公司、做生意或者其他机构打掩护,真实的办公都是地下状态,地下状态的办公只有核心人物和负责特殊保卫的知道,其他在表面上的公司员工一概不知。在白色恐怖时期的上海,这里曾经是保卫中央、领导江苏和上海地区革命运动的秘密中枢、红色心脏。

在白色恐怖如此猖獗的革命低潮时期,共产党人凭借坚定的信念,充分发挥聪明才智与敌人作积极的斗争。在经济支持上,通过开设为了打掩护的古董铺、照相馆、诊所、书店、旅店等营业机构,甚至借助开明商人的大型贸易公司、私立医院等筹集资金努力自给自足;在组织保证上,采取交通员一人仅联系三人,领导同志生活开会经常更换地点,省委主要领导采用单线接头——宣传部长知道组织部长的家,组织部长知道书记的家,书记知道其他某领导的家——提高警惕,增强了保密程度;在对外联系上,联合一切可联合的人员,从工厂工人、商店老板、旅馆服务员、租界警察甚至到街头擦鞋童都可以成为中共的"耳朵""眼睛",充分体现了中共广泛发动工农群众的优良传统。

即使是这样的防范,仍然不能阻止革命同志被捕和牺牲。

1927年6月以来,江苏省委陈延年、郭伯和、黄竟西、韩步先、赵世炎、陈乔林、郑复他、许白昊等领导相继被捕牺牲。

在敌友莫辨、危机四伏的上海,随时可能遭遇逮捕,随时可能有人叛变,随时准备转移,随时准备牺牲,随时要去执行近乎不可能的任务。但凭着信念和忠诚,凭着过人的智慧和胆识,吴振鹏与同志们出生入死,一次次化险为夷,谱写了一曲惊心动魄、可歌可泣的革命传奇。

大罢工取得了胜利，但敌人从罢工运动的政治斗争内容中嗅到了"危险情况"，因而又加强了对工人运动的"赤色"防范，也对背后的策划者共产党人进行密切追捕和打击！

曾几何时，吴振鹏在清冷狭长的弄堂里，还有宁静被打破的街道，几次路遇国民党特务和外国巡捕气势汹汹地抓捕共产党员。 有认识而熟悉的战友，有只认识不熟悉的同志，这些场景透出时代的悲壮和伟大！ 1928年9月底的一个雨天的下午，吴振鹏刚刚从一个负责中央与江苏组织联系的交通点取走文件离开不久，交通点是一个中药房，他突然想起忘记真正买点药给沪西纺织厂夏金波生病的妈妈，当他回头刚刚走到药店门口不远处的丁字路口时，只见行人慌张奔逃，然后就是几声枪响，吴振鹏立即闪进一个角落并且本能地手伸到怀里握住臂膀下的手枪。 他的第一感觉就是药店出事了，果然不出所料，枪声过后，从药店二楼飞身跳下一个人，正是药店老板——地下交通员老汪。 只见老汪跳下楼后，拖着被枪击伤的右腿向他这边移动，血在石块路上拖成一线，很快被雨水冲成一片，形成一个一个的红色的水塘，老汪一边忍着巨痛一跛一跛地向前移动，一边不时回头向追击他的特务开枪。 突然，吴振鹏看到老汪被击中了大腿和腰部，随之摔倒了，手紧紧护住血如泉涌的伤口，头依在离吴振鹏不到十米的拐角墙边，吴振鹏正要冲过去救他，可他回转身子用眼睛狠狠盯了他两下，并用手对他做了"紧紧捏了捏"的动作，吴振鹏明白敌人已经出现在面前，老汪是不让他暴露，是让他尽快保护好文件离开，完成他们共同要完成的任务。 滂沱的大雨中，不明真相的市民有的惊慌奔跑，有的聚集在巷口观望。 敌人将重伤的老汪拖上警车的时候，吴振鹏分明看到老汪回转身子与他对望了一下，混在巷口人群中的吴振鹏紧紧注视着他，那专注的眼神流露出吴振鹏对战友刻骨的悲痛，但吴振鹏却在老汪回转身一瞬间看到他的欣慰的笑，这笑是对他的无限鼓励，流露的是伟大的坚定和执着。

吴振鹏站在大雨如注的街口，生冷的心在一点一点地下沉，直到警车鸣着警笛消失在雨幕中，他还站在那里一动不动，大脑一片空白，只觉得全身每个细胞里都长满了疼，胸口在一阵阵撕裂……

当晚，按组织规定他立即将交通点被破坏的情况向上级组织作了汇报并呈请中央特科做好营救，当晚中央特科按规定通知老汪药店上下线相关同志实施转移。

很快，老汪因坚贞不屈，被捕不到一周就被国民党杀害了。

1928年，是一个复杂的充满迷惑性的社会状态。国民政府表面上让东北奉系军阀易旗归顺南方政府了，中国表面上实现了南北统一，但中国社会却呈现着矛盾的复杂性——新军阀之间的矛盾、国共矛盾、美日矛盾。

特别是国共矛盾，从"分共""清共"逐渐演变成了水火不容、不共戴天。在江西，英勇的红军和革命武装在与国民党反动军队浴血奋战，以自己的血肉之躯与敌人面对面地拼杀，在反围剿中扩大着一片片红色根据地。在白区，特别是上海党中央所在地，广大革命者用信仰，冒着每天可能被捕甚至牺牲的大无畏精神与敌人进行着顽强的地下斗争。

身处中央所在地的江苏省委肩负的重任在全国是独一无二的，因此，中央对江苏省委提出的要求也越来越高。上海又是集全国四分之一工人力量之地，掌握工人力量并利用组织工人运动发展壮大工人力量是中央对江苏省委的一大重要要求。

1928年9月初，党中央发现省委在上海邮务工人罢工斗争中工作薄弱，遂决定趁9月16日上海法商电车电灯公司（法电）电车司机吴同根被法国水兵无故杀害之际，积极援助法电工人酝酿斗争，指示江苏省委专设一个行动委员会来指导这次斗争。

10月下旬，省委开始传达和贯彻中共六大的决议。29日省委常委会上宣布中央决定：中央政治局候补委员罗登贤参加江苏省委领导工作，中央政治局常委候补委员徐锡根任江苏省委书记。

11月20日，中央代表向忠发、项英参加江苏省行动委员会会议，会上项英宣布：中共中央工委专门讨论了法电斗争工作，中央常委会决定为此致信江苏省委，为集中中央及江苏的党、团、工会的力量指挥这次斗争，专门组织江苏省行动委员会（简称行委），行委主席团成员由李富春、吴振鹏、马玉夫、胡光明和徐锡根组成，李富春为主席。

法电斗争工作由行委指派吴振鹏以团中央青运部长、江苏省委青年委员，团省委书记、省行动委员会主席团成员名义进行具体指导和监督。在他的统领和上海地方党团组织的发动下，12月3日，法电千余工人经过近三个月的坚持为死难工友申冤、维护工会权利谈判斗争后宣布了罢工。6日，李立三在行委扩大会议上宣布：中央为加强对法电罢工斗争的集中领导，决定江苏省委与行委合并，实际上省委与行委的合并是指省委常委与行委主席团的合并，不影响省委各部门各自的工作日程。

2. 白色恐怖挡不住红色爱情

正当吴振鹏成为江苏省行动委员会主席团成员，同时参与指挥的法电罢工运动开展得如火如荼时，王履冰仿佛精灵一样已经秘密地降临上海。王履冰提早结束留学生活并秘密来到上海是党中央为了保证其归国安全以及国内革命急需党内高级人才前来担负重要岗位的原因。至于来到上海，这可能是党的工作需要以及吴振鹏和王履冰两人内心默契形成的巧合，但在美丽聪慧的王履冰心中，这就是一种前世未尽的缘分。要么，他俩怎么能在异国他乡那么神圣的场合相遇，那么有共同语言，那么彼此吸引乃至一见钟情呢？要么，为何在吴振鹏离开莫斯科后她几天几夜泪雨朦胧，思念不断，并从吴振鹏回国来到上海给她写的第一封信起，每天一篇日记，都是她当着吴振鹏坐在自己面前与他一起探讨中国革命，畅谈共产主义理想……

鉴于吴振鹏属于团中央领导、江苏省委领导，又是新成立的江苏省行委领导，以及工作的特殊性质，组织上并没有同意秘密回来的王履冰将回来的消息告知吴振鹏，更没有安排他们见面。

王履冰回国见得最多的就是被党组织安排在团中央妇女部工作的秦曼云，此时的秦曼云与关向应已经组织同意回国前在苏联结了婚。

回国的关向应虽然是团中央书记，可因为他还是党中央政治局候补委员，重点工作在军委那边，所以后来没有多久秦曼云就被调到军委秘书处工作。

王履冰回国化名王忆子，是党组织作为革命理论出版、传播、宣传人才培养安排在上海的，组织身份先是上海闸北区团委委员，公开身份为长江书店闸北分店经理。

长江书店的前身上海书店与上海商务印书馆、东方图书馆都是在中国共产党建党初期设立，是当时中共组织传播革命思想的重要阵地。

上海书店的原址在人民路同庆街口，现在的古城公园内。

1923年，中共中央为了加强宣传工作，扩大党组织的影响力，继成立人民出版社之后，开始筹备成立公开的出版发行机构——上海书店。当时考虑到上海书店处于鱼龙混杂的大上海，不宜由身份公开的党员或在党内担任要职的党员当负责人，党中央特地从浙江一所女子师范学校调徐白民来上海主持书店筹建及日常管理工作。徐白民到沪后请教了瞿秋白和其他党中央负责人，瞿秋白认为书店应设在交通方便的地方，规模以简朴为宜，便于隐蔽，不易引起敌人注意。徐白民经多方寻找，租下华界与法租界交界处的民国路振业里11号（现为黄浦区人民路1025号）一套街面店房，将楼下布置为书店，楼上过街楼作为宿舍和党内活动的秘密场所。经周密准备后，11月1日书店开业。

上海书店自开业起就以"在中国文化运动史上尽一部分责任"为宗旨。因此，书店自创立以来，中国共产党在这里曾秘密发行中共中央机关刊物——《向导》，出版了《共产党宣言》《反帝国主义运动》《平民千字课》《夜校教材》《世界劳工运动史》等二十多种新书，还负责销售已被封闭的新青年社所有存书以及由瞿秋白主编的《社会科学讲义》等革命书刊。可以说，党内所有的对外宣传刊物都归它出版、发行。

为避免外界的注意，上海书店还不能把自己出版的书摆出来，而铺面的玻璃橱窗又不能空着，于是，就将一些民智书局、亚东图书馆、新文化书社等的出版物把书橱放满，同时还兼售一些文具用品。而党和青年团编辑的《向导》周报、《前锋》月刊、《中国青年》周刊和进步刊物《新建设》杂志，以及《共产党宣言》《资本论入门》《列宁传》等书籍，都在秘密中发行传播。在短短三年左右的时间里，它出版的书籍共有三十余种，除单部学术性著作外，还出版了《青年平民读本》《革命歌声》和《世界名人明信片》等通俗小册子、画片，而其中"中国青年社丛书"及"向导丛书"更是影响深广，受到群众的欢迎。

随着上海书店在社会上的影响力与日俱增，爱国青年接踵而至，较强的号召力引起军阀的极度恐慌。1926年，军阀孙传芳军队进驻上海后，在2月4日封闭了上海书店。上海书店结束了，但是党的出版发行工作永远不会结束。党的出版发行工作转入地下，随即在宝山路找到一处地方，成立宝山书店，处理上海书店的未了事宜，继续工作。不久，党又正式成立了长江书店，更加广泛地进行了马列主义和党的政策、思想的宣传工作，把革命真理传送到广大群众中去，推动了革命斗争的发展。为了方便广大青年学生、工人买书和更大范围地传播革命理论，党在沪西、沪东及郊区周围设立了多处分店。

王履冰能顺利地以书店经理公开身份独当一面地为党工作，除了她有较好的扎实的基础知识，还因为她出生在一个重庆书香家庭，有一个长期从事进步书籍传播，早期在上海商务印书馆学徒并担任发行工作的兄长王民心的帮助和推荐。

王民心早年就投身于革命，20世纪20年代在上海商务印书馆当学徒时参加陈云领导的罢工运动。后到重庆开了一家专卖进步书籍的书店，还掩护地下党活动，同时为党筹集经费。

1929年开春,党组织安排吴振鹏与王履冰两个红色恋人相见。

那是中央委员、中华全国总工会执行委员会委员长苏兆征在继任驻赤色职工国际代表期间因积劳成疾,病倒在苏联后抱病回国医治无效,于2月病逝于上海后的一个晚上。

那天下午,中央和江苏总行委成员秘密安排了一个小型的追悼会。散会后,行委主席团主席李富春将吴振鹏带到苏州河畔的一个住所,一进屋就见到了笑容可掬的蔡畅大姐,蔡畅是李富春夫人,也是中央妇委领导,吴振鹏突然意识到自己的恋爱和婚姻大事,而自己意中革命恋人又远在异国他乡,如果今天组织上有意思让他跟其他女同志恋爱或者直接组成家庭怎么办? 为了革命需要、革命的大局,即使不爱、即使假扮也要接受组织的安排,吴振鹏明白这个道理和准则。

正当吴振鹏被热情安排坐在窗边桌前心却在收紧时,热心的蔡大姐从里间喊了一声:"小燕子,出来给客人上茶!"

"不好了,来了个小燕子,还这么客气地要给客人上茶,是哪个小燕子,又是哪来的客人?"吴振鹏脑子里上下不断转换思路,思忖着下面即将发生的情况——可怕的,还是难以推测的?

随着"小燕子"上茶后的"尘埃落定",吴振鹏一下子惊住了,他怎么也不会想到心上人会突然出现在这里,还是由行委领导安排见面!

相恋仿佛梦境,相见恍若梦幻……

尽管此时一对恋人心跳加快,特别是吴振鹏面对"闪电式袭击"情绪突然波动,但他作为革命同志又是领导,在对待个人感情问题特别是在代表组织的领导面前所表现出的冷静和持重,让蔡畅大姐觉得欣慰,让王履冰更加敬佩。

吴振鹏很有礼貌地站起来,握了一下王履冰的手并说了一声:"你好。"然后示意她坐在他边上靠近蔡大姐的位置。

李富春让他们先喝茶,然后介绍了王履冰从苏联回国的安排,以及事先为何没有告诉吴振鹏的一些情况。 一是考虑他在领导岗位责任重大，最近又领导指挥了多个重要活动，思维不容半点分扰；二是考虑他的多重领导身份在上海这个危险四伏的特定环境中的安全性，在组织对归国的王履冰按程序审查通过安排妥当之前，是不容许私下联系更不允许见面的。

这些，吴振鹏都明白是党内的规定，但经李富春这一解释，仿佛他在党组织心目中的分量更重了，由此觉得自己的责任更大，动力更要猛……

他的思想好像离开了个人问题奔向新的任务目标了，被看出来的蔡大姐一番细说又拖回见面的情境。

通过细说，吴振鹏知道了领导的用心，也明白了组织的安排。

组织上通过对王履冰个人思想、学习、工作上的审查、观察，同时根据他们两人的恋爱情况，以及考虑到吴振鹏身体单薄且长期一人生活得不到应有的照顾，决定安排王履冰除了原工作和公开身份不变，以夫妻名义与吴振鹏一起生活，照顾他上下班衣食起居。另外，组织上本来是安排他们两人就住在长江书店分店楼上的，但书店是公共场地人多眼杂又不在租界内，考虑到吴振鹏出入安全，还是选择了苏州河南岸租界内僻静里弄一幢小楼上的两间小房。

"……这样，振鹏生活也得到了照顾，小冰也能通过协助振鹏同志使自己得到进步；振鹏出入也是方便，公开身份的圣约翰大学也靠近，平时还可以在那边外教公寓休息，小冰通过苏州河到闸北那边的书店也很近的。"蔡大姐一边让他们喝茶，一边像个长辈一样千叮咛万嘱咐。

最后李富春又宣布了两人同居生活纪律，一是两人是以夫妻名义一起生活，并非是正常结婚，正式结婚要待组织上同意；二是为了地下工作的需要，防备遇情况敌人检查，组织上决定在《申报》上刊登两人结婚启事，时间定在3月12日"龙头节"这一天——农历二月二，传说是尧王的诞辰，以示敬龙祈雨，让老天保佑丰收；三是同居生活中，二人要牢牢记住彼此的公开身份，切不允许生活中以地下身份相称,更不允许过问对方的地下工作情况,特别是王履冰不允许过问吴振鹏的工作情况。

当李富春将组织上给他俩租好并已经收拾好的住房钥匙郑重地交到他们手上时,始终微笑着的蔡大姐补充说:"等组织同意你们正式结婚时,我做你们的红娘,老李就做你们的证婚人吧!"吴振鹏分明听到王履冰喉咙有些哽咽的声音,再看李富春、蔡畅,始终地笑,脸上写满了友爱、慈祥……这让吴振鹏又一次深深领悟生命之爱的崇高与伟大,也让他觉得眼前这两位兄长大姐仿佛是他的养父母站在他面前。这一想不要紧,他鼻一酸,泪眼婆娑起来。

李富春、蔡畅都是湖南人,他们同年同月生,蔡畅比李富春大一个多礼拜。认识之初,李富春便亲切地叫蔡畅"大姐",因此,周恩来、邓小平、陈毅等领导人都和李富春一样,称呼蔡畅为"大姐",连身边的工作人员、同事也这样称呼——"大姐"成了蔡畅的代名字。

在一次留法学生聚会中,年轻的李富春邂逅了蔡畅。当时,捧着传单的蔡畅,那青春焕发的神采吸引了他。他追了上去,送她回家,一路谈学习,谈生活,谈革命,还谈到了新民学会,十分投机……蔡畅的母亲葛建豪非常喜欢这个质朴活泼的湖南小伙子,热情地招待他吃家乡的辣子拌面。

李富春和蔡畅颇具传统色彩的婚姻生活,以一个浪漫新式的婚礼而宣告开始。1923年3月的一天,李富春和蔡畅携手走进巴黎市区一个半地下的咖啡馆,想单独庆祝这个大喜日子。当新郎新娘才坐下,没有想到提前得到消息,早早地躲在咖啡馆里的邓小平突然笑着出现在他们跟前,一边道喜,一边嚷着要为大哥、大姐证婚。十六岁就留法的邓小平天性活泼,操着一口浓重的四川口音,当着二人快言快语说:"怎么样,该请我吃喜酒喽!"

3. 假扮夫妻的"新婚"与"蜜月"

1929年3月12日,农历二月二,周二。

上海《申报》刊登出圣约翰大学青年教师吴静生与上海长江书店闸北分店经理王忆子结婚启事。

当然,启事是不会刊登出他们的职业与单位名称的。

两天前,两人拍了婚纱照片悬挂在新房里,一切从简,体现着知识分子的性格与风度。当日报纸买了几十份,备查与存档用,两人又自己完成"婚宴""婚房"的张罗与准备。他们彼此面对给自己操办的"婚礼",有些感慨:婚姻是假的,但爱情却是真的,因为是假的,姓名、公开身份与实际都不符,因此不能告慰亲人,吴振鹏无父母可告诉,王履冰有父母却不能告!为了革命,是假婚却必须操办"婚礼",必须让"夫妻"生活令左右邻居以及查询的敌人相信。

吴振鹏很难想象,只相隔短短大半年时间,身旁的这位"经理妻子"依然还是那般清秀高雅,但眉宇间已仿佛完全看不到在莫斯科相见时尚存的一股稚气。而王履冰更是觉得,原有的那种"金风玉露一相逢,便胜却人间无数"只有少女少男才有的奇妙感觉突然被革命的主题填空了,而在彼此的心间弥漫开来的却是"生如夏花之灿烂,死如秋叶之静美"的感觉。

两人因觉悟而革命,因革命而相爱,因相爱而勇敢,因勇敢而从容。作为革命者的吴振鹏,他的内心早已决定为党的事业时刻献出自己的一切;作为青年的吴振鹏,他愿意为以革命理想为基础的纯真爱情投入热情。

当天晚上,他们两人并肩走在苏州河南岸,灯光映照下的河水动态流逝就如生命的沉重滞缓,吴振鹏开始冷静地想,那沉着灯影的水纹似乎有一种古朴的美,却仿佛贮藏着旧上海混沌的悲哀和被破坏的孤寂。路灯开始熄灭,天色渐渐变得暗黑,他们彼此仿佛预感到什么,他们开始让身体挨近,并且一边向前移步,一边探索着将手牵在了一起。趁着夜风阵阵,吴振鹏对王履冰说:"感谢生命中有你,更感谢你对我的信任和厚爱,用自己的实际行动执行组织交给你的任务,在执行任务过程中时时用真诚与爱对待我!"王履冰听了吴振鹏的话就慢慢转过身，把脸整个冲着吴振鹏，他这才发现她头顶上打的那个红色发结是他最喜欢的，是他在莫斯科时对她说过的，吴振鹏想着肯定是为他才这样打的，他这样想着，就很愉快地把她的两只手攥进手心，他觉得她的手在渐渐地柔软，到后来觉得她手指的指骨似一根一根都被抽去一样。一阵风吹来，吴振鹏感觉出她身子颤动，便将身上的风衣脱下披到她身上，王履冰的头就顺势靠在他的肩上……

他们共同抬起头向前望去，苏州河对岸的灯泡厂开始换班了，轰隆作响的机器声一阵紧一阵，通红的炉火苗直冲黑天，烧红了半边天空……

吴振鹏至此除了正常休息在这弄堂小楼上，也偶尔住在圣约翰大学外教公寓，尽管真情假婚，分床休息，但在外人眼里他们进出俨然是一对新婚甜蜜无限的幸福"夫妻"。

除了革命生活中，吴振鹏对王履冰工作纪律严格要求，感情世界里，他内心深处对比他小四岁的王履冰也是宠爱有加。

化名王忆子的王履冰利用书店传播共产主义思想，我党的理论和路线指导方针。

在她看来，具有革命意义的书店，就是一个潜藏在敌人心脏中的观察镜、瞭望窗，可以观察出敌人的污血流向，可以瞭望到一个崭新的世界。

每天对着这扇窗口，她会写下最美好的诗句：

从这扇窗户投射了最完美的光，
窗内是我们日臻完善的精神，
窗外有我居在其中的崭新世界。

"新婚"刚过"蜜月"，当年4月10日，十九岁的"新娘"王履冰当选为共青团上海闸北区委员会书记；吴振鹏则被委派到南京接受恢复市委地下组织的任务。

1929年4月中旬，中共南京组织第四次遭破坏。市委书记黄瑞生等三十多名同志因叛徒出卖被捕，各级组织损失惨重。江苏省委紧急委派吴振鹏前往南京恢复市委地下组织，并暂代理市委书记。中共泗县特支负责人，安徽一师与吴振鹏同学的唐伯愚因请示工作来宁，吴振鹏与他在下关挹江门城楼上进行了工作指示。当时的挹江门已经因为准备孙中山奉安大典，改为三孔多跨连拱的复式券门，是南京城第一个三孔券门，门上新挂着国民政府考试院院长戴季陶题写的"挹江门"匾额。吴振鹏与唐伯愚临分别时，手指城门外的大江和江边的狮子山对唐说："我们的革命就如大江东去不可阻挡，譬如青山高耸永固。"说完面露微笑地又引用了王安石"江北秋阴一半开，晚云含雨却低徊。青山缭绕疑无路，忽见千帆隐映来"的诗句来鼓励唐伯愚在革命低潮时期树立坚定的信念和信心！这让唐伯愚觉得吴振鹏不但是一个具有坚强意志的革命家，也是一个学识渊博的理想主义文人。唐伯愚虽然与吴振鹏只有一次仓促的会面，但聆听其指示却倍觉亲切，然而那一次的短暂会面不料竟成了他们最后的决别！

经过吴振鹏的努力，南京市委得以恢复，他回到上海后，夏采曦、王文彬等先后任市委书记。

4. 支持香港青年　指导成立香港反帝大同盟

1929年7月24日，共青团中央委员、学运部长、宣传部长吴振鹏站在香港太平山顶俯瞰被蹂躏在帝国主义魔爪之中的香港，港岛和九龙、中环、湾仔、尖沙嘴区、维多利亚海港，它们的多姿多彩在吴振鹏眼里无不彰显着帝国主义列强霸权嘴脸，这也是20世纪20年代末开始不断遭遇帝国主义侵犯的中国所特有的面孔。正上演着巨大的社会动荡,新军阀混战、国共斗争,可谓民族堪忧、国家堪忧的中国,人民举步维艰地生活着,日日处在水深火热之中。

吴振鹏此次来香港是根据少共国际组织的要求、团中央指示，前往香港发动和参加7月25日香港青年工人代表大会并组织成立香港反帝大同盟。

反帝大同盟的全称叫"反对帝国主义大同盟",是一个国际保卫和平组织,早在1927年由宋庆龄、高尔基、罗曼·罗兰等人发起成立,其宗旨是反对帝国主义侵略,支持被压迫民族的独立运动。

而中国青年反帝大同盟是在少共国际关于中国青年反帝运动的指示下,于1929年7月,在中国共产党和共青团直接领导下团结广大青年的革命团体,首先在上海建立。上半年,在中共江苏省委的组织领导下,反日大同盟、思想社等爱国团体联合发起成立上海反帝大同盟的筹备工作,为加强组织领导,党中央派任弼时、潘汉年担任筹备主要负责人。上海青年反帝大同盟成立后,随即全国各地也先后建立了反帝大同盟,如哈尔滨反帝大同盟、绥远省反帝大同盟、河北省反帝大同盟等,爱国华侨还成立了暹罗反帝大同盟,成为中国共产党领导下的一个群众组织。中国反帝大同盟总部设在上海、北平、河北。

24日晚上香港青年团体、产业工会、进步社教组织在铜锣湾一个集中区为青运领袖吴振鹏举行香港各界青年欢迎见面会并聆听了吴振鹏的即兴演讲。

香港的铜锣湾是人口和商业最密集区,它不仅拥有着迷人的维多利亚公园和赛马场,同时它还是一个繁华的不夜城,这里的购物营业时间永远是全港最晚的。这足以证明,这个区域肯定也是香港无产阶级和反帝同盟运动的主力所在,是主战场。

背对会议中心窗外的辉煌灯火,吴振鹏面对香港上千的进步青年情绪高涨,他的一身工人装束、普通的圆口帆布鞋获得广大香港产业工人的大赞,他的朴素而镇定自如的表情,他的平静却不时语调高亢的演讲引发台下不时的潮动。

他在阐述帝国主义统治下的中国劳动青年与殖民地共产主义青年团反帝国主义斗争的根本意义时说:"中国广大劳动青年与一般被压迫青年群众在帝国主义及其工具地主、买办、资产阶级、国民党统治之下,政治、经济地位之低下,生活之痛苦已达极点。尤其是中外厂主开始实行生产合理化的结果,更加重了对青工童工的剥削。 这种条件实际上正是中国广大青年群众热衷于反帝国主义斗争的社会基础。 这种条件同时也就指示我们中国共产青年团对于组织领导青年反帝国主义斗争的重要性。 少共国际第五次世界大会决议案中说:'殖民地与半殖民地的共产青年团,应该把反帝国主义斗争放在整个行动的前列。'可见过去我们有时有些忽视反帝斗争的倾向,实在是莫大的错误。"

他在演讲中指出,目前反帝斗争的实际任务是: 1. 坚决执行反对军国主义,反对世界大战,反对帝国主义进攻苏联的斗争。 2. 反对帝国主义瓜分中国,制造并利用军阀战争加紧侵略中国,保护中国革命。 3. 加强外国驻华海陆军警,及外国轮船上海员水手中的工作;特别在上海、香港、天津、青岛、武汉、九江、满洲等中心区域,应该把这一工作放在议事日程中,经常有计划地执行。 4. 加强国内外青年反帝国主义斗争的教育宣传,严厉驳斥一切与无产阶级观点相反的,或者修改列宁对于帝国主义的理论与实际的主张,如所谓"超帝国主义""经济民主主义",尤须严重揭破"赤色帝国主义"等类的反动宣传。 5. 继续反对帝国主义的文化侵略,继续"非基"运动,因这是帝国主义直接麻醉中国青年一种最阴险的政策。 6. 发展青年反帝组织,扩大和组织各地青年反帝大同盟。 7. 中国共产青年团是少共国际在东南亚一个最大的支部,所以在反帝斗争中,应特别注意帮助其他国家和地区的工作。 在反帝斗争中必须十分注意与国际无产青年反帝战线发生亲密的联系。

当时处于殖民地的香港青年很少听到来自少共国际和党团组织的声音,今天听到吴振鹏传递列宁主义、共产主义远大理想,传递无产阶级主宰自己命运的声音,令他们倍受鼓舞并为之振奋不已,整个会场,或针落有声,或掌声雷动……

演讲临近结束时,完全被香港广大青年激情感染的吴振鹏,动情而又理性地用他那一贯豪迈的气概和富有磁性的嗓音继续鼓舞他们:

"世界反帝大同盟的成立，无疑是一个伟大运动的开始，新的阶段，有新的任务，新的时代，需要新的战士。我们不再沉迷过往的宠辱，也不幻想未来的安逸，我们积聚所有精力，瞄准着前方的敌人，冲锋战斗，战斗冲锋！"随着他的坚定不移的手势，他的声音未落，全场已经掌声与口号声此起彼伏……

25日晚上，美丽的维多利亚港口的一幢大楼内，在周围无数码头工人的暗中保卫下，空前的香港青年工人代表大会在这里秘密举行。

因为是周四的晚间，很多代表未能出席。但到会的代表也近四十人，包括了香港各重要生产单位和机关的青年工人及手工业的青年工人，太平洋航线的海员青年工人亦有代表到会。

在吴振鹏的指导和主持下，大会一致决议反对帝国主义者与国民党进攻苏联，要武装保护苏联，反对第二次世界大战，反对中国的新军阀战争。一致决议号召全香港青年工人参加8月1日的国际赤色日的总示威行动。

会议充分讨论了香港青年工人运动的方针，确定了目前香港青年工人要求纲领，提交香港工人代表会审查与执行。

大会决议发表《告香港青年工人书》，说明青年工人之痛苦，青年工人反战争、拥护苏联之意义和任务，此次代表大会之意义，并号召全香港青年工人一致，团结于香港工人代表大会之下，为自身的解放，为整个被压迫民众的解放而斗争。

大会更致电全国的青年工农兵士及一切被压迫的青年群众，致电苏联的青年兄弟，致电中国苏维埃区域中的青年兄弟和红军战士。

在青年工人代表大会过程中，香港工代会还发展了几十个青年工人会员。机器工会下的青年工人群众，有几十个从反动的领袖麾下转到工代会的领导下，很多的青年工人，在工代会的领导下，组成了青年工人的组织，很多的青年工人自发地加入了工代会或转入工代会的领导下。

大会更决议组织香港青年反帝大同盟为香港青年群众反对运动之

指导机关和组织，以集中香港青年的反对力量和推进香港青年的反帝运动。

会议即将结束时，吴振鹏代表少共国际组织和团中央部署香港青年反帝大同盟未来需要进行的七大任务：1. 号召香港青年群众参加"八一"的示威运动；2. 积极准备国际青年赤色日期——"九一"的示威运动；3. 扩大本身组织基础，扩大在青年群众中的反帝影响；4. 积极帮助广州、广西、南阳等地的青年群众，成立与发展各地的青年反帝大同盟；5. 准备全省青年反对大会之召集，并与上海青年反帝大同盟共同准备全国青年反帝大会之召集；6. 出版定期刊物，进行反帝的宣传与鼓动；7. 号召各种青年群众反帝的群众会议，进行反帝运动。

最后，吴振鹏用饱含热情的语调勉励香港青年："不管别人说我们什么，哪怕说我们粗暴的、浅薄的，或许不错，但我们把握的真理是真实的、革命的，而且是决定胜利前途的；我们负的使命是伟大的、光荣的，而且是不得不负的。所以，我们没有畏惧，只有向前，向前。"

大会在雄壮的《国际歌》歌声中胜利结束。

青工代表大会，使香港的青年工人认识了组织之必要与力量，认识了自身之重大的历史任务，统一和确定了香港青年工人运动的路线和计划，规定了香港青年工人目前斗争之纲领，推进了香港青年工人的斗争，推动了香港青年工人之革命化的进程！

吴振鹏从香港回到上海后，将会议前后经过记录整理，并公开发表于1929年8月25日的《列宁青年》第一卷第二十二期。

回到上海不久，吴振鹏受组织委派，接替李富春，任中共上海法南区委书记。

5. 全国苏维埃区域代表大会

1930年，对于吴振鹏的革命生涯来说是一个多事之秋，同时也是他革命生命走向顶峰的一年。

这一年他参加了全国苏维埃区域代表大会、中央总行动委员会大会、党的六届三中全会，并代表团中央在会上作了团工作报告；这一年，他参与了南京市委遭到第五次破坏后的恢复工作，参与南京暴动两次指挥和督战，在《红旗日报》《列宁青年》上发表一系列意义远大的指导全国青年运动和武装斗争的文章；这一年他相继受命担任中央总行动委员会主席团成员、总行委委员，兼任总行委青年秘书处书记、上海工作委员会委员，管辖江苏、上海、安徽、浙江党组织的江南省委常委，被中央指定与周恩来、项英、毛泽东、任弼时、朱德等七人组成的中共苏区中央局成员，至此，吴振鹏成为了中央领导核心成员。

1928年中国共产党第六次全国代表大会正确分析了大革命失败一年来的形势，指出，"在机会主义、盲动主义错误之下，使我们的组织发生了极大的危险和困难"，今后在组织方面的任务是必须"建立和发展工农群众的革命组织"，改变党代替工会、农会的错误倾向，提出为了巩固红军和革命根据地，一定要建立地方苏维埃政权。

加上中共六大以后，中国革命运动开始出现了新的转机，尤其是曾受大革命影响较深的南方几个省区，革命形势趋于高涨。到1930年上半年，在湘、鄂、赣、闽、粤、皖等省有十八个区域共一百二十七县成立了拥有一千四百多万群众的苏维埃政权；全国红军已扩展到十四个军近十万人；农民土地革命不断深入与扩大；全国工人罢工浪潮此伏彼起；反动军队的兵变现象与日俱增。在新的革命形势高潮面前，根据共产国际的指示，以李立三为代表的"左"倾错误统治的中央提出，当时需要有集中的最高政权组织即中央苏维埃政府，来对抗国民党反动政权。这样，中共中央就把建立全国性苏维埃政权的任务，作为党当时的中心任务，提到全党工作的议事日程上来。

为了完成这项中心任务，1930年2月4日，中共中央发布第六十八号通告《关于召开全国苏维埃区域代表大会》，最早提出了召开全国苏维埃区域代表大会的任务和号召。随后，中共中央和中华全国总工会联合成立了大会筹备处；各革命团体纷纷发表宣言，热烈拥护和响应大会的召开。

在这之前，根据党的六大精神，党中央决定先召开第五次全国劳动大会、全国苏维埃区域代表大会和中华苏维埃第一次全国代表大会筹备会。1929年冬，时任全国总工会秘书长的林育南根据党的指示，从武汉来到上海化装成南洋华侨，化名李敬塘，在上海秘密进行第五次全国劳动大会及全国苏维埃区域代表大会的筹备工作。为了掩护林育南的工作，让他与刚从济南调来上海工作的张文秋（化名李丽娟）结成假夫妻，张文秋对外是林育南的"妻子"，对内是秘书。

经中央同意林育南在繁华市区的英租界爱文义路卡德路的拐角处，用每月白银六十两的高价，租赁了两栋宽敞的三层楼房（今北京西路690—696号）作为住宅。

楼房三面临街，每面都有门出入，进出非常方便。楼房一楼是林育南的住宅，陈设着各种高级家具和日用品。二楼作为办公、开会的地方，各房间备有草席，个别房间还备有一两张桌椅，供开会和休息时用。楼上临街房间的玻璃窗上，装有墨绿色呢子窗帘，以防街上的人窥视室内情况。

他们把这两栋房子里里外外都布置得俨然一个家藏万金的大资本家的豪华住宅，还雇有"厨师""佣人"，进出都乘坐小汽车。以至林育南、张文秋等在此活动近一年之久，反动军官和租界巡捕都不敢贸然上门问津。

他们在这里居住了一年多。当时交通、通信、物资条件很差，环境也很恶劣，筹备工作只能在极其秘密的状态下进行，作为筹备大会的主要负责人，林育南与李立三、项英等密切合作，将大会筹备工作做得极其出色。

这两栋楼房就成了召开第五次全国劳动大会（1929年11月7日至11日）、全国苏维埃区域代表大会（1930年5月20日至24日）和中华苏维埃第一次全国代表大会准备会（1931年9月19日至11月）三次大会的会场。

苏维埃区域代表大会筹备、报到和召开期间，吴振鹏组织江苏省委会务骨干并指导了上海青年团骨干参与大会的相关筹备、接待和会务工作。

为了防止敌人跟踪，确保代表们的安全和会议安全，会场附近设立了三个招待所。每一位到达上海的代表，都必须先住到招待所，由彭砚耕进行严格的代表资历审查。审查合格的代表，再经过必要的化装后，由外交秘书用专车接到大会会址。接代表时，还将汽车上的窗帘全部拉严，不让车外的行人看到车上的代表，也不让代表看到行车路线。进入会址的代表，按规定一律不准下楼，更不准出大门上街，只能在楼上的房子内活动。无论白天晚上，不许打开窗帘，也不许掀开窗帘朝外观望。

因为担心买太多的床招来怀疑，床位安排得不多，每个房间只有两张床。晚上，只好在每间房的地板上铺上褥子、被子，让代表们睡地铺。天亮以后，工作人员就把卧具集中收藏在一间小屋里，以备晚上再用。

会议开始的那一天，林育南带着经过严格审核和会务训练的、包括吴振鹏选派的上海党团骨干人员组成的全体工作人员，将来自全国各地的代表和各方面的领导，热情地迎进了西楼二层的会议厅，大会的会场就设在这个会议厅里。

为了应付可能发生的意外，在东楼一层的会客厅里，还另外布置了一个寿堂。寿堂中间挂着一个金色大"寿"字，两边挂着对联："福如东海长流水，寿比南山不老松"。"寿"字下面还摆设了一张铺着大红绒毯的供桌，陈列了红色的寿桃、白色的寿面和金黄色的佛手。祝寿宾客的座椅摆放得整齐有序。为了使阔气的寿礼具有最大的真实性，还请来一位同志的父亲，让他装扮为李敬塘（即林育南）的父亲"李老太爷"，等候在隔壁的房间里，随时可以进寿堂，接受人们的祝贺或叩拜。开会以前，所有代表和工作人员早就统一了"口径"，不论发生什么情况，都要一口咬定是来祝贺"李老太爷八十寿辰"的。

全国苏维埃区域代表会议，就是在这种颇有封建色彩的"祝寿"掩护下，秘密召开的。

大会于5月20日正式开幕。大会应到代表五十五人，实到四十八人，有七位代表于闭幕后才到。除了中国共产党、全国总工会、中国共产青年团的代表，全国七万以上的红军，湖北、广东、江西、湖南、福建、广西、河南、安徽、浙江等省的苏维埃区域，上海工联会、香港工代会、广州工代会、全国铁路总工会、武汉赤色工会、唐山赤色工会等地方和各革命团体均有代表参加。

中共代表李立三宣布开会、致开幕词后，吴振鹏代表团中央以及全总等各团体代表先后向会议致祝词。

会议推举未到会的斯大林、加里宁、罗佐夫斯基、马洛夫斯基、伏罗希洛夫和瞿秋白、毛泽东、彭德怀、贺龙、朱德为大会名誉主席团；推举项英、向忠发、周恩来、李立三、吴振鹏、徐锡根等十三人为大会主席团；推举王宏为大会秘书长。

李立三除了代表中国共产党作政治报告，提出党对政治的估量和总的策略及任务，以及苏维埃大会的政治任务外，还作了《土地法令报告》，提出没收土地的三条具体规定；王宏作了《关于苏维埃组织法报告》；项英作了《关于劳动保护法令报告》；王太沧作了《红军问题报告》等。

大会的决议、宣言和其他文件共二十七件，因为时间的关系，只能将政治决议案、暂行土地法令、暂行劳动法令、红军问题决议案及大会的总宣言作详细的讨论。在赤色的气氛中，每一代表对于每一决议的报告，以最深刻的精神去注意，以最热烈最透彻最实际的内容提出意见，特别是对于政治决议案，经过了二十小时以上的报告和讨论，几乎没有一个代表没有发言，很多代表发言三次以上。

大会的惊人的壮烈而透彻的讨论，表现了全国的革命群众是如何热忱地接受共产党的领导，为全国苏维埃政权胜利而作战！

吴振鹏作为主席团成员，又因此时关向应已去军委工作，他作为团中央代表,在会上作了《苏维埃区域中的青年问题》发言,因为时间的关系,大会虽然未能对他的发言做专门的讨论,但他的报告得到整个大会的充分关注,并且对于青年问题作出了原则上的决定。

他在大会发言中说:"感谢大会对青年的问题的关注,大会对于青年各方面问题内容的收集和整理,我深信这将是现阶段和今后一段时间内对全国青年运动的指针。"

他谈到了全国青年面临的生存状态,以及要求革命并争取为全国苏维埃胜利而战的决心。 他说,在中国革命根本矛盾日益尖锐的现在,在中国劳动群众生活日益陷入悲惨境地的现在,全国青年的生活条件,是更加不堪了,特别是生产合理化与民族工业破产的结果,使广大的青年工人在机器的转动下受着资本家的最高度的榨取。 农村经济的恐慌,使广大青年农民更遭受着失业,流离的青年,死亡于枪林弹雨之中;军国主义、"爱国主义"的麻醉剂正大量地对青年的脑中注射。 残酷的白色恐怖,青年更遭受其最多量的"恩赐"。 这些经济的政治的条件,构成了中国青年工农兵士及一切青年劳苦群众,更加迫切地要求革命要求组织,在明确的政治斗争的旗帜下,一致地为争取全国苏维埃的胜利而战,因而在一切革命斗争中,青年无时不在斗争的最前线(红军中青年占百分之五十以上,赤色先锋队中青年至少占有半数,少年先锋队之英勇地参加作战,少年先锋队和童子团的组织有十万以上的人数等,便是最明显的证例)。

他也谈到了青年斗争工作的不足以及原因。 他说,我们要在布尔什维克的自我批评精神之下,来检查我们的弱点,寻求原因,克服这些弱点,使青年群众在"争取全国苏维埃政权之胜利"的斗争中,更表现出他们的战斗作用,执行他们的伟大的历史使命。 首先我们看到青年群众在斗争中还未能充分地起到应有的作用,在工人阶级的政治罢工、同盟罢工和准备总同盟罢工中,在红军的猛烈扩大中,在苏维埃区域的发展中,表现的力量还很弱,还非常地不够,甚至在某些部分和某些地方因为工作路线的错误,妨碍了正确的策略路线的执行。 如上海不能坚决地去组织青工罢工，赣西的少年先锋队不受红军及苏维埃的指导，鄂东北少年先锋队和赤卫队争夺群众和武装等。其次是组织工作的薄弱，到现在全国青年有组织的只有一百五十万，特别是城市中青年工人的组织更为薄弱，而且对这些有组织的青年群众，正确的领导非常缺乏。这些弱点，主要的是几个原因所造成的。第一，小资产阶级的清谈倾向，富农路线和农民的错误意识——右倾。这些障碍着青年群众对正确的工作路线之执行。第二，对青年工作忽视和对青年问题欠缺正确的了解，以致忽视或取消了青年工作。如上海在"五一"准备中忽视青工罢工，赣西南、鄂东北解散少年先锋队，赣北停止童子团的活动，红军第四军中的党部取消共产青年团的组织等。

在总结青年斗争工作的得失以及原因后，他提出了必须克服这些缺点，执行正确的"总路线"。

他说："因此，我们要来克服这些弱点，首先必须：一是坚决地与清谈倾向、富农路线及农民的错误意识作战。不能肃清右倾，便不能充分地执行正确的工作路线。二是对忽视青年工作取消青年工作的倾向作战，正确地去了解青年工作的重要和青年工作的正确路线。三是目前青年工作的总路线是争取全国苏维埃政权的胜利，争取青年的特殊利益。其次，要争取全国苏维埃政权的胜利就必须执行下列工作：一、青年工人参加政治罢工同盟罢工以及总同盟罢工和举行青年单独斗争，在斗争中争取青年特殊利益。二、青年工人加入赤色工会、赤色少年先锋队和童子团。三、青年农民踊跃地加入红军、赤卫队、少年先锋队、童子团。参加地方暴动！努力扩大苏维埃区域，参加苏维埃区域对外发展的斗争，坚决地去深入土地革命。四、青年士兵加入士兵委员会，参加兵士暴动和兵变，投到红军中来。五、红军中的青年士兵，一致为争取全国苏维埃政权的胜利而对敌人作决一死战。六、少年先锋队队员参加红军作战，加入红军。七、坚决地反对清谈倾向、富农路线和农民的错误意识。八、坚决地反对和肃清取消派、改组派的活动，一致地在"争取全国苏维埃政权的胜利"的总路线下，准备武装暴动。"

吴振鹏发言刚刚结束,参加大会最年轻的十六岁湖南籍少年先锋队的队长"霍"地从座位上站起来,他皮色红黑敦厚而稍近野性的面孔微微仰起,两眼圆而有精神,他首先代表少年先锋队向与会领导代表致了一个标准的队礼,然后目光平视前方,举起右手臂大声呼喊:

"打倒军阀!"

"打倒帝国主义!"

"猛烈地扩大红军!"

"组织地方暴动!"

"中国革命成功万岁!"

"世界革命成功万岁!"

"胜利永远属于伟大的苏维埃!"

他呼喊口号时,跟着口号重复使劲挥动着右臂,仿佛他两眼冒出锐利"火箭",已经射中敌人的"要塞"。

会场上的代表被感染了,也跟着一遍遍呼喊起来!

吴振鹏的发言报告,后来经他整理成文章以《全国苏维埃区域代表大会的经过与青年问题》为题发表在 1930 年 6 月 10 日的《列宁青年》第三十八期上。

会议于 23 日闭幕。 会议讨论通过了《全国苏维埃区域代表大会宣言》和《目前革命形势与苏维埃区域的任务》《苏维埃的组织法》《劳动保护法》《暂行土地法令》《红军及武装农民扩大计划》等重要决议以及许多文告,大会宣言强调指出,只有中国共产党的领导,"中国苏维埃革命才能得到彻底的胜利!"《目前革命形势与苏维埃区域的任务》中指出:"在目前革命高潮日益迫近的形势下,准备一省与几省的首先胜利,创立全国革命政权,已经成为当前的中心问题。"为此提出两个口号:一是"变帝国主义战争,为推翻帝国主义统治的国内战争";二是"变军阀战争为消灭军阀的革命战争"。

这次大会规定了苏维埃区域的策略路线与具体任务,制定出苏维埃政府的根本法令，这对于动员广大群众反抗国民党的反动统治，为建立苏维埃政权而斗争，对于中华全国苏维埃第一次代表大会的召开，起了积极的作用。但是这次大会是在李立三"左"倾错误指导下召开的，因此会议关于形势、任务、策略、政策等"左"倾分析、主张和规定，使李立三"左"倾冒险主义错误得到进一步发展，在后来的实际工作中给党和革命事业造成很大的损害。

大会主席团决定，于1930年11月7日举行第一次全国工农兵贫民苏维埃大会，建立全国工农兵贫民自己的政府。后来由于中央苏区全力投入反国民党第一次"围剿"的准备工作，使全苏大会未能按预定日期举行。

会议在雄壮的《国际歌》歌声中闭幕。

代表艺术团体参加会议的中国作家、中共党员，左联五烈士之一的柔石后来以《一个伟大的印象》的标题文学化地记录了这一划时代伟大会议的场景。

他写道："中国，红起来罢！中国，红起来罢！全世界底火焰，也将由我们底点着而要焚烧起来了！世界革命成功万岁！我们都以火，以血，以死等待着。我们分散了，在我们底耳边，仿佛响彻着胜利的喇叭声，凯旋的铜鼓底冬冬声。仿佛，在大风中招展的红旗，是竖在我们底喜马拉雅山的顶上。"

会议结束的当天晚上，吴振鹏亲自组织上海党团骨干部署分头、分批护送会议代表安全出沪计划和措施。当天晚上，代表们先被分别分批送到了三个招待所。在招待所里，再根据来上海时采用的身份，重新改换装扮，先后于当晚、次日、后日安全出沪，踏上归途，返回自己的岗位。

会议结束后，李立三立即委派吴振鹏以江苏省行动委员会委员身份前往南京组织"红五月行动"委员会并策动"五卅纪念"暴动，举行罢工、罢课、罢市、罢岗、罢操等"五罢"斗争，遭到国民党当局的疯狂镇压。

此时的吴振鹏还没有看出"立三路线"的盲目冒险性和错误性，而是对"立三路线"所描绘的革命斗争风暴般的到来和即将实现预定的胜利心怀激动的期待。

6. 南京暴动执行"立三路线"

从1929年到1930年，国内国际政治形势发生了一些重要变化。在国内，国民党统治集团的内部矛盾进一步激化，中央政府和地方政府之间、"中央军"和各杂牌军之间的矛盾日益尖锐化。各派军阀特别是蒋、桂、冯、阎四大派系之间对国民党中央政府控制权的争夺日益激烈。各派军阀都是以一个或几个帝国主义国家的支持为背景，英、美、日等帝国主义国家为争夺在华利益的矛盾和斗争，必然直接导致国民党内部的派系纷争和军阀之间的混战。而且只要各帝国主义国家分裂中国的状况存在，各派军阀就无论如何不能妥协，所有妥协都是暂时的。频繁不息的军阀混战，加深了全国各阶层人民的苦难，也削弱了军阀自身的力量，在客观上为革命力量发展提供了有利条件。

这时中共中央的一些领导人，看到形势发生一些有利于革命的变化，又受到共产国际的"左"倾指导思想的影响，头脑开始发热。他们无视国内国际革命力量仍然相对弱小的实际状况，片面夸大形势对革命有利的一面，逐渐形成"左"倾冒险错误。一些比较系统的错误主张，主要是由时任中央政治局常委、中央宣传部部长的李立三提出的。因此，这次"左"倾错误，史称"立三路线"。加上1929年底，中共中央同共产国际远东局在如何看待中国的富农、游击战争、赤色工会等问题上，也发生了激烈争论，在争论无法解决的时候，1930年3月初，中共中央派周恩来赴苏联向共产国际汇报工作。在这期间，由于中央主要领导人向忠发缺乏领导能力，中央的工作实际上由李立三主持。

早在党的六大前后，中共中央在共产国际的指导下，就已经提出一个准备以夺取城市为中心的实现一省或数省首先胜利的武装总暴动方案。1929年2月、6月、8月和10月，共产国际向中共中央发来多次含有"左"倾错误主张的指示信和决议案。特别是10月26日的指示信，认定"中国进到了深刻的全国危机的时期"，"现在已经可以并且应当准备群众，去实行革命地推翻地主资产阶级联盟的政权，而建立苏维埃形式的工农独裁"，提出城市工人要准备总政治罢工，红军斗争应统一起来。共产国际的这些错误主张，对中共中央及其领导人都有影响，特别是为李立三"左"倾冒险错误提供了理论依据，对其错误的形成发生了直接的影响。

1930年1月11日，中共中央政治局通过《接受国际一九二九年十月二十六日指示信的决议》。2月26日，中共中央发出第七十号通告，通告指出：党不是要继续执行在革命低潮时期积蓄力量的策略，而是要执行集中力量积极进攻的策略，各地要组织工人政治罢工、地方暴动和兵变，并集中红军进攻大城市。4月、5月，中共中央、中央军委对此又作出具体的计划和部署。在这个过程中，李立三在《红旗》《布尔塞维克》等党的机关刊物上发表《新的革命高潮前面的诸问题》等多篇文章，提出关于中国革命的一系列"左"倾观点。

中原大战和湘粤桂边战争爆发后，李立三等认为革命形势已在全国成熟。于是，在1930年6月11日召开的中央政治局会议上，通过由李立三起草的《目前政治任务的决议》（即《新的革命高潮与一省或几省首先胜利》）。至此，李立三"左"倾冒险错误在中共中央取得了统治地位。

李立三等在上述错误思想主导下，制定了以武汉为中心的全国中心城市起义和集中全国红军攻打中心城市的冒险计划。7月间，重点部署了南京、上海、武汉等城市的暴动准备工作。同时规定：红三军团切断武（汉）长（沙）铁路，进逼武汉；红一军团进取南昌、九江，以切断长江，掩护武汉的胜利；红二军团、红一军相互配合进逼武汉；红七军进攻柳州、桂林和广州。

各地红军根据中央和军委的指示，立即采取军事行动。7月下旬，红三军团在平江反攻作战胜利的态势下，于27日乘虚攻占长沙。李立三等得知这一消息后，更加认为"会师武汉""饮马长江"，以至夺取全国胜利的目标很快可以实现。"左"倾错误由此又有了发展。

1930年7月中旬，李立三改组中共江苏省委，将中共江苏省委与共青团江苏省委、江苏省工联会合组成立江苏省总行动委员会，由他自己亲自兼任"江苏总行委"书记，吴振鹏、李维汉、顾顺章、徐锡根、陈云为总行委委员。

吴振鹏在总行委分别担任主席团成员、总行委委员、青年秘书处书记、上海工作委员会委员等职。

作为暴动最高指挥机关，停止党、团、工会等一切正常活动。

总行委负责组织武装暴动的任务，行委要实现军事化，行委的决定就是最高命令。于是，江苏省总行委成为全国第一个将党、团和工会领导机关合并起来贯彻"左"倾冒险计划的省级领导机构。李立三等人错误地认为"革命高潮最先在江苏，尤其是在上海首先爆发的可能"，强令各地扩大斗争，在农村到处搞暴动，在城市搞总同盟罢工，企图把江苏作为"一省或数省首先胜利"的典范。

江苏省总行委辖江苏（包括上海）、浙江和安徽部分地区，机关设在上海。上海市区各区行动委员会、分区行动委员会以及南京市和徐海蚌地区二十多个市、县行动委员会相继在7月、8月间成立。

但暴动在江苏各地陆续开始后，基本以失败告终。

7月16日，中共沭阳县委领导人胡寿明和沭阳区委陈浦增率领农民暴动队在新河集举行武装暴动，胡寿明牺牲，暴动失败。

7月20日，中共泗阳县委书记王沛等组织五百多名党员和群众，在李口举行反霸抗捐武装游行，一天后遭镇压而失败。

皖东北农民大起义，由于消息走漏，组织起义的泗县行动委员会被迫于7月中旬提前行动。双沟、官塘、大庄集、马公店、青阳一带有两千多人参加了暴动，他们在黑塔、塘河沟一带，与反动武装苦战六天七夜，终于失败，很多同志被捕或被杀害，中共党组织受到严重破坏。

7月27日，红三军团乘虚攻克长沙。李立三被这一突如其来的胜利冲昏了头脑，要求全国各大城市积极准备武装暴动，命令南京立即组织武装暴动，并在中共中央政治局会议上布置南京举行士兵暴动，认为这会使最高反动统治机关加快覆灭，导致全国数千万群众之兴起。为加强组织领导，他委派中央军委的曾钟圣（曾中生）去宁指挥，同时为组织完善以及增强胜利保障起见，他派革命意志坚定、行为果敢、具有较强暴动指挥才能的吴振鹏以"总行委"领导名义前去南京督战。

曾中生1900年出生于湖南省资兴市，军事家。1926年6月，参加北伐战争，任国民革命军第八军前敌总指挥部组织科科长。1925年考入黄埔军校第四期，同年底加入中国共产党。大革命失败后，赴苏联中山大学学习，参加在莫斯科召开的中共六大。历任军委参谋科科长、中央军委委员、中共南京市委书记、中共鄂豫皖特委书记兼军委主席、红四军政委、西北军事委员会参谋长。1935年8月，由于反对张国焘军阀主义、分裂主义，被张国焘秘密杀害，年仅三十五岁。1945年，中共中央在七大为曾中生平反昭雪。

首次"南京暴动"定于8月1日举行。为了掩护和协助军委派去的南京暴动直接领导人曾中生（即曾钟圣），江苏省委决定委派黄杰（徐向前夫人）随同曾中生一起来到南京。7月31日夜间，正在组织指挥的曾中生当着黄杰报告吴振鹏说："经过我的了解和分析，南京党员不多，组织也不够健全，组织兵运更不得力，所以，在我看来南京暴动的条件还不成熟。"但前来督战的吴振鹏认为曾中生的说法或者分析不正确，至少是不全面，就也当着黄杰的面批评曾中生说："南京市委经过几轮冲击破坏，市委组织体系都能在被破坏后的短期内得以迅速恢复，市委大旗仍然高举着，你能说党员欠缺、组织不健全？"谁知道曾中生自以为是军事干部，又与黄杰同在过黄埔，今天在临战时刻遭到政治干部吴振鹏当着黄杰年轻女同志面批评他，心中有些不服就反问吴振鹏："那请问吴委员，南京市委为何屡遭破坏，而对敌运动基本是被动局面？""这不能简单用你单纯的军事眼光分析这样的局面，它之中既有军事的，更有政治的。南京是反动派的军事政治中心，反动派会用强过其他地方上百倍的力量进行各种防御和有效反击措施，包括军事破坏、渗透，政治破坏、渗透，南京市委还没有寻到击破敌人致命的突破口，但他们在坚持艰难的寻找中，并不能认为他们组织不健全、工作不得力。"

曾中生还是不服，两人便发生了争执，好在一旁的黄杰敢于当着他们俩劝解。黄杰还是有点分量的人物，是恽代英亲自带过的女子黄埔生，参加过北伐，十八岁加入中国共产党，后任中央军委、临时中央局机关交通员，见到过周恩来、李富春、项英、陈毅、徐向前等中共领导人。她的公开身份是一名电话接线员，后被李维汉调到江苏省委工作。对于她的劝解两位领导还是要给面子的，从两人开始争执到争吵过程中，她一边倒茶，一边劝说，总能在争执开始升级的时刻恰到好处地将两人的"火气"有效扑灭。

当天夜间，曾中生要前往前敌指挥所巡查并现场发布指挥命令，以安全为由请吴振鹏留在指挥所并安排几个警卫寸步不离，他临走出指挥部时报告吴振鹏说午夜按计划以枪声为号进行暴动，让他在指挥部等待消息。结果吴振鹏等了一夜，没有等到暴动的消息，早晨回来的曾中生报告说，计划中的"起暴点"枪声未响，暴动未起，原因正待查明。

"为什么不及时报告？"显然吴振鹏愤怒了。

"我怎么报告？当时情况我不能判断暴动是停止还是继续？！"曾中生极力解释。

"你作为一个军事指挥员，应该明白战略的进退与战术临阵应变，更要懂得按级执行命令和指挥！"吴振鹏对他有意隔离自己于暴动前沿之外，"包办"暴动又"包"而不动的做法表示极大的愤慨。

"是的，我是军事干部，我有我的战术判断……"

"住口！……你再狡辩，信不信我一枪毙了你！"吴振鹏突然拔出手枪"啪"地拍在桌上。

面对怒目而视的吴振鹏和桌上的手枪，曾中生无声了。

但基于这样的情况，没暴动却有革命同志被发现，被渗透的特务和叛徒出卖，吴振鹏只能宣布先停止行动，狠狠批评曾中生一顿后，便匆匆回上海向中央汇报。

听到吴振鹏汇报后，李立三暴跳如雷，他拍着桌子大骂曾中生无能，不听指挥，决定将他撤换下来，同时命令吴振鹏驻守军委作战部门以江苏总行委委员的身份协助和督战全省暴动。

1930年8月6日，中共中央在上海成立指挥全国武装暴动和总同盟罢工的最高机构——总行动委员会，委员有李立三、邓中夏、吴振鹏、陆定一、刘伯坚、徐锡根、向忠发、李维汉、王克金、余飞、陈郁、袁炳辉、罗章龙、潘问友等十四人，向忠发、李立三、徐锡根、袁炳辉为总行委主席团成员。

李立三在成立会上作报告，认为中国革命的形势已经"到了历史上伟大事变的前夜"，强调党的总任务是"积极准备武装暴动，以武装暴动的目的来布置全国的工作"，并进一步阐述了共产国际关于"第三时期"的理论及其对中国革命的影响，指出："世界革命第三时期的特征，是世界资本主义之一切内外矛盾的紧张，整个经济制度之严重的危机，显然表示要急剧地走向崩溃与死亡。"断言："全世界普遍地逼进于直接革命的形势"，"国际上矛盾都集中于中国，所以造成中国之一切与经济的危机，革命的危机"，因而"中国革命的大爆发"不可避免。

当时党的总书记向忠发已经成了全国总行委主席团成员，而总行委建立的提出到总行委的行动计划、路线决策都是李立三一手操作和掌控，向忠发的党内位置成了空架子角色，相关会议决策上总是附和立三，好像只有这样才符合他总书记的身份，党内高层同志看得出，李立三已经凌驾于总书记之上,他的冒险主义暴动思想已经绑架了总书记,绑架了党中央! 在这样的一个政治不正常的体制和外部斗争形势错判的情况下,"立三路线"迅速将中共的命运推向危险的地带!

8月8日,李立三又派中共总行委委员徐锡根和吴振鹏去南京再次组织督战暴动。 这次暴动因两浦党员大造革命声势,张贴标语,未及发动即暴露了计划,敌人疯狂搜捕,加上叛徒告密,致使南京地下党遭严重破坏。

回到上海的吴振鹏得知暴动引发的严重后果大为吃惊! 于是他对第二次南京暴动后果陷入了沉思,后来他问同去的徐锡根:"是不是暴动的总路线有错误?"可徐锡根的解释说是军事技术上的错误而无关暴动路线问题。

8月20日,中共南京市行委书记李济平,委员夏雨初、任旭升、宋如海,中央大学支部书记黄祥宾等二十人,在南京雨花台英勇就义。

自7月下旬以来,南京已有近百名中共党员被捕牺牲。

这个时候的吴振鹏已经开始怀疑"全面开展全国城市暴动计划"的盲动和冒险性,通过他亲自组织并督战的几次暴动以及全省相继暴动并遭到敌人疯狂镇压造成中共重大损失的事实,他觉得"立三路线"是有问题的,而且不是一般的问题。

吴振鹏通过参加汇报、通报战况会议以及相关统计,了解到自7月至9月,江苏省总行委在上海全力以赴地投入纱厂、法商、英商电车汽车工人,黄包车夫等大罢工,举行了"七一六""八一""九七"等闹市中心的示威游行和飞行集会,并在南汇县发动了泥城农民暴动。这些活动由于缺乏群众基础,遭到国民党政府的镇压,都失败了。 据8月底不完全统计,江苏全省仅存徐海蚌、通海两个特委,县委也从六十九个减少至二十二个。 据全国互济会调查显示,1930年4月至9月半年中,江苏被杀害的党员和进步人士、群众达3130人,被捕1408人。

为此，作为执行"立三路线"总行委三号人物的吴振鹏经过深思熟虑决定正式向李立三提出"是否是总路线有错误"的问题，并请中央总行委讨论。谁知，吴振鹏在一次行委工作会上向李立三提出时，被李立三当场斥为"有严重的错误"而予以拒绝。会后还将吴振鹏叫到他的办公室关上门大肆批评了一通，他觉得像吴振鹏这样具有坚强意志的革命者只能坚决相信"立三路线"的革命彻底性和正确性，除此中国革命暂时还没有找到更好的斗争方向性的指导路线。吴振鹏临离开他办公室时，他还唉声叹气地对吴振鹏说："连我一贯欣赏的吴振鹏这样一个斗争坚决、意志坚强的革命者都准备向敌人妥协了，中国革命难道开始准备'沉沦'了吗？"

这场争论一直持续到中共党的六届三中全会纠正李立三"左"倾错误为止。

第十二章
六届三中、四中全会与"突发事件"

1. 六届三中全会中央拨乱反正

李立三的"左"倾错误,给革命造成了严重危害。中心城市的总同盟罢工和武装暴动都失败了。刚刚恢复起来的白区工作,又遭到摧残和破坏。红军也遭到重大伤亡,红二军团缩编为红三军,洪湖根据地丧失殆尽;红七军由六千人锐减到两千人,丧失了右江根据地。

对于李立三的"左"倾冒险主义,党内许多同志进行了抵制和斗争,在白区的恽代英、何孟雄和在苏区的毛泽东、方志敏、贺龙、周逸群等,都以不同的方式,进行过批评或抵制。 特别是毛泽东,不但没有机械地执行"左"倾错误,而且纠正了红一方面军中的"左"倾错误。 然而,许多同志都被"左"倾错误领导者视为"右倾""保守"而受到打击。

　　江苏省委领导成员中坚决反对"立三路线"的是省委候补委员何孟雄。 他因在上海区委书记联席会上尖锐批评李立三和中央政治局的"左"倾错误而受到批判,但他还是坚持真理,向总行委和中央政治局写了《政治意见书》,鲜明地阐述了自己反对李立三的领导路线的意见。 为此,何孟雄被撤销了上海沪中区委书记职务,降为江苏省委干事并暂停分配工作,同时支持他正确意见的都不同程度地受到打击和排挤。

　　这段时间中央路线争论掺杂着斗争的政治局面令吴振鹏陷入人生思想的低谷。 他从来就是一个革命信念的坚定者、前沿的冲锋者! 在共产国际对中国革命形势的错判和指导下,中共以李立三为代表的权威领导手持共产国际错误指导加杂自己的片面理解形成了"立三冒险机会主义"路线,他被暂时蒙住了一直聪慧的双眼,曾经深刻的思想堡垒也被击穿,从而成了"立三路线"积极的响应者、追随者、主要执行和领导者……他期待在这场集中优势力量以重要城市为"中心开花",而迅速瓦解敌人政权和肃清敌人余力的斗争中达到革命加速成功的目的。 可是,血的事实,让他顿悟,醒悟之后就是无可挽回的悔恨……不堪回首的一个月的"冒险暴动"给党造成不可估量的巨大损失,这让他心力憔悴、悔意万丈……

　　于是,他的内心在徘徊、在彷徨,外滩、苏州河边、圣约翰大学校园、沪西郊外,甚至昔日领导战斗过的引翔港、弄堂小道都留下他内心苦闷的孤独身影。

　　于情于纪,他内心的苦以及伤,是不能对王履冰讲的,况且,她那么积极地为革命工作,那么对革命前途充满坚信与乐观,他在回家时都极力掩饰满腹的心事,表现出和风悦色的样子。

　　无数次他梦见自己在万山红遍的苏区,身穿红军军服行进在队伍中，梦见自己随着冲锋号声跳出战壕向敌人冲去……醒来时，片刻心灵的解脱唤出大汗淋淋的快意；多少次梦回敌强我弱的城市中心暴动画面，无数革命志士被逮捕、被集体屠杀的画面，多少次梦中惊醒时手已经伸向枕下握紧手枪……

吴振鹏病倒了，从低温、发冷到高温不止，咳嗽不止……

长期艰苦的地下工作，起居不规，营养不良，严重透支，且长期带病坚持工作，使他的病情在悔恨交加、身心疲惫中到了"总爆发"阶段。

当一口鲜血印在他洁白的手帕上，吴振鹏面对阳光闭上痛苦的眼睛，对医生曾经给他诊断出的肺病且加重的病情深信不疑了。他不怕病魔，更不怕死！只是害怕它影响会耽误还在等待他的许多工作，害怕它会让他不能顺利完成自己为党加倍努力的心愿。

于是他隐瞒病情，一边坚持抱病工作，一边悄悄到圣约翰大学医学院附属医院同仁医院治疗，甚至他都没有将病情告诉王履冰，为的是不让她担心，也为不让她分心影响工作。

终于有一天下午，他在去医院挂水途中，倒在离医院一百米的路边墙角，幸好有几位圣约翰大学认识他的学生路过，将他紧急扶进医院。

当他醒过来时，已经是深夜，一边的护士睡着了，窗外月挂梢头，星星也点点闪闪的，仿佛向他示意或者要倾诉什么。

此时，他想用心默默朗读几句诗句，献给属于他的安静的夜晚，献给那挂在树梢的月亮与眨巴眼睛的星星，献给爱他的和他所爱的人。

他最想朗诵的不是王昌龄《闺怨》的那种青春悔，也不是陆游《钗头凤》中的"一怀愁绪，几年离索，错，错，错"，更不是南朝宋郭茂倩编纂的《乐府诗集》中《长歌行》"少壮不努力，老大徒伤悲"的时光悔。此刻，他最想读一读辛弃疾的《临江仙·六十三年无限事》："六十三年无限事，从头悔恨难追。已知六十二年非。只应今日是，后日又寻思。 少是多非惟有酒，何须过后方知。 从今休似去年时。病中留客饮，醉里和人诗。"诗句正合他此刻心境。

1930年8月，关向应与秦曼云两人奉命由上海赴武汉，秦曼云在长江局秘书处工作，关向应则先后担任中共中央军委委员、常委、中央军事部副部长，以及中央政治局委员、长江局军委书记。

8月底的一天，身体初愈的吴振鹏带王履冰为关向应和秦曼云在一个僻静的茶楼上喝茶送行。 在吴振鹏与关向应喝茶期间，生性好打扮的秦曼云领着王履冰只出去转了一会儿，两人并都买了一身上海流行的旗袍。

看着她们俩动态的红绿旗袍的身影，身体仍很虚弱的吴振鹏仿佛出现在旖旎的梦里，梦里依旧奢靡喧闹的十里洋场，风起云涌里也有谍战的波澜诡谲；光怪陆离的夜总会，歌舞升平，纸醉金迷，上演着无数杀人越货；宁静安详的上海滩，悠悠涤荡，鬼怪淫毒不分昼夜；不管你是上海人还是过客，不管你是喜欢还是不喜欢那一段岁月，缠绵细腻的吴侬软语、承载沧桑气息的弄堂，都会让你置身其中，沉醉，沦陷……

恍惚中，秦曼云穿着件大红的旗袍，不时在关向应面前扭动她的腰肢，摆弄她本来已经显得娇艳的姿态；王履冰则着一件白底蓝花的素色旗袍，倒有几分文静、典雅。 两人的旗袍色彩与款式倒也符合身份——一个是洋行经理夫人，一个是书店女经理。 如果移开革命的视线，回到生活的轨道上，在大上海众多的美丽衣裳中，旗袍的确有着别样的风情与魅力。 动起来，如一首婉转悠扬的歌摇曳于风中；静下来，则像是一幅婀娜杨柳的画安然于眸底。

妇人的旗袍欣赏节目早已经结束，分别的茶水也不知不觉地越喝越淡；曾经的上海"青运四大金刚"而今只剩"仲冰""季冰"。 即使又重逢于上海，但因彼此的工作特殊性基本没有机会见面，要不是两个女人同是莫斯科中山大学的同学的缘故，恐怕两兄弟连这诀别的机会都会轻易放弃。

茶楼外面已经是细雨霏霏，分手的人起身回转再执手相看，吴振鹏眼前闪现的是那一段沉睡的往事浮光掠影般的向窗外飘摇，他心内的泪渍模糊了一片。

1930年8月，中央政治局委员关向应由上海赴武汉担任长江局军委书记，秦曼云随往在长江局秘书处工作，后因机关被敌特破坏而撤回上海。这期间，关向应被关在英租界巡捕房，但没有暴露身份，加上周恩来的营救，最终租界当局以证据不足为由，拒绝向国民党当局引渡，并将其释放。出狱后，关向应被派往湘鄂西苏区与贺龙并肩战斗，从此关、秦两人就此分道扬镳。

这期间李立三的"左"倾冒险主义，已受到共产国际的批评和指责。从1930年6月至9月三中全会之前，共产国际和中共中央政治局对中国革命的根本问题有过较长时间的争论。在共产国际批评之后，从1930年8月底至9月下旬，在共产国际的指导下，经过周恩来等人的努力，已经纠正了部分"左"倾错误，如停止武汉、南京暴动，停止武汉、上海同盟罢工，恢复党、团、工会独立领导机构和指挥系统，开始在策略上进行必要的转变。1930年8月，中共驻共产国际代表团团长瞿秋白奉命回国，行使结束李立三"左"倾冒险主义错误在中国共产党内统治的使命。

1930年9月24日至28日，在共产国际的指导下，在瞿秋白的主持下，中国共产党在上海召开了扩大的六届三中全会。出席会议的有中央委员向忠发、徐锡根、张金保、罗登贤、周恩来、项英、余茂怀、瞿秋白、李立三、顾顺章十人，候补中央委员王凤飞、史文彬、周秀珠、罗章龙四人，中央审查委员阮啸仙和候补审查委员张昆弟，北方局、南方局、长江局、满洲省委、江南省委、共青团以及全总党团等的代表贺昌、陈郁、邓发、李维汉、林育英、陈云、王克全、李富春、温裕成、袁炳辉、陆定一、胡均鹤、吴振鹏、聂荣臻、潘问友、邓颖超等二十人。扩大的三中全会由向忠发、周恩来、顾顺章、罗登贤、项英、徐锡根、温裕成七人组成主席团。

全会的议事日程共有四项：1. 中央政治局报告及政治状况和党的任务问题，也就是接受共产国际执委政治秘书处 7 月 23 日的中国问题决议案的问题。此外还要讨论共产国际东方部关于中国农民运动、苏维埃问题两个议决案。2. 组织问题。同时一并讨论共产国际东方部对于中国党的组织问题议决案。3. 职工运动问题。4. 补选中央委员及选举政治局。

会上，向忠发作了《中央政治局报告》，指出"在国际与中央一致的路线之下，中央确实犯有部分的策略的错误"，但"在每次的错误中，都得到国际坚决的指正"。周恩来作了《关于传达国际决议的报告》，指出："中央的错误不是路线上的错误，而是在正确路线之下个别的策略上的错误。"共产国际代表也作了发言。李立三对中央过去的策略与工作中的错误与缺点，作了检查发言，他承认："我们估量革命高潮日益迫近，是完全正确的，我们错误的地方是对革命的力量与发展速度有了不正确与错误的地方。"他说："在六个月以来，中央许多政治上与策略上的决定，我个人的经验比较更多，因为在政治局我写的文件与提议都比较多。因此这些错误，我是应当负更多的责任。"他从对中国革命形势的估量、党的总路线、苏维埃区域、党内斗争等九个方面，作了认真的自我批评以后，坚决表示"要分析自己的错误，才能够得到教训"。瞿秋白作了《政治讨论的结论》，项英作了《职工运动问题的报告与结论》。

吴振鹏代表团中央作了《组织问题中青年团代表的副报告》，报告指出："行委在党内的组织是不适当的，应当立即恢复党、团的独立系统与工会的经常工作。要求党和团的组织军事化更是不适当的。"他指出："中国共产青年团的工作必须转变——由狭小的团队工作范围转变到青年群众工作去！由青年群众斗争的尾巴转变为青年群众斗争的领导者！"他号召青年团代表："在组织体系中充分而正确地传达中国共产青年团中央局的政策给全团及全国青年群众，使全团及全国青年群众在中国共产党青年团中央的正确的工作路线下，争取苏维埃的中国之胜利和世界革命之胜利！"

扩大的六届三中全会，进一步批评了以李立三为代表的"左"倾错误，停止了组织全国总暴动和集中全国红军进攻中心城市的冒险计划，恢复了党、团、工会的独立组织和经常工作，李立三在会上也以自我批评的精神，承认了错误。这次会议基本上结束了李立三"左"倾冒险主义错误对全党的统治。但是，对于共产国际指导中国革命的"左"倾错误和政策，未能加以丝毫触动，致使会议未能从根本上对李立三"左"倾错误的思想实质进行清算，后来重犯更大的"左"倾错误。

2. 1930，中共苏区中央局

1930年9月至10月间，中共中央正在紧锣密鼓地为建立中央苏维埃政府、召开中华苏维埃第一次全国工农兵代表大会积极地开展筹备工作。

1930年9月12日，中华苏维埃第一次全国工农兵代表大会中央准备委员会第一次全体会议，在上海英租界爱文义路和卡德路的交叉口俄式小洋楼召开，"中准会"正式成立，为第一次全国工农兵代表大会的召开做最后的准备。

"中准会"成立后第十三天，即1930年9月25日，中共中央在《红旗日报》发布《加紧准备全国苏维埃代表大会工作的通知》，要求各地积极做好召开"一苏大"的准备工作。"中准会"上通过的宪法草案等文件，也陆续在《红旗日报》公布。

1930年10月初，中共六届三中全会纠正了李立三的"左"倾错误路线，中共江苏省总行动委员会被撤销，成立中共江南省委，常委有李维汉、陈云、王克全、夏采曦、顾作霖、沈先定、李求实、吴振鹏等，由李维汉任书记，领导江苏、上海、安徽、浙江等省市党的工作。

为确立一个中央苏区领导核心机构，根据中共扩大的六届三中全会在通过的《组织问题决议案》中指出的："扩大的三中全会完全同意中央政治局立即在苏维埃区域建立中央局的办法,以统一各苏区之党的领导。""苏区各特委凡能与苏区中央局发生直接关系的地方,都应隶属其指挥。"当时中央已派关向应前往江西苏区组织苏区中央局。关向应到达长沙时,由于红一、三军团第二次进攻长沙,无法通过,未能抵达江西苏区,所以中央决定改派长江局书记江钧(即项英)前往。

10月17日,中共中央临时政治局会议确立,成立由周恩来、项英、毛泽东、任弼时、朱德、吴振鹏、余飞等组成的中共苏区中央局,周恩来为书记,在周恩来未去苏区之前由项英代理书记。

18日,原先确定于1930年12月11日广州暴动三周年纪念日召开的全国"一苏大会",因蒋介石发动第一次"围剿","中准会"决定再推迟至1931年2月7日("二七"惨案纪念日)举行,开会地点移至朱毛红军活动的江西苏区。

1930年10月24日,中共中央决定,将全国现有苏区统一划分为湘鄂赣、赣西南、赣东北、湘鄂边、鄂豫皖边以及闽粤赣边和广西左右江等七大特区,其中以湘鄂赣和赣西南两个特区连接起来,"要巩固和发展它成为苏区的中央根据地",规定苏区中央局、苏维埃临时中央政府就建立在这里。

10月29日,《中央关于对付敌人"围剿"的策略问题给一、三两集团军前委诸同志的指示》中说:"苏区中央局在江钧同志未到达前,可先行成立,暂以泽东同志代书记。"但由于总前委没有收到这封指示信,因此在项英没有到达中央苏区前,苏区中央局一直没有成立。

江西中央苏区的毛泽东、朱德等红一方面军领导人,自1930年10月初起就与中共中央中断了联络,对中共中央的上述决定、决议和指示一无所知,根本没有做在中央苏区召开"一苏大"的任何准备工作,而是集中精力忙于应付国民党十万大军对苏区的大规模"围剿"。第一次反"围剿"胜利后,毛泽东、朱德率红军总部回到宁都县小布赤坎村。直到1931年初,由中共中央派到江西中央苏区来组建中共苏区中央局的项英才通过党中央制定的特殊交通线经过千难万险来到小布，与毛泽东、朱德等会合。 此时，毛泽东、朱德等才从项英处得知1931年2月7日要在中央苏区召开第一次全国工农兵苏维埃代表大会，成立苏维埃临时中央政府。

而此时与中央机关同在上海的江南省委根据中共六届四中全会"改造充实各级领导机关"的精神，于1931年1月17日，改组为江苏省委，领导江苏省和上海市各区委以及安徽省皖南地区党组织，由王明兼任书记。

此时的吴振鹏已被中央确定为中共苏区中央局领导核心成员，排朱德之后，所以对新组建的江苏省委不再有分工，但在苏区中央局正式成立后去苏区任职前协助和指导江苏省委工作。

而此时的王履冰也于1931年1月，被推选为团江苏省委委员，兼任共青团江苏省委发行部长。

1931年1月21日，因叛徒出卖，中共南京市委又一次遭到破坏，中共南京市委书记恽雨棠和夫人李文当夜在家中被捕，不久，市委另一位负责人、原江苏省委发行部部长、南京市委代理书记曹瑛也遭国民党逮捕。 除曹瑛被互济会营救出狱，恽雨棠和夫人李文于2月7日晚和林育南、何孟雄、李求实等二十四名共产党相关负责人被秘密杀害于上海龙华。

中央根据在上海等待履新的吴振鹏的请求，决定委派并指示新成立的江苏省委全力协助他前往南京临时领导市委工作。 此番前去南京，吴振鹏是以圣约翰大学副教授的公开身份，并在南京地下组织的安排下，以来中央大学交流讲课名义作掩护秘密进行市委恢复工作。在南京和中央大学中共地下人员的组织下，利用中央大学举行研讨交流机会，秘密组织新市委班子人员传达六届四中全会精神，深刻批判"立三路线"，研究制定市委下一步地下工作的重点部署，同时为"红五月"的纪念活动做各项行动准备工作。

他号召，全国工农在争自由、争土地、要饭吃的口号下，参加政治罢工、同盟罢工、地方暴动、策动兵变！ 以革命斗争清除叛徒取消派及其活动。 号召进步青少年加入赤色工会、农协、雇农工会、少年先锋队、童子团、青年团！ 积极踊跃参加红军，加入纠察队，发展苏维埃区域！

不料，在2月中旬的一次下午演讲中，由于有叛徒告密吴振鹏不幸被捕，当夜被押送至南京卫戍司令部军政要犯看守所。

敌人用酷刑逼供，结果吴振鹏只能是圣约翰大学前来中央大学交流讲学的教授，两边的大学都有证明，他的身份证明也符合。 可是叛徒死咬住他是共党，是上海派来组织南京市委工作的领导并且在公开演讲中有煽动反对国民党的激进言论。 所以，敌人一直扣着吴振鹏并且准备汇报在江西指挥围剿红军的蒋介石。

得知消息的王履冰一下子寝食难安、焦急万分！ 但她是组织的人，不能随便私下进行营救，只能协助组织的营救活动。 这时，她想起她的小叔叔曾经是奉系军阀张作霖的旧部并曾经在战斗中对张护驾有功而很得张的器重，也受到当时的少帅张学良的尊敬。 1928年6月4日，张作霖在皇姑屯被日本关东军炸死后，张学良就任东三省保安总司令，开始统治东北并于一周内"东北易帜"宣布服从南京国民政府。 1930年6月21日，蒋介石任命他为陆海空军副司令。

通过小叔叔与张学良的融通，营救很顺利。 张学良身为副总司令，重兵在手，权倾一方，又与蒋介石兄弟相称，他的请托蒋介石自然给足面子。

最后，吴振鹏以证据不足，通过组织缴纳保金获得释放。

可被释放回来的吴振鹏却是遍体鳞伤，加上肺病复发，身体状况到了卧床不能起的极差地步。 党中央对他的身体十分关心，指示江苏省委指派专人护送并负责吴振鹏住院治疗，同时指示江苏省委和中央特科落实相关安保措施，保证吴振鹏人身安全。

半月许，吴振鹏伤、病情得到有效治疗，身体也慢慢得以恢复。 刚刚出院，他就向中央请示要求工作，党中央一是指示让他继续休养，让身体彻底得恢复，二是为了让王履冰更切实照顾吴振鹏生活起居，批准他们俩正式结婚。组织上同意的真结婚不同于向外界公开并且要宣告的"假结婚"，假的是为了地下工作的需要，宣传、公布就是为了掩护工作身份和迷惑敌人需要，而真的结婚只需要组织同意自己知道就行了。

1931年3月21日，春分这一天，吴振鹏与王履冰的婚礼在王履冰的大哥王民心主持下正式举行。春分是二十四节气之一，春分时节，预示着进入明媚的春天，在辽阔的大地上，杨柳青青、莺飞草长、小麦拔节、油菜花香。

选择这一天，也是大哥王民心的安排。

王民心与小他十五岁的王履冰出生在一个重庆的书香门第家庭，他们俩还有一个共同的大姐，王民心与大他三岁的大姐都读过私塾，熟读四书五经，崇尚孔孟之道，兄妹仨从小受到家庭崇尚德、礼、仁等儒家思想的教导。而王民心与王履冰从小就受到共产主义影响，上中学时就参加青年运动，投身革命。王民心早年在上海商务印刷馆当学徒工时便跟着陈云参加上海的工人运动，并亲身参加了五卅运动。回到重庆后以"民族资本家"公开身份开了一家"开明书店"，职员以及自己的子女都是中共地下党或者党的外围进步人士。书店一是负责党的交通联络工作，二是为地下党活动筹集经费，后来也为去延安的同志做掩护，打前站，提供路费。其子王诗维跟随他也成了一名共产主义革命青年，后来在解放战争时期成为重庆《挺进报》特支成员，经常在开明书店防空洞开展活动。

自从王履冰从苏联回来被安排在党的宣传发行渠道上并以书店经理身份开展工作，王民心在上海开始有了特殊牵挂，一来是亲妹妹和准妹夫，二来为工作方便和保密经申请他在重庆与上海之间又多了一个联络点。

每次乘江轮沿长江顺流而下来到上海都是以进购图书为掩护进行秘密的联络工作，除了工作就是兼带着看望小妹。看望小妹和准妹夫时心中就要明确告诉自己，妹妹叫王忆子，是长江书店闸北分店经理，妹夫叫吴静生，是圣约翰大学老师，而不是其他，他们的公开身份是真夫妻而不是组织安排的"假夫妻"。

他虽然不知道吴振鹏在党内的真实身份，但他心中明白吴振鹏是一个胸怀大志、做大事业的人！每当来时看到振鹏来去无踪或几天不归，妹妹独守空房的情景，他怜惜妹妹的内心无以表达，但当偶尔与振鹏会面时看到振鹏消瘦单薄的身体却透晰出信仰坚定、行为果敢、意志刚毅的神情，这种感觉只有内心具有巨大的革命原动力的人才有，也只有相同内心的人才能相互感知！每每这时，他总又会想到振鹏从小就是一苦命的孤儿，是党给了他一个大家庭，也是党给了他和妹妹的一个小家庭，他们这种"假扮夫妻家庭"就是为了天下劳苦大众的夫妻家庭活得像个真正的家！他们用一盏寒灯照亮了爱情的伟大，照亮了世界的明天！想到这里，一种兄长加父爱般的亲情就会让他内心酸楚中泛着坚定的骄傲！

每逢遇上振鹏，他都要买好多菜，亲自下厨给振鹏炒上几道他喜欢吃的安徽菜，每次分手他都要塞给妹妹钱，嘱咐她好好照顾振鹏，同样每次坐江轮回重庆时他都在心中祈祷下次能看到他们真正的婚礼。

终于，等到了。

当晚，小小阁楼红妆高烛，不能鞭炮欢庆，更不能婚宴恭祝。婚礼在他们内心深处，他们内心的感动证明了他们对爱的感恩，对彼此的感恩，对双方父母、亲人的感恩，同时对革命未来的坚定。

当王民心先后扮演双方父母以双重长辈身份接受他们夫妻跪拜时，身材高大的王民心控制不住内心的激动，泪流满面，失声哭泣！

他以双方长辈的身份一把将并排跪在地上的两人拥抱在怀里，然后将妹妹的右手放到振鹏手掌心并让他们紧紧握住……

3. 顾顺章、向忠发先后叛变

"蜜月"中的吴振鹏实际还处于中央局筹备的待命中，他除了按中央临时指示参与指导和协助江苏省委工作，仍然兼任团中央委员、青运部长和宣传部长职务。

中共苏区中央局成立之初，没有固定的办公机关，一直随红军总部行动，在动荡中几经辗转，加上国民党对苏区进犯和毫无人性的边区封锁，致使中央局与全国交通信息阻隔，除中央苏区，无法对全国其他苏区实行有效领导。同时，领导机构不能完善，人员也不能到位，除了指定成员中的中央苏区人员，周恩来、吴振鹏等在上海中央机关和全国的相关领导人都没有按时到位。

而在上海的中央机构经过六届四中全会决定，已经调整为：总书记向忠发、中共中央政治局委员兼江南省委书记王明、中央宣传部部长沈泽民（4月后由张闻天接任）、中央组织部长康生、农民部长张闻天、军事部长周恩来、中央党报编辑委员会主任王稼祥、团中央书记博古。其中，向忠发、周恩来、张国焘为政治局常委。

值得注意的有三点：第一，通过四中全会，王明等人实际上掌握了中共中央的领导权，从此，以王明为代表的"左"倾教条主义错误统治全党达四年之久；第二，提拔了一些"左"倾教条主义者和宗派主义者到中央的领导岗位，另一方面过分地打击了犯立三冒险错误的同志，错误地打击了以瞿秋白为首的所谓犯"调和路线错误"的同志；第三，也是最值得注意的一点，在这个领导层中，身为总书记的向忠发与身为七名政治局候补委员之一的顾顺章，是在片面、单纯、教条地强调出身和经历的情况下进入领导上层的。也正是这二人，几乎给上海的中央机关带来灭顶之灾。

1931年4月24日，团中央书记博古召开团中央委员会议，主要根据中共中央部署，号召白区党团组织发动群众，必须在"五卅"当天于上海、南京等大城市举行示威或飞行集会，不这样做，就是"极可耻的取消主义与逃避主义"。这是王明"左"倾教条主义错误在实际工作中的进一步贯彻和发展。碍于吴振鹏从1927年第四届团代会就一直当选为团中央委员并且是中央局成员，一直担任团中央青运和宣传部长，组织和指挥过若干大小示威活动，在上海、在党团组织内威名远扬，目前又是中央指定的中共苏区中央局成员，所以会上，博古多次请吴振鹏针对五卅纪念作指导。可是，面对积极推行王明"左"倾教条主义路线的博古，回顾"立三路线"对党的革命事业犯下的错误，吴振鹏对纪念活动提出了中肯建议。

会议的第二天，即 25 日当日深夜，吴振鹏突然接到用暗语传达的紧急电话通知。来到会议地点，聚集了中共临时政治局部分成员、团中央和江苏省委相关领导和中央特科全体人员。

周恩来看了看大家，脸色冷峻地宣布了一个令在座的人员大吃一惊的消息："顾顺章叛变投敌了！"没等大家倒吸的凉气呼出来，中央特科书记陈云立即当机立断宣布了一系列的应对措施。

首先，对党的主要负责人做了周密的保卫和转移；其次，审慎而又果断地处理了顾顺章在上海所能利用的重要关系；最后，废止顾顺章所熟悉的一切暗号和接头方法。

会后第二天，按照中央要求，在中央特科和江苏省委协助下，吴振鹏立即搬迁到上海法租界的一个偏僻里弄一角的小楼。

顾顺章与吴振鹏有多次接触和共事的片断。1930 年 7 月 14 日，吴振鹏与顾同为江苏省总行动委员会主席团成员，当时他化名黎明；1930 年 9 月 24 日至 28 日上海召开的扩大的六届三中全会上，吴振鹏与顾顺章同时参加并为主席团成员。特别是在江苏总行动委员会相关工作接触中，他给吴振鹏的印象，开始相处会让人觉得他和蔼、诚恳，而使人乐于和他亲近，接触久了他的另一面就渐渐显露，那就是虚荣、欲望以及狡黠。

顾顺章的叛变，对中共造成史无前例的惨重打击和破坏，他供出所知一切中共机密，导致了八百多名共产党员被捕。

由于顾顺章知道的内幕实在太多，许多基层的交通线和联络员，都是顾顺章一手建立起来的，而这些，连周恩来都不可能尽知。

顾顺章叛变后，武汉方面的中共联络员全部遭到捕杀。同时，几个中共要人也死于顾顺章之手。 当时，恽代英被关押在南京，化名王作霖，国民党并不知道他的真实身份，而中共方面的营救也有望成功。 顾顺章一到南京，立刻揭露了真相，恽代英旋即被处决。

时任中共中央总书记的向忠发，也是因为被顾顺章摸清了习性，才遭到逮捕的。 当时，中央为了保护向忠发，让他去江西的苏区。 谁料，向忠发临行前却不顾周恩来的告诫，偷偷去与情妇会面并迟迟不归。 6月22日，落入了顾顺章的埋伏。

向忠发被捕后立刻叛变，出卖了组织和同志。 虽然蒋介石得知后急电暂且保留向的性命，但急于邀功的国民党上海当局还是于1931年6月23日晚将他枪决了，前后不过两天时间。

1931年6月，顾顺章亲自带人到香港，抓获了中共政治局常委蔡和森。 蔡被捕后，被引渡到广州，惨遭杀害，年仅三十六岁。

到了1931年7月、8月，中共在上海的组织一再遭到破坏，王明害怕留在上海，辞去中央总书记，跑到了莫斯科。

1932年，由于顾顺章的叛变，中共地下组织被洗劫成灾，党的同志时时处于被追杀、躲藏、蛰伏状态，上海的地下工作基本被"亮化"，大部分联络点、交通线"浮出了水面"，城市的工作已经极难开展。 尤其是1932年开始，共青团组织连续遭受大的破坏，以至牵连到党的领导机关，临时中央已无法在上海立足，中共中央因此决定迁往江西。

1931年12月，在中央机关决定迁往江西前，周恩来便"三易装束过险关"来到了江西中央苏区。

陈云与博古在1933年1月17日离开上海去中央苏区。 1933年2月，共青团上海中央局机关被破坏，团中央书记王云程、组织部长孙际明被捕后公开叛党。

在此期间的吴振鹏，工作和生活基本处在动荡之中，但在他心中每天的坚守就意味着他在战斗，时时刻刻准备着牺牲自己的生命。

顾顺章和向忠发两人，吴振鹏都认识并且近距离接触过，特别是顾顺章,不但与他共事多年,而且在总行委期间曾多次一起开会并坐在一起攀谈工作。曾经有一次谈到他的业绩时,顾顺章说,只有在特科工作过的人才觉得是真正意义上的革命。他动员吴振鹏:"像你这么性格刚烈的人,到了特科肯定会有大作为的!"

因此,顾顺章对吴振鹏应该属于比较熟悉的。

为了查明顾顺章是不是发现并盯了上他,吴振鹏于转移的第三天晚上,配上假胡须,穿上长衫,头戴一顶礼帽,化装成一位老先生,悄悄来到他家小楼后巷口,在一个正对他家小楼西北窗的拐角处观察一番,果然不出所料,特务们来过了。他们每次出门都会做不同的记号,比如在门缝间夹一丝头发,或在紧靠门内地上洒一块不细看是看不出的粉尘等,只要有人进来过,就会发现。还有就是觉得可能已经出事而不能冒险前往现场只能远看的观察记号。吴振鹏这次搬迁时,在西北窗外放置了一只小花露水空瓶,因为颜色与窗户相近,又放置在窗格处,里面的人是不容易发现的,所以只要有人推开窗户,那只小花露水瓶自然就不在了。

吴振鹏与向忠发早在苏联党的六大、团的五大会议上就见面认识了,在中央总行动委和党的六中扩大会议上又碰面,特别都是总行委成员,经常在总行委相关会议和行动中见面。

向忠发叛变后,一批党、团机关和党的地下交通线、联络点遭到重大破坏。

中央指令立即关闭所有交通联络点,进入静止和蛰伏状态。由于大部分交通线上的党团人员名单已经被曝光,长江书店接受的指令是除了书店招聘的外围员工,党团骨干人员一律撤出转移。

7月的一天晚上,吴振鹏与王履冰悄悄来到闸北长江书店分店观察动静,发现二楼阳台上放出了三盆红色的月季,这是最高警戒,说明联络点已经遭到敌人破坏和控制。书店正常五盆花五色属于正常状态;三盆不同色告诉要来的联络人暂时有情况,在周围观察等待警戒消除;三盆黄色的菊花直接告诉来接头的人第二天再来,或者是等待下次指令；而三盆红色就是说明这个点已经被摧毁，新的接头联络点将会在报纸中的租房广告中出现。为了防止特务识破暗号，在长江路书店左侧不远的电话亭一小角上会有书店出租和提示看报的日期，同时在马路对面的电线杆上也会有相关提示。这些警戒标志，吴振鹏一一得到了检验。

后来，交通线又变动过好几次，最后采用无固定式的流动式联络点，不定期变动，让特务无法掌握规律。

随着临时中央和党团组织机关迁往江西苏区后，一大批党、团重要负责人陆续前往苏区以及共产国际苏联，上海这个党的创始地、成长地、指挥全国党组织的大本营一下子成了"空壳"，成了党的政治"真空"。

但看不见的战线是与敌人的疯狂绞杀并存的，并且是持久的、坚决的！为在相对"政治真空"中，贯彻中央路线精神，及时传达并执行中央指令，同时有效地联络和恢复党被破坏的地下组织，1932年5月，中央机关撤往苏区，中央任命吴振鹏为中共中央巡视员，直属中共中央领导，根据1931年中央巡视条例规定，吴振鹏负责巡视的江苏包括上海、安徽、浙江等省，属于中央的"全权代表"，对中央须负"绝对的责任"，也是这几个省市的"忠实的领导者"。

为确保他外出巡视安全和工作与生活起居，中央分别从特科和中央秘书处抽调两位年轻人员配备给他，协助他工作。

在险恶的环境中，吴振鹏与敌人坚持顽强的斗争，经常奔波在江苏、浙江、安徽之间，参与领导，纠正工作方向，传达中央精神，收集各地斗争情况，并一边巡视记录一边撰写成报告用于汇报中央，并在《列宁青年》《红旗日报》等党团机关报刊上发表，内容涉及描写青工罢工斗争、武装暴动，介绍苏维埃代表大会、苏区青年任务工作和扩大红军，指导少年先锋团与童子团工作，反对团内右倾、反对冒险机会主义等大量文稿。

繁重艰辛而又高度危险的工作，加上长期得不到休息和营养，吴振鹏的肺病在不断地加重,经常咳出血,但这丝毫没有让他对工作退却,有时越是病情加重,他越是坚强地工作,仿佛他要与生命赛跑一样,只要还有一丝力气他就会坚持,只要他还有一口气他就要工作……

第十三章
英雄不死,永远的微笑绽放人间

1. 叛徒出卖　被捕入狱

由于受王明"左"倾教条主义路线的影响,对国民党的反革命策略缺乏有效的应对,敌特采用了"劝降""引诱""人质威胁"等软性手段让中共意志不坚强者"自首""脱党",然后被培植成"策反细胞"渗透、潜伏在党组织"细胞"中,致使党在上海的组织被釜底抽薪。尤其是1932年开始,上海团中央和江苏省委机关连续遭受大的破坏,以至于牵连党中央领导机关,造成工作基本瘫痪,特别是被敌人渗透瓦解、被逮捕劝降成功而自首、叛党者众多。

1932年6月,敌人破获了印刷临时中央机关报《红旗日报》的地下印刷厂,负责人陈蔚如被捕。不久,陈蔚如秘密地在敌人使用的"人质威胁"和"引诱"下自首。国民党特工总部上海区区长史济美,将陈蔚如培植成"细胞"继续在中共内部活动。时间不长,便对留守的部分中央党团人员和江苏省委、上海地下党组织造成了毁灭性的打击。

7月中旬,陈蔚如被指派诱捕了沪东区委书记尹某;几天后,又配合敌人抓获临时中央宣传部长李必刚。

9月,陈蔚如又参加了侦查破坏小沙渡路中共沪西区委的活动,逮捕区委干部朱秋白夫妇。朱秋白被劝降"自首",后成为中统特务,并被徐恩曾点名,协助顾顺章编纂特工教材。11月,朱秋白又协同史济美破坏了团中央和江苏省委机关,逮捕了前团中央书记、团江苏省委书记袁炳辉,前团中央青工部长、江苏团省委组织部长胡大海以及胡均鹤、姜子云等人,不久四人先后在劝降中"自首"。

袁炳辉和胡大海与已经身为团江苏省委秘书长的王履冰属于工作紧密层关系,除了团工作,还有与她分别单线联络的地下工作点,他们的叛变致使这些联络点被串通暴露,也使得王履冰陷入随时可能被抓捕的险境。

果然,在吴振鹏与王履冰迅速转移到新地方后的第二天,他们在法租界的小阁楼就遭到搜查,联络点也被破坏了。

上海成了"孤岛",坚守在上海的地下党成了"孤鹰"。

在交通线基本瘫痪的情况下,吴振鹏与王履冰想到了重庆的大哥王民心,他可借进书常来上海,顺便将相关信息连同吴振鹏巡视的情况带走,再通过重庆地下交通线送往江西苏区。

王民心很快来到上海,并且定期来上海"进书",一条在非常时期由亲情安全系数加党性原则和纪律的"情报秘密通道"就这样建立了。

1933年1月18日，这一天是小年，王民心这次又东下上海进书，顺便置办一些上海化妆品准备给重庆内人过春节用。 这也是他与吴振鹏最后一次见面，这次回重庆后，他的书店遭到重庆特务的查封，因之被拘押了四月之久，他出来时，吴振鹏与王履冰却在上海家中双双被抓。

　　仿佛冥冥之中对生命的未来有所感应，那天吴振鹏与大哥王民心从下午一直聊到晚上，从自己的苦难童年到安徽一师学习，从莫斯科偶遇王履冰到两人在上海结成革命伉俪……临吃饭时还觉得有好多话没有说尽。 那是一个美丽的晚上，虽然窗外风雨飘摇，但在吴振鹏眼里却感觉出"冬雨知时节，润物细无声"的诗韵，而这诗韵中最迷人的当数"素影横斜"窗下的王履冰，已经身怀四月的王履冰坐在鹅黄色的灯影里，静静地看着烧开冒着热气的水壶，水汽中那出神的凝视透出了一个即将做母亲的茫然和期待，而当她挺着隆起的肚子撑着腰慢慢站起来向窗外望去的瞬间，吴振鹏看到了一种坚定不移，一种无比安康的神情，吴振鹏有一种说不清的感觉，他从未想到、从未见过一个女人在怀孕时这么美。

　　这顿晚饭吃了很久，吃到夜里一点钟，仿佛一生的饭都被今天吃掉了，仿佛一生的话语都要在今晚说完。 但吴振鹏清楚地记得，他那天晚上紧握王民心双手，怀着内心的祈求与感恩对王心民说了一段话："大哥，也许这孩子来得不是时候，可是他（她）来了，来证明他（她）父母生命中坚韧和希望……等孩子出生拜托大哥带到重庆……如果有一天我们不能回去了，就请大哥当自己的孩子将他（她）抚养成人……"

　　万万没想到，几个月后这段话就变成了现实，那个泪雨朦胧的晚上也成了吴振鹏与王民心的最后诀别！

　　1933年4月至5月，袁炳辉、胡大海等几个叛徒又两度参与破坏留守中央、中共江苏省委、共青团中央机关行动，逮捕了鲍志明、高其度等几十名党团负责人。

在都有几乎每天地下人员被逮捕、牺牲或者叛变的极度险恶环境下，吴振鹏用共产党人无比坚定的信念，坚持不折不扣地完成党交给他的任务，在长期繁重艰巨而又少药无营养的工作环境下，他的肺病迅速恶化，曾几度因吐血不止昏迷在异地，但醒来后依然不听劝阻坚持按时执行中央巡视工作。

1933年5月17日，一个伸手不见五指的深夜，中共中央巡视员吴振鹏自3月开始对浙江、江苏、安徽三省党的地下组织建设和武装斗争情况进行巡视结束后回到上海。

当夜吴振鹏与两名协助的同志从水路登上沪岸，为了让两名同志尽快见到家人，他执意放弃被护送回家，在握过年轻温暖有力的手后，他在黑暗树林边目送两位年轻的战友并对着即将要消失的背影行了一个标准的军礼，他能看到他们充满活力和令人充满信心的神色。他在路影下行走，在路过一处曾遭特务搜捕并当场打死多名地下党的开会场地，吴振鹏举目凝望，想起昔日的同志不禁潸然泪下，海潮般夺眶而出的眼泪模糊了昔日的"红色心脏"，那些挥手演讲、浩荡游行、震天口号，那些英勇搏斗、生死较量、坚强不屈的身影和面孔在他眼前慢镜头般的浮现，他向着战友被捕、牺牲的方向，在黑暗处向他们行了一个久久的军礼……此时，面对交通员老汪临上警车的回头凝望，面对在敌人枪口下倒下的战友，他在心中默诵："亲爱的同志们，坚信黎明即将在黑暗过后来临，请鼓励我去战斗，鼓励我永远向前！"

当他刚刚进入法租界上海宝贝勒路57号住所时，早已埋伏在那里的特务和巡捕一下子将他围住，他迅速在空隙中拔枪向敌人射击，打伤了一个靠近他的特务同时为楼上的王履冰报警，可是敌人的布控是楼上与楼下同时进行的，只等他回来收网。当晚，他和王履冰被押解到法租界巡捕房关押。

吴振鹏被逮捕的前两天，全国赤色互济会总会主任兼党团书记邓中夏被逮捕。

在法租界的法庭上，吴振鹏只承认自己是因病休教的圣约翰大学的教师吴静生,可是国民党中统特务让凌楚凡等几个熟悉吴振鹏的叛徒到庭指认,加上国民党称他是"政治要犯",迫使法租界法庭不得不将吴振鹏尽快移交给国民党上海当局,并很快押解到南京首都宪兵司令部军人监狱。

吴振鹏的名字对蒋介石来说是非常熟悉的。1927年4月24日,吴振鹏在江西《红灯》杂志以"季冰"笔名发表指名道姓的檄文《红灯之下的蒋介石》,大肆揭露"督师北伐而变为督师屠杀民众的总司令蒋介石",称蒋为"党之贼,民之贼",号召革命民众"杀此蒋贼"! 现在又知道当年的季冰就是现在的中共党团组织的核心人员,并在中共中央局与朱、毛两位令蒋介石最害怕的人物在一份组织名单上的吴振鹏,因此,蒋觉得吴振鹏是一位共党高层人物并密电要求"特殊善待",以从中得到中共的更多重要情报。

2. 高官厚禄诱降　对党忠诚坚定

5月20日凌晨时分,押解"特别要犯"吴振鹏的专用铁挂囚车到达南京时,国民党宪兵司令谷正伦手持一封蒋介石的电报,亲自到火车站来"接"吴振鹏。

谷正伦,贵州安顺人,中将军衔,他为蒋介石编练的宪兵队是宪兵与警察、党务与特务、处常与备变一体化的反动军事组织;谷正伦与CC系关系十分密切,在抗战爆发前,双方就一直狼狈为奸,他控制下的南京卫戍司令部和宪兵司令部与中统特务配合,共同迫害共产党人和进步人士,犯下了不可饶恕的罪行。

首都宪兵司令部是让人谈之色变的"魔窟"——罗登贤、邓中夏、黄励、郭纲琳、顾衡等烈士就是在这里度过了生命中最后的时光;陶铸、吴振鹏、何保珍、丁玲和田汉等人都在这里被囚禁过。

宪兵司令部的牢房为全封闭式,不见天日,从不放风;电网高墙,不在话下;层层铁门,道道警戒;屋顶之上,岗哨密闭……当时曾有媒体吹嘘:"江洋大盗飞檐走壁之徒,也插翅难飞。"

次日上午，谷正伦按蒋介石的"动用一切手段让吴振鹏起誓归顺"的意图，对吴振鹏开始了强大的政治攻势。

"吴先生，你得听我们劝，蒋总司令是个爱惜人才的领袖，他尤其盼望你回心转意。你们现在党中央都逃跑了，将你这一身病的人抛弃在被我们密切监控和追杀之中的上海，难道你觉得你们的党对你公平吗？你冤不冤？"谷正伦满脸奸笑地说。

"我们共产党人从来不问功名利禄的，我们坚守的是共产主义信念，共产党人的坚守是坚强的，具有大无畏革命精神，神圣不可侵犯！上海的、全国的共产党人全是这样，而苏区的红军正在为加快建立全国苏维埃全力追杀你们，最终消灭你们！"吴振鹏从容而微笑着回复了他。

"红军已经被我们挤压在一小块地方，吃不好，穿不好，加上蒋总司令亲临清剿战场，红军很快就会被全部消灭，所以请你不要固执了，跟共党不会有好结果，趁早醒悟，醒悟迟了悔之晚矣！"谁知吴振鹏听完他"好言"后，却哈哈大笑起来，并无比自豪地说："就是你们看不起的工农红军，不费吹灰之力把你们的军队打得落花流水。据我所知，我们伟大的红军已经取得了四次反'围剿'的胜利，单单红四方面军在徐向前总指挥的指挥下，在第三次反'围剿'斗争中先后发起的黄安战役、商潢战役，就歼灭你们匪军四万余人，生擒总指挥厉式鼎，解放了潢河以东的广大地区。陈赓带领的部队捉住了你们六十九师师长赵冠英，鄂豫皖红军活捉三十四师师长岳维峻，痛歼了汤恩伯第二师。你们的军装再漂亮、武器再精良，也挽救不了失败的下场。真所谓金玉其外，败絮其内呀！"面对大义凛然、侃侃而谈的吴振鹏，谷正伦被弄得哑口无言，在这种场面中，吴振鹏丝毫不像阶下之囚，倒像一个义正词严的执法官。

经过几天几夜的车轮战，坚定不移的吴振鹏从没吐出一句让他们想听的话。可上峰却不断地追问劝谏的结果，这让谷正伦恼羞成怒又倍感惊慌，却无计可施。劝谏不成又不能严刑审讯，成了热锅上蚂蚁的谷正伦在中统特务头子徐恩曾的建议下突然想到了一则诡计。

徐恩曾，国民党中统局长。1927年"四一二"反革命政变后，参加陈果夫、陈立夫组织的中央俱乐部（即CC系），1931年当上中统调查科长，成为中统的实际负责人。徐恩曾老谋深算，藏而不露，精通心理学。

在徐恩曾的办案历史中，他一直认为中共共青团案是他的"杰作"。

1931年，他通过顾顺章投降案几次对驻上海的团中央、团江苏省委及上海团区委进行大的清洗，从中逮捕了共青团中央青工部长、团中央撤退苏区时改任团江苏省委组织部长的胡大海，胡迅速在中统的"战术"中叛变并成为特务，胡又供出并协助中统逮捕了团中央书记、团中央撤退苏区后的团江苏省委书记袁炳辉，袁也敌不住"战术"迅速叛变，并为中统出谋划策。继任团中央书记胡登云不久也被逮捕并也叛变。接着，团中央招待所被破坏，四人被捕，三人叛变。接着团中央油印组长庄祖方被捕叛变，供出多处机关和接头点，被捕自首者达二十二人。原团中央秘书长陈卓文被捕叛变后，供出中华全国总工会上海执行局党团书记罗登贤，中华全国总工会宣传部长、全国海员总工会党团书记廖承志，并说降团中央书记王云程，王又出卖团中央组织部秘书处、宣传部秘书处和团中央保管室。经过连续数次大破坏，团中央机关人员大部分被捕，被捕叛变者几乎全部加入中统。团中央成立后的各种文件资料全部落入中统之手。

通过共青团案，徐恩曾觉得吴振鹏虽然后来成为中共重要甚至是核心领导之一，但其主要工作成长轨迹还是在团组织系统中，他认为，中共团组织系统干部都普遍存在年轻单纯、意志薄弱、心理易攻的特点，因此，徐给谷出了一个利用吴振鹏昔日同僚游说他、攻心他的诡计。

两天后，徐和谷合谋安排了一次由袁炳辉、胡登云、王云程三任叛变的团中央书记邀请的私人聚会，聚会上让青工部长胡大海、秘书长陈卓文一起参加劝说吴振鹏，这几位都是"模范叛变者"，并且摇身一变成了中统高级特务，他们可以"以身说法"劝说吴振鹏，并可以集体友好地向吴振鹏发起"劝降总攻"，一旦吴振鹏意志有所动摇，事先被安排一边的新闻记者就顺势拍下画面公开报道，让他对"被降信息"的既成"事实"，欲辩无力！

吴振鹏一眼击穿他们的阴谋，为了让这徐恩曾和谷正伦对他死了那份幻想，也为了让丑恶的叛徒更大地出丑，他决定将计就计。

当晚聚会安排在夫子庙中心区秦淮河南岸风情别致的"晚晴楼"，豪华包间里还请了乐队、歌舞小姐助兴。

虽然谷正伦当晚没有出场，虽然前来陪同的全是昔日团派的"老同事"，虽然再三声明只是私下聚会，但吴振鹏知道他们酒不过三巡就会在他面前露"馅"。当晚，这几个"模范叛徒"故意穿着中统专门给他们置办的高级西服、皮革大衣、闪亮的皮靴，一进门就在吴振鹏面前故意炫耀他们的身份、地位。吴振鹏端坐于椅子上，眼里流露出对他们轻视的神色。

当《夜来香》轻飘的旋律，在一片杯盘狼藉的声色中让人欲昏欲睡时，三个叛徒在中统组织的指令和授意的情境中端起酒杯欲敬吴振鹏酒，领头的袁炳辉俨然没有一丝尊严，他竟想用自己的自信感染吴振鹏，便端着酒杯来到吴振鹏面前说："我们虽然在中共组织同僚很久，但从来没有理解过对酒当歌，人生几何。自古至今有谁个英雄逃脱过金钱、酒色？人生苦短，何不趁年轻潇洒一把？"一旁的胡大海趁势而上，也端起酒杯站起身对吴振鹏说："老领导咱们来一盅，曹操还云，何以解忧，唯有杜康。此乃良辰美景之时，何不一醉方休？"对于他们内心的潜台词，以及即将出笼的劝谏"方案"，吴振鹏是看得一清二楚，于是他装着听不懂的样子对他们说："我吴振鹏是个粗人，今天既然是请我来喝酒的，就不用废其他不懂的话，赶紧喝个痛快吧！"说着平时与酒无缘的他一仰脖子将一大杯一饮而尽，接着又是一杯。接二连三的举杯，让几个"模范叛徒"喜出望外，他们觉得火候已到，连忙将外面的记者请到现场。 当记者们纷纷举起相机准备拍下难得的镜头时，吴振鹏突然站起来，装着醉了的样子对他们说："你们是些什么人，是不是都是没有骨头的乌龟王八……"他又一把抓住身边的王云程笑着说，"你是姓王的，那肯定就是王八了。"他的突然举动让在座的大惊失色，连忙让记者退出去不要拍照，但此时的记者他们已经无法左右了，被吴振鹏直接羞辱的王程云只得当着他真的醉了并自我解嘲地笑着说："老领导多年不喝酒，今日聚会一时心情激动喝高了，情绪有所偏差，亦在所难免吗！"说着就让人将吴按下。 可一心想教训他们的吴振鹏，非但不肯坐下，而是以酒三分醉地加大力度地放肆起来……一时间，桌子翻了，杯盘碎了，内屋没了歌音，代之而起的是"噼哩啪啦"的磁器、玻璃的破碎声。"吴书记，你怎么能这样！！ 我们好心好意……"话还没说完，王程云已被吴振鹏一脚踢倒在地，陈卓文刚上来想拉住他的手臂，谁料被吴振鹏的回手一拳击中胸脯，瘦弱的陈卓文当即倒退十数步，狠狠地跌倒在记者的脚前……

"吴振鹏，你不要放肆，你这样不识抬举是不会有好下场的……"

"狗奴才你们听好了，我吴振鹏倒要看看你们到底能将我怎么样，要知道可是你们主子邀请我的，难道你们就不怕我在你们主子面前告你们的状啊……哈哈哈……"

以后的几天中，熟悉的劝降者不断。 可吴振鹏一律表示"心意"已领，不是躺在床上一动不动，就是坐着看报不理不睬，有时有兴趣说话就对来人挖苦讽刺一番。 吴振鹏对这些投降叛党者从心底鄙视。

3. 中统用尽王牌　　徐恩曾绝望呈凶

大约 5 月底，大叛徒顾顺章出现了，这是谷正伦与徐恩曾抛出叛徒劝降的最后一张王牌。

劝降安排在宪兵司令部一间会客室，顾顺章知道吴振鹏是一个意志坚定、性格刚毅的人，对于他这样的投降者肯定是憎恨有加！ 看到吴振鹏进来，他连忙让座、倒茶，带着浓重的上海宝山口音，掩饰着自

275

己的窘迫对吴振鹏说："振鹏老弟，你受苦了，马上我让他们给你重点改善待遇……"顾顺章先是绕弯子说了一通开场白，但都激不起吴振鹏搭话的兴趣，眼看无趣就改口道："今天还是谈点别的，谈点别的……"一段话后，见吴振鹏仍然毫无反应，就在屋里来回踱着步子，僵持了一阵后，突然声音低沉地说："现在国统区共产党地下组织一天糟于一天，每天都有人在流血，共产党的组织在中国处于沦陷地界……我作为曾经的捍卫者，真的不忍……"说着，顾顺章装得说不下去的样子，并掏出手帕擦了擦眼睛。

"不用再装了，我看你也只配做个丑恶演员，现实中演的'戏'比戏里更丑更恶！ 你不忍，那请问是谁造成的这种局面？ 是谁曾经是党的捍卫者摇身一变成了国民党反动派的同谋、帮凶，继而告密、追捕、屠杀革命战友？ 难道这些责任在共产党吗？"

"说得好，问得好，你我分工不一样，但都是共党事业的捍卫者，都为他们做出了不可磨灭的贡献，但他们（共产党领导者）对我们却如何呢？ 我紧随党中央，为他们打狗除奸，生死相交，但到头来还不是被他们永远视为看门护院的一条狗。 再说你，那么早就参加革命组织，团四大就当选为团中央委员和执行中央局成员，在正面战场经历过南昌起义、秋收暴动，江苏总行动委员和全国总行动委的核心领导成员，最后还被中央政治局指定为中央苏区中央局七人之一，但到头来，还不是他们（共产党领导人）随同中央转移到江西苏区，将体弱多病的你无情抛弃在每天生死难卜的上海？"

"共产党人被追杀，每天在流血，这不都是你这个大叛徒造成的吗？ 至于你认为共产党不待见你，那就是你从进共产党的门那天起就一直动机不纯，你是想借党的事业为自己建功立名，你是照着名利来的，你还不是一个真正的共产党人！ 真正的共产党人是会抛弃一切私心杂念，为了那份远大理想、崇高事业，甘愿抛头洒血，哪还计较个人得失呢?"

面对吴振鹏的责问，顾顺章一时无言以对，不知所措。

"那么我们就事论事吧，就目前的境况，你和弟妹都出不去，你不替你自己想，难道不替弟妹和她肚子里的孩子着想吗？"

"怎么想？我们想安全出去，你们给出去吗？你所谓让我想，不就是想让我和你一样当叛徒吗？自古叛徒坏下场，向忠发是立竿见影的见证，你也一样猖狂过后是悲剧……"

"你怎么能这样说话，我看你我昔日共事、相互尊重、情谊不错的份上，我才这样出面劝说你……"不知道什么时候，顾顺章拿出国民党出台的《共产党人自首法》和1930年颁行的《处理共党分子自首自新办法》宣讲里面相关条文，然后对吴振鹏说，"只要你在自首书或脱离共产党声明书上签个字，你要保密，我们可以不公开，你回家休息还可以参与共产党工作，或者送你去一个你需要去的地方，或者过来给你一个重要的权位……"

顾顺章还在高调地演讲，吴振鹏已经在他的长篇大论中发出呼噜声。

顾顺章黔驴技穷，谷正伦与徐恩曾上报远在江西的蒋介石，蒋不死心，还想极力"挽救"，就让徐恩曾亲自出马。

一天晚上，吴振鹏被安排在瞻园路126号国民党宪兵司令部小会议室与徐恩曾见面。

进入会议室刚落座不久，吴振鹏就听见楼梯上响起了一阵咔咔的皮鞋声，接着是一阵高声大嗓的浙江湖州话："吴振鹏在哪里？吴振鹏在哪里？"徐恩曾是一个老牌反共高手，他谙熟共党分子，特别是怕死鬼的内心，经他"开导"过的敌手基本都没有失过手。他对共产党形成巨大的破坏力一个重要的原因就是使用了一整套比较系统的劝降、诱叛以达到"自首"的感化政策。在他认为的敌手的重要人物面前，徐的这一番做作也是为了维护面子，他以为吴振鹏听见叫声，就会赶快站起来等候他或者甚至去迎接他，谁知吴振鹏非但不买他的账，反而拿起一张报纸遮住脸，来了个听而不闻，视而不见。

徐恩曾自觉无趣，但又不能回头。只好"屈尊"走到吴振鹏面前，装腔作势地说："你是吴振鹏，你是共产党不可多得的人才，同样也是我党急需要的人才；你信仰坚定这是蒋总司令欣赏你的地方。 虽然政治上我们主义不同，你也公开发文咒骂过蒋总司令，但本党可以不计前嫌，蒋总司令也原谅你的过去，共创我们的未来。"

吴振鹏放下报纸，冷冷地说："既然蒋总司令欣赏我信仰坚定，那为何现要改变我的信仰呢？ 蒋先生一贯自誉国民主义提倡言论自由、出版自由、游行自由，我公开发文表达我对是非的观点有什么错，何况是他制造的罪恶？ 我没有什么需要你们原谅的，你们也根本不会原谅我。"

吴振鹏不上他的当。

徐恩曾在屋里踱过来踱过去，好久才憋出："没有什么比一个人的生命更可贵的了，没有什么比爱情更美好的了，没有什么比一个人的自由更值得追求的了，你才二十七岁，还有你的妻子和即将出生的孩子，难道你对你这般青春年华和年轻美丽的妻子、孩子都没有半点留恋的啦？ 真的不想出去了吗？"

"'生命诚可贵，爱情价更高，若为自由故，两者皆可抛！' 匈牙利诗人裴多菲的《爱情与自由》已经替我们讲解了自由的意义！ 而你们背叛革命，逆人民意志，给帝国主义当走狗，发动内战，屠杀共产党人，你们这样的反动刽子手有什么资格谈生命的价值、理想与自由的真谛？ 你们给我的生命要让我出卖组织的苟且偷生，你们给我的自由也是要让我成为背叛共产主义信仰的行尸走肉……这些我宁可不要！ 从我走进这扇大门我就从未想过要出去……"

吴振鹏理直气壮、义正词严，他的话震动了院子里的卫兵。

徐恩曾大失面子，气得脸色铁青，指着吴振鹏语无伦次地叫："你这个态度，这个态度！ 我今天是抱着最大的诚意来与你交谈的，承诺只要你在脱离共党的声明或自首书上签上字，我们替你保密，你就可以带上你怀孕的妻子获得自由，可以委任比你在共党那边更高的官，替你找最好的医生医好你的病，送你去美国或者……虽然我们政见不同，但我敬重你的为人，尊重你的信仰，但你不考虑自己，作为丈夫和即将的父亲，你总得替你的妻子和马上出生的孩子想想吧！"

"从举手宣誓加入共产党那一天起，就已经准备好随时为伟大的理想而献出生命，今天为捍卫神圣的信仰历史选择了我，这是我的光荣！何来后悔？我们的理想就是为了全世界劳苦大众过上无压迫、民主、自由的幸福生活，振兴中华民族，造福子孙万代！我坚信，我的孩子长大以后，他（她）不会因父亲背叛信仰，出卖灵魂而蒙羞一生，而是会因为有这样一位甘愿用自己的生命和鲜血捍卫伟大革命理想的爸爸而一生感到骄傲！会为拥有一位将自己最宝贵的生命献给了世界最壮丽的共产主义事业的父亲而深感自豪！"

徐恩曾终于忍不住，他勃然大怒，拍案而起："放肆！你要这样不识抬举，可别怪我不讲情面。来人！"卫兵们一拥而上，扭住了吴振鹏。徐恩曾命令卫兵用枪口对准吴振鹏的胸膛，凶相毕露地问道："不是敬佩你，不是总司令爱惜才人，像你这样，早就将你处决了。现在生死就在你嘴中，你说！你到底签不签字？"

"要打要杀都由你，我吴振鹏对你没二话！"吴振鹏昂着头，以凛然不可侵犯的英雄气概，斩钉截铁地说完后，哈哈大笑起来。

徐恩曾快要疯了，他从来没有遇见过这样的敌手，在后来的回忆录中他说，从1932年11月至1933年上半年的八个月时间内，经他采取"软着陆"措施破获共党地下要案近百起，经他批准逮捕并假手卫戍司令部在南京雨花台枪杀的中共党团高层人员就有上百人；特别在三次团中央和团江苏省委（上海区委）大破坏中，先后三任团中央书记和团中央委员、团江苏省委书记及委员约三十人，除吴振鹏坚贞不屈，其他几乎全部"自首"、变节。

远在江西的蒋介石听到徐恩曾的汇报后气愤得将电话摔了："娘希匹，顾顺章、向忠发能降得住，一个吴振鹏却让中统变饭桶了？真的饭桶，饭桶！"此时，他正准备投入五十万兵力采取堡垒主义的新战略对江西、福建等苏区红军发起第五次"围剿"，为了不断修改总是觉得错误的作战方案，蒋介石几乎深感绝望！这个时候又接到徐恩曾这样的电话真的令他气急败坏："一个共党就让你们没办法，那么我们怎么对付枪炮武装的几十万红军？"

徐恩曾被蒋介石大骂后，也就气急败坏起来，他愤怒地对谷正伦说："那就看看他的肉体是不是与思想同步吧！"

4. 坚贞不屈　英勇牺牲

从 6 月 5 日开始，吴振鹏病情加剧，除了每天被轮番审讯得不到休息，居住与饮食条件下降恶劣状态，必要的治疗药品也无法获得，经过连续几天的咳血，浑身仿佛散架的吴振鹏已经不能自主站立，而试图检验共产党人钢铁意志的酷刑已经为吴振鹏拉开了序幕。

吊鞭刑、老虎凳、电椅刑、水刑（灌辣椒水煤油）、棍刑（棍击前胸后背），甚至竹签钉进十指……

而让敌人失望的是这些惨无人道的酷刑，却没能引发出他们想看到的吴振鹏一丝痛苦声息或者半点难忍表情，无论什么花样的刑罚，无论多么残酷，他都表现异常平静，用刑过程中连眉头都没在他们面前皱一下。

吴振鹏的沉默带着巨大的侵略性，无论是无端的恐吓，还是吼叫着让他交代问题，他都沉默不语。面对始终让他们得不到任何"回应"的吴振鹏，面对吴振鹏被加倍摧残后既得不到他们想要的，也看不到他们想看到的，他们失去了快感，失去了施暴的动力，精神陷入疲软。

沉默的力量是巨大的，强忍肉体巨大痛苦的沉默是更有力的无畏，是对敌人恶行最大的藐视和反抗！

对恶行的沉默，不是不置可否，而是为自己把薪助火！

当疯狂的"老虎凳"疯狂地拧挤他体内的水分，被"冷雨"淋湿头颅、横流满面的吴振鹏在腿骨"咯咯"折断声中，却能听到上海滩无数的无产者、青年童子军们高唱着雄壮的《国际歌》向着帝国主义和国民党的枪口勇敢前进。

当"万箭穿心"的电椅用"巨人握手"的"冲击波"让他的意识顿

时混沌，吴振鹏却能安详地看到冲锋号声中英勇的苏区红军前赴后继；当火星迸发的烙铁贴在他胸前冒出嗞嗞的白烟，满嘴鲜血的吴振鹏面前依然能浮现出红旗漫卷的苏维埃；而他在常人无法忍受，无法不痛苦叫唤的酷刑实施中却仍然保持平静以及还以轻蔑的微笑，令特务们胆寒、惊骇、不寒而栗。

与此同时，特务对关在另一地方的王履冰也是诱供、威逼、恐吓，在威逼和恐吓失去效果后，特务主要利用诱骗手段来迫使王履冰就范。

他们拿出她曾经的同事、领导的自首书，有十几个，并将他们"自首"过后的"新状态""新生活""幸福生活"一一以图片、文字形式向她尽情展示。

他们引诱她，"自首"就是在脱离共党声明上签上名字，以表示诚意，然后就一个档案，不需要为他们做事，也不需要交代什么，以后该干吗干吗，可以去上原来的班，可以到自己喜欢的地方去，他们都会尊重她的想法。而最令她觉得诱惑的是"自首"后，就可以先免除吴振鹏刑罚，然后可以出去获得自由，保住他们的孩子。如果有意愿也可以劝说让他回心转意，然后双双就可以获得自由，可以做任何自己愿意的事。

"能救你丈夫的，也就剩你了……"当特务觉得王履冰在他们的诱骗下思想已经处于犹豫不决时，他们有意让她去看望了吴振鹏，他们想以此催化她的决定。

那天黄昏，特务让她隔着铁门的栅栏看着躺在地上的吴振鹏，地上没有任何铺垫，遍体鳞伤、血迹斑斑的吴振鹏此时是趴在地上，他一动不动，仿佛到了生命的零度。

当特务告诉他说他老婆和"孩子"来看望他，并且将"孩子"加重语气地对他说时，王履冰看到吴振鹏手臂动了一下，然后挣扎着想翻过身来，他的下半身好像不能动，其实是一动不动，挣扎仿佛完全依赖两手在努力。

"谁叫他软硬不吃的，他腿上老虎凳时断了……"

王履冰哭了，不但泪如雨下，而且大有孟姜女欲哭倒长城之势。

这就是特务需要的效果，他们希望王履冰动静弄得惊天动地，以此敲开吴振鹏已经关闭的思想大门。

王履冰的声音果然让吴振鹏有了反应，吴振鹏想吃力地坐起来，他倚着潮湿的墙壁，抬起血痕交错红肿的脸庞，他的目光在挣扎着拨开一排军警和特务，极力与王履冰相持了一下，他看到了他的爱人，看到了他妻子优美曲线中的"孩子"，他的眼睛顷刻贮满泪水，饱含着丈夫、父亲、革命战友含义的泪光里有一种肃杀的警告和柔弱的祈求。

吴振鹏示意王履冰赶快离开这非人性的地方，暗示的情境中既有对革命战友、爱人的拜托，又有对王履冰带着"孩子"患难的敬重！可令特务再次失望的是他没有跟站在他面前的妻子说一句话，所有"坚强""保重""保护好自己和孩子"的多重暗示，全写在他长时间盯着她的眼神里。

西窗的夕阳正好照射进来，打在他的身上，散发出金属光芒和璀璨的生命气息，阳光在他脸上变幻出平静而丰富的诗意，此刻走出监室并一步一回头的王履冰站在暗色的过道尽头，又一次明白丈夫的固执，明白吴振鹏这样一个革命战士内在和力量。

……

从6月初开始，南京进入了梅雨季节，天空连日阴沉，大雨与小雨连绵不断，风也在高温湿大的日子里随时发作脾气，这让伤势一天天加重，病情跟着一天天恶化的吴振鹏，觉得自己在"雨打黄梅头，四十五日无日头"季节中生命到了奄奄一息的倒计时。

6月13日夜里，吴振鹏又被咳血咳醒了，他挣扎着坐起来倚着潮湿的墙边，栅栏外依然是冷落的走道、昏暗的灯光，还有邻室彼起此伏的苦痛呻吟以及看守不时的吆喝声。此刻的吴振鹏觉得全身骨头全部被抽光一样，再没有一丝"咳"的气力，微弱的漏影下思维依然开着

"天窗",开始准备写点什么,给革命的未来或者是给未出世的孩子,也许终究是给自己……恍惚间有些感伤,感伤于这辈子可能无法见面的孩子,却如此执着地要在敌对异常凶险的环境下来世,在父母双双身陷囹圄中降生! 然而,他又感谢上苍,在他生命即将走向尽头时,给他以血脉新生的延续,他又怎么能不感谢孩子的勇敢来临呢? 事实上,当他一人沉寂在黑暗的囚室,当几周的连续咳血一次次挑战他即将耗尽燃油的躯体,是孩子在他的念想中为他一次次划燃火光,映照出他的内心感动,也照亮了孩子前方的路……于是,吴振鹏觉得自己不再有一丝感伤,而是一种由衷的欣慰,他的内心与眼前变幻着让他倍感激动的镜头:

青春勃发的青年们高唱着雄壮有力的《国际歌》,向着既定的方向前进……队列整齐富有动感的童子军挥舞着彩旗,高唱着《少年先锋歌》向前挺进……花样孩童们嬉笑在万山红遍的苏维埃红旗下……

吴振鹏笑了,是内心在笑:敌人终究会失败,革命终将胜利,未来终将美好……他铺开纸,纸和笔都是同情他的看守应他要求给他找的。 可是,当他刚刚准备提起笔时,突然一股热流从喉管涌出,吴振鹏眼前顿时一黑……

6月14日下午,敌人将尚剩一丝余息的吴振鹏从监室架进审讯室,他们不死心就这样放任吴振鹏顽固不化,放任他的"零口供"。最令他们气愤的是,吴振鹏面对他们的软硬兼施,从来就是不领情、不买账;最令他们难以置信的是吴振鹏面对种种常人难以忍受的酷刑,吴振鹏不但从没流露出他们需要的一丝难耐神色,还报以轻蔑的眼神和嘲笑,仿佛他身上的感觉神经已经被蒸发掉一样。

"零口供"成了敌人永不甘心的心病,成了徐恩曾万世不解的谜,也成了酷刑施暴者恼羞成怒的借口和催化剂。

审讯者面对吴振鹏已经觉得所有刑讯的"戏法"都玩完了,吴振鹏从来都不"应招"也不"接词",最后都成了他们自己的独角戏。黔驴技穷的敌人面对吴振鹏有些无奈,有时真觉得被审讯的不是吴振鹏，而是他们自己。 过多的无奈就会形成压抑，压抑成最后的疯狂。

敌人将断了腿骨不能站立的吴振鹏双手套在铁圈反吊于头顶的横杠上，也就是说吴振鹏的身体是靠双手悬挂于横梁上，不但这样，他们还下挂一绳圈套在吴振鹏颈项上强迫吴振鹏始终抬着头平视他们。

但这一切对吴振鹏都是徒劳的，不管什么戏法，不管什么方式的问话，江南的吴音软语还是歇斯底里的号叫，敌人始终不能得到结果，甚至得不到吴振鹏的正眼相对。

当看到吴振鹏紧闭的嘴角溢出鲜血，特务们知道他是不让喉咙涌上来的鲜血当着他们的面吐出来，这种无情而彻底的藐视让敌人恼羞成怒到了极点，终于穷凶极恶，终于忍不住地操起一根木质长棍对准吴振鹏前胸狠命地横扫过去……

"啪"的一声，瞬间，吴振鹏眼前喷射的鲜血一下子染红了世界，他的身躯也仿佛随之漂浮起来，他明白他的躯体已经临近生命的终点，然而依然坚守的意识让他又一次坚定地看到：

血色中英勇的红军战士正在冲锋陷阵，前仆后继……

红灯照耀下的中国，伟大的苏维埃政府已经赤旗漫卷、万山红遍……

在生与死的临界点，他分明听到一声婴儿的啼哭启开了黎明前的黑暗，一个美丽的笑容可掬的孩子从地平线由远而近向他慢镜头走来，孩子的笑声慢慢与"赤旗漫卷、万山红遍"融会在了一起……

吴振鹏做出他一生中最后一次最大的努力，在最后一口气即将消失的瞬间，用足他最后一丝气力将胜利者的微笑定格在生死之间……

……

吴振鹏牺牲的当天晚上，徐恩曾的得力干将，中统特工总部上海区区长，全面主持国民党CC系在上海地区的特工活动，组织抓捕吴振鹏以及罗章龙、向忠发、陈独秀、廖承志、丁玲、牛兰等多名共产党骨干领导，以及大量地下工作者和知名人士的史济美，1933年6月14日在赶往主持一个晚宴，到达地点，步下汽车走上台阶时，被中共特工邝惠安率领六个预先埋伏在该处的红队队员包围，身中七枪而死。

次日，吴振鹏的亲人得到通知在中华门外雨花台梅岭岗区域找到了吴振鹏的遗体，雨中的遗体尽管骨瘦如柴、遍体鳞伤、惨不忍睹，但仍然微睁着的双眼表露出刚烈的神情，他的微微翘起的嘴角以及定格在脸上的微笑尽显革命者视死如归的从容以及宁死不屈的坚强。

亲人在他的衣内口袋中找出了两封沾满血迹的书信。一封是11日夜间写给大哥王民心的，一封是13日夜里吐血昏迷苏醒后继续写给未出世的孩子的，同情他的看守特意在他被抬走时用油皮纸包好放置在他贴胸的口袋里。

血迹斑斑的信纸上隐现着吴振鹏刚健的字体，深藏着吴振鹏的无限亲情和英雄气节：

(给大哥王民心的)

敬爱的民心大哥好，在黎明前的黑暗中我摸索着给您写信，希望在我离去之前让我说出内心一直深藏着的对您的感恩，并拜托您再完成一段亲缘生命交接！

大哥，我是一个连养父母都无法寻到的孤儿，怎能忍心让即将来世的孩子又要成为孤儿呢？我相信你分得清我内心的痛楚与革命大业之间的比重！

我庆幸生命中有您这样一位亲人，使我的孩子来世有了依托，我的灵魂得以安逸，对大哥的恩德以求有来世再报！

亲爱的大哥，期望有一天孩子在您教育下懂得父亲投身革命的经历和意义，让他(她)坚信共产党旗帜的伟大本质，坚信旗帜的勇敢和坚强。

亲爱的大哥，我头开始晕了，就此不得不搁笔！

永别了，亲爱的大哥！

愿您与我亲爱的孩子，永远健康、快乐！

您的小弟吴振鹏
1933年6月11日凌晨

(给孩子的)

　　亲爱的孩子你好,我在给你写信,是第一次,也许也是最后一次。

　　也许这封信你永远也不会看到,这些种种对你的不公,也是爸爸不愿意看到的。孩子,爸爸是爱你的,但为了天下劳苦大众和中华民族子孙后代的幸福,爸爸可能无法等你了!我相信你长大了会明白爸爸的割舍内心!

　　孩子,请你记住,你爸爸是中国共产党人,是将解放全人类的共产主义远大理想作为自己的毕生信仰,为之奋斗终身,并甘愿为这份崇高信仰牺牲自己一切!

　　亲爱的孩子,感谢你在我即将离去的时候,勇敢地来到这个不平的世间,用你的美丽延续父亲执着的灵魂,演绎一段没有结尾的生命传奇,并在将来的成长中自觉地用共产主义伟大理想来验证生命的承诺!

　　当你有一天真正长大了,我相信你一定会感知父亲从来没有离开过你,父亲就站在你身后时刻在为你鼓劲,为你祝福……

　　亲爱的孩子,愿你健康成长,永远幸福快乐!

你未曾见面的爸爸吴振鹏
1933年6月13日凌晨

　　英雄吴振鹏躺在雨中的山岗上,风旋雨鸣,千树簇拥,春梅花赞,松涛呼唤。

　　群山朗诵:"冰雪林中著此身,不同桃李混芳尘。忽然一夜清香发,散作乾坤万里春。"

　　听,庄严肃穆的雨花台不时地演奏雄壮激昂的《列宁主义青年团员之歌》……看,青运先驱吴振鹏,举着永不熄灭的"红灯"带领千万共青团员们正在勇敢出征……

　　听吧战斗的号角发出警报

穿好军装拿起武器
共青团员们集合起来踏上征途
万众一心保卫国家

我们自幼所心爱的一切
宁死也不能让给敌人
共青团员们集合起来踏上征途
万众一心保卫国家
我们再见吧亲爱的妈妈
请你吻别你的儿子吧
再见吧妈妈别难过莫悲伤
祝福我们一路平安吧
再见了亲爱的故乡
胜利的星会照耀我们
再见吧妈妈别难过莫悲伤
祝福我们一路平安吧
再见了亲爱的故乡
胜利的星会照耀我们
再见吧妈妈别难过莫悲伤
祝福我们一路平安吧
……

后记

不知是哪位哲人说过，内心有使命感的人必将赢得机遇。果然，2017年7月，我有幸接受了江苏省委宣传部、江苏省作家协会组织实施的重大题材文学作品创作工程——"雨花忠魂·雨花英烈系列纪实文学"丛书之《红灯永远照亮中国：吴振鹏烈士传》撰写任务。

先烈吴振鹏的历史资料是令人震撼的，不光是他过早地参加革命，还有他一篇篇公开发表于中央党刊、团刊上思想闪光、目光犀利的檄文，还有他党团岗位交叉、极富传奇色彩的经历，更有他为了真理面对敌人各种酷刑的坚贞不屈。

事实上，自从承担了吴振鹏传记写作任务后，冥冥之中总觉得先辈吴振鹏每天都在鼓励着我，于是那些坚贞与永恒的信念，让我的笔尖在纹路迂回的额头上纵横蔓延飞扬，于是那些生生不息的英雄故事怂恿我去剖析心灵深处的这块无法更改、无法回避的悲壮而激奋人心的土地及全世界无产者的家国情怀。

采访第一站，我选择了四川乐山，前往拜访吴振鹏牺牲一个月后才出生的女儿，现龄八十四岁，参加革命工作以来一直致力于祖国教育事业的王行老师。

王行老师对我的热情接待以及声泪俱下而又激情昂扬的讲述，令我终生难忘，甚至某一瞬间的眼神、表情都令我铭记。

她在我面前排出三张黑白照片：第一张是父亲吴振鹏在国民党狱中"号照"，面容消瘦，神情却异常刚强。她告诉我说，她这个"遗腹子"一生都在追寻父亲的身影，长大后追寻父亲的精神。"我的父亲是千千万万雨花台烈士中的一位，在《中国共产党员革命英烈大典》和多本烈士传记中记载了他忠烈的一生。"她说，父亲的照片与她梦到的父亲一模一样。第二张是幼龄的她站在门口等待父亲归来的照片。她说，最小的时候，听大人们说爸爸到远方去了，有时候又说他到天堂去了，因为她太小，也不知道天堂在哪里，所以她就经常搬一个小板凳，在家里的门口坐着等父亲回来。第三张是一张三岁的她站在父亲坟前的照片。那是家里的长辈将三岁的她带到南京雨花台父亲的墓前，告诉她说爸爸就躺在这里面，当时她就哭天喊地地叫爸爸，但是得到的当然是无声的回答。

王行老师及其子女继承吴振鹏烈士遗志，真诚正心，报效国家的实际行动令人欣慰。王行老师先后在乐山市党团机关和中学校长岗位任职数十年，忠心耿耿，默默奉献。退休后在市教育局关工委副主任岗位上，组建老教师文艺宣传队，以弘扬"雨花精神"为中心，为学生义演了十八年，被国家关工委评为"全国关心下一代优秀工作者"，所带团队被中共中央宣传部、团中央、教育部、全国人大内务司法委员会、司法部五部委评为"全国保护青少年先进集体"。 爱人黄永桂，1948年参加革命的离休干部。 历任中学校长、乐山市文艺工作团团长。 王行的大儿子黄怡，是四川眉山市东坡区委副书记、区人大主任；二儿子黄品沅系中国当今影视实力派演员，成功地塑造了"范希亮""郭松龄""易学习"等多个著名艺术形象；三儿子黄山，四川美术学院教授，国画系主任、博士生导师。 长孙女黄苑，企业高管；小孙子黄丹，高校教师。 第四代曾孙吴奕坤将满五岁。 他们都秉承先辈精神形成的家风，追求真理，不忘初心。 正如黄怡同志在外公遗像前书写的一首《祭外公》"年少求真理，祛雾振鹏飞。 慷慨一腔血，后人铭丰碑"一样，坚定信念，立志报国！

在王老师家中，我看到了许多曾经与吴振鹏烈士出生入死的战友、共和国成立后任职党和国家重要岗位的相关老领导给王行老师的亲笔信，虽然时过境迁，但字里行间充满着对吴振鹏崇高的敬仰之意以及得知王行是他唯一的后人的无限欣慰之情。

其中有中央组织部、中央办公厅、中央军委、团中央以及江苏、江西、上海、安徽党史办的公函信，给王老师提供她父亲的事迹材料、著作出版情况和原作复印件；有向王老师证明当年与她父亲一起战斗、工作情况的老领导来信。 他们是：中共早期著名的工人运动领袖，曾经与吴振鹏在上海一起工作过，在中共三大、四大、五大、六大上连续被选为中央委员并当选为中共第三届中央政治局委员，1928年后历任中央工委书记，中华全国总工会委员长、党团书记的罗章龙；曾经是恽代英带过的黄埔第一批女学员，一直从事中国共产党地下通讯工作的徐向前元帅夫人黄杰；早期参加革命，曾任上海市副市长，山东省委、安徽省委书记处书记，教育部副部长、代理部长等职务的刘季平；中共最早的党员之一，八七会议后，一度进入中央政治局常委成为主要领导人之一，中华人民共和国成立后任中央统战部部长的李维汉……

珍贵的书信落页般扫描着王老师起伏的情绪,我沉浸在其中,觉得每一标点都能点出一场惊心动魄……每一笔画都会呼出一组英雄精彩手势……

仿佛听到是自己多年要寻找的故事,仿佛是多年来一直在等待的一场英雄情结的悲壮,仿佛故事中血与火的较量考验的是自己的意志,仿佛历史的天空中交替隐现的英雄身后分明是自己的影子……

从四川回来,我立即整装前行,开始追寻烈士足迹的旅程。

采访的第二站,我来到了吴振鹏出生的安徽怀宁县和安庆,站在独秀山峦下那片人杰地灵却也浸透了共产党人鲜血的大地上,我听到了孤儿吴振鹏苦难的脚步却不屈的声音,看到了少年吴振鹏初识共产主义的青春激情在安徽一师自由挥洒。

在那里,我拜访了安庆市委党史办、史志办、前身是安徽一师的安庆一中相关组织和负责人。 为了更准确、更详细得到吴振鹏在出生地的相关资料,从安庆又去了合肥采访了安徽省委党史办、省史志办、省烈士纪念馆、省民政厅等单位。

沿着烈士的出征足迹,第三站我去了上海,顺着吴振鹏第一次来沪到达的第一站上海大学。 今非昔比的学校大门、校园、围栏,我仿佛置身于吴振鹏当年因帝国主义侵占封闭的大学而让他投学无门的处境,听到了他背着沉重的行囊徘徊惆怅的叹息。 然而,他没有沉沦,而是主动要求工作并在党组织安排下化名吴静生并以工人身份"潜伏"于一日资纺织厂从事地下组织工作。 引翔港纱厂汽轮机的轰鸣,杨树浦码头罢工的口号,曹家渡平民夜校上空的月光,苏州河边"青运四大金刚"弹拨起的袅袅炊烟,以及砖瓦房舍、弄堂小道,吴振鹏怀揣革命理想,组织青年工人宣传列宁主义的矫健身躯若隐若现……

在上海采访期间,得到了上海市委党史办、市志办、市档案馆、市总工会、团市委、杨浦区委等相关单位的大力支持。

第四站,我去了江西九江、南昌、瑞金等地,寻访吴振鹏 1928 年 10 月底奉命调入江西配合北伐、粉碎 AB 团、参与南昌起义相关组织和后援、指挥赣南秋收起义、冒着生死危险冲破敌人防线、跋山涉水寻找并给中央传递失联红军情报等英雄壮举……走访了九江市委党史办、民政办、江西省委党史办、团省委、民政厅、八一起义纪念馆等相关部门，得到了许多鲜为人知的珍贵资料。

站在古浔阳楼上，仿佛看到当年他和曾延生两位九江党团领导眺望长江晚景，茶聊宋江反诗，计谋反击国民党右派的生动图景。

在甘棠湖的碧波荡漾中，仿佛还能看到在南昌起义前夕，在他的指挥部署下，得到地方组织全力掩护的"会议小船"在朝辉夕阴、匡庐倒影中完成了"小划子八一决策"的光辉一页。

在南昌起义纪念馆，我看到了他与好兄弟、亲密战友袁玉冰共同主持、先后担任主编的《红灯》杂志。他亲自撰写的《杨花水性的姑娘》，勇敢地、猛烈地揭露在任江西省主席朱培德"礼送共产党出境"的反革命两面手法，毫不留情地抨击了他貌似革命派的反动政治嘴脸。他在《红灯之下的蒋介石》一文中直接质问："蒋介石还没有反动？"并直接揭露蒋是"督师北伐而变为督师屠杀民众的总司令"，"是党之贼、民之贼"，要青年认清蒋介石及其集团是"目前民众大敌，革命战线中的蟊贼"，呼吁人民"杀此蒋贼"！

站在由他亲自绘制封面的《红灯》杂志面前，我仿佛听到当年他高举杂志对青年团员们宣讲：《红灯》永远照亮中国，永远照亮着中国革命的前程。它的出刊宗旨就是在黑暗的中国大地燃起红色的火焰，催醒国人、照亮大地、指引革命前程，最后让红灯的光芒永远照亮中国。仿佛能听到他面对敌人威逼，在住院治疗期间，对看望他的团员干部说，"即使暂时会停刊，《红灯》也会永远照亮着的。"是的，他在《红灯》第十四期上已经写上了："红灯是永远照亮着的！"

第五站，我又回到了上海，回到了吴振鹏在莫斯科光荣列席中共六大、参加共青团五大后奉命调往中央工作的白色恐怖的"上海"！

重返之后的上海在吴振鹏眼里或许瑟瑟，或许沉重，或许浮华，或许有别致的韵味，但他内心充满的是永远的坚守、永远的前进、永远的胜利!

这个时候的吴振鹏与其说他还喜欢苏州河船泊两岸,晨雾薄烟,缭绕又生画意,不如说他更喜欢河边灯泡厂炉火红映蓝天的气势,或许河岸再开一枝腊梅或是一朵梅花,也算随了他寒风中傲然独放的内心。

二十二岁重返上海,也是他革命生涯最后一站。在他短短的革命征程中,他从年少的共产主义"萌芽者",经过组织培养,成了一名自觉的共产主义思想者和党团组织的青年骨干,经过北伐硝烟的火炼、"八一"枪声的洗礼、秋收起义的考验,逐渐锻炼成了一名勇敢的共产主义战士;再经过他自身不断地努力学习,以及上海大学、莫斯科中山大学的相关理论深造,加上先后参加全国团的四大、五大,列席了党的六大会议,重返上海的吴振鹏已经成了既有实战经验,又有思想理论高度,具有坚强意志的出色革命家。

在最后一站五年期间,他参与筹备并参加了全国苏维埃区域代表大会、中央总行动委员会大会、党的六届三中全会并代表团中央在会上作了团工作报告;他参与了南京市委遭到几次破坏后的恢复工作,参与南京暴动两次指挥和督战,指挥了震惊全国的上海1928年"九二"总同盟大罢工;在《中国青年》《红旗日报》《列宁青年》等中央机关刊物上发表反帝反压迫的文学作品和一系列指导全国青年运动和武装斗争的理论文章;北上满洲、南下香港,领导和指挥青年反帝爱国示威运动。他相继受命担任统领全国武装暴动包括红军作战指挥的中央总行动委员会主席团成员、总行委委员,兼任总行委青年秘书处书记、上海工作委员会委员,管辖江苏、上海、安徽、浙江党组织的江南省委常委,被中央指定为与周恩来、项英、毛泽东、任弼时、朱德等七人组成的中共苏区中央局成员,至此,吴振鹏已经成为了中央领导核心成员。他不计个人得失,视党的利益高于一切,在中央撤往苏区工作基本完成后,在时刻面临被捕杀害的凶险生存环境中,带着重病主动要求坚持留守上海恢复和重建遭到叛徒和敌人严重破坏的党的地下组织，主动接受党中央对他的最后任命并在"中央巡视员"以及团中央委员、学运部长、宣传部长岗位上奋斗到生命最后一刻！

特别令人感叹的是，在他生命接近"零度"的时刻，他用他生命内在最大的张力，用一名真正的共产主义战士不可侵犯的神圣信仰，蔑视了敌人，嘲笑了一切反动派……

这让敌人从来没遇见过的恐惧，连声称对付共产党有着一整套成功经验的中统头子徐恩曾在他面前也只能黔驴技穷，不得不无奈地感叹：当时共青团中央及江苏省委曾经遭到叛徒、特务几次重大破坏，近三十名重要领导被逮捕，被捕者后来大多脱党、"自首"甚至成了叛变者，唯有吴振鹏坚贞不屈，至死"零口供"。

"零口供"的记录后来在封存的原国民党宪兵司令部军人监狱政治犯档案中得到验证。

……

在吴振鹏生命最后一站的上海，感应着他八十五年前的足音，跟随着他的气息，我去了位于上海市兴业路76号（原望志路106号）的中共一大会址；我去了云南中路171号中共六大以后他经常去的中央政治局机关；我去了位于淮海中路567弄（渔阳里）6号他工作过的中国社会主义青年团中央机关旧址；我去了他经常组织青年工人飞行集会、演讲示威的旧世界帝国工厂密集区；我去了外滩、福州路、淮海路、南京东路，能看到他当年指挥上海总同盟大罢工的英姿，驻足仰望面朝滚滚黄浦江的外滩电报大楼；我还能从响彻云霄的《国际歌》声中，看到他威严屹立在钟楼的红旗边抛撒传单、挥手振臂……

最后我来到黄陂南路，尽管我已经看不到原法租界上海宝贝勒路57号住所是什么模样，那楼下路边洗衣房喜欢与他归去时打招呼的王阿婆，是什么时候突然觉得圣约翰大学的吴静生教授久久不归……

我站在风中，泪水模糊了英雄被捕的情景，模糊了那个身材挺拔、英俊潇洒的青年革命家，在即将消失于这片场景时猛地回转身与我对望了一下，就像当年他混在巷口人群中与被捕的老汪深情注视一样，让我瞬间流露出对英雄被捕刻骨的悲痛，而他也像当年的老汪一样回复了我欣慰的笑，那是鼓励的笑、坚定的笑、执着的笑……

是什么样的信仰，让有血有肉的共产党人，坚强忍受常人难以忍耐的巨大痛苦，面对死神的逼近表现得那么坦然、那么从容？

我突然明白，大千世界只为有人看懂微笑，读懂旗语，面对生命中的成功与失败、美丽与丑恶、幸福与苦难、成长与死亡，都有一种理直气壮的坦然！

是的，生命是互通的，生命中的每一点，幸福与痛苦、成功与失败，都一一联动。自从我开始创作先烈吴振鹏传记，我的心灵仿佛每天都在与他交流，每天都在经历灵魂的洗礼。当我沿着他的足迹以及史料上的记载，按照时间顺序一一对应查找、采记，原本神奇飞扬的思绪立即变成墨洒般的夜空，我常常在写作过程中被这伟大的沧桑以及某节血腥冷月细节弄得细数暗伤……想到他英雄殒如流星，为了人类幸福，自己生命却已远在自由的春天之外，甚至不能保护自己未出世的孩子，每每想到这些，我几乎流下了男人不该流的泪水，但我一次次地提醒自己，我是英雄忠诚的聆听者，是他伟大灵魂的追随者，我没有权利用自己思想的渺小来完成他伟大精神本质的皈依，我必须用与他同步的坚毅和刚强完成与他进行生命承诺的对话。

凡是过去，皆为序章。

青运先驱吴振鹏已经离开我们八十五年了，八十五年前的革命誓言已经激荡成革命怒涛，八十五年前《红灯》之火已经成燎原之势，它的确永远照亮着中国，八十五年前他信仰的伟大旗帜在猎猎召唤无数青春的生命愿为共产主义理想永恒奉献。

听，八十五年后的今天，他的故事已经汇编成《相约第一百个春天》交响诗，用最抒情和最浪漫的诗句、最雄伟的旋律，跟随他的永恒期待展望中国共产党百年丰功伟绩，跟着他的灵魂回望一次又一次镰刀锤头的相约，鼓励一代又一代中国共青团员们的青春接力……

当雄壮高亢的《列宁主义青年团员之歌》一遍遍响起，我看到青运先驱吴振鹏,他举着永不熄灭的"红灯",带领千万共青团员们正在勇敢出征……"听吧战斗的号角发出警报/穿好军装拿起武器/共青团员们集合起来踏上征途/万众一心保卫国家……/我们再见吧亲爱的妈妈/请你吻别你的儿子吧/再见吧妈妈别难过莫悲伤/祝福我们一路平安吧……"

最后,借《后记》特别感谢安徽、江西、上海、江苏等地省、市党史办、党史研究会、烈士纪念馆、团委、工会、民政、档案、史志等相关部门的大力支持,以及张衡、赵永艳、向媛华、郭必强、徐彦、李菁怡、罗国明、杨友富、陈一恭、聂红琴、郭翠华、王笋、杨继祥、方昌飞、孙冬梅、叶荣梅、徐宏洪、徐舒媛、卢象贤、柳晓秋、黄桂莲、刘秀兰、王建幸、邹卫民、李佳骥、顾国珍、洪叶、曹野川等多位专家、学者、老师和同志们的倾心指导、热情协助! 同时,还要特别感谢王行老师一家,乐山市原文教局长、党组书记刘维中等老前辈,以及我的单位江苏省广播电视总台及相关领导对我采访、撰写工作的关心与鼓励!

曹峰峻

2018 年 8 月

参考文献

1. 《安徽中共党史人物传》，安徽省委党史工作委员会编，安徽人民出版社。
2. 《安庆史话》，王开玉、杨森编，安徽人民出版社。
3. 《江淮英烈》，安徽省民政厅主编，安徽人民出版社。
4. 《著名青运领袖吴振鹏事迹述略》，张皖生撰。
5. 《吴振鹏烈士传略》，叶含荪撰。
6. 《吴振鹏烈士传》，郭必强撰。
7. 《中共组织史资料汇编》，王健英编，红旗出版社。
8. 《中国青年运动历史资料》，中国共产主义青年团中央委员会办公厅编。
9. 《上海青年工运史汇编》，上海市总工会编。
10. 《上海党团组织史料》，上海市委党史办提供。
11. 《吴振鹏烈士传略》(征求意见稿)，叶晓明撰。
12. 《纪念吴振鹏烈士诞辰110周年》，载《南京党史》。
13. 《江西青运史研究》，江西省团委青运史研究会编。
14. 《冯任纪念文集》，殷育文主编，中共九江市委党史工作办公室编，中央文献出版社。
15. 《江西革命历史文件汇编集》，中央档案馆、江西档案馆提供。

16.《江苏革命烈士传选编》,中共江苏省委党史工作委员会、江苏省民政厅编,中共党史出版社。

17.《南昌起义中的安徽人》,徐承伦撰,载《江淮文史》。

18.《江西省志·青少年组织志》,江西省地方志编纂委员会编。

19.《江西英烈》,中共江西省委党史研究室编,江西人民出版社。

20.《江西苏区党的建设与政权建设》(上、下),苏多寿主编,江西人民出版社。

21.《中共江西历史简编》,江西省党史办编,江西人民出版社

22.《中共江西地方史》,中共江西省委党史研究室著,江西人民出版社。

23.《江西苏区史》,夏道汉、陈立明编著,江西人民出版社。

24.《中国共产党江西历史大事记》,江西省委党史资料征集委员会编,新华出版社。

25.《九江人民革命史》,九江市委工作办公室编,新华出版社。

26.《南昌青年运动回忆录》,江西省政协、省文史资料研究会、南昌团市委汇编。

27.《特工老板徐恩曾》,杨者圣著,上海人民出版社。

28.《江淮英烈传》,安徽省民政厅编。

29.《中国共产党革命英烈大典》,中央党史研究室科研管理部编。

30.相关部门和领导致吴振鹏女儿王行的公函与书信。

雨花忠魂·雨花英烈系列纪实文学

《流火：邓中夏烈士传》　　　　　　　龚　正 著
《落英祭：恽代英烈士传》　　　徐良文 于扬子 著
《去留肝胆：朱克靖烈士传》　　　　　王成章 著
《夜行者：毛福轩烈士传》　　　　　　周荣池 著
《残酷的美丽：冷少农烈士传》　　　　薛友津 著
《爱莲说：何宝珍烈士传》　　　　　　张文宝 著
《飙风铁骨：顾衡烈士传》　　　　　　邹　雷 著
《碧血雨花飞：郭纲琳烈士传》　　　　张晓惠 著
《"民抗"司令：任天石烈士传》　　　　刘仁前 著
《青春永铸：晓庄十烈士传》　　　　　蒋　琏 著

《文心涅槃：谢文锦烈士传》　　　　　周新天 著
《丹心如虹：谭寿林烈士传》　　　　　刘仁前 著
《云间有颗启明星：侯绍裘烈士传》　　唐金波 著
《风向与信仰：金佛庄烈士传》　　　　李新勇 著
《栽种一棵碧桃：施滉烈士传》　　　　蒋亚林 著
《雄关漫道：陈原道烈士传》　　　　　杨洪军 著
《忠贞：吕惠生烈士传》　　　　　　　辛　易 著
《红骨：黄励烈士传》　　　　　　　　雪　静 著

《热血荐轩辕：李耘生烈士传》　　　　张晓惠 著
《世纪守望：徐楚光烈士传》　　　　　李洁冰 著

《以身殉志：邓演达烈士传》　　　　　王成章 著
《逐潮竞川：孙津川烈士传》　　　　　肖振才 著
《生命的荣光：朱务平烈士传》　　　　吴万群 著
《信仰无价：许包野烈士传》　　　　　裔兆宏 著
《金子：杨峻德烈士传》　　　　　　　蒋亚林 著
《血花红染胜男儿：张应春烈士传》　　李建军 著
《青春祭：邓振询烈士传》　　　　　　吴光辉 著
《任凭风吹雨打：罗登贤烈士传》　　　龚　正 著
《红灯永远照亮中国：吴振鹏烈士传》　曹峰峻 著
《青春的瑰丽：陈理真烈士传》　　　　薛友津 著
《长淮火种：赵连轩烈士传》　　　　　王清平 著
《青春绝唱：贺瑞麟烈士传》　　　　　刘剑波 著
《逐梦者：刘亚生烈士传》　　　　　　李洁冰 著
《抱璞泣血：石璞烈士传》　　　　　　杨洪军 著
《新生：成贻宾烈士传》　　　　　　　周荣池 著